I0749207

Людоедка

Николай Гейнце

Людоедка

ISNB: 978-1-63637-690-5

СОДЕРЖАНИЕ

ЛЮДОЕДКА

ЛЮДОЕДКА

ЧАСТЬ ПЕРВАЯ

ИСЧАДИЕ АДА

I

В КЕЛЬЕ ИГУМЕНЬИ

— Беда, матушка-игуменья, беда... с сестрой Марьей... — вбежала в опочивальню игуменьи Досифеи, без предварительного стука в закрытую наглухо дверь, молодая послушница Серафима, любимица строгой старухи, и скорее по привычке, нежели по рассуждению, сделала перед своей начальницей три уставных земных поклона.

Игуменья Досифея, высокая, худая старуха, с бледным, изможденным постом и заботами лицом, правильные, точно вылитые из воска черты которого носили на себе отпечаток былой необыкновенной красоты, вздрогнула, повернулась к Серафиме и быстрым, тревожным взглядом окинула вбежавшую. Последняя прервала ее послетрапезную уединенную молитву.

Игуменья Досифея стояла коленопреклоненная перед небольшим аналоем, обтянутым черным сукном. На аналое лежало евангелие в черном кожаном переплете с серебряным крестом и такими же застежками и золотой крест.

Аналой был поставлен у переднего угла, занятого черного дерева киотом, помещенным на угольнике и заключавшим в себе множество образов, иные в богатых серебряных и золотых ризах, а иные и ценнее того своею древностью и без окладов.

Строгие лица святых глядели на этих двух женщин. Лицо игуменьи Досифеи, вставшей с колен и уже силою воли, видимо, преодолевшей первый порыв волнения, с обычной строгостью обращенное на молодую девушку, имело сходство с ликами старинного письма, глядевшимися из киота.

Взгляд игуменьи Досифеи, взгляд, известный всем подвластным ей сестрам, заставил окаменеть вбежавшую послушницу и, казалось, влил в ее душу часть той страшной твердости воли и мужества, которые ярко светились в глазах ее начальницы. Видно было, как сбегали последние следы волнения с миловидного личика послушницы Серафимы.

Большие, черные с металлическим блеском глаза игуменьи Досифеи, глубоко сидевшие в орбитах, поражали всякого своею красотою и блеском молодости, а строгое, обыкновенно вдумчивое и порой проникновенное их выражение создало ей ореол "чтицы в сердцах", "провидицы" не только среди монастырских обитателе ниц, но и среди жителей Москвы и ее окрестностей.

Слава о строгой, святой жизни игуменьи Досифеи и ее прозорливости разнесена была, впрочем, странниками и странницами по всей России вплоть до далекой Сибири.

Это доказывалось списком жертвователей за время двадцатилетнего управления монастырем игуменьей Досифеей, среди которых самыми щедрыми вкладчиками были сибирские золотопромышленники, обращавшиеся к ней, дабы она помянула в своих молитвах этих погрязших в грехе и корысти служителей "золотого тельца".

— Что случилось? В час неурочный беспокоишь меня на молитве... — ровным, спокойным, но строгим тоном спросила игуменья Досифея.

— Благословите, матушка-игуменья, доложить.

— Благославляю...

— После трапезы пошла я, по вашему, матушка-игуменья благословению к матушке-казначее помочь ей подсчитать доброхотные приношения... Сегодня, слава-те Христос, наслали и нанесли много и деньгами и вещами... Разбирали мы их с матушкой-казначеей с час места... только один ящик, деревянный такой, заколоченный и тяжелый, а с чем неведомо... Матушка-казначея начала догадки строить: с пастилой, говорит, с яблочной... Хотели, значит, в кладовую сдать, только смотрю я, на нем надпись: "Марие Осиповой-Олениной". Доложила я матушке-казначее... "Кто же бы эта такая?" — спрашивает... "А это, — говорю я ей, — новенькая послушница Мария. Слышала я от нее, что по фамилии она Оленина". "Кто же бы это ей сластей прислал? Кажись, уже с полгода у нас, никто к ней ничего не слал и не ходил проведать даже..." — пустилась опять в догадки матушка-казначея... "Этого я не ведаю", — отвечала я... "Так отнеси ей, как до себя пойдешь, — решила матушка-казначея, — да скажи, что как полакомится малость, может в кадушку спрятать... Яблочная-то пастила нежная, глядь и испортится". Кончили мы разбираться, захватила я этот ящик, даже страшно вспомнить, прости Господин

На лице послушницы Серафимы на одно мгновение пробежало выражение испуга и она замолчала, чтобы перевести дух и успокоиться. Игуменья Досифея бесстрастно слушала ее и, не сделав ни одного замечания, видимо, ждала продолжения.

Та продолжала:

— Вбежала я к сестре Марии, застала ее за пяльцами... "Матушка-казначея приказала передать тебе вот это... Гостинец тебе прислали..." "Гостинец, мне?" — воззрилась на меня сестра Мария и вдруг еще бледнее стала, почти помертвела... "Матушка-казначея, — говорю, — думает, что тут пастила, — продолжала я, — так говорит, чтобы ты малость полакомилась, а остальное в кадушку снесла". "Пастила, —

повторила сестра Мария... — Если пастила, так погоди, я тебя угощу..." Стали мы с ней ножницами ящик открывать, открыли, да так и ахнули...

Снова ужас отразился на лице Серафимы. Теперь уже она не владела собой и задыхалась от волнения, не могла несколько минут выговорить слова.

Волнение это, видимо, сообщилось и игуменье Досифее.

— Что же было в этом ящике?.. — спросила она и голос ее дрогнул.

— Такие страсти, матушка-игуменья, такие страсти... — воскликнула дрожащим голосом Серафима.

— Какие же страсти?

— Мертвая рука...

— Мертвая рука?

— Мертвая рука, матушка-игуменья... Сестра Мария только ахнула и как пласт на землю хлопнулась, а как я из кельи ее выкатилась и к вам, матушка-игуменья, примчала, и не вспомню...

— Никому не болтала дорогой-то?

— Кому болтать, матушка-игуменья, ни души и не встретила.

— Пойдем вместе, дай рясу, клобук и костыль. Серафима быстро подала требуемое и помогла облачиться игуменье.

— Благословите взять кого еще, матушка-игуменья, мне одной-то боязно.

— Чего боязно, ведь со мной... Да и чего бояться мертвых, живых бояться надо...

Разговор этот происходил 1 октября 1762 года, в Москве, в келье игуменьи Новодевичьего монастыря.

Скажем несколько слов об этом историческом памятнике и древней святыне первопрестольной столицы. Новодевичий монастырь находится на Девичьем поле, на берегу Москвы-реки, против Воробьевых гор. Он был основан в 1524 году великим князем Василием Иоанновичем, в память знаменательного в нашей истории события — взятия Смоленска и присоединения его к Российской державе.

Великая княгиня Софья, супруга великого князя Василия Дмитриевича, была в 1398 году в Смоленске, для свидания со своим отцом великим князем Витовтом, и при возвращении в Москву, между прочими дарами, благословлена от него иконою Смоленской Божией Матери — Одигитрии (Путеводительницы).

Древний и чудотворный этот образ находился с тех пор в Благовещенском соборе в иконостасе, подле царских врат, а через восемь лет после того, по просьбе смоленского епископа Михаила, бывшего в свите посольства от польского князя Казимира к великому князю Василию III, святыня эта возвращена в Смоленск, а список с нее оставлен в Благовещенском соборе.

28 июля 1456 года настоящую икону, с торжественным крестным ходом сам великий князь с детьми, митрополит всея Руси святой Ионой, с духовенством и народом проводил до бывшего тогда в предместье Москвы Савина монастыря, и с того же времени установлен в воспоминание об этих проводах крестный ход 28 июля, который совершается в Москве и ныне.

Когда в 1514 году древний русский город Смоленск, бывший более ста лет под властью Литвы, возвращен великим князем Василием Иоанновичем, великий князь, в знак благодарности к Всевышнему за такой успех своего оружия, предпринял намерение соорудить церковь в честь Смоленской Божией Матери и монастырь на том месте, до которого эта икона была сопровождена его дедом.

Обитель, как мы сказали, основана в 1524 году, а по совершенном окончании построек в следующем 1525 году, 28 июля, с обычным крестным ходом перенесен туда из Благовещенского собора список с чудотворного образа.

Великий князь отдал в пользу новой обители несколько дворцовых сел и деревень. Преемники его тоже обогащали этот монастырь, в котором искали спасения несколько царственных особ женского пола.

В 1536 году в нем приняла иночество вдова брата царя Иоанна IV, княгиня Иулияния Дмитриевна и жила в построенных ей царем богатых келиях — она там и погребена; царица Ирина Федоровна, по кончине супруга своего, царя Федора Иоанновича, не внемля молениям бояр и духовенства, постриглась в иночество в сей обители и затворилась в келью, и с нею вместе и брат ее Борис Годунов, перешедший отсюда 30 апреля 1598 года в Кремлевский дворец на царство, согласно избрания духовенства, бояр и народа.

Спустя двенадцать лет, когда поляки властвовали в Москве, Новодевичий монастырь был свидетелем многих кровопролитных битв и стены его служили крепостью попеременно русским и полякам. Наконец, монастырь был разорен и сожжен.

Царь Михаил Федорович, по вступлении на престол, возобновил его.

Царевна Софья Алексеевна была в этом монастыре пострижена в схиму под именем Сусанны и окончила жизнь в 1704 году; она здесь и погребена.

В этом же монастыре покоятся бренные останки царицы Евдокии Федоровны, первой супруги Петра Великого, которая жила здесь около четырех лет.

Здесь же погребены: царевна Анна, дочь царя Иоанна IV, царевна Татьяна, дочь царя Михаила Федоровича; две сестры Петра Великого царевны: Евдокия и Екатерина, первая игуменья этой обители схимонахиня Елена Девочкина, современница ее монахиня Феофания; юродивый Иаков, боярин Богдан Матвеевич Хитрово; многие из фамилий Салтыковых, Головиных, Шереметьевых, князей Воротынских, Голицыных, Струйских, Кубенских, Турунтаевых и других.

В Новодевичьем монастыре было при Петре I учреждено заведение для приема и содержания подкидышей и непризорных детей. Впоследствии времени заведение это — зачаток нынешнего воспитательного дома — рушилось.

II

МЕРТВАЯ РУКА

Мерною, твердою походкою вышла игуменья Досифея, в сопровождении Серафимы, шедшей в почтительном отдалении, из своей кельи спустилась по лестнице на двор монастыря, так как послушница Мария, получившая такой странный и вместе страшный гостинец, жила во флигеле, противоположном тому главному монастырскому корпусу, где находились покои матушки-игуменьи.

Был четвертый час зимнего дня и солнце уже закатилось за горизонтом чистого, безоблачного неба, отражая свои последние бледные лучи бесчисленными блестками на опущенных снегом, но еще не потерявших всю свою пожелтевшую листву деревьях монастырского кладбища.

Монастырский двор, покрытый недавно выпавшим свежим девственным снегом, был совершенно пуст. Кругом было тихо. Время после трапезы сестры монахини отдавали молитве или сну. Молодые послушницы, ведомые твердой рукой матери Досифеи по пути к спасению, тоже не смели нарушать эти часы душевного и телесного покоя.

Легкий шум шагов двух женщин только один раздавался среди царствующей кругом невозмутимой тишины.

Во флигель, где жила послушница Мария, было несколько оживленнее: при приближении к нему игуменья Досифея и послушница Серафима услыхали беготню, возгласы и даже плач.

Но вот из двери коридора, ведущего на двор, выглянуло молодое личико и быстро скрылось. Во флигеле узнали о приближении матушки-игуменьи и в нем сразу все стихло. Мать Досифея, со своей спутницей, поспешно поднялась на крыльцо и вошла в коридор. Из кельи Марии промелькнула еще одна черная фигура и скрылась в глубине коридора. Это была, видимо, одна из последних любопытных.

Игуменья и послушница подошли к оставленной полуотворенной двери кельи Марии, растворили ее и вошли. Глазам их представилась тяжелая картина.

Распростертая навзничь, на полу лежала бесчувственная молодая девушка. Черная одежда монахини как-то особенно оттеняла нежное, белое лицо, которое в тот момент было, что называется, без кровинки.

Лежавшая была положительно красавицей, в самых цветущих летах. Ей можно было дать двадцать лет с небольшим и ее несколько старило выражение ее прекрасного, с тонкими, правильными чертами лица, выражение, в котором можно было прочесть целую повесть перенесенных нравственных страданий. Ее высокая, статная фигура была худа той худобой, которая является или результатом болезни, или же тяжелой жизни. Казалось, что для этого чудного, поблекшего под жизненными невзгодами цветка, нужен был лишь теплый луч солнца, чтобы он на гордом стебле поднял свою роскошную головку, оживив окружающую местность.

Глаза лежавшей были закрыты и длинные ресницы оттеняли впавшие от худобы орбиты. Дыхания не было заметно, — лежавшая казалась мертвой.

Убранство маленькой комнаты, служившей кельей, было более чем просто: кровать, стол и несколько стульев из окрашенного в черную краску дерева и такой же угольник с киотом, в котором находилось распятие и несколько образов — вот все, что служило мебелью этого уголка красавицы-послушницы. У окна, впрочем, стояли небольшие пяльцы с начатым вышиваньем шерстью.

Мария, видимо, была за работой, когда послушница Серафима принесла ей роковой гостинец. Ящик с этим гостинцем до сих пор стоял на столе, а крышка от него валялась у ног лежавшей. В сколоченном из досок длинном ящике, напоминавшем узенький гробик, именно в таком ящике, в котором в Москве продают яблочную пастилу, что и ввело в заблуждение мать-казначею, набитом деревянными стружками, положена была обнаженная мужская рука, отрубленная до локтя. На безымянном пальце этой руки блестело золотое кольцо с крупным изумрудом.

Игуменья Досифея сделала несколько шагов по направлению к этому столу. Молодая послушница пугливо остановилась у порога.

— Сбегай-ка мне за спиртом да принеси воды, — ровным голосом, в котором не слышалось ни смущения, ни тревоги, обратилась мать Досифея к Серафиме.

Та быстро вышла исполнить приказание.

Игуменья, оставшись одна перед полумертвой, а быть может и мертвой девушкой и роковым присланным ей чьей-то злобной рукой гостинцем — мертвой рукой, казалось, не обращая никакого внимания на первую, подошла к ящику и несколько минут пристально всматривалась в лежавшую в нем руку.

Рука принадлежала, видимо, молодому человеку, не из простых, на что указывала форма длинных пальцев с изящными, правильными, хотя и посиневшими ногтями.

— Ужели это его рука? — чуть слышно прошептали губы старо монахини. — Бедная, бедная!

При последних словах она вдруг вся встрепенулась, и ее чудны глаза обратились к стоявшему в киоте распятию.

— Господи, прости мое согрешение... Не горевать о несчастной Марии, а радоваться за нее надобно мне... Неисповедимы пути Твои, Господи, Ты, допустивший его принять злую смерть от руки преступницы, уготовил, быть может, ему жизнь вечную, а поразив сердце несчастной рабы твоей Марии, сердце, где гнездилась земная плотская любовь очистил его для полноты любви к Тебе, Предвечный, который Сам весь любовь... Жив ли он или мертв, что в этом... Если Ты уже призвал его, значит, такова воля Твоя... Да исполнится она на небесах и на земле...

Этим возгласом души старой монахини, на мгновенье допустившей себя до мысли с земным оттенком, всецело объяснялось невнимание к лежавшей у ее ног бесчувственной жертве людской злобы. Мать Досифея умолкла, но, видимо, мысленно продолжала свою молитву. Глаза ее были устремлены на Божественного Страдальца, и это лицезрение, конечно, еще более укрепляло в сердце суровой монахини идею духовного наслаждения человека при посылаемых ему небом земных страданиях.

— Слава Тебе, Господи, слава Тебе! — по временам шептали ее губы.

Эту молитву нарушила возвратившаяся послушница.

— Не позвать ли кого на помощь, матушка?.. — робко задала игуменье вопрос Серафима.

— Никого не надо, управимся одни; подними доску и закрой ящик... — сурово сказала мать Досифея.

Молодая послушница на мгновенье как бы окаменела, получив это приказание, и подняла умоляющий взгляд на игуменью. На лице последней она прочла ее обычную строгость.

— Слышишь... — уже повышенным тоном произнесла мать Досифея, как бы угадав трусливое колебание подчиненной.

Дрожащими руками подняла Серафима с полу доску и положила на ящик. Она сделала это с закрытыми глазами, чтобы не видеть его страшного содержимого.

— Теперь помоги мне поднять Марию... — сказала игуменья.

Обе женщины бережно подняли молодую девушку и донесли до близ стоящей кровати. Мать Досифея стала мочить ей виски водой и дала понюхать нашатырного спирту.

Долго эти средства не производили своего действия, да и сама мать-игуменья, как бы что вспомнив, отошла от все еще лежавшей без чувств Марии и обратилась к Серафиме, приютившейся в уголке и, дрожа от страха, поглядывающей на роковой ящик.

— Поди-ка позови Ананьича!..

Серафима, видимо, с большим удовольствием покинула комнату со страшным ящиком.

Ананьич был монастырский дворник, сторож и могильщик, он жил в сторожке на кладбище, и на его обязанности было нанимать поденщиков-могильщиков, в случае надобности. Под его руководством сестры послушницы мели двор и дорожки кладбища, а также наблюдали за могилами. Звали его Петром, но кажется он сам позабыл свое имя и откликался лишь на отчество "Ананьич". Это

был древний, хотя и крепкий старик, с длинными, седыми как лунь, волосами и такой же бородой, доходившей до пояса. Жил он в монастыре много годов, хотя, по его собственным словам, приютился в этой обители "по старости". Связи со всеми, что было за монастырской оградой, кроме, как мы уже сказали, найма поденщиков-могильщиков, и то всегда самих наведывавшихся к Ананьичу, последний не имел. Раза два в год, впрочем, его навещал красивый молодой парень, являвшийся то в истрепанном зипуне, то в новом щегольском кафтане.

Парень считал себя племянником Ананьича. Считал ли последний его таковым — неизвестно, но прием со стороны Ананьича этого, хотя и редкого, гостя не был никогда не только горячим, но даже приветливым. Несмотря на это, каждый раз Ананьич при посещении "племянника" отворял свою укладку и из дальнего ее угла вынимал женский чулок, в котором у него хранились деньги, и совал несколько монет в руку парня. Тот уходил, не сказав даже "спасибо". Ананьич провожал его угрюмым взглядом. За этим-то Ананьичем и послала игуменья Досифея послушницу Серафиму.

Через несколько минут он вместе с последней уже стоял перед игуменьей, одетый в нагольный тулуп, служивший ему уже десятки зим, держал в руках рваный треух.

— Слышал, Ананьич?.. — обратилась к нему Досифея.

— Слышал, матушка, слышал, дерзкое злодейство и надругательство... — прошамкал старик.

— Так ты, Ананьич, заколоти да схорони за оградой, да чтобы никто не знал, никому об этом ни гугу...

— Зачем зря болтать... матушка... Не ровен час... Самому расхлебывать ведь придется... — заметил Ананьич и, бережно взяв под мышку ящик, поплелся из комнаты.

Игуменья Досифея дождалась, когда двери кельи затворились за ним, снова подошла к бесчувственной Марии и стала уже с большей энергией и стараньем приводить ее в чувство. Холодная вода и нашатырный спирт, наконец, возымели свое действие. Несчастная вздрогнула и открыла глаза.

— Убили, убили... — прошептали ее губы.

— Ты подь себе... — обратилась мать Досифея к Серафиме.

Та не заставила себе повторять приказание и быстро выскользнула из комнаты, плотно затворив за собою дверь. Игуменья Досифея и послушница Мария остались с глазу на глаз.

III

МОСКОВСКОЕ БЕСПРАВИЕ

Приказание Ананьичу, отданное игуменьей монастыря, ясно клонившееся к скрытию несомненно только что совершенного зверского преступления, на современный взгляд, являлось более чем странным, почти невозможным.

Для того чтобы понять, что игуменья Досифея действовала далеко не по-женски, а с "рассуждением", необходимо очертить, хотя несколькими штрихами, правовую жизнь России описываемого нами времени.

Русский народ и правительство доживали ту эпоху, которую можно назвать эпохою отсутствия сознания законности. Мало кто верил или надеялся на силу закона. Боялись лиц, облеченных правительственною властью, без всякого к ним внутреннего уважения, и то только тех, которые заявили о себе каким-нибудь энергичным действием, хотя бы и не вполне законном. Существовало полное убеждение, что произвол и сила личности выше всякого закона.

Это грустное явление существовало во всей России, особенно же в Москве, где сосредоточивалась народная жизнь, торговля и остатки центрального суда и расправы.

Петербург в то время все более и более стягивал к себе все умственные и деятельные силы; на берегах Невы развивалось что-то похожее на европейскую жизнь, а с нею и администрация принимала другие формы. Петербург строился, учился, торговал с иноземцами — все кипело там новою жизнью, а старушка-Москва была забыта, как деревня богатого помещика, выехавшего из нее навсегда и вспоминающего о ней иногда, при случае, когда приказчик напомнит.

При таком неблагоприятном положении, произвол личный, от большого человека до малого, развивался до невероятия: взяточничество признавалось как формальность законная, неизбежная, и безнаказанность служителей правосудия была полная.

В половине восемнадцатого столетия разбои, убийства, воровство и мошенничество развились в Москве в огромных размерах. Со всех сторон, зимою и летом, собиралось в Белокаменную то особое население, которое встречается во всех больших городах и существует за счет ближнего: обманом, воровством, насильственным отнятием собственности.

Москва, в окружавших ее слободах, населенных тяглецами, людьми обедневшими, давала безопасный приют всем беглым и беспаспортным, а таких было много, потому что бегство было единственным средством избавиться от тягостей крепостного права, в единичных случаях доходившего до истязаний. Бегало много и от рекрутства, которое было ненавистно русскому народу.

Днем бродили "гулящие" люди по Красной площади, в Охотном ряду, на крестцах, в рядах, по торговым баням. Ночью они грабили шайками. Темные, неосвещенные улицы и переулки, с деревянными, полусгнившими мостовыми, а большая часть и совсем без мостовых, грязные пустыри, дворы, разрушенные и покинутые после пожаров, облегчали дерзкие ночные разбои, давая легкое средство скрываться, а полное неустройство полицейского надзора ободряло грабителей.

Ворам и мошенникам нужны тесные местности и толпа, а эти условия в некоторых пунктах Москвы исторически сложились со всеми удобствами для промышляющих чужою собственностью.

На Красной площади, с самого раннего утра копошился народ между беспорядочно построенными лавками и шалашами; здесь и на кресцах производилась главная народная торговля; здесь бедный и расчетливый человек мог купить все, что ему было нужно, и за дешевую цену, начиная с съестных припасов, одежды и до драгоценных камней, жемчуга, золота и серебра. В уменьшенном виде это продолжается и теперь на толкучке у Пролома.

Вглядитесь в эту сплошную толпу и перенесите ее в своем воображении к Лобному месту и к монументу Пожарского и Минина, тогда не существовавшего, и вообразите толпу в десять раз более, и вот вам Красная площадь. То же, но в меньшем размере, происходило около Охотного ряда и на Неглинной, которая в то время еще давала воду мельнице у Воскресенских ворот.

Торговые бани собирали к себе, по русскому необходимому обычаю, постоянно много народа, но они были на окраинах тогдашнего города, в слободах. Внутри же города, в харчевнях, в пирожных, народ толпился с утра до ночи, а в фортинах в продолжение всей ночи сидели пьяные. Харчевни и винные очаги существовали не только вблизи рядов и Гостиного двора, но и между рядов, в самых жилых местах и внутри Гостиного двора, от чего не один раз случались пожары. Так в 1735 году от одного винного очага едва не сгорел весь Гостиный двор. В харчевнях печи большею частью устраивают без труб, а дым выходил из окна.

На Красной площади, против комендантского дома, было три очага, на которых жарилась для проходящих рыба; в Заречье, в рядах около Гостиного двора, существовали 61 харчевня и 16 винных очагов.

Особенно много было харчевен и шалашей около Василия Блаженного вниз по Москве-реке, против щепетильного и игольного рядов, тут от них была даже теснота для проезда.

Люди всякого чина и подлый народ толпился на Красной площади, в рядах, на крестцах, в харчевнях, а между ними промыслом своим занимались воры и мошенники: воровали из карманов, из лавок и шалашей и тут же торговали украденным.

Присмотр полицейских был ничтожен, а московская губернская канцелярия и полицеймейстерская были так обременены судными и разными делами, что судопроизводство шло медленно и беспорядочно, не говоря уже о злоупотреблениях.

Ввиду этого, в 1730 году, по велению императрицы Анны Иоанновны, был учрежден сыскной приказ.

Приказ учредили, но дела пошли не лучше, и воры и мошенники появились в увеличенном числе, приобрели новых покровителей, а подьячие были особенно важны по воровским делам, так как исполняли роль следователей и им поручалось исследование многих татинных и убийственных дел. Сверх того, дела следственные и разыскные нисколько не сосредоточивались в сыскном приказе или полиции. Московская губернская канцелярия не выпускала также из своих рук такие хлебные дела. Неурядица царила повсюду, а особенно в среде самой полиции, по причине ее малочисленности и самой ее организации.

Главные деятели полиции, особенно ночью, были рогаточные караульные, сотские и пятидесятские; все они были преимущественно выбираемы и назначаемы полицией из дворовых людей и крестьян помещиков, имевших свои дома на улице.

Полицейские избы или будки существовали только на главных улицах и то не при всякой рогатке; в холод, в дождик, рогаточный караульный спокойно уходил себе спать на свой двор; дисциплины между рогатниками не существовало: вместо одной инстанции явились две, полицейское управление и сыскной приказ.

Обворованные, ограбленные кидались и туда и сюда, и не только нигде не находили содействия, но часто не получали обратно своих вещей, хотя вор и был пойман с поличным.

Обыкновенно, в таких случаях подьячий с офицером выбирали себе из поличного то, что им нравилось, а остальное отпускали на поруки и делу конец. Понятно, почему обращение к таким исполнителям земного правосудия в описываемую нами эпоху считалось не только бесполезным, но даже опасным.

"Волокита по судам и расправам" не только среди простого народа, сохранившего до сих лет исторический страх к судам, но и для высших классов общества и учреждений представлялась тяжелым мытарством, которого старались избежать всеми дозволенными и недозволенными законом силами и средствами.

Игуменья Досифея действовала в этом случае, охраняя монастырскую казну от загребистых лап полицейских и подьячих. При одной мысли, что сталось бы с монастырскими кладовыми и с заветной монастырской кубышкой, если бы, паче чаянья, было обнаружено, что одна из послушниц получила такой страшный подарок, и было бы наряжено следствие, поднимались дыбом волосы на голове игуменьи Досифеи.

Несомненно, что всему этому явились бы полновластными хозяевами полицейские и подьячие и не на долго бы хватило все скопленное в долгие годы.

Понимал это и Ананьич, но кроме интересов монастыря, он в данном случае соблюдал и свои собственные, оберегая, как говорит русский народ, "свою шкуру".

"Что взять с бабья, — рассуждал старик, неся под мышкой роковой ящик, — окромя денег да провизии; поп да дьякон тоже не отвечают, значит, тебе одному, Ананьич, придется ответ держать... Как, отчего, почему?"

Что значило в описываемое нами время держать ответ, тоже было хорошо известно Ананьичу, увы, по горькому опыту. Допросы с пристрастием, дыбы, морские кошки, все эти страшные орудия пытки восставали в уме старика и холодный пот струился по его лбу.

"Спрячу-ка я его под печку до вечера, а как стемнеет, выйду за ограду, выкопаю ямку и схороню, а то теперь, неровен час, гулящий какой человек ненароком на поле попадется, увидит, беда неминучая..."

Он уже подходил к своей сторожке, как вдруг ящик выпал у него из рук, крышка отлетела в сторону и мертвая рука, выпавшая из ящика, как-то, показалось ему, особенно грузно шлепнулась на землю.

Перед ним как из земли вырос ненавистный ему племянник.

Скажем несколько слов об этом, хотя и не главном действующем лице нашего повествования, но все же долженствующем играть в нем в будущем некоторую довольно значительную роль.

Это был рослый, белокурый парень, с добродушно плутоватым луноообразным лицом; серые глаза его, в общем большие и красивые, имели какое-то странное отталкивающее выражение, они как-то неестественно бегали и в них мелькали какие-то дикие огоньки: они напоминали глаза дикого зверя, каждую минуту готового броситься на добычу. Звали его Кузьмой Терентьевым, по прозвищу Дятел.

Ананьич стоял как пригвожденный к месту и с каким-то паническим ужасом, широко раскрытыми глазами смотрел на Кузьму, бегающие глаза которого так и прыгали, так и горели, так и сверкали, перебегая с мертвой руки и особенно с блестевшего на ней кольца на Ананьича и обратно.

Прошло несколько минут томительного молчания. Ананьич не шелохнулся.

— Дела, дядюшка, у вас завелись, делишки, не монастырские... За такие дела не хвалят, об них ой-ой как кнут плачется... — с гаденьким смехом, наконец, заговорил Кузьма.

Ананьич молчал.

— Да ты, дядюшка, не бойся, я не доносчик, не выдам, чай, схоронить нес, по благословению вашей хрычевки... так я тебе дело-то это оборудую в лучшем виде и ничего за это не возьму, окромя перстенька этого, ему он, мертвецу-то, не надобен...

— Снимешь?.. — прохрипел, а не проговорил Ананьич.

— Вестимо сниму... Глядеть на него, что ли...

— Нет уж, это шалишь, не дам... — вдруг, в припадке какого-то неистовства, вскрикнул старик и, быстро подняв руку, спрятал ее под полу своего полушубка.

— Ну, это ты, дядюшка, оставь... — спокойно произнес Кузьм и, взяв старика одной рукой за шиворот, тряхнул его так, что старик не успел опомниться, как лежал навзничь, лишившие чувств от сильного удара головой о землю.

Когда он очнулся и поднялся с земли, парня с мертвой рукой простыл и след. Ящик и крышка валялись невдалеке.

IV

ТАИНСТВЕННАЯ ПОСЛУШНИЦА

Мария открыла глаза и помутившимся взглядом оглядевшись кругом, остановила его на игуменье Досифее. Старая монахиня стояла над ее изголовьем и молча, строгим, сосредоточенным взглядом смотрела на больную.

— Это она, людоедка... — слабо произнесла последняя.

— Не осуждай, дочь моя, не суди да не судима будешь, — начала было своим металлическим голосом игуменья, но вдруг оборвала свою речь, увидев, что несчастная девушка снова была в забытье.

Ни вода, ни спирт, пущенные было опять в дело матерью Досифеей, не помогали. Больная металась на постели с раскрасневшимся лицом, с открытыми, устремленными в одну точку глазами. Бессвязный бред слетал с ее уст.

— Убили, убили... Вот она, здесь, идет... Нож в руках... Он в крови, в крови, Дарья, Дарья, людоедка...

Игуменья Досифея некоторое время беспомощно стояла около больной и прислушивалась к вылетавшим из уст несчастной странным словам...

— Не поймет, старая, ничего... Надо позвать, кажись горячка у ней...

Больная в это время несколько успокоилась.

Мать Досифея взяла со стены чистый ручник, бережно покрыла им лицо больной и тихо вышла из кельи, плотно притворив за собою дверь. Медленным шагом спустилась игуменья с лестницы, перешла двор и возвратилась в свои покои.

Серафима сидела в передней.

— Поди-ка, кликни ко мне мать Агнию, — обратилась к ней Досифея.

Серафима быстро вышла и через четверть часа вернулась с маленькой, худенькой старушкой, рясофорной монахиней, почтительно в пояс поклонившейся игуменье Досифее.

Это и была мать Агния, известная в монастыре под именем "целительницы". Уже около полувека жила она в стенах монастыря, поступив в него молодой женщиной, после смерти мужа и двух сыновей, в течение одного года сошедших один за другим в преждевременную могилу. Почти полупомешанная прибегла она под покров Пресвятой Девы и Владычица Небесная сделала по молитве ее; Елена Дмитриева, так звали мать Агнию в миру, успокоилась, но на всю жизнь дала обет посвятить страждающему человечеству — ходить за больными стало ее призванием. Присмотревшись к болезням, она стала со временем искусно применять и средства от них, средства, конечно, не научные, а народные, которые, впрочем, зачастую бывают полезнее первых. Бабы и девки окрестных деревень, в особенности Воробьевых гор, приносили сперва сестре Елене, а затем, после большого пострига, матери Агнии, полевые и лесные травы, которые монахиня-целительница сортировала и сушила в своей келье.

Слава о почти чудодейственном лечении матери Агнии облетела всю Москву и ежедневно множество недужных приходили искать у нее облегчения, не оставляя, конечно, труда целительницы без посильного вознаграждения. Последнего, впрочем, мать Агния не брала лично. Деньги больными опускались в прибитую у дверей кельи кружку, а из нее, по желанию самой Агнии, поступали в общие монастырские суммы. В общую монастырскую кладовую отправлялись и приношения натурою: крупа, мука, масло, рыба и прочее.

Эта-то Агния-целительница и стояла теперь перед игуменьей Досифеей.

В коротких словах рассказала последняя о происшествии с послушницей Марией и высказала предположение, что у нее горячка.

— Это, матушка-игуменья, ты поистине, — заметила старуха, уже давно всем, несмотря на лицо и положение, говорившая "ты", — беспременно от такого переполоху огневица схватит.....

Только какой же ворог ей прислал посылку-то...

— Это уже не наше дело, мать Агния, допытываться; больна она, так пользовать ее надо, а не допросы чинить, мы ведь не подьячие, — грозно сверкнув глазами, прервала ее на полуфразе: Досифея.

Мать Агния, видимо, оторопела.

— Вестимо дело, матушка, не наше это дело... Я так, к слову только; если подьячие-то в монастырь дорожки протопчут, тоже будет дело не хвали... Видела я раз, такое дело было тут, годов назад тридцать... — начала снова Агния, но снова была резко остановлена игуменьей.

— И это, матушка Агния, не твоя забота... Дорожки сюда подьячим не протоптать, коли и старые, и молодые будут уметь держать язык за зубами...

Старушка поняла намек и после некоторой паузы произнесла:

— Благословите, матушка-игуменья, посмотреть болящую...

— Серафима, проводи...

Послушница и мать Агния вышли. Игуменья Досифея снова удалилась в свою спальню и опустилась коленопреклоненная перед аналоем в горячей молитве.

О чем молила она?

Просила ли она Всемогущего Бога утешить скорбь молодой души послушницы Марии? Оставить жить ее только в Себе и для Себя, или же взять ее в Свое лоно и по несказанному Своему милосердию, простить ей земную привязанность, сотворение на земле кумира? Обращалась ли она к милости Божией за совершивших злое дело, пресекших неповинную жизнь, повинуясь лишь низкому мщению?

По почти хладнокровному отношению игуменьи Досифеи к совершившемуся в монастыре из ряда вон выходящему событию, видно было, что начальница монастыря знала многое из прошлого своей послушницы, и это многое не сделало присланный последней страшный гостинец неожиданностью.

Знала, но умела, по ее собственному выражению, держать язык за зубами.

Совсем иное впечатление произвело происшествие с сестрой Марией на остальных обитальниц монастыря. Весть о полученном "гостинце" с быстротою молнии облетела все монастырские кельи и насмерть перепугала сестер. И без этого рокового происшествия "новенькая послушница", как звали Марию, была окружена в монастыре ореолом таинственности.

С полгода тому назад появилась она в монастыре, привезенная в богатой карете, с гайдуками в ливреях на запятках, с каким-то важным барином, в шитом золотом кафтане, при орденах, и вместе с ним проведена в покои матушки-игуменьи. Около часу беседовал с последней привезший Марию сановник, вышел, сел в карету и укатил, и Мария одна осталась у матушки-игуменьи.

Послушницы, находившиеся тогда при матушке Досифее, передавали потом, что целый день, вечер и даже час ночи матушка-игуменья сидела, запершись в своей опочивальне, с приезжей гостьей, которая и провела даже там свою первую ночь в стенах монастыря.

Наутро игуменьей отдано было приказание приготовить одну из комнат, отводимым проезжим важным богомолкам, под келью новой послушнице Марии. Она не была отдана под начало ни одной из старых монахинь, как это было в монастырских обычаях. Сама игуменья взяла ее под свое начало.

Увидели вскоре, что это "начало" было далеко не строгим, как на первых порах ожидали все сестры, зная суровость своей настоятельницы. Многие даже сожалели, в этом случае, молодую женщину, сумевшую привлечь к себе сердца своей красивой внешностью и ласковостью обращения, а иные догадывались, что она нераскаянная грешница, исповедала своей грех перед матушкой-игуменьей, которая-де и не решается поручить ее исправление ни одной из старших сестер. Отсутствие строгости к "новенькой послушнице" поставило всех в тупик.

Заметили даже, что игуменья Досифея обращалась с Марией с какой-то далеко не свойственной ей нежностью, и глаза ее, обращенные на молодую женщину, порой теряли свой металлически-суровый блеск.

Эти отношения игуменьи к послушнице породили новые, уже несообразные толки. Основанием некоторые из них имели даже Петербургские события, о которых людская молва, уподобляемая Русским народом морской волне, донесла отголоски и в стены московского девичьего монастыря.

Это время было нового царствования Петра III, его более чем странных отношениях к своей супруге, впоследствии Великой Екатерине, и к фрейлине Елизавете Воронцовой.

Подобно снежному кому, придворная сплетня, украшенная и преувеличенная, прокатилась из конца в конец необъятной России. На канве этой-то сплетни вышивали свои узоры досужие монахини Новодевичьего монастыря. Они передавали друг другу шепотом, с таинственным видом, свои предположения о личности новой послушницы и охали и ахали над вопросом о людской судьбе, одним мановением своим могущей низвергнуть с высоты царских палат в земное ничтожество монастырской кельи. Как всегда бывает, все, казалось им, подтверждало их предположения.

Богатая карета с ливрейными гайдуками, сановный старец Бестужев, — некоторые даже узнали его имя, — лицо, имевшее силу при петербургском дворе, привезший таинственную послушницу — все было доказательством не только правдоподобия, но прямо-таки истины их догадок. Некоторые молодые послушницы, в числе которых была и знакомая нам Серафима, старались сойтись со своей новой подругой, но заметили, что матушка-игуменья косо смотрит на такое сближение, да и сама Мария была не из разговорчивых. Узнали только, что зовут ее Марией Осиповной Олениной.

Это имя несколько разочаровало сестер, хотевших видеть в новой послушнице, согласно своим предположениям, лицо высокопоставленное, но разочаровались, впрочем, ненадолго, так как, не желая отказаться от своих догадок, они решили, что мало ли как можно называться, особенно когда прикажут там. Под этим "там" они разумели Петербург.

В течение полугода никто не наведывался к новой послушнице, никто не навестил ее, на ее имя не было получено ни одного письма, ни одной посылки, как вдруг весть о роковом ящике с мертвой рукой мужчины, на одном из пальцев которой было драгоценное кольцо, подобно молнии, облетела монастырские кельи.

Затихшие было толки о "новой послушнице" возникли снова с большею силою. Говорили, впрочем, о роковом гостинце с еще большей осторожностью и за стены монастыря весть эта не выходила, так как монахини при одном имени полицейского или подьячего трепетали всем телом и лучше решались, как это ни было для них трудно, воздержаться от болтовни со знакомыми богомолками о роковой монастырской новости, нежели рисковать очутиться в губернской канцелярии или сыскном приказе.

В то время, когда монахини отводили душу в беседах об этом предмете между собою, послушница Мария находилась между жизнью и смертью. Горячка или, как ее называла мать Агния, огневица засела, по утверждению той же Агнии-целительницы, в костях и выгнать ее было затруднительно. Все уже давно испытанные старушкой средства: настой трав, лампадное масло, смешанное с каким-то снадобьем, служившее мазью для натирания тела больной, не давали никаких улучшающих состояние последней результатов. Мать Агния в недоумении качала своей дряхлой головой.

— Ишь засела, прости Господи, ни крестом, ни пестом, ни молитвой, ни снадобьем, — докладывала она игуменьи Досифеи, ежедневно навещавшей больную.

— Все от Бога, матушка Агния, — торжественно изрекла игуменья.

— Это что говорить, это вестимо так, что от Бога, только ведь и снадобья от Него, от Отца Небесного, да и все с молитвой, — возражала старуха.

— Силу-то снадобья над телом человеческим имеют тоже по воле Божией, коли нет Его, Всевышнего, воли, что тут человек поделает.

— Это правильно...

— Может Господь тело-то ее изнуряет, чтобы духом укрепить... Коли к Себе призвать захотел, так давно бы... значит, угодно Ему, чтобы жила она, страданьем грех свой искупив, — продолжала игуменья.

— Какой грех-то, матушка, молода она и нагрешить-то, чай, не успела, — заметила Агния.

— Как знать... Бес-то он силен, над молодостью еще больше куражится.

— Прости, Господи, ее согрешения, — молитвенно воскликнула целительница.

Предсказание игуменьи Досифеи сбылось. Если не целебные травы и мази матушки Досифеи, то молодой организм вышел победителем в борьбе с приближавшейся уже смертью. Перелом болезни совершился. Больная очнулась и стала быстро поправляться. Прошло, однако, около двух месяцев со дня присылки ей рокового гостинца, когда она первый раз появилась у церковной службы. Ее трудно было узнать. Исхудалая, совершенно прозрачная, с потухшим взглядом прекрасных темно-синих глаз, она стояла в своей черной одежде подобно привидению. Те, от злобы и ненависти которых она похоронила себя в стенах монастырских, Должны были быть довольны — они заживо положили ее в гроб как следует — краше не кладут. Казалось, дни ее, несмотря на выздоровление, сочтены. Немногие из сестер могли удержаться от невольных слез искреннего сожаления при виде этой страдалицы.

Кто же была она? Кто были ее враги? За что гнали они ее? Чем помешала им ее юная, только что расцветшая жизнь?

V

ЧЕРТОВО ГНЕЗДО

В 1747 году в Москве, в одном из тупичков, которыми изобилует местность, известная под именем Сивцева Вражка, стоял небольщой в пять окон одноэтажный домик, окрашенный когда-то в темно-красную, сделавшуюся от времени красно-бурой краску. Домик этот, перед которым находился небольшой палисадник, а сзади тянулся обширный сад, отделенный от не менее обширного двора высоким забором, несмотря на свою непривлекательную окраску, производил впечатление счастливого уголка, куда хотелось бы заглянуть прохожему, невольно думавшему, что в нем живут спокойно и счастливо добрые люди.

Но такие мысли и чувства мог пробуждать этот домик в голове и сердце лишь "захожего человека", попадавшего на Сивцев Вражек из какой-либо отдаленной местности обширной Москвы. Не только ближайшие соседи, но и жители прилегающих местностей хорошо знали, что наружность этого домика обманчива, что доказывалось данным ему соседями прозвищем "чертово гнездо".

Сторожилы хорошо помнили и охотно рассказывали историю этого домика более чем за четверть века. Прежде всего, они объясняли, что домик этот был окрашен когда-то в ярко-красную краску, цвета человеческой крови, иные, менее сдержанные на язык, просто удостоверяли, что он был окрашен человеческой кровью. В нем жил, худой как щепка, длинный как жердь, и как лунь седой старик, носивший и зиму и лето платье ярко красного цвета. Несмотря на свои лета, он был крепок и силен, управлялся в доме без прислуги, если не считать глухонемого дворика, в косую сажень ростом, убиравшего двор и исполнявшего обязанности сторожа.

Старик этот, по мнению одних, был "колдун", "кудесник", по мнению других "масон", третьи же утверждали, что он был "оборотень". Никто не посещал старика, не было у него, видимо, ни родных, ни знакомых, только два раза в год, в определенное время и всегда ночью, у "кровавого домика" происходил съезд всевозможных, и городских, и дорожных экипажей. К старику собирались знатные бары, но что они делали там, оставалось неизвестным для самых любопытных, там ворота были высоки, а окна запирались плотными ставнями.

Там жил старик, окруженный таинственностью, никем не беспокоенный, даже полицией, представители которой, к удивлению соседей, особенно почтительно раскланивались с ним при встрече. Это подавало мысль любопытным навести справку о загадочном старике у охранителей тогдашнего московского порядка, но попытка эта оказалась тщетной.

Полицейские отзывались незнанием, объясняя свои почтительные поклоны уважением к старости, предписанной святым писанием. Любопытствующие качали головой, удивляясь такой религиозности полицейских, но уходили от них неудовлетворенными.

Так шли годы.

Вдруг в одно утро по Сивцеву Вражку пронеслась весть, что "кровавый старик" умер. Толпа народа окружила домик, думая, следуя обычаю, поклониться праху покойного и, пользуясь этим, проникнуть внутрь таинственного домика, но и тут соседей ожидало горькое разочарование. Ворота и калитка домика умершего владельца оказались наглухо запертыми, ставни закрытыми, доступу к покойному не было. Толпа постояла около домика несколько часов и стала расходиться; некоторые запоздавшие, однако, были вознаграждены за терпение.

К домику подъехала карета, запряженная шестеркою цугом великолепных лошадей, с двумя лакеями на запятках. Один из них соскочил и три раза сильно ударил в ворота. Ворота моментально отворились и карета въехала во двор. Успели разглядеть, что в карете сидела красивая и нарядная молодая женщина.

Два, три смельчака хотели было пробраться вслед за экипажем, но были с такою силою отброшены назад силачем глухонемым, что заказали себе и другим любопытствовать не во время. Последние любопытные разошлись. Любопытство все-таки осталось напряженным. Ждали, что будет дальше.

Дальнейшее было необыкновенно и неожиданно.

В дом внесли великолепный дубовый гроб, прибыло не только приходское духовенство, но и из кремлевских соборов. Панихиды служились два раза в день и на них съезжались все знатные и властные лица Москвы, похороны были торжественны и богаты; "колдуна", "кудесника", "масона" и "оборотня", к великому удивлению соседей, похоронили на кладбище Донского монастыря, после отпевания в церкви святого мученика Власия, что в Старой Конюшен ной.

Некоторые из соседей, принарядившись в лучшие одежды, успели проскользнуть на панихиды, но в первой комнате, где стоял гроб, не заметили ничего особенного и только удостоверяли, что "кровавый старик" лежит как живой и одет в черную одежду. Видели и ту красивую и нарядную барыню, которая первая прибыла в дом покойного, и заметили, что она во все время панихиды стояла близ гроба и горько плакала.

На вынос тела собралось множество народа, который толпился у церкви и проводил вплоть до кладбища своего загадочного соседа, но ничего особенного во время этих похорон замечено не было. Сделали только один основательный вывод, что, видимо, покойный был "важная персона", так как на похороны его собрались все московские власти и вся знать Белокаменная.

Долгое время о таинственном домовладельце Сивцева Вражка шли толки и пересуды и соседи все-таки остались при убеждении, что покойный был "колдун", "кудесник", может даже и "оборотень". Этими свойствами объясняли они и значение, которое он сумел завоевать себе у знатных бар.

"Тоже ведь люди, — рассуждали обыватели, — глаза и им отвести, ой, как можно..."

Наконец, толки мало-помалу утихли. Домик около полугода стоял пустой. Хотя он и перестал быть предметом любопытства соседей, и все же они старались обходить его стороною.

"Пропустовать ему до веку... — пророчествовали они. — Кому блажь придет купить это "чертово гнездо".

Однако, сыскался человек, на которого такая блажь нашла.

На Сивцевом Вражке прибавился новый обыватель и домовладелец, отставной сержант Николай Митрофанов Иванов, только что женившийся на пригожей молоденькой девушке, коренной москвичке, Ираиде Яковлевне Булычевцевой. Парочка молодоженов поселилась в "чертовом гнезде", совершенно преобразив домик и как это ни странно, сделав из него "гнездышко любви".

Весть о покупке дома Ивановым, а также переезд его с женою в таинственный дом, составили целое событие в жизни Сивцева Вражка. Как всегда бывает, первый смельчак разрушает годами, созданную таинственность, и люди начинают понимать, что все страхи, окружающие тот или другой предмет, созданы их собственным воображением.

Не прошло и полугода, как домик Ивановых среди своих таких же деревянных одноэтажных собратьев, казалось, не выделялся ничем, кроме своего приветливого вида, которым обязан самой постройкой, но который уничтожался суеверным страхом, перед его прежним владельцем.

Это было в 1729 году.

Супруги Ивановы жили, что называется, душа в душу и даже были прозваны ближайшими соседями, с которыми успели познакомиться и сблизиться, так как оба обладали общительностью, "воркующими голубками".

Николай Митрофанов, по секрету от жены, передал некоторым из соседей, что при отделке и уборке дома, им были действительно сделаны неожиданные открытия.

На стенах им найдены были какие-то странные, на непонятном ему языке, надписи, изображения замысловатых фигур, зверей, птиц, а в темном углу кладовой он нашел несколько больших железных колец и костылей и даже гроб, окрашенный черной краской, по которому белой краской были выведены те: же непонятные надписи. Николай Митрофанов сам лично замазал все эти надписи, железо продал старьевщику в лом, гроб разрубил на мелкие щепы и сжег, не сообщая об открытии молодой жене, которая, как женщина, не на шутку бы перепугалась, и прелесть их "новенького гнездышка" была бы потеряна для нее навсегда. Оттого-то и сообщал Иванов об этих находках под строгим секретом от жены.

Соседи не замедлили передать ему рассказы о прежнем хозяине дома, но эти рассказы, подтверждаемые находками, не испугали храброго воина, и он заметил передававшему ему рассказ о "кровавом старике":

— Дурил барин от нечего делать — вот и весь сказ. Тоже бары-то с жиру да с праздности и не такие чудачества выкидывают.

— Нет, не говори, сосед, а тут было не без нечистого, я бы верно и даром этого дома не взял, хоть и хорош он, нечего говорить.

— Все это пустое, — продолжал настаивать Иванов, — от меня всякий нечистый отскочит, я старый петровский вояка, да и крест на шее у меня есть, и молебны я тоже служу в двунадесятые праздники... у меня в доме благодать.

И действительно, в доме Ивановых царила благодать.

Прошло около года. Ираида Яковлевна Иванова подарила мужа первым ребенком. Девочка родилась необычайной, для новорожденного ребенка, величины. Событие это совершилось 13 июля 1730 года.

При святом крещении она была наречена Дарьей. Радость отца и матери была неописуема. Здоровый ребенок — осуществленная мечта всех родителей. Всем и каждому из заходивших знакомых показывали они своего феноменального крупного ребенка, и отец с гордостью говорил:

— Вот оно, что значит сержантская дочь, родись она мальчишкой, славный из нее бы вышел гвардеец.

В последних словах слышалась затаенная горечь. Николай Митрофанов, как все отцы, хотел иметь первенца-сына. Судьба судила иначе, и он примирился с ней, боготворил новорожденную дочь, но то обстоятельство, что это был не мальчик, не будущий сержант, а может, чего не бывает, и генерал, все же минутами омрачало эту радость.

Миленькая Дашутка росла не по дням, а по часам, усердно и с необычайною силою теребила отца за парик, но при этом стало заметно, что в ребенке проявляется совершенно не детская настойчивость и злость. Это упорство, эти капризы сперва принимались родителями, как это бывает всегда, добродушно, и только с течением времени нежные отец и мать убеждаются в своей ошибке, но исправить эти недостатки бывает, зачастую, поздно.

Уже к году Дашутка стала совершенно диким зверьком, билась на руках у матери и няньки руками и ногами, цеплялась им в волосы, и кусалась, так как зубы у нее пошли в шестом месяце.

Соседи, которым сперва восторженный, а затем уже сокрушенный отец передавал о нраве своей дочки, качали головой, и невольно припоминали, что эта девочка-зверек родилась в "чертовом гнезде".

VI

ДЕТСТВО ДАШИ

Годы летели незаметно. Даше Ивановой пошел уже тринадцатый год. Она была в доме полновластной хозяйкой, и не только прислуга, но сам отец и мать боялись своей дочери. На Ираиду Яковлевну она прямо-таки наводила панический ужас, а храбрый преображенец-сержант, хотя и старался не поддаваться перед девчонкой позорному чувству страха, но при столкновениях с дочерью, всегда оканчивающихся не в его пользу, часто праздновал труса, хотя не сознавался в этом даже самому себе.

По внешнему виду Даша была далеко не маленькой девочкой, которой недавно исполнилось двенадцать лет, а взрослой шестнадцатилетней девицей, "хотя сейчас под венец веди", как говорила о ней ее нянька. Сама Даша чувствовала свою самостоятельность, свою физическую и нравственную силу, как чувствовала и обаятельность своей внешности и даже последней умела пользоваться при случае.

Красивая, высокая, статная, с почти совершенно развившимся станом, с роскошными темнокаштановыми волосами, с большими глазами и правильными, хотя несколько грубыми чертами лица, она являлась представительницей той чистой животной женской красоты, которая способна натолкнуть мужчину на преступление, отняв у него разум и волю. Учена она была, по тому времени, хорошо. Отставной дьячок, по прозвищу Кудиныч, обучал ее грамоте и Закону Божию с восьмилетнего возраста.

Кудиныч был маленький, тщедушный человек, с впалой грудью и вечно слезящимися глазами. На Сивцевом Вражке он был известен за опытного педагога и любим родителями, за неумеренное даже подчас употребление лозы как вразумительного и объяснительного средства. "Лоза" и "указка" считались не только в описываемое нами отдаленное, но даже и гораздо более близкое нам время необходимыми атрибутами ученья с пользой для учащихся.

Такого же взгляда держался и отец Дашутки, как называл сержант Иванов свою дочь, а потому выбор его и остановился на Кудиныче, несмотря на то, что этот учитель, бывший в спросе, брал сравнительно дороже других — два рубля ассигнациями в месяц. Не пожалел Николай Митрофанов денег, предвкушая не без злорадства оскорбленного отца первую порку, которую задаст учитель зазнавшейся девчонке, с которою ни сладу ни ладу. Восьмилетняя Дашутка, выглядывавшая двенадцатилетней, сама выразила желание учиться, и отец ухватился за это желание дочери.

"Он-те выучит... — думал он про себя о Кудиныче, — он-те проберет, порет, говорят, страсть, поди искры из глаз посыпятся... На него не установишься своими зелеными буркалами, его не укусишь, как намеднись меня хватала за руку..."

Цвет глаз Дашутки в минуты гнева действительно принимал зеленый оттенок и делался похож на змеиный. Все лицо, в обыкновенное время красивой девочки, преображалось — на нем отражались какие-то необычайно страшные зверские инстинкты.

Надежды Николая Митрофановича, однако, не сбылись. Старый педагог с первого же урока спасовал перед своей ученицей и не только не угостил ее спасительной лозой, которая в достаточном количестве была приготовлена заботливым родителем ко дню вступления его дочери в храм науки, но даже ушел с урока с несколькими синяками на руках, сделанными новой кандидаткой в грамотейки. Это окончательно смутило Николая Митрофанова.

— Ты что же это, брат Кудиныч, мо-то не школишь? — обратился сержант к учителю, после нескольких дней, видя, что приготовленные им лозы до сих пор не употреблены с научной целью.

— Оставь... — заметил мрачно учитель.

— Чего оставь?." — рассердился Иванов. — Коли ты нанялся и деньги берешь, так учи!..

— Я и учу...

— Как же ты учишь, когда ни прута не тронул?

— Значит, не надобно...

— Как не надобно, какая эта наука, девчонка — змея подколодная, ее надо драть до полусмерти, а он — не надо...

— Так и дери... — все так же мрачно отвечал Кудиныч.

— Дери... — задумчиво произнес сержант. — Зачем мне драть, я тебя нанял.

— Драть?

— Учить...

— Я и учу...

— Да ведь других дерешь?

— Деру...

— Дери и мою...

— Нет уж, твою дери сам...

— Что так, али тоже труса празднуешь?

— Да тут, я ее было хотел легонько кулаком в зубы, так она мне такую затрещину дала, что и сейчас не вспомнишь... — сознался учитель.

— Вот оно что... — беспомощно опустил руки сержант. — Учи уж так... Да учится ли?

— Учится, умная бестия...

— Умна, говоришь... — даже удивился Иванов.

Похвала уму его дочери польстила его отцовскому самолюбию, а страх, внушенный девчонкой такому опытному и строгому педагогу, как Кудиныч, утешил Николая Митрофановича в том смысле, что не он один из мужчин боится этого "исчадия ада", как он не раз называл свою дочь. Даша, несмотря на то, что сама давала тумаки своему учителю, окончательно с течением времени подчинившемуся своей строгой ученице, училась действительно хорошо и без вразумляющей и разъясняющей лозы. Памятью и сметливостью она поражала и прямо увлекала Кудиныча.

— Ну и голова у тебя дочь... — пускался он в похвалы своей ученице, когда изредка сержант оставлял его позабавиться анисовой водочкой, которую употреблял в память Великого Петра, при котором начинал свою службу.

— А ну ее в болото... — говорил обыкновенно отец.

— Чего ну... Сколько годов учительствую, а до сих пор такой башки не встречал, даже в нашем мужском звании...

— Да к чему ей башка-то, бабе...

Горькое чувство, что у него нет сына, снова поднималось в старике.

— Как к чему, тоже жить надо...

— И то правда, вековухой будет... — согласился отец.

— Зачем вековухой, из себя она изрядная.

— Что ж, что изрядная... Да кто же ее, идола, замуж возьмет... Кому жизнь-то постыла... Ведь зла-то как... зверь рыкающий.

— Зла-то, зла... — задумчиво говорил Кудиныч, — это так, поистине, что зверь рыкающий.

— То-то и оно-то...

— Ну, да как знать, наш тоже брат-мужик до красоты ихней падок...

— Жизнь проклянет, кто свяжется, я своими руками не отдам, тоже крест на шее есть, петлю на горло надевать человеку не согласен и сватов засылать никуда не буду...

— Сама подыщет, не таковская, чтобы в девках усидеть... — решил Кудиныч.

Года через три учитель объявил, что ученица выучена, и действительно, Даша усвоила почти всю его книжную мудрость и больше ее было ему учить нечему. Ученье произвело на нее как будто смягчающее действие, она стала тише и задумчивее, хотя по временам на нее находили прежние вспышки неистового гнева, от которого прятались отец с матерью и все домашние.

Особенно доставалось дворовой девчонке, старше ее на два года, Афимье, или Фимке. Дашутка била ее нещадно чем попало и по чему попало, и несчастная иногда по несколько дней не вставала со своей постели от побоев, в синяках же и кровоподтеках ходила постоянно. Это, однако, не уничтожало в Фимке какого-то странного чувства чисто собачьей привязанности к Дарье Миколаевне, как она звала свою барышню. Лучшей и более точной исполнительницы воли Даши последняя не могла бы сыскать даже среди крепостных служанок тех времен, отличавшихся преданностью и исполнительностью. Несмотря на переносимые Побои, почти истязания, Фимка готова была для Дарьи Николаевны пойти в огонь и в воду. Черноволосая, с задорным, миловидным личиком, Фима была, несмотря на далеко не веселое свое положение при своей драчливой барышне, всегда веселой и шаловливой. Этими своими свойствами она даже часто обезоруживала гнев Даши, и та, по-своему, даже любила ее или, по крайней мере, не могла без нее обходиться.

Склад жизни "чертова гнезда", как снова иногда начали называть домик Ивановых соседи, конечно, не был тайной для последних. "Девчонка-звереныш", как прозвали Дашу соседи, служила темой бесчисленных и непрерывных рассказов, тем более, что сам ее отец Николай Митрофанович с горечью жаловался на дочь всем встречным и поперечным и выражал недоумение, в кого она могла уродиться. Это привело досужих обывателей Сивцева Вражка к созданию целой легенды, по которой ни в чем неповинная Ираидз Яковлевна, "мать-звереныша", — такое было дано и ей прозвище, — обвинялась в сношении с нечистой силой.

"Беспременно этому делу виноват "старый оборотень"; умереть-то он умер, как следует, по человеческому, а домишко-то свой не забыл, душа-то его черная по земле мечется, нет-нет, да и навестит старое жилище, — рассуждали между собою соседи. — Так вот Ираиду видно грех и попутал, связалась с оборотнем, может он и вид мужа принял, и принесла дочку".

Эта легенда, несмотря на всю свою несообразность, запала в обывательские умы, и как это ни странно, вся последующая жизнь Даши Ивановой подтверждала ее. Она, действительно, оказалась "исчадием ада".

VII

В ЛЕСУ

Лето 1746 года было замечательно по стоявшей прекрасной погоде. Его нельзя было назвать сухим, так как Господь посылал дождика в меру и в воздухе чувствовалась та благорастворяющая влага, которая так необходима для изобилия земных плодов.

Стоял конец июля. Ягодный сезон был в самом разгаре. Это особенно было заметно в Москве, красовавшейся в то время своими рощами и садами. Прямо перед "очами векового Кремля" лежали "Садовники", многие столетия смотрел на них Кремль, любуясь их зеленью; оттуда, по ветру к нему навевался сладкий запах цветов и трав; там целые слободы заселены были садоводами; к Кремлю же примыкала цветущая поляна (нынешная Полянка), с прудами, рыбными сажалками и с заливными озерами.

Сады в урочище "Садовников" были не прихотливы: в них не было ни регулярности, ни дорожек — одни только неправильные тропинки, да и то не везде. В этих садах вся праздная земля, не занятая деревами, кустами, грядами овощей, шла под хозяйский сенокос. Плоды московских садов того времени были яблоки, вишни, груши, малина, крыжовник (агрыз), смородина черная и красная. Малинники в то время были очень густы, почти непроходимы, в них захаживал непрошенный гость — "косолапый Мишка". По краям садов сажалась черемуха, рябина. Окрестности Москвы славились своими заповедными вековыми рощами, и куда бы ни кинул взгляд свой путник, всюду встречал лесных гигантов. Один из таких вековых обитателей дубрав жив еще и посейчас и проезжие со станции Мытищи могут его видеть, хотя он стоит в пяти верстах от железного пути. Этот гигант "вяз" воспет А.Ф. Мерзляковым девяносто лет тому назад, в известной, ставшей народной, песне:

Среди долины ровныя, на гладкой высоте,
Цветет, растет высокий дуб в могучей красоте.
Высокий дуб развесистый, один у всех в глазах,
Один, один, бедняжечка, как рекрут на часах.

Поэт только почему-то назвал его дубом. Сторожилы московские, однако, утверждают, что песня сложена именно про этот "вяз".

Сержант Николай Митрофанов Иванов был страстный любитель природы и при первом весеннем ветерке рвался из дому. Его собственный обширный сад был ему тесен, хотя он с любовью занимался им, холил каждое деревцо, подстригал кусты, очищал их от паутины и словом ухаживал, как мать за родным детищем. Это поглощало первые весенние месяцы и часть летних месяцев, в июне же и в июле сержант обязательно начинал пропадать из дома, и его, по выражению Ираиды Яковлевны, одна заря вгоняла, другая выгоняла, и иногда отсутствие его продолжалось и по несколько дней.

Николай Митрофанов отправлялся в "Садовники" по ягоды — почти все хозяева садов этой местности были его благоприятелями — или на Москву-реку, предаваясь на ней тоже одному из своих любимых занятий — рыбной ловле. Иногда он забирался и в далекие окрестности Белокаменной. По праздничным дням его нередко сопровождал и учитель — Кудиныч, уже окончивший, как известно, занятия с дочерью Иванова, и оставшийся благоприятелем с Николаем Митрофановым. Последний любил природу несколько иначе. Практические результаты лета и осени, как плоды, фрукты и рыбная добыча, не играли в его глазах той роли, которая заставляла трепетать сердце практического сержанта. Кудиныч был философ и любил предаться мечтам под сенью зеленой листвы деревьев и на берегу тихо катящей свои волны реки. В летних экскурсиях своих с Николаем Митрофановым он был скорее его собеседником, нежели помощником.

В год нашего рассказа, в Ильин день, Николай Митрофанов и Кудиныч, чуть начало светать, отправились по грибы за деревню Мытищи, близ которой был густой, непроходимый бор, памятником которого сохранился до нашего времени один вышеназванный нами "вяз", воспетый Мерзляковым.

Было чудное июльское утро, когда наши грибоискатели вошли под тень векового бора. На дворе становилось уже жарко, яркое солнце, вышедшее из-за горизонта, быстро накаляло не успевший еще охладеть за короткую летнюю ночь воздух, но в лесу все веяло прохладой.

— Эка благодать-то какая! — вздохнул полной грудью Кудиныч, порядком-таки уставший от довольно далекого путешествия, между тем как отставной сержант шагал бодро и весело. — Прилечь теперь на траву-то, из земли сила в тебя потянется могучая, здорово...

— Тебе бы все лежебочничать... — заметил Николай Митрофанов. — Куда с тобой ни пойдешь, все ты только по мураве-траве валяешься, нет, чтобы рыбину поймать, ягод понабрать или грибов, лежишь на земле-то твоей, а силы-то что-то в тебе не видно...

— Это, Николай Митрофанов, все от Бога...

— Вестимо так, только не даром присловье молвится: "на Бога надейся, а сам не плошай". Я вот всю жизнь на ходу, а силы-то достаточно, медведя и того не побоюсь, померяюсь...

— Ты не накликай, здесь, говорят, медведи-то водятся...

— Как не водиться, водятся, а ты уж и назад хоть пятки ворочай, струсил... Лежишь, лежишь на земле-то, а тщедушный такой, что не только медведь, заяц тебя свалит, — продолжал добродушно потешаться над Кудинычем Николай Митрофанов.

— Уж и заяц; скажет тоже; зайца-то я сам выгоню, потому я на ходу легок...

— Чему же не легкому быть, кости да кожа... Нет, видно, учеба-то ваша мясо не растит, а о жире и забыть при ней надо...

— Дух-то за то укрепляется... — с важностью заметил Кудиныч. — Нет, ты посмотри: лужайка-то, травка муравка-то какая, цветок к цветку... Я, как хочешь, прилягу... — вдруг переменил он разговор.

Действительно, они вышли на небольшую полянку, поросшую мягкой, сочной травой, испещренной всевозможными цветами. Деревья как бы расступились, чтобы дать место этому укромному уголку природы, действительно манящему к неге и покою. Кудиныч решительно остановился.

— Так я малость прилягу... Отдохни и ты, Николай Митрофанович...

— Я не устал... А ты лежи, лежебока, что с тобой делать... Тут около полянки, наверное, самое грибное место... Я поищу грибов и вернусь за тобой.

— Далеко ты только не ходи... — заметил Кудиныч, уже с наслаждением развалившийся на траве и вперив свой взор к безоблачным небесам, видневшимся над ним среди редких деревьев.

— Небось, медведей боишься... — захохотал сержант и скрылся в чаще.

— Не то, а неровен час потеряешься! — крикнул ему вдогонку Кудиныч, но не получил ответа.

Не прошло и получаса, как сладкая дремота Кудиныча в объятиях природы была нарушена страшным треском ломаемых сучьев, раздавшимся среди точно заколдованной тишины леса; затем послышались крики, страшные, неистовые, и в этих криках Кудиныч узнал голос отставного сержанта. По первому пробуждению тщедушный учитель бросился на эти крики, но едва вбежал в чащу и пробежал шагов с двадцать, как глазам его представилась картина, от которой он весь похолодел и остановился, как пригвожденный к месту. Огромный медведь мял под собою Николая Митрофановича, который перестал уже кричать, а только громко стонал.

С секунду простоял Кудиныч перед этой картиной в полном сознании своего бессилия и невозможности оказать помощь, затем повернул назад и бросился бежать так, что, действительно, никакому зайцу не угнаться было за ним. Он решил бежать в деревню и просить помощи у мужиков. Быстро пробежал он лес, выбежал на опушку, в нескольких шагах от которой и расположены были Мытищи.

Крестьяне мигом собрались, услышав от Кудиныча о том, что "сержанта Митрофаныча", под каким прозванием знали Иванова многие из мытищенских мужиков, задрал медведь, вооружились дрекольями и пошли в лес, следом за учителем, который шел впереди. Имея за собой человек с двадцать рослых и дюжих людей, Кудиныч не боялся и бодро вел свою армию на врага. Но враг не стал дожидаться мстителей за свое кровавое дело.

Когда подошли к месту, то медведя простыл и след, а на земле I лежал лишь обезображенный труп Николая Митрофанова Иванова. Вся одежда на нем была превращена в лохмотья, череп разворочен, лицо потеряло всякий человеческий облик и представляло из себя одну сплошную кровавую массу.

— Ишь, как управился, чтоб ему... — заметил Кудиныч, растерянно смотря на обезображенный труп. — Заладил одно: медведь да медведь, вот и накликал... Как жаль, сердечного, ах, как жаль!.. Старик был на отличку... Да, может, жив еще?..

Крестьяне тоже ахали, а при последних словах Кудиныча один из них, нагнувшись к лежавшему, подвинул его за ногу. Он не издал ни звука.

— Кончился... — заметил крестьянин.

— Вестимо кончился... Где же тут живу быть... Вишь всего разворотил!

Тут только заметили, что у трупа распорот живот и внутренности из него вышли наружу. Поахав и поохав, и почесав затылки, крестьяне сделали тут же из ветвей деревьев носилки и понесли обезображенное тело отставного сержанта Николая Митрофановича Иванова в деревню.

С опущенной долу головой, и с невольно лившимися из глаз непритворными слезами, шел за носилками Кудиныч. Труп в деревне положили в один из сенных сараев, а для Кудиныча запрягли телегу, в которой он, с одним из крестьян, и отправился в Москву, везя роковое известие, нечуявшим над своими головами никакой беды, Ираиде Яковлевне и Дашутке.

"Вот убиваться-то будет, родимая... Любила она старика, ах, как любила, — думал дорогою Кудиныч о жене покойного. — Дашке-то ничто, глазом не моргнет, не таковская", — переносилась его мысль, на свою бывшую ученицу, сердце и нрав которой были ему достаточно известны.

VIII

ПРОКЛЯТАЯ

Кудиныч ошибся только в подробностях. Привезенное им известие о страшной кончине мужа произвело на Ираиду Яковлевну действительно потрясающее впечатление, но слезами она не облилась. Она встретила роковую весть даже с каким-то тупым равнодушием, которое на первых порах поразило учителя.

"Ишь ты, ей, кажись, его и не жалко совсем..." — мелькнуло у него в голове, но внимательно посмотрев на несчастную женщину, которой он, подготовив как умел, рассказал страшное приключение в лесу, он тотчас отбросил эту мысль.

Мучительное горе, отражавшееся в остановившихся глазах Ираиды Яковлевны, разлитое во всех, как бы окаменевших чертах ее красивого лица, ясно говорило, что слезы, быть может, только облегчили бы для нее страшный удар судьбы, но что не ими выражается то страшное душевное потрясение, которое испытывает человек при поразившем его истинном горе. Кудиныч понял, что заплачь эта женщина и ему перестало бы быть так жутко, как при этом холодном, безмолвном отчаянии. Плачущего человека можно утешить, тут же слов утешения, настоящего, искреннего, не состоящего из общих фраз, не сходило с языка при всех усилиях воли. Это безмолвное, ничем не выраженное или, лучше сказать, выраженное всем существом несчастного человека горе, подобно холодному суеверному ветру, леденит сердца и умы окружающих.

Кудиныч молчал, под дуновением этого пронизывающего его холода.

"Вот оно что! Это хуже слез! Это — смерть!" — мелькнуло в его уме.

На дочь известие о смерти отца не произвела, казалось, никакого впечатления.

— Сидеть бы ему дома, на печи, жив бы был!.. — заметила она, присутствуя при рассказе Кудиныча, передававшего ее матери о страшной смерти Николая Митрофанова.

Фимка одна, всплеснув руками, заревела благим матом.

— Батюшка, Николай Митрофанович, на кого ты нас, родимый, оставил... — начала причитать она, но тотчас была остановлена Дашуткой, давшей ей полновесную пощечину.

— Чего, белуга, разревелась, вернешь што ли... Знаешь, я этих бабьих причитаний не люблю, пошла на место!

Фимка, как забитая собака, вся как-то подобравшись, вышла.

— И сильно он его раскровенил?.. — хладнокровно задала вопрос Дашутка Кудинычу.

Тот молчал, в каком-то почти паническом страхе, глядя на свою бывшую ученицу.

— Ишь, у вас языки, видимо, поотсохли... — бросила последняя и вышла из комнаты, мурлыча про себя какую-то песню.

Ираида Яковлевна проводила дочь таким злобно-презрительным взглядом, что Кудинычу стало не по себе.

На следующее утро Ираида Яковлевна, Дашутка и Кудиныч, с тем же мытищенским мужиком отправились в Мытищи за телом покойного, захватив с собою купленный в Москве гроб.

Вид обезображенного трупа мужа не вывел его жену из ее окаменелого состояния: она, казалось, равнодушно смотрела на эту груду свежего мяса, в которую обратился ее муж еще вчера, нежно прощавшийся с ней горячим поцелуем и обычной ласковой фразой: "ну, прощай, моя лапушка". Поведение дочери покойного внушило священный ужас даже крестьянам, при которых происходила сцена прибытия в сенной сарай, где находился труп Иванова, Ираиды Яковлевны и Дарьи Николаевны. Последняя с каким-то странным любопытством рассматривала обезображенное тело своего отца, щупая мясо, отставшее от костей, руками, и, наконец, грубо заметила:

— Ишь, как его разворотило.

Ни вздоха не вырвалось из этой молодой девичьей груди, ни слезинки не появилось в этих прекрасных, но холодных, как сталь, глазах. Тело положили в гроб, поставили на телегу и повезли в Москву. За ними двинулся туда и Кудиныч с семьей покойного.

Смерть Николая Митрофанова вызвала общее сожаление не только в ближайших соседях, но и обитателях Сивцева Вражка вообще, что доказало множество присутствующих на панихидах в доме покойного и при отпевании в церкви святого Власия, что в Большой Конюшенной.

Тело Иванова опустили в могилу на Драгомиловском кладбище. Ираида Яковлевна за все это время не выронила ни слезинки, но своим окаменевшим от горя лицом она и на всех других производила такое же впечатление, какое произвела на учителя Кудиныча. Все чувствовали это безмолвное, страшное горе и преклонялись перед ним.

— Ишь, сердечная, как ее пришибло! — замечали кругом.

Совершенно непришибленной оказывалась Дашутка. Она стояла за панихидами и при отпевании и даже при опущении в могилу, самом страшном моменте похорон, когда стук первого кома земли о крышку гроба отзывается в сердце тем красноречием отчуждения мертвых от живых, тем страшным звуком вечной разлуки с покойным близких людей, которые способны вызвать не только в последних, но и в окружающих искренние слезы. Казалось, Дашутка присутствовала при каком-то интересующем ее представлении, незнакомом ей доселе, любопытном обряде, а не при похоронах своего родного отца, погибшего такою трагическою, мучительною смертью, — растерзанного диким зверем. Она перешептывалась с Фимкой, видимо, в угоду своей барышне, также имевшей далеко не печальный вид и даже — заметили некоторые — усмехалась.

Это поведение дочери у гроба отца возмутило соседей и стало надолго предметом обсуждения обывателей Сивцева Вражка. Заметили также взгляды ненависти и презрения, которые подчас останавливала неутешная вдова на своей единственной дочери, которая, казалось бы, в минуту потери мужа, должна бы была сделаться особенно дорогой для одинокой матери. Все это подтвердило в глазах обывателей созданную уже целые годы легенду о происхождении этого "звереныша".

— Не отец он ей, уже теперь как Божий день ясно, что не отец... — говорили досужие языки, — кровь-то в ней и не сказывается... Кабы дочь она его была, разве можно было бы ей такой быть... Хороший был человек, душевный, любил ее, отродье дьявольское, а она хоть бы бровью повела, что умер... Точно пес какой паршивый околел у нее под подворотней... Прости, Господи... Не дочь, стало быть, не дочь... Согрешила Ираидушка, может за ее грехи Господь и мужу-то ее послал смерть такую лютую... Сама чувствует, что согрешила... На дочь-то смотрит как на ворога, да ворог она и есть — дочь ворога человеческого.

Таким образом репутация "исчадья ада" окончательно утвердилась за Дарьей Николаевной Ивановой.

Жизнь в красненьком домике, после похорон Николая Митрофанова, пошла томительно однообразно и одиноко. Навещавшие было первое время соседки и знакомые не повторяли своих посещений, ввиду тягости царившей в доме атмосферы не только стрясшегося над ним недавно горя, но, казалось, и предчувствия надвигающегося. Ираида Яковлевна ходила по дому, распоряжалась по хозяйству все с тем же страшным окаменевшим выражением лица и делала все, видимо, машинально, не отдавая себе отчета в тех или других своих поступках и действиях. Она почти ни с кем не говорила, отделывалась короткими фразами и немногосложными приказаниями.

Только Дашутка-звереныш не изменила своей жизни, по-прежнему верховодила над прислугой, бранила и била ее, не обращая никакого внимания на мать, а тем более на посторонних, гостей из соседей, которых она не любила, а те ей отплачивали той же монетой. Ей шел уже семнадцатый год, она была, как принято было тогда выражаться, "в самой поре", и физически развита на диво. Чистое лицо, что называется кровь с молоком, с правильными, хотя и резкими чертами, с толстой русой косой ниже пояса, высокой грудью и тонким станом, все это, конечно, не ускользало от внимания сыновей соседей, в частности, и молодых франтов Сивцева Вражка вообще, но большинство сторонилось от молодой девушки, злобный нрав которой был известен всему околотку, а некоторые смельчаки, решившиеся было начать с ней любовное заигрывание, получали такой, в буквальном смысле, чувствительный отпор, что другу и недругу заказывали помышлять о такой тяжелой руке красавицы. Чувство любви, видимо, не просыпалось в Дарье Николаевне и она жила своею собственною внутреннею жизнью, предаваясь, впрочем, видимо, мечтам о будущем, так как часто во время припадков гнева и скуки у нее вырывались слова:

— Эх, кабы моя полная воля!

Этой полной воли ей пришлось ждать не долго.

Ираида Яковлевна, со времени смерти мужа, совсем не разговаривала с дочерью, подчас лишь взглядывала на нее с необычайною злобой и с каким-то, почти физическим, отвращением. Эти взгляды очень беспокоили Кудиныча, который один не переставал навещать семейство покойного Иванова. Он чуял сердцем, что они разразятся чем-нибудь недобрым.

Наступил сороковой день со смерти Николая Митрофанова. Кудиныч пришел сопровождать вдову и дочь на могилу покойного. Дарья Николаевна, видимо, никуда не собиралась, тогда как Правда Яковлевна уже надела на голову платок.

— Ты что ж, отца-то поминать не пойдешь?.. — вдруг обратилась она к дочери. Это были со дня похорон, первые ее слова с ней.

— Куда я потащусь, в дождь такой... Идите себе, поминайте одни своего грызаного.

На дворе действительно шел сильный дождь.

— Ах, ты, корова семиобхватная, ах, ты, лошадь стоялая, чертово отродье, да я ли родила тебя, изверга такого, вот лучше задушу тебя своими руками!.. — вдруг разразилась потоком ругательств Ираида Яковлевна и, как разъяренная тигрица, бросилась на дочь и схватила ее за горло.

Но не такова была Дарья, чтобы остаться в долгу. Она с такой силой оттолкнула мать, что та полетела навзничь на пол, ударившись головою о косяк окна.

— Будь ты проклята!.. — падая, успела крикнуть мать и уже через минуту лежала без сознания.

Свидетель этой безобразной сцены, Кудиныч, бросился к упавшей. Дочь спокойно вышла из комнаты.

IX

МОСКОВСКИЕ УДОВОЛЬСТВИЯ

На кладбище, в сороковой день, не пошел никто.

Бесчувственную Ираиду Яковлевну отнесли на постель, на которой она в бессознательном состоянии пролежала около двух недель и отдала душу Богу, не сняв проклятия со своей дочери. Последняя, впрочем, и не навещала ее и совершенно равнодушно встретила известие о ее кончине.

Эта смерть ведь открывала ей широкое поле — у нее становилась "своя воля".

Ираиду Яковлевну похоронили рядом с мужем, на Дорогомиловском кладбище.

Дочь проводила мать до места ее вечного упокоения без слезинки в глазах и вернулась домой уже полновластной и единственной хозяйкой.

— Проклятая, проклятая! — шептали вокруг нее люди, но она не слыхала или не желала слышать этих слов.

Так под именем "Проклятой" она и стала слыть на Сивцевом Вражке. Сирота сделалась центром внимания соседей, следивших за каждым ее шагом и толковавших вкривь и вкось даже самые обыденные ее поступки.

Так всегда случается с людьми, по тем или другим причинам заслуживавшими общественное внимание. Все, что проходит бесследно для других, становится им в вину; все, что кажется обыденным в обыкновенном человеке, представляется чем-то выдающимся в том, на котором сосредоточен взгляд общества.

Дарья Николаевна Иванова, впрочем, своим поведением, нельзя сказать, чтобы накидывала платок на чужой роток, который и без того накинут, по словам русской пословицы, трудно.

Не прошло и сорока дней со смерти матери, как молодая девушка, ставшая самостоятельной, зажила, как говорится, во всю. Нельзя было сказать, чтобы в режиме ее жизни было бы что-нибудь предосудительное; ни одного мужчины, ни молодого, ни старого, исключая разве изредка наведывавшегося Кудиныча, который был не в счету даже в глазах сплетников и сплетниц Сивцева Вражка, не было около нее; но быть может ей простили бы даже любовную интригу — она была естественной — ей не прощали ее поведения, потому, что оно было необычайным, потому что оно не укладывалось под понятия нравственного и безнравственного, оно выходило вон из ряда, и его осуждали строже, чем осуждали бы явный порок. Дашутка-проклятая, как продолжали называть ее обыватели Сивцева Вражка, дурила не на живот, а на смерть.

Одетая в мужское платье, она приказывала запрягать себе лихих коней, и посадив в сани Фимку, тоже переодетую мужчиной, как вихрь носилась по Москве, посещая "комедийные потехи", как назывались тогда в Москве театральные зрелища, и даже передавали за достоверное, участвовала в кулачных боях, словом, вела себя не по-девичьи, не по-женски.

Первые публичные театральные представления в Москве происходили при Петре, в "Комедийной Храмине" на Красной площади, и в Немецкой слободе, в доме генерала Франца Яковлевича Лефорта. Для "Комедийной Храмины" в 1701 году был отправлен за границу поступивший к царю на службу комедиант Иван Сплавский, в город Гданск (Данциг), для вербования в Москву театральной труппы. Он в контракте обязывался, по прибытии с труппою в Москву, царскому величеству всеми помыслами, потехами угодить и к тому всегда доброму "готовому и должному быти", и за это ему назначено было ежегодно получать по 5000 ефимков.

Современники в то и последующее описываемое нами время смотрели на зарождающийся "светский театр" как на дело дьявольское и богопротивное, и глядели, приговаривая: "с нами крестная сила". Публичные представления на Красной площади в конце 1704 года на время прекратились: Яган Кунтш, этот предтеча современных антрепренеров, бежал из Москвы, не заплатив жалованья никому из своих служащих.

После Кунтша театр на Красной площади перешел в руки Отто Фюрста; представление у последнего чередовалось с русскими представлениями: русские давались по воскресеньям и вторникам, а немцы играли по понедельникам и четвергам; немецкие и русские пьесы представлялись под управлением Фюрста. В труппе последнего женские роли впервые исполняли женщины: девица фон-Велих и жена генерального директора Паггенканпфа, в русских документах попросту переделанная в Поганкову.

В этих театрах русскими учениками Кунтша и Фюрста играны были следующие пьесы: "О Франталисе эпирском и о Мирандоне сыне его", "О честном изгнаннике", "Тюрьмовой заключенник или принц Пикельгяринг", "Постоянный папиньнаус", "Доктор Принужденный" и другие. Все эти пьесы имели все театральные эффекты и ужасы, сражения, убийства и прочее.

После Петра I, при Екатерине и в последующие царствования, в Москве публичных представлений не было.

Со вступлением на престол Анны Иоанновны, простота прежних времен сменилась великолепием и блеском, как коронация Анны Иоанновны. К этому торжественному дню польский король Август II отправил в Москву отборнейшие таланты своей дрезденской оперы. Это были итальянцы, между которыми находились знаменитости того времени, превосходные певицы, танцовщики, музыканты. Из числа их особенно отличалась актриса Казанова, мать известного авантюриста Казанова, и комик-певец Педрилло, впоследствии шут государыни.

Этими-то артистами и была представлена итальянская интермедия, с необычайною роскошью в костюмах и декорациях.

В 1741 году, с восшествием на престол императрицы Елизаветы Петровны, началась новая блистательная эпоха признанного драматического искусства в России и в ее царствование положено было начало отечественному театру. Ко дню коронации императрицы в Москве нарочно был построен новый театр на берегу Яузы. Театр был обширен и прекрасно убран.

В день коронации был дан первый великолепный спектакль на итальянском языке: он состоял из оперы "Clemenzo di Tiddo" (Титово милосердие) и "Le Russia affletta et riconsolata" (Опечаленная и вновь утешенная Россия), большая аллегорическая интермедия, смысла которой пояснять не нужно, потому что он виден из самого заголовка пьесы. После следовал балет "Радость народа, появление Астреи на российском горизонте и восстановлении золотого века".

Балет, по сказаниям современников, был превосходный и приводил в неимоверный восторг публику. В следующие дни был представлен еще другой балет, "Золотое яблоко на пире богов, или суд Париса". Оба балета были сочинены и поставлены на сцену Антонием Ринальдо-Фузано. Этот балетмейстер служил прежде при дворе Анны Иоанновны и был преподавателем "танцевания" великой княжны Елизаветы Петровны. При первом известии о восшествии ее на престол, Фузано, бывший тогда в Париже, поспешил в Петербург, чтобы представиться венценосной ученице и предложить ей свои услуги. Императрица тотчас же приняла его и наименовала вторым придворным балетмейстером для комических балетов: первым балетмейстером и хореографом трагических танцев числился Линде, находившийся в то время за границей.

Петровский служака, покойный Николай Митрофанов Иванов любил в память Великого Петра посещать комедию, а любовь к последней "дщери Петра" Елисавете еще более побуждала его к ее посещению, которое он считал как бы исполнением воли государыни. Возвращаясь домой после комедийного зрелища, он горячо передавал своим домашним свои впечатления и таким образом развил в дочери любовь к театру, несмотря на то, что она при жизни отца с матерью даже не смела подумать о его посещении.

Содержание комедийных зрелищ того времени пришлось подходящим к грубым вкусам Дарьи Николаевой Ивановой, и она пропускала редкое представление, тем более, что места были дешевы, первые стоили гривну, вторые два алтына, третьи пять копеек, а последние алтын, а отцовская кубышка, оставшаяся в полном распоряжении дочери, позволяла эти траты.

Лучшим, однако, удовольствием, превосходящим бешенную езду и театр, были для Дарьи Николаевны кулачные бои. Происходили они в Москве обыкновенно зимой, на льду Москвы-реки. Со всех сторон в воскресенье или в праздники, после полудня, собирались молодцы потешить себя, поразмять и свои, и чужие косточки. Собиралось на эти бои иногда народу тысячи по три, по пяти, причем немало было и зрителей, даже из людей высшего круга, а также и женщин, любовавшихся на бойцов из закрытых ковровых возков с медвежьими полостями. Не упускали случая побывать на боях и молодые девушки, хотя редкие из них принимали в них участие.

Вообще кулачный бой был для всех самой обыкновенной и причем самой любимой забавой.

Увлекалась им до самозабвения и наша героиня и, подчас, переряженная парнем, принимала в них участие, сильно тузя бока заправским бойцам. Она находила дикое упоение при виде этих падающих и кричащих людей, звуке сыпавшихся направо и налево ударов, цвет брызгавшей из носов и губ крови и синевы подставляемых под глаза фонарей.

Все это, повторяем, возмущало соседей, и рассказы о ее молодечестве, а кстати и беспутстве, преувеличенные и разукрашенные, ходили по Сивцеву Вражку, хотя участие девиц в кулачных боях не было в то время совершенно исключительным явлением. Молва о ней, как о "выродке человеческого рода", "звере рыкающем", "исчадьи ада", "чертовой дочери" снежным комом катились по Москве.

Материнское проклятье, тяготевшее над ней, довершало мрачную окраску ее фигуры, хотя, по внешнему виду, она была в полном смысле красавицей, окончательно расцветшей к восемнадцати годам.

X

ВСТРЕЧА

Убеждение, высказанное еще покойным Николаем Митрофановым о том, что его дочь останется "вековухой", то есть не выйдет замуж, разделяли не только близкие соседи, но и все обыватели Сивцева Вражка.

Можно же после этого представить, как должна была поразить их новость, что у Дашки Ивановой объявился жених, да еще не простой, не захудалый какой-нибудь парень, а такой, что за него с руками и ногами выдали бы своих дочерей московские папеньки и маменьки, даже принадлежащие к богатым и знатным фамилиям Москвы. С некоторого времени заметили, что Дашутка катается уже не на своих лошадях, а на рысаках, совсем кровных, как говорили очевидцы. Одевалась она уже в женское платье, а рядом с ней в узеньких санях помещалась уже не ее возлюбленная Фим-ка, а красивый, стройный военный, с выхоленным лицом и барскими манерами.

Вскоре стало известно, что это жених, Глеб Алексеевич Салтыков.

Соседи так и ахнули: гвардейский ротмистр, богач, красавец, хочет узаконить это "исчадие ада" — "Дашутку-звереныша".

— Просто путает... — догадывались одни. — Тоже, чай, разум в голове есть, видит, чай, кого замуж-то брать приходится.

— Не такая она девка, чтобы путать дозволила... — возражали другие. — Путанников-то много бы нашлось, а что ни говори, мужик она мужиком... Одна всюду со своей Фимкой шасталась, на кулачных боях дралась, а чтобы какой воздахтор завелся, этого о ней и недруг не скажет.

— Мели Емеля, твоя неделя... Шито да крыто все делано, только и всего... — замечали некоторые, особенно озлобленные и недоверявшие возожности при такой жизни, какую вела Дарья Николаевна, "сохранить себя".

— Нет, этого не говори... Чего нет, так и нет... И помнишь парнюгам от нее немало по сусалам доставалось за эти глупости.

И, действительно, обыватели Сивцева Вражка должны были, в конце концов, сознаться, что Дашутка дурит, что Дашутка — зверь, что на Дашутке креста нет, а себя она все же соблюдает.

— Може она и не баба, шут ее разберет... — высказывали некоторые предположения.

Но Дарья Николаевна была женщиной, со всеми ее страстями и слабостями, но до сих пор она тешила свою страстную натуру бешенной ездой, дракой, и образ мужчины лишь порой смущал ее воображение. Она была в периоде поиска за идеалом. Этот идеал был своеобразен и вполне соответствовал ей, девушке-гиганту, девушке-зверю. Прежде всего, она рисовала своего мужа сильным, высоким, статным мужчиной, который не потупился бы от ее взгляда, который не спасовал бы перед ее дерзостью и мог бы усмирить ее, порой хотя бы... ударом своей мощной руки.

Все те юноши-парни, которые млели перед ее мощным взглядом, которые смотрели на нее, по ее собственному выражению, как коты на сало, были противны ей. Она читала в их глазах способность полного ей подчинения, тогда как она искала в мужчине другого — она искала в нем господина над собою. Она презирала их и в ответ на их признания била парней "по сусалам", как выражались соседи.

Ей показалось, что такой человек нашелся. Это и был ротмистр гвардии Глеб Алексеевич Салтыков. Встреча их произошла при оригинальных обстоятельствах.

Выходя, однажды, из театра, Дарья Николаевна вместе с Фимкой были стеснены толпой, и несмотря на одетые на них мужские костюмы, узнаны.

— Братцы, кажись это бабы переряженные! — воскликнул один из шедших рядом с Дарьей Николаевной парней и довольно бесцеремонно облапил ее.

Тяжелая затрещина была красноречивым, но не убедительным ответом.

— Бабы и есть! — воскликнул он.

Произошла свалка, в которой Дарья Николаевна и Фимка усердно работали кулаками, но ввиду многочисленности нападающих, стали ослабевать, как, вдруг, возле них выросла статная фигура молодого мужчины, одетого в военный мундир. В этот самый момент была ошеломлена сильным ударом в бок Дарья Николаевна, пошатнулась и чуть не упала под ноги толпы, если бы ее не поддержал этот неизвестный, как из земли выросший мужчина. Он схватил ее на руки и быстро вынес из расступившейся перед ним толпы. Фимка, не помня себя от страха, следовала за их спасителем.

— Салтыков, Салтыков... — пронеслось в толпе. — Дорогу Салтыкову...

Глеб Алексеевич Салтыков был известен в Москве своей силой, молодечеством и беззаветной храбростью. Это было зимой. Положив почти бесчувственную Дарью Николаевну в пошевни, и помог сесть в них Фимке, он вскочил на облучек, крикнув кучеру: "пошел!"

Лошади помчались.

— Куда везти-то? — обернулся он к сидевшим женщинам, после того, как они проехали берег Яузы и свернули в один из переулков.

Фима, оправившаяся от страха, сказала адрес.

— На Сивцев Вражек! — приказал он кучеру и тот ударил вожжами по лошади.

Красивое, сытное животное, казалось, не бежало, а летело. От этой, дух захватывающей езды, Дарья Николаевна очнулась.

— Где мы? Куда мы? Где Антон? — спросила она, открывая глаза.

— Барин вот нас домой везет, а Антон там стоит, не до него было... Слава Те, Господи, что живы выскочили...

— Барин! Какой барин? Что ты путаешь?.. — придя уже совершенно в себя, спросила молодая девушка.

— Какой барин, мне неведомо... Спросить можно.

— Барин, а барин? — окликнула Фима Салтыкова. — Вы кто будете, барышня любопытствует?

— Ротмистр гвардии Глеб Алексеевич Салтыков, — обернулся он к сидевшим в пошевнях.

При лунном свете, отражавшемся на белой пелене дороги и на покрытых, словно белою скатертью крышах домов, Дарья Николаевна разглядела красивую, статную фигуру везшего их барина и у нее вырвался невольный возглас:

— Ишь, он какой!

— Какой есть! — ответил Салтыков. — Как позволишь тебя, боярышня, по имени и отчеству величать?

— Дарьей Николаевной меня звать, Ивановой кличут...

— Как себя чувствуешь?..

— Да ничего себе, очухалась, саданул меня один подлец здорово... Уж не ты ли это?

— Борони меня, Господи!

— Чего страховаться! Садануть-таки нашу сестру бывает на пользу, чтобы знала место, чертова дочь, против десятерых не совалася...

— Это ты, боярышня, правильно так сказала, воли вашей сестре нашему брату давать не приходится: только за дело, да вовремя, а так зря дубасить тоже не годится, притупится, чувствовать побои не будет, страх к ним потеряет...

— Ты, я вижу, парень умный, коли такие речи ведешь, — заметила Дарья Николаевна. — А догадался ты, что бабы мы?

— Нет, я принял вас за молодых парней... Думал изобьют молокососов, насмерть исколошматят, роду они, видимо, не простого, вот я и вступился...

— Это Фимка-то не простого роду... — захохотала Дашутка.

— Да ведь для парня-то в ней нежность есть, ну, так на барчука и смахивает... — заметил Салтыков.

— Для парня-то оно пожалуй... — согласилась Дарья Николаевна.

Лошади в то время катили уже по Сивцеву Вражку.

— Где тут ваша усадьба-то! — обратился с вопросом к сидевшим в пошевнях Салтыков.

— А вот здесь, налево... — сказала Фимка, указывая на красненький домик.

— Стой!

Лошади остановились. Обе девушки выскочили из пошевней, и Дарья Николаевна, казалось, не чувствовала ничего после только что данной ей встрепки.

— Ну, прощай, Глеб Алексеевич, спасибо, что вызволил, хотя может я и одна бы справилась... Заходи ко мне, коли не побрезгаешь.

Салтыков, тотчас же соскочив с облучка, стоял перед ней, освещенный луной. Дарья Николаевна невольно залюбовалась на его мужественную красоту.

— Не премину явиться к твоим родителям... — сказал он.

— Эко, хватил... К родителям только тебе как будто раненько... На том свете они оба, а косточки их на Драгомиловском кладбище.

— Так, значит, одна живешь?

— Вестимо одна... С кем же жить мне...

— Не премину заехать, коли дашь мне дозволение.

— Захаживай.

Девушка скрылась в воротах, а Салтыков, сев на пошевни, быстро поехал от дома Ивановой.

Встреча эта оставила в сердце Глеба Алексеевича сильное впечатление, особенно в последний момент прощанья с Дарьей Николаевной. Освещенная лунным светом, она стояла перед ним и он невольно залюбовался на ее глубокие синие глаза, казалось, освещавшие правильные черты лица, резкость которых смягчалась ими, здоровый румянец на щеках. И вся ее полная грации фигура, рельефно выделявшаяся в мужском костюме, сразу бросилась ему в глаза и заставила трепетно забиться его сердце.

Всю дорогу он думал о ней, всю ночь мерещилась она ему в тревожных сновидениях. Не надо говорить, что он не замедлил своим посещением одинокой, заинтересовавшей его девушки и это первое же посещение решило его судьбу.

Он влюбился окончательно. То, что в глазах других производило отталкивающее от Дарьи Николаевны действие, ему казалось в ней особенно привлекательным. В резких выходках молодой девушки видел он непосредственность натуры, в грубости и резкости — характер, в отсутствии обыкновенного женского кокетства — правду и чистоту.

XI

ВЕЩИЕ СНЫ

На другой день после встречи с Салтыковым, Дарья Николаевна проснулась утром в каком-то совершенно незнакомом ей настроении духа.

Выпив горячего сбитню с теплым калачем, она сделала свои обыкновенные хозяйственные распоряжения, на этот раз, к удивлению прислуги вообще, а Фимки в особенности, обошедшиеся не только без щедро рассыпаемых пощечин, но даже без брани и крика. Затем Дарья Николаевна молча удалилась из людской в комнаты и уселась за пяльцы. Время до обеда, который подавался ровно в 12 часов, Дарья Николаевна посвящала обыкновенно вышиванию ковров, салфеток, одеял и прочее. Работа шерстью и шелком была ее любимым занятием. Ей помогала неразлучная с нею Фимка, одна из всей дворни имевшая право сидеть при барышне.

Но работа не спорилась. Дарья Николаевна бросила иглу и задумалась. Фимка, с утра уже наблюдавшая за своей барышней исподлобья, не переставала быстро работать иглой.

Вдруг до нее донесся тяжелый вздох. Фимка не поверила своим ушам. Этот вздох она слышала, это вздыхала ее барышня. Игла упала из рук Фимки и она уже во все свои большие черные глаза глядела на Дарью Николаевну. Сколько лет безотлучно уже находилась она при ней, но никогда не слыхала, чтобы барышня вздохнула.

"Что за причта? Что с ней делается?" — мелькнуло в голове наперсницы.

"Ага, ага..." — мысленно ответила она про себя и чуть заметно улыбнулась, постаравшись, чтобы этой улыбки не заметила барышня, углубиться в работу.

— Фимка, а Фимка!.. — позвала Дарья Николаевна.

— Чего изволите?

— Мне что-то недужится...

— Болит что?

— Нет, не болит, а так что-то не по себе, сосет под сердцем...

— С чего бы это?

— Кабы я знала, так и не говорила бы с тобой, с дурой!..

— Это вы верно, барышня, дура я и есть...

— С утра, вот, места найти не могу, а всю ночь сны какие-то нелепые в голову лезли, и все...

— Глеб Алексеевич, чай?.. — не утерпела и прервала ее Фимка.

— Это кто такой?

— Да Салтыков, вчерашний...

— А тебе почем ведомо, кто мне во сне снится, шкура ты барабанная...

— Али не угадала?

— Угадать-то угадала, да почему?

— Что, почему, барышня?

— Угадала-то ты...

— Как же не угадать-то... Видела это я, как он, сердечный, на вас поглядывал. Да и молодец он из себя... Видный такой, красивый, вас была бы на диво парочка...

— Пошла брехать несуразное.

— Отчего и не побрехать, барышня, с брехотни ничего не сделается, а коли суженый, так его конем не объедешь!..

— Суженый. Нашла суженого, — продолжала возражать Дарья Николаевна, но было заметно, что возражала она только для поддержания разговора, но что этот разговор не был ей неприятен.

— Поди, чай, сердечный, и он тоже мается, — продолжала, между тем, Фимка.

— И он, говоришь? Да разве я маюсь, сорока длинноязыкая.

— А разве не маетесь, барышня; вестимо маетесь, только ведь и недолго помаяться, приедет сокол ясный, вечор али завтра, дольше не вытерпит, прикатит.

— Да откуда ты все это знаешь, что ты размазываешь?..

— Да что тут не знать-то, видела я вечор, как вы прощались, ну, сейчас мне в башку и въехало... Кажись, думаю, обоих проняло... Он-то весь на ладони, а об вас-то, Дарья Николаевна, было у меня сумление, а ноне, с утра, как я на вас погляжу, погляжу, вижу, что и здесь, значит, тронуло...

— Ну и дотошная ты у меня, Фимка, сметливая...

— Тоже около вас, Дарья Николаевна, а вам уму-то да разуму не занимать стать, ну и понатерлась.

— А о сне-то ты как догадалась? — задала вопрос Иванова.

— Да кому же девушке, как не парню, сниться-то!

— Снился он мне, проклятый, снился... — созналась Дарья Николаевна, — до трех раз снился и все в разных видах грезился.

— В разных видах?..

— Да, перво на перво, будто бы мы с ним в темном лесу на санях мчимся, вьюга так и поет, полозья скрипят по снегу... Жмусь я к нему крепко, крепко, мне жутко становится; глядь, а по сторонам саней кто-то тоже скачет, глаза, как угольки горят, воют, лошадь храпит, несет во весь дух, поняла я во сне, что попали мы в волчью стаю, холодный пот от страха выступил на лбу, а я ведь тоже не труслива, тебе это ведомо; он меня своим охабнем закрывает, а лошадь все несет; вдруг, трах, санки ударились о дерево, повернулись, мы с ним из них выкатились, и у меня над лицом-то не его лицо, а волчья морда теплая... Тут я и проснулась.

— Страсти какие, матушка-барышня! — воскликнула Фимка.

— Заснула опять, и снова он мне пригрезился. Снилось мне, что идем мы с ним цветистым лугом, утро будто бы летнее, раннее, на мураве-траве и на цветах еще роса не высохла, поляна далеко, далеко расстилается, и идем мы с ним уже давно, и я притомилась. "Сем-ка присядем", — говорю я ему. Выбрали мы местечко, уселись, солнышко так хорошо пригревает, кругом все тепло да радостно, вдруг, вижу я змея большая-пребольшая вокруг него обвивается и в горло ему жало впускает, я как вскрикнула и опять проснулась...

— Ишь ты, что пригрезится... — могла только выговорить совершенно испуганная Фимка.

— А под самое утро, как заснула я, он опять передо мной, как тут, является. Вижу я площадь, народ на ней кишмя кишит, я на нее смотрю из затвора какого-то, окно сеткой прикрыто, Ю покой, в котором я нахожусь, маленький, словно мешок какой каменный, народ глядит на меня, как будто показывает, глянула я наверх, кругом тела обвитый, бледный такой да худой и на меня так грозно, грозно смотрит, что мурашки у меня по спине забегали, все ближе он к окну моему, и страх все больше во мне... С тем я уже совсем проснулась, встала и тебя кликнула... Дарья Николаевна замолчала. Молчала и Фимка.

— К чему бы это сны такие? — задала первая вопрос.

— Да ни к чему, барышня, ни к чему, Дарья Миколаевна. К чему и быть им... Так кровь девичья разыгралась, ну и полезло не весть, что в голову, — отвечала, после некоторого раздумья, Фимка, стараясь придать тону своего голоса возможно спокойный, даже небрежный тон.

— Я и сама думала, что так в голову не весть что втемяшилось, может оттузили меня вчера порядком, так от этого.

— А бока-то не болят, Дарья Миколаевна?

— Бока как ни в чем не бывало, кулачишки у них у всех не стоющие...

Казалось, облегченная от сердечной тяжести откровенным признанием, Дарья Николаевна бодро принялась за работу, но нет-нет, да поглядывала на окна, выходившие на улицу, по которой то и дело проезжали санки с обывателями и проезжими. Видимо, она ждала, веря в прозорливость своей наперсницы Фимки. Да и как было не верить ей, когда она как на ладони показала ей все волнующие ее, Дарью Николаевну, думы. Если она сумела на ее лице прочесть зароненные вчера ей в сердце добрым молодцом чувства, то, конечно, вчера же она верно прочла и на его лице те же чувства. Значит и он поспешит приехать.

Девичья кровь, действительно, как выражалась Фимка, разыгралась в Дарье Николаевне. Она переживала неведомые для нее доселе ощущения. Образ Салтыкова не только в сновидениях прошедшей ночи, но и теперь стоял перед ее глазами, под сердцем сосало, и какое-то неопределенное беспокойство от не менее неопределенных желаний наполняло все ее существо. Она, всегда с аппетитом кушавшая заказанные ею самой вкусные, сытные и по преимуществу жирные блюда, почти не притронулась к поданному обеду.

Отправившись, как это делала всегда после обеда, отдыхать, она не улежала и пяти минут, вскочила и стала ходить нервными шагами по своей спальне. Кругом все было тихо. В доме все спало послеобеденным сном. Эта тишина, как ни странно, еще более раздражала Дарью Николаевну.

"Ишь дрыхнут, псы смердящие, телки бесхвостые, — внутренно бранила она покоющихся мирным сном Фимку и слуг. — Дрыхнут и горюшка им мало, что госпожа себе места не найдет нигде, что ни на еду, ни на сон ее не тянет..."

"Ужели, действительно, обошел он меня вчера, околдовал окаянным взглядом своим, быстрым да пронзительным", — вспомнила она слова Фимки, и как бы на этот мысленный вопрос в ее памяти восставало вчерашнее прощанье с Салтыковым, и глаза его так и стояли перед ее глазами, так и проникали в ее душу.

"Господи, вот дьявольское наваждение!.. Может, он и думать забыл о вчерашней переряженной девке, может, просто брешет Фимка, что что-то заметила?" — продолжала мысленно спрашивать себя Дарья Николаевна.

Но глаза, его глаза, стоявшие перед ней, говорили иное, успокаивая ее, доказывая воочию, что Фимка не брешет. Вчера, именно вчера, он так смотрел на нее: "как кот на сало" — привела она, по обыкновению грубое, сравнение. Но это ее не обидело: пусть смотрит именно так, а не иначе.

"ю может у него жена есть, — вдруг похолодела она вся, — или какая зазноба?"

Она вспомнила обвившуюся около него во сне змею и почему-то решила, что это именно жена или зазноба.

"Да я не посмотрю на жену и зазнобу, руками задушу... Никому не уступлю его, мой он будет, мой..."

Она упала на кровать и в каком-то припадке бешеной неудовлетворенной страсти стала грызть подушку. Все тело ее как-то конвульсивно передергивалось. Она не помнила, сколько времени это продолжалось. После приступа нервного возбуждения наступила какая-то общая слабость.

Дарья Николаевна заснула или, лучше сказать, лежала в каком-то забытьи. Ее разбудила не вошедшая, а почти вбежавшая Фимка.

— Дарья Миколаевна, Дарья Миколаевна!

— А?., что?..

— К нам гость пожаловал!

— Кто? Он?

— Он-с, он-с, Глеб Алексеевич Салтыков.

Дарья Николаевна, как была в домашнем платье, бросилась к двери.

— Принарядились бы вы, Дарья Миколаевна, — заметила Фимка.

— Ништо, хороша и так! — на ходу бросила ей ее барышня.

XII

ДОЧЬ ПЕТРА ВЕЛИКОГО

Глеб Алексеевич Салтыков принадлежал к числу московских богачей и родовитых бар. Он жил в прекрасном, богато и удобно устроенном доме, на углу Лубянки и, как тогда называли, Кузнечного моста, в приходе церкви Введения во храм Пресвятые Богородицы. Молодой, тридцатипятилетний Салтыков только лет семь жил в Москве в бессрочном отпуску и числился ротмистром семеновского полка.

Нахождение в Москве гвардейца, Полного сил и здоровья, во время царствования "дщери Петра" Елизаветы, было явлением совершенно исключительным. В высочайшем манифесте, при вступлении на престол этой императрицы, было сказано, что цесаревна "восприяла отеческий престол по просьбе всех верноподданных, особливо лейб-гвардии полков". Поэтому представители гвардии играли в то время в Петербурге первенствующую роль и были в величайшем фаворе.

Для того, чтобы объяснить причины странного пребывания ротмистра лейб-гвардии семеновского полка Глеба Алексеевича Салтыкова в Москве, необходимо вернуться лет на восемь назад и рассказать тогдашние "петербургские действа", как называли современники происходившие в то время династические замешательства.

В октябре 1740 года, когда императрица Анна Иоанновна умирала, временщик Бирон искал себе союзников и клевретов среди придворных. Миних внушал ему страх своими успехами, коварного Остермана он также опасался. Между тем, временщик мечтал выдать свою дочь за герцога Брауншвейгского Антона или женить сына на Анне Леопольдовне, но эти мечты были разрушены самой императрицей —

она устроила брак Анны с Антоном и назначила наследником только что родившегося у них сына Ивана.

У Бирона тогда явился новый клеврет, в лице дипломата Бестужева-Рюмина, которому он дал место Волынского в кабинете. Он-то и выручил благодетеля, в последние дни жизни Анны Иоан-новны заявив прямо и громко, что, кроме Бирона, "некому быть регентом". Он согласился составить челобитную, Якобы "вся нация герцога регентом желает", и императрица успела подписать бумагу о "полной власти" регента Бирона до совершеннолетия Ивана VI. Тогда к Бестужеву пристал Миних, Черкасский и горячее всех Остерман. Бирон долго отнекивался и наконец воскликнул:

— Вы поступили как древние римляне!

Какой страшной насмешкой звучат теперь эти слова!

Родители Ивана не могли сопротивляться. Герцог Антон был бездарен и труслив столько же, сколько своенравен и избалован, и у него не было связей в чужой стране. Миловидная, кроткая, доверчивая Анна Леопольдовна, которой было всего 22 года, обладала смыслом и добрым сердцем, но была сонлива, необразована и забита тираном-отцом и грубою матерью, которая напоминала свою сестру Анну Иоанновну. Ни во что не вмешиваясь, сидела герцогиня дома, неубранная, подвязав голову платком, с одною фрейлиною, в скуке смертной.

Она не терпела мужа, которого навязали ей "проклятые" министры и жаловалась на свою судьбу ловкому красавцу, саксонскому посланнику Линару. Кроме этого единственного, преданного ей, но сравнительно бессильного человека, был еще другой, уже совершенно ничтожный и слабый, не смевший к ней даже приблизиться, но безумно влюбленный в герцогиню и готовый за нее пойти в огонь и в воду — это был молодой гвардейский офицер Глеб Алексеевич Салтыков, пользовавшийся покровительством Черкасского.

После смерти Анны Иоанновны, регент Бирон остался в Летнем дворце. Ему, обладателю 4 миллионов дохода, назначено 500000 пенсии, а родителям императора — только 200000. Герцог Антон, попытавшийся показать свое значение, был подвергнут домашнему аресту с угрозой попробовать рук Ушакова, тогдашнего начальника тайной канцелярии. Пошли доносы и пытки за малейшее слово, неприятное регенту, спесь и наглость которого достигли чудовищных размеров.

Бирон обращался по-человечески только с цесаревной Елизаветой Петровной. У него зародилась мысль женить на ней своего сына, и он уже открыто поговаривал о высылке "Брауншвейгской фамилии" из России. Наглость зазнавшегося проходимца стала нестерпима. Несмотря на ужасы застенков тайной канцелярии, даже на улицах собирались мрачные толпы народа; по казармам послышался ропот. И везде перелетало имя Елизаветы, как веяние духа Великого Петра.

Идеал создан, оттертый фаворитом от заслуженного первого места, опальный Миних, ожидавший себе ссылки от властительного соперника, предложил Анне Леопольдовне освобождение и, получив согласие, в тот же вечер весело поужинал в Летнем дворце, а ночью арестовал его хозяина, назвав его своим гренадерам "вором, изменником, похитителем верховной власти". Бирона вытащили в одном белье из-под кровати. Другой отряд гренадер арестовал Бестужева. Затем схвачены были два брата регента и его зять, генерал Бисмарк.

Это было в ночь на 9 ноября 1770 года.

В качестве волонтера при всех этих действиях был и Глеб Алексеевич Салтыков. Остерман, которого все считали тайною причиною низвержения регента, лежал совершенно больной. Но когда его позвали, он первый явился в Зимний дворец и сердечнее всех поздравил Миниха с новым подвигом. Остерман и вельможи признали Анну Леопольдовну правительницей, а Антона — генералиссимусом, то есть высшим чином в государстве. Бестужев был сослан в свою деревню. Бирон, после трехнедельного регентства, попал с родней в Пелым, где он и поселился с женой, сыновьями, дочерью, пастором и врачом, в домике, план которого был начертан самим Минихом.

Временщиком стал новый немец, но это был Миних. Он мечтал об исправлении внутренних дел в духе Петра I, в особенности об ослаблении Австрии и о взятии Константинополя. Старый герой надеялся достигнуть заветной цели, с помощью юного товарища, Фридриха II прусского, который тогда начал войну за австрийское наследство, чтобы уничтожить свою соперницу, императрицу Марию Терезу. Не прошло и пяти месяцев, как Россия очутилась в руках нового временщика. На этот раз пришла очередь графа Андрея Ивановича Остермана.

Он привлек на свою сторону герцога Антона, которого оскорбляло первенство по одному имени, и графа Линара, который не довольствовался первенством в покоях правительницы. В пользу ему послужило личное отвращение Анны Леопольдовны к первому министру, который надоедал ей скучными делами и угнетал её своим могуществом.

Однажды Миних занемог. Остерману не трудно было убедить правительницу, что он лучше понимает дипломатию, чем фельдмаршал. Антон, между тем, нашептывал ей в другое ухо, что ее спаситель хочет стать "верховным визирем". Анна Леопольдовна подписала союзный договор с Австрией.

Выздоровевший Миних немедленно пригрозил отставкой, но она была принята в конце 1741 года. Грозный полководец мирно удалился в свое имение и собирался отъехать на службу к Фридриху И. Но его так боялись, что Анна и Антон переменяли спальни каждую ночь, а Миниха озолотили добром, отобранным у Бирона: его годовой доход возрос до семидесяти тысяч рублей.

"Настоящим царем российским", по словам посланников, стал Остерман, но всего на 8 месяцев. У него не оказалось помощников; никто ничего не делал, всякий заботился только об ограждении своей собственной особы. Правительница по-прежнему скучала и трепетала за судьбу своего собственного ребенка.

Герцог Антон, муж ее, одолеваемый жаждой власти, которая прошла мимо него; а на смену временному царю возвышался Линар.

Покуда муж и фаворит разделяли ненависть к хитрому дипломату, последний, наконец, запутался в собственных сетях. Его союз с Австрией вызвал вражду Франции, которая помогла Фридриху II. Он побудил Швецию объявить России войну, а в Петербурге орудовал его посланник, маркиз Шатарди — ловкий напудренный щеголь, любезный остряк и гостеприимный весельчак. Он сорил деньгами, чтобы низвергнуть Брауншвейгскую фамилию. Шатарди мог совершить переворот только во имя Елизаветы Петровны, в которой был близок его друг, веселый и всеведущий хирург Лесток, вызванный в Россию еще Петром Великим.

Дочь преобразователя силою вещей выдвигалась на первый план в разгаре национального чувства, которое овладевало русскими, видевшими, что наверху, при падении одного немца возникал другой, а дела все ухудшались.

Про верховных иностранцев распускались самые чудовищные сплетни. Народ говорил, указывая на окно цесаревны:

— Петр Великий в Российской Империи заслужил; орлом летал и соблюдал все детям своим, а его дочь оставлена.

Всем нравилось, что Елизавета избегла браков с иностранцам" и постоянно жила в России. Ходили слухи, что иноземные временщики преследовали ее: действительно, ей давали мало средств, при ней состоял урядник, который следовал за ней даже по городу. Ее двор был скромен и состоял из русских: Алексея Разумовского, братьев Шуваловых и Михаила Воронцова.

Сама цесаревна превратилась из шаловливой красавицы, какой она была в ранней молодости, в грустную, но ласковую женщину, величественного вида. Она жила с чарующею простотой и доступностью, каталась по городу, то верхом, то в открытых санях, и посещала святыни. Все в ней возбуждало умиление народа: даже гостинннодворцы не брали с нее денег за товары. Но чаще всего видели ее в домике у казарм, где она крестила детей у рядовых и ублажала родителей крестников, входя даже в долги. Гвардейцы звали ее "матушкой".

Между тем, шведы, по требованию Шатарди, объявили, что воюют "для освобождения русского народа от несносного ига иностранцев". Испуганная Анна Леопольдовна собиралась провозгласить себя императрицей.

Лесток набросал для цесаревны два рисунка: на одном она была изображена с короной на голове, на другом — монахиней, с орудиями пытки у ног.

— Если так, то я покажу всем, что я — дочь Петра Великого! — воскликнула Елизавета.

XIII

МЕЧТАТЕЛЬ

Правительницу со всех сторон предупреждали об опасности, но она называла все это "пустыми сплетнями" и осыпала цесаревну ласками и подарками. Она даже показала ей последний донос. Елизавета уверяла ее в верности, обливаясь слезами.

На другой день, ночью 29 ноября 1741 года, она помолилась, клянясь никогда не подписывать смертных приговоров, и поехала с своими царедворцами в казармы Преображенского полка.

— Знаете, чья дочь я? Освободимся от наших мучителей-немцев! — сказала она.

— Всех их перебьем, матушка! — крикнули усачи.

Но цесаревна взяла с них слово не проливать крови. Гренадеры пронесли ее на руках в Зимний дворец, погруженный в глубокий сон. Елизавета Петровна сама увезла к себе Ивана и все жалела и ласкала малютку. Остальная Брауншвейгская фамилия была отправлена в Петропавловскую крепость, куда доставили также Остермана, Головкина, даже опального Миниха и других, всего до 20 особ.

Утром народ ликовал по улицам, греясь у костров. Особенно радовалась рота преображенцев. Она была названа "лейб-компанией", что напоминало "надворную пехоту Софьи". Каждый рядовой стал дворянином и получил деревню с крестьянами. Люди, страдавшие при двух Аннах, были осыпаны милостями во главе их были уцелевшие из Догоруких и Бирон.

Остермана и Миниха и других судили и определили: первого колесовать, второго — четвертовать, а остальных сослать в Сибирь. На эшафоте Остерман уже положил голову на плаху, как вышло помилование; его сослали в Березов, Миниха в Пелым. На пути с Сибирь, Миних встретился с возвращавшимся Бироном. Соперники-временщики молча раскланялись. Анну Леопольдовну с мужем отправили в Ходмогоры, где она умерла через пять лет.

Иоанн VI был заключен в Шлиссельбургскую крепость, где он, бывший 13 месяцев императором, просидел двадцать три года.

Преданность правительнице Глеба Алексеевича Салтыкова оставалось незамеченною, и он мог бы, отрешившись от этой привязанности, сделать карьеру, но, увы, образ Анны Леопольдовны, окруженный после ссылки для него ореолом мученичества, стоял перед ним и тоска, невыносимая тоска сосала его сердце. Наступившее праздничное настроение придворных и военных, а также и толпы стало для него невыносимым, и он, на удивление своих товарищей по полку и начальства, попросился в бессрочный отпуск. Близкие его друзья знали причину такого поступка Салтыкова, но молчали, боясь навлечь беду на друга. Они даже не разговаривали с ним об этом и делали вид, что верят в домашние обстоятельства и хозяйственные неустройства, которые призывали его в Москву. Долго после его отъезда они ждали, что он выкинет какую-нибудь безумную шутку для спасения бывшей правительницы, но со временем успокоились.

Салтыков уехал в Москву и о нем в Петербурге не было ни слуху, ни духу. Он забыл всех. Забыли и его.

Товарищи опасались напрасно. Глеб Атексеевич не был по натуре политическим деятелем, способным на решительные шаги, на организацию какого-либо дела. Это был тихий, всегда задумчивый мечтатель и, быть может, составлял единственное исключение из тихих людей, в которых не водятся, как в тихом омуте, черти.

Он ушел в самого себя, жил в Москве почти затворником и ограничился лишь тем, что завел сношения с одним из политических чинов города Холмогор, от которого и получал известия о здоровьи и состоянии духа "известной особы". С необычайным волнением ожидал он писем, приходивших не более раза в два месяца и, казалось, его жизнь состояла в этом ожидании, а время исчислял он по срокам их получения. Он читал и перечитывал их по несколько раз, хотя они подчас заключали в себе лишь несколько строчек, написанных официальным языком приказных того времени, и прятал их в особую шкатулку из розового дерева с серебряной короной на крышке, стоявшую в самом дальнем углу его шифоньера. Серебряный ключик от шкатулки он носил постоянно на кресте. Многочисленная московская родня Глеба Алексеевича была поражена его приездом в Белокаменную, когда узнала, что этот приезд не временный, что Салтыков, бывший на блестящем счету у начальства, приехал в бессрочный отпуск, что в то время означало полное отставление службы.

Недоумевали о причинах, так как, несмотря на поставленные многими из его родственников категорические вопросы, удовлетворительного ответа от Глеба Алексеевича не получалось. Он отделывался сначала общими фразами: домашними обстоятельствами, устройством дел, а в конце концов начал просто отмалчиваться.

Синклит родственников решил, что молодец дурит, что надо его женить, так как несомненно, что в Петербурге у него завелись амуры, но неудачные, и он бежал оттуда, чтобы приютиться вдали от любимого, но не любящего предмета. Они были почти на дороге к истине, но, конечно, им в голову не приходило, что предмет платонический, безнадежной любви Салтыкова — холмогорская пленница, бывшая правительница, герцогиня Брауншвейгская, Анна Леопольдовна, быть может, даже не знавшая о существовании влюбленного в нее гвардейского ротмистра.

Невест в Москве и тогда, как и теперь, было, что называется, хоть отбавляй, Глеб же Алексеевич Салтыков представлял из себя блестящую партию для девушки даже из самого высшего московского круга. Древнего рода, гвардейский офицер, образованный, красивый, богатый и молодой, не кутила, не мот и не пьяница — качества, редко соединяющиеся в одном лице и, несомненно, делавшие Салтыкова одним из лучших московских женихов. Но старанья родных, папенек и маменек невест и даже этих последних, не имели успеха.

Первые пять лет своего пребывания в Москве Глеб Алексеевич положительно поражал своих многочисленных родственников своим нелюдимством. Он едва исполнял, строго соблюдавшиеся в Москве, официальные визиты. Заманить же его на бал или на простой вечер, вначале, по приезде, не было совершенно возможности. Затем, когда он несколько обжился, он бывал на таких сборищах, но прелести московских красавиц не производили, видимо, на него никакого впечатления.

Он был с "московскими барышнями" вежлив, с их родственниками — почтителен... и только. Напрасно первые пускали по его адресу стрелы своих прекрасных глаз и строили коварные, но, вместе с тем, и многообещающие улыбки, напрасно довольно прозрачно намекали на выдающиеся достоинства своих дочерей, как будущих хозяек и матерей, и яркими красками рисовали прелести семейной жизни, теплоту атмосферы у домашнего очага, огонь в котором поддерживается нежной рукой любимой женщины. Все это не попадало в цель, оказывалось холостыми выстрелами.

— Экий чурбан какой! — говорили сердитые маменьки.

— Бездушный, бессердечный, каменный... — вторили им разочарованные дочки.

— Беспутник, масон! — решили папеньки. Родственники Глеба Алексеевича положительного недоумевали.

— Ты что же в Москву-то приехал?.. Зачем? — все настойчивее и настойчивее стали чинить они ему допросы.

— Как зачем? Жить... — отвечал он.

— Жить... Чай в Петербурге можно было жить. Опять же ты там при службе был, а здесь так баклуши бьешь, а лета-то уходят...

— Надоела служба... Здесь у меня тоже дело есть...

— Какое бы это?

— Да так, по домашности, по хозяйству...

— Какое у тебя, бобыля, хозяйство... Вот если бы в закон вступил...

— Не найду по сердцу...

— Какую же это принцессу заморскую надобно сердцу-то твоему? Кажется, в Москве невесты-то отборные, выбирай только... Не хороши, что ли?

Тут начинались перечисления десятка двух красавиц и богатых девушек, состоявших на линии невест.

— Хороши.

— Что же думать-то?..

— Не по сердцу...

— Фу, ты, заладил! Да почему же?

— Не знаю...

— Так ехал бы в свой Питер... Там, может, лучше найдешь...

— И там не найдешь...

— А все-таки поехал бы, попытал...

— Да зачем?.. И что я здесь, кому мешаю, что ли?.. — раздражался, наконец, Глеб Алексеевич, несмотря на свой невозмутимый, кроткий нрав.

— Не мешаешь... А так только, соблазн один... Лучше бы уехать с глаз долой.

— Да кому какой соблазн?

— Да всем. Чай девицы-то не каменные у нас, а ты мужчина красивый, из дюжины не выкинешь.

— Так что ж?..

— Ну, значит, у них к тебе сердца лежат, а ты нако-сь...

— А, вот что...

— То-то оно, вот что...

Под такими допросами Глебу Алексеевичу приходилось находиться очень часто, особенно за последнее время, когда после полученной из Холмогор роковой вести о смерти предмета его платонической любви — герцогини Анны Леопольдовны, около двух месяцев не выходил из дому, сказавшись больным и предаваясь наедине сокрушению о постигшей его утрате.

Но время залечивает всякие раны. Залечило оно и сердечную рану Салтыкова, он снова вошел в колею московской жизни, и даже, как это ни странно, почувствовал, что с его сердца спала какая-то тяжесть, и ему легче стало дышать и жить.

Это-то изменившееся настроение духа Глеба Алексеевича заставило его родственников особенно часто приступить к нему за допросами, вроде только что переданных. Они полагали, что теперь именно "приспело время". Особенной настойчивостью в преследовании матримониальных целей относительно Глеба Алексеевича была его тетка Глафира Петровна Салтыкова, вдова генерал-аншефа, богатая и всеми уважаемая в Москве старуха. Она не давала прямо проходу племяннику, и он принужден был бегать от нее как от чумы.

— Нет, ты мне скажи, чем они не взяли? Всем взяли, всем... — допытывалась она у него.

При этом снова следовало перечисление десятка намеченных ею для племянника невест.

— Не по сердцу они мне, тетушка... — отбояривался Салтыков.

— Да почему?..

— Не знаю, не лежит к ним сердце... вот и все.

— Мечтатель... — выпалила тетушка, признавая эту кличку за самую бранную.

Прозвище "мечтатель" утвердилось, с ее легкой руки, за Глебом Алексеевичем Салтыковым.

XIV

В СЕТЯХ СОБЛАЗНА

Не было, конечно, никакого сомнения, что среди невест, наперерыв предлагаемых Глебу Алексеевичу Салтыкову его родственниками, с теткой Глафирой Петровной во главе, были вполне достойные девушки, как по внешним физическим, так и по внутренним нравственным их качеством.

Почему же на самом деле не лежало к ним сердце молодого Салтыкова? Почему, наконец, он, говоря, что его сердце не лежит к ним, не мог объяснить ни своим родственникам вообще, ни особенно донимавшей его этим вопросом Глафире Петровне, причины этого равнодушия к физической и нравственной красоте московских девиц? Он был совершенно искренен, отвечая на этот вопрос: "не знаю".

Постараемся мы за него объяснить это обстоятельство. Платонически влюбленный в герцогиню Анну Леопольдовну, он, конечно, окружил мысленно этот свой идеал ореолом физической и нравственной красоты. Под первой "мечтатель" Салтыков, конечно, разумел женственность, грацию, ту тонкость и мягкость форм, какими обладала бывшая правительница, которую он видел не в ее домашней небрежности, а лишь при официальных приемах, окружённую обстановкой, составлявшей благородный фон для картины, которой она служила центром.

Понятно, что ни одна московская красавица не могла поразить его теми качествами, которыми обладал предмет его мечтаний, или, лучше сказать, которыми он наделил этот предмет. Отсюда ясно, что ни одна из них не могла обратить его долгого внимания, которое всегда бывает началом зарождающегося чувства. Вот почему ко всем этим избранным его родственниками и тетушкой Глафирой Петровной невестам не лежало, по его собственному выражению, его сердце.

И после полученного им рокового известия о смерти герцогини Анны Леопольдовны, после дней отчаяния, сменившихся днями грусти, и, наконец, днями постепенного успокоения, образ молодой женщины продолжал стоять перед ним с еще большей рельефностью, окруженный еще большею красотою внешнею и внутреннею, чтобы московские красавицы, обладающие теми же как она достоинствами, но гораздо, по его мнению, в меньших дозах, могли заставить заботиться его сердце. Та же мечтательная, платоническая, поэтическая, так сказать, сторона любви иссякла в многолетнем чувстве, истраченном им на его недосягаемый кумир.

Кумир был разбит, разбито было и чувство. Но Глеб Алексеевич, несколько лет жив поклонением своему идеалу, все же состоял из плоти, костей и крови, и чтобы чисто животная сторона человека, столько лет побеждаемая им, не воспрянула тотчас же, как только предмет его духовного поклонения исчез, перестав властвовать в его сердце, поборола плотские страсти. Они проснулись и стали искать себе выхода. Как в погибшем олицетворении своего идеала он искал высшую женскую духовную красоту, женщину-ангела, так теперь поработить его могла лишь вызывающая, грубая физическая красота, женщина-дьявол. Совершенства добродетели также редко встречаются в жизни, как и совершенства порока.

С течением времени этот взрыв страстей в Глебе Алексеевиче мог бы улечься: он рисковал в худшем случае остаться старым холостяком, в лучшем — примириться на избранной подруге жизни, подходившей и к тому, и к другому его идеалу, то есть на средней женщине, красивой, с неизвестным темпераментом, какие встречаются во множестве и теперь, какие встречались и тогда. Он, быть мажет, нашел бы то будничное удовлетворение жизнью, которая на языке близоруких людей называется счастьем. Но судьба решила иначе.

Встреча с Дарьей Николаевной Ивановой, случившаяся в момент возникшего в Салтыкове нравственного перелома, решила все. Подобно налетевшему порыву ветра, раздувающему в огромный пожар уже потухающую искру, встреча эта разожгла страсти в сердце Глеба Алексеевича и с неудержимой силой потянула его к случайно встреченной им девушке. Самая оригинальность встречи, этот мужской костюм, эти засученные для драки рукава, обнажившие сильные и красивые руки — все казалось чем-то пленительным Салтыкову.

Когда он подхватил в свои могучие объятия упавшую от удара Дарью Николаевну и почувствовал, что он держит не задорного, драчливого молокососа-мальчишку, а девушку, все существо его вдруг задрожало от охватившей его страсти, и он понес ее бесчувственную к своим саням, крепко прижимая к себе ее, перетянутый кушаком, гибко извивающийся стан. Ему надо было много силы воли, чтобы выпустить ее из своих объятий и положить в сани.

Когда они прощались у дома Ивановой на Сивцевом Вражке, и она стояла перед ним, освещенная луною, он весь трепетал под ласкающим взглядом ее синих глаз, под обаянием всей ее фигуры, особенно рельефно выделявшейся в мужском платье, от которой веяло здоровьем, негой и еще непочатою страстью. Фимке не надо было быть особенно дотошной и сметливой, чтобы понять, что его, как она выразилась, "проняло".

Глеб Алексеевич вернулся домой в каком-то тумане. Кровь то и дело бросалось ему в голову, в виски стучало, он чувствовал себя совершенно разбитым, точно не Дарью Николаевну, а его побили при выходе из театра. Он не догадывался, что нравственно с этой минуты он не только был избит, но убит, хотя предчувствие какой-то опасности, какой-то безотчетный страх наполнили его душу. Вылив на голову несколько кувшинов холодной воды, он пришел в себя. Немного успокоившись, он лег в постель, потушил свечу и начал стараться заснуть. Но сон бежал его.

Ему казалось, что он все еще держит в объятиях эту первый раз встреченную им девушку, произведенную на него вдруг ни с того, ни с сего такое странное, сильное впечатление. Кто она? Он не знал этого. Может ли он надеяться овладеть ею? Этот вопрос оставался для него открытым. "А быть может это и не так трудно! — жгла ему мозг мысль. — Она живет одна... Бог весть, кто она!"

Свежесть цвета ее лица, глубокие синие глаза служили, по его мнению, ручательством за ее непорочность. Но она, переодетая мужчиной, с переряженной дворовой девкой в театре, затевающая драку с уличными головорезами! Это не совмещалось в его голове с понятием о порядочности.

"Что же, она сирота, без отца и матери... Кому же руководить ею... И, наконец, что же тут такого? Не все же девушка должна только вышивать сувениры и изображать из себя тепличный цветок... Должны быть в природе цветы и полевые, растущие на воле".

Таким роскошным, по своей окраске, с приподнятой гордо головкою, цветком представлялась ему Дарья Николаевна. Эта сила мужчины, заключенная в прекрасную оболочку женщины, не встречаемая им доселе, пленила его.

"Эта если полюбит, так полюбит, если обнимет, так обнимет, если обожжет поцелуем, так на самом деле почувствуешь себя в огне..." — мысленно говорил он сам себе.

Этот огонь, он чувствовал это и теперь, жег его.

"Надо, однако, все-таки, поразузнать о ней, — решил он, вняв голосу благоразумия. — Если, Боже упаси, она из непутевых, надо забыть ее".

Он говорил это самому себе, но вместе чувствовал, что какая бы справка ни принесена была ему об этой девушке, забыть ее он не будет в состоянии. Он откинул мысль наводить справки... Он счел это недостойным ни себя, ни ее. С этой мыслью он заснул.

Забывшись на какой-нибудь час времени, он в шестом часу был уже на ногах и, вскочив с постели, надел туфли и халат. На дворе было еще совершенно темно. Он сам зажег, стоявшие на столе, восковые свечи и стал ходить по своей спальне. Это была большая комната в три окна, выходившие в обширный сад, в котором среди густых деревьев, покрытых инеем, чуть брезжил поздний рассвет зимнего дня.

"К чему справки? К чему вмешивать сюда людей? Узнаю все сам... Побываю сегодня же!" — решил он в своем уме.

Он подошел к большому, крытому красным сафьяном дивану, стоявшему напротив роскошной кровати с красным же атласным балдахином, кровати, на которой он только что провел бесонную ночь, и грузно опустился на него. Кругом все было тихо. В доме еще все спали.

Глеб Алексеевич стал осматривать свою спальню, в которой все было уютно и комфортабельно, начиная с кровати красного дерева, резного такого же дерева туалета, с разного рода туалетными принадлежностями, блестевшими серебряными крышками склянок и флаконов и кончая умывальным столом с принадлежностями, также блестевшими серебром; Все было чисто и аккуратно прибрано, все блестело довольством. Массивная мебель, стулья и диван, на котором он сидел, крытые красным сафьяном, и большой во всю комнату пушистый красный ковер придавали этой сравнительно большой комнате уютность и что-то манящее к покою. Видно было сейчас, что эта спальня состоятельного и любящего жизненный комфорт человека.

Глеб Алексеевич любил свою спальню, и часто, в минуты испытываемой им еще недавно душевной тоски, удалялся именно сюда и лежал на этом диване, не выходя в остальные комнаты по несколько дней. Сюда подавали ему и утренний сбитень, и обед, и ужин. Здесь, казалось ему, он обретал покой своим разбитым нервам или, как он выражался, своим поруганным чувствам. Поруганным злодейскою судьбой, не давшей ему возможности даже довести о них сведения той, которой всецело принадлежало его бедное, истерзанное безнадежной любовью сердце. Сколько раз здесь, на этом самом диване, воссоздавал он в своем воображении образ своего кумира, все здесь напоминало ему его, он видел ее благосклонную улыбку и был счастлив.

Здесь же пролежал он несколько дней, получив роковую весть из Холмогор, пролежал почти без пищи, вперя свой взгляд в одну точку и чувствуя себя недалеким от приступа безумия. На этом диване перегорело в нем его горе, он встал с него несколько успокоенный, силою воли старался развлечься, и время сделало свое дело. Он возвратился сюда уже с меньшею тягостью в сердце" утешенный верою в загробную жизнь, непоколебимым убеждением, что там, на небесах, ее ждет покой и блаженство, за все те страдания, которые здесь, на земле, причинили ей люди.

Он верил, что ее душа, освободившись от бренного тела, получила дар большого видения, знает и чувствует, как он любил ее здесь, на земле, и при встрече там она улыбается ему, если не более нежно, то более сознательно, чем улыбнулась в ночь переворота 9 ноября 1740 года, когда он доложил ей об аресте Бирона и его клевретов. Он хотел заслужить это свидание чистотой тела и духа и в этом направлении определил режим своей будущей "жизни" и вдруг... все кончено.

На этом же самом диване он лежит теперь, обуреваемый страстью, и эта самая его любимая комната кажется ему пустой и мрачной, а воображение рисует ему красненький домик в тупике Сивцева Вражка и задорное лицо красавицы, с чудной фигурой, в мужском одеянии. Он понимает, что его дух побежден, что наступает торжество тела, что это соблазн, что это погибель, но какая-то страшная, неопреодолимая сила тянет его на этот соблазн, как мотылька на огонь, толкает его на эту погибель. И он пойдет.

Кроткие лики святых, кажется ему, укоризненно смотрят на него из красного дерева киота, стоящего в углу на угольнике, освещенные неугасимой лампадой. Он прячется от их взглядов, он старается не глядеть на них и не в силах сотворить утренней молитвы и осенить себя крестным знамением.

Свет яркого зимнего утра уже врывается в окно, когда он, шатаясь, выходит из спальни и наскоро выпив горячего сбитню, велит запрягать лошадь в маленькие сани, и один, без кучера, выезжает из дома, чтобы на просторе полей и лесов, окружающих Москву, на морозном воздухе освежить свой помутившийся ум.

XV

В КРАСНОМ ДОМИКЕ

Глеб Алексеевич выехал на заставу, ударил по лошади и как стрела помчался, куда глаза глядят. Сколько проехал он верст — он не знал, но только тогда, когда увидел, что утомленный красивый конь его был положительно окутан клубами, шедшего от него пара, а руки его затекли от держания возжей, он приостановил лошадь, повернул снова к Москве и поехал шагом. Быстрая езда всегда производила на него успокаивающее впечатление. Так было и теперь..

Мысли его прояснились, но несмотря на это, в них, все-таки, Царила встреченная им накануне девушка. Он решил сегодня же воспользоваться данным ему позволением заехать к увлекшей его красавице.

Когда он снова подъезжал к Москве, солнце уже высоко стояло над горизонтом. Глеб Алексеевич почувствовал, что он очень голоден, но, несмотря на это, не прибавляя шагу лошади, доехал до своего дома и только тогда уселся за завтраком. Успокоенный принятым решением сегодня же повидать Дарью Николаевну, он кушал с обычным аппетитом, и после завтрака, с заботливостью для него необычной, занялся своим туалетом.

Был уже второй час дня, когда он в щегольских городских санях, запряженных парой красивых рысаков, с таким же щегольски одетым кучером на козлах, выехал из ворот своего дома, и на вопросительный взгляд Гаврилы — так звали кучера — сказал:

— На Сивцев Вражек. Лошади помчались.

Глеб Алексеевич провожал Дарью Николаевну накануне поздним вечером, а потому, въехав днем в Сивцев Вражек, не мог сразу ориентироваться и найти заветный домик, куда стремился всем своим существом. Пришлось обратиться с вопросом к попадавшимся пешеходам. Два-три человека отозвались незнанием. Наконец, им встретился какой-то старичок в фризовой шинели.

— Почтенный, а почтенный, позвольте вас спросить, где тут дом Ивановой? — обратился Салтыков к нему, когда кучер, поровнявшись с пешеходом, остановил лошадей.

— Иванова фамилья, сударь мой, довольно распространенная, а потому в здешних местах домов Ивановых чуть ли не целый десяток... Вот мы стоим, у дома Иванова, насупротив наискось дом Иванова, на углу далее тоже дом Иванова... Кто он такой?.. — рассудительно и толково отвечал старик.

— Не он, а она.

— Она, а как звать?

— Дарья Николаевна.

— А... — вдруг даже чему-то обрадовался старик. — Дашутки-звереныша... Чертова отродья... Это, сударь мой, сейчас налево в тупичке будет... Красненький домик.

Данные предмету его исканий далеко не лестные прозвища не ускользнули от внимания Глеба Алексеевича и он остановил седого старика строгим тоном.

— А позвольте, сударь, вас спросить... по какому праву вы так относитесь к сей девице?

Старик положительно загоготал.

— Девице... А эта девица, сударь, эти прозвища еще с измальства получила, и во всем околотке ей другого наименования нет-с... И скажу вам еще, что кличка эта ей, как говорит пословица: "по Сеньке и шапка". Прощенья просим...

Старик спокойно пошел своей дорогой, ворча себе под нос.

— Девица, девица...

Салтыков с недоумением поглядел ему вслед, но решил более не входить в объяснения с этим "сумасбродным старикашкой", как мысленно назвал он прохожего.

— Пошел! — крикнул он кучеру.

Через несколько минут он уже въезжал во двор дома Дарьи Николаевны.

"Однако, странно, за что это ее так не любят?" — мелькнуло в его голове воспоминание о словах прохожего старика.

Фимка увидела приезд гостя из окна и, как мы знаем, побежала будить барышню, в то время, когда заспанный подросток лакей отворял Глебу Алексеевичу дверь и, сняв с него шубу, растерянно произнес:

— Проходите в комнаты.

Салтыков вошел с трепетно бьющимся сердцем. Комната, в которую он вступил, производила впечатление довольства и уютности. Особенно поражали царствующие в ней порядок и чистота. Пол блестел точно свеже выкрашенный, потолок и стены, выбеленные краской, были чисты как снег, окна, уставленные цветами, каждый листок которых блестел свежестью, был без малейшего пятнышка, мебель красного дерева, крытая зеленым сафьяном, была как бы только выполирована, хотя было видно, что все это наследственное, старинное. Обстановка действует на человека, и приятное впечатление, произведенное на Глеба Алексеевича жилищем его новой знакомой, заставило его забыть болтовню "сумасбродного старика".

Он несколько раз прошелся по зале. В отворенные настеж двери виднелась другая комната — гостиная, тоже отличавшаяся уютностью и, видимо, царившим во всем доме необычайным порядком. Там мебель была тоже красного дерева, но подушки дивана и стульев были крыты пунцовым штофом.

"Однако, видно, она хорошая хозяйка... — подумал Салтыков, — может строга, за это ее и недолюбливают; да без строгости оно и нельзя..."

— А, лыцарь-избавитель... — послышался возглас, прервавший его думы.

Перед ним стояла Дарья Николаевна. Одетая в свое домашнее холщевое платье, красиво облегавшее ее полную, округлую фигуру, она казалась выше ростом, нежели вчера, в мужском костюме.

— Не утерпел не воспользоваться вашим любезным приглашением... — расшаркался перед ней Глеб Алексеевич. — Если же не во время обеспокоил, прошу прощенья, не задержу... Не во время гость хуже лихого человека.

— Чего обеспокоил, чего не во время, нечего размазывать, я ведь ждала...

— Не нахожу слов благодарности вас за вашу любезность...

— Любезность! Нет уж оставьте, я не из любезных, люблю правду матку резать в глаза и за глаза.

— Правда — это достойнейшее украшение женщины.

— Да вы питерский?..

— Служил в городе Петербурге.

— То-то так красно говорите, не по-московски, у нас проще... Да что же мы стоим... Прошу в гостиную... Может закусить хотите...

— Былое дело, благодарю вас.

— Ну, потом, посидев... Горяченьким сбитнем побалуемся али водицей какой... все есть, хозяйство ведется как следует, не глядите, что я бобыль-девица...

— Вижу я, достопочтенная Дарья Николаевна, уже любовался на царящее в этом жилище чистоту и порядок... Девица, можно сказать, едва вышедшая из отрочества.

— Эк хватили, мне скоро девятнадцать...

Дарья Николаевна усадила гостя в покойное кресло и сама села на диван.

— Какие же эта лета, ребяческие... Как вы управляетесь?.. Вероятно, есть в доме старуха ключница?

— Нет, нянька была, да с год как умерла, но я и ту не допускала... Все сама.

— Затруднительно.

— Не легко с народом, иногда руки болят учить их, идолов... Слава Создателю, что не обидел кулаками.

Дарья Николаевна показала гостю свой, надо сказать правду, довольно внушительный кулак. Салтыков несколько смутился, но тотчас же оправился, и желая попасть в тон хозяйке, заметил:

— Без этого нельзя...

— Эк хватили, без этого... Да тогда из дома беги, в грязи наваляешься, без еды насидишься, растащат все до макового зернышка.

— Правильно, правильно...

— А у вас тоже хозяйство?

— Именьишки есть, дома-с...

— Сами ведете?

— Кому же вести? Я тоже бобыль...

— Тоже... — с нескрываемой радостью воскликнула Дарья Николаевна, и эта радость не ускользнула от Глеба Алексеевича.

— Вдовы?

— Нет-с, холост...

— И управляетесь?

— По малости.

— Чего же не женитесь... Такой красивый, видный мужчина, хоть куда! Али Москва клином сошлась, невест нет...

Салтыков окончательно сконфузился.

— Захвалили совсем, не по заслугам...

— Что там захвалили, правду говорю, сами, чай, знаете. Может разборчивы очень? — допытывалась Дарья Николаевна.

— До сих пор не встречал по сердцу... — подчеркнул первые слова Глеб Алексеевич.

Иванова поняла и вся вспыхнула. Он залюбовался на ее смущение.

— Что же, может встретите... — после некоторой паузы произнесла она и обвела его пылающим взглядом.

— Больше уж не встречу... — загадочно произнес он.

Она снова вспыхнула, но все же нашла нужным переменить разговор.

— Скоро вы нашли мой дом-то?.. Чай, поздним вечером и не заметили, куда привезли переряженных баб?.. — спросила она.

— Малость попутал... Прохожие указали.

— Как не указать, где живет "Дашутка-звереныш", "чертово отродье".

— Вы знаете?

— Чего знаю? Что так меня зовут-то? Конечно знаю; не любят меня в околотке-то...

— За что же?

— Не под масть я им... Компании с их сынками да дочерьми не вожу, сплетни не плету... Да и зла я очень...

— Что вы?..

— Чего, что вы?.. Говорю зла... Берите, какая есть...

— Ох, как взял бы!.. — не удержавшись воскликнул Глеб Алексеевич.

— Спешлив больно! — усмехнулась Дарья Николаевна. Он смешался и молчал.

— Называют еще меня проклятой; я и есть проклятая... — продолжала она.

— Бог с вами, что вы говорите! — воскликнул он.

— Нет, правду, меня мать прокляла и так умерла, не сняв с меня проклятия...

— Что же вы такое сделали?

— Да ничего... В дождь не хотела идти к отцу на могилу... Сороковой день был, мать-то была, после смерти отца, в вступлении ума...

— Так какое же это проклятие, это не считается...

— Я и сама смекаю, что не считается... А зовут так, что с ними поделаешь... Да ну их... Теперь про вас сплетни сплетать начнут?

— Про меня?

— Да, ведь здесь со смерти маменьки ни одного мужчины не было, окромя Кудиныча.

В глазах Глеба Алексеевича блеснул ревнивый огонек.

— Это кто же Кудиныч-то?

— Кудиныч-то, — усмехнулась Дарья Николаевна, заметив выражение глаз своего собеседника, — это такой молодец, что другого не сыскать... Всем взял парень...

— Вот как, — упавшим голосом произнес Салтыков.

— И ростом, и дородством... Аршин до двух кажись дорос, худ как щепка, кудрявый без волос, — захохотала Иванова.

Глеб Алексеевич глядел на нее недоумевающим взглядом.

— Учитель мой... Старый сыч... Про него и сплеток-то даже наши не плетут...

Салтыков вздохнул с облегчением и засмеялся.

— А то ишь как перепугался... Эх, вы, мужчины... Грош вам цена, — продолжала смеяться Дарья Николаевна.

— Я, что же, я не перепугался, я так...

В это время Фимка внесла на серебряном подносе две кружки горячего сбитня и разных домашних варений и сластей и поставила на стол.

— Не обессудьте на маленьком хозяйстве, — обратилась Дарья Николаевна к Глебу Алексеевичу.

Тот не заставил себе повторять приглашение и с удовольствием стал пить горячую сладкую влагу, действующую успокоительно на его нервы, продолжая беседу с все более и более нравящейся ему девушкой. Фимка быстрым взглядом оглядела их обоих и по разгоряченным лицам собеседников догадалась, что беседа их идет на лад. Она вышла из комнаты, коварно улыбаясь.

Около часу времени просидел Салтыков у Дарьи Николаевны и, наконец, простился и уехал, совершенно очарованный этой "нетронутой натурой", как мысленно он определил Иванову. Последняя проводила гостя и заметила про себя:

"Однако, и он тряпица порядочная, но красив, подлец, видный парень, да и богат, за него замуж пойти незазорно... Соседки-то локти себе объедят от злости... А его, права Фимка, совсем проняло..."

XVI

СВАТОВСТВО

За первым посещением красненького домика на Сивцевом Вражке Глебом Алексеевичем Салтыковым вскоре последовало второе и третье, и не прошло двух недель, как эти посещения стали почти ежедневными. Он вместе с Дарьей Николаевной посещал театр, даже кулачные бои, вместе они катались на его кровных лошадях. В последнем удовольствии только и сходились их вкусы: и он, и она были страстными любителями бешенной езды. Что касается остального, то отношения их были странно-своеобразны. Ее отзыв о нем, после первого посещения, как о "тряпице", разрушил часть ее идеала мужчины, сильного не только телом, но и духом, способного подчинить ее своей железной воле, но внутренно, между тем, это польстило ей, с самого раннего детства не признававшей над собой чужой воли, чужой власти. Она со страхом думала о замужестве именно в этом смысле, потере своей воли, подчинении мужу, так как в возможности найти именно такого мужа, который сумеет подчинить ее себе, и который, вместе с тем, будет соответствовать ее идеалу физической красоты мужчины, она не сомневалась...

Этим объяснялось ее разборчивость в выборе, ее "битье по сусалам", ухаживавших за ней франтов Сивцева Вражка, на которых она смотрела сверху вниз, и которые не только терялись перед ней, млели перед ее красотой, но сравнительно с ней были и физически ничтожны, тщедушны и малорослы. Отличенный ею, наконец, Салтыков, хотя тоже млел перед ее физической красотой, но все же был в полном смысле мужчина, взявший и ростом, и дородством, и на нее это его подчинение не производило того впечатления, какое производило подчинение этой "мелюзги", как называла Дарья Николаевна разных, ухаживающих за ней франтов Сивцева Вражка.

Наконец, она пришла к убеждению, чрезвычайно льстившему ее самолюбию, что все мужчины перед умной бабой, каковой она, несомненно, считала себя, просто — тьфу. При этом Дарья Николаевна выразительно плевала. Это, однако, не разочаровало ее в Глебе Алексеевиче, так как она благоразумно решила, что не все же ей сидеть "в девках", оправдывая, таким образом, предсказание ее покойного отца, которое, конечно, ей уже давно сообщили, через ее домочадцев, досужие языки соседей. Она решила остановить на нем свой выбор, тем более, что Глеб Алексеевич ей нравился, что его тихий и ласковый нрав производил во всем ее существе какую-то сладострастную истому. "Крайности сходятся", и эта поговорка всецело оправдалась на Салтыкове и Ивановой.

Необузданный нрав Дарьи Николаевны, чуть не ежедневно проявлявшийся в крутой расправе с прислугой, требовал отдохновения, и она находила его около Глеба Алексеевича, хотя и последний часто претерпевал, подчас более чем сильно, от выходок любимой им девушки. Он, со своей стороны, с каким-то наслаждением любовался этими вспышками или, как он называл их самому себе, проявлениями сильного характера и, не имея этих качеств, ценил их в любимой девушке, тем более, что эта любовь окрашивала все ее выходки, все ее поступки в особый, смягчающий их резкость цвет. Когда он заставал Дарью Николаевну "по домашности", он не замечал ее не отличавшегося особенной чистотой платья, он видел только ее стройный, умеренной полноты, соблазнительный стан, ее высокую грудь, и, зачастую, сильно открытую, точно выточенную из мрамора шею. Голова его кружилась, и он с восторгом созерцал свою "Доню", как он мысленно называл ее.

Когда порой он был свидетелем вспышек ее бешенного гнева на прислугу и жестокую с ними расправу всем, что было у нее в руках, скалкой, ухватом, кочергой, то любовался ее становившимися зелеными, прекрасными, как ему, по крайней мере, казалось глазами, ее разгоревшимся лицом. При таком отношении к обворожившей его девушке, понятно, что он влюблялся в нее все сильнее и сильнее. Она не то, чтобы завлекала его, напротив, она его отталкивала, делала вид, что для нее безразличны не только его посещения, но и самое его существование.

Соседи, как и предполагала Дарья Николаевна, после первых же посещений Глеба Алексеевича стали сплетать сплетни, и гораздо ранее, нежели он сделал ей предложение и получил согласие, объявили его ее женихом. Самое предложение им было сделано тоже при весьма оригинальной обстановке.

Однажды, это было недели через три, после описанного нами

первого посещения, он приехал в красненький домик как раз в разгар жестокой расправы Дарьи Николаевны с Фимкой, разбившей ее любимую чашку. Удары сильной руки так и сыпались на щеки девушки, из носа которой уже обильно текла кровь, а само лицо сделалось синебагровым. Руки Дарьи Николаевны были тоже запачканы в крови. Глеб Алексеевич, почему-то, симпатизировал Фимке; быть может, это происходило оттого, что встреча с Дарьей Николаевной, сулившая, как он, по крайней мере, предполагал, в будущем ему блаженство, произошла при ней. Он решился вступиться, так как его приезд, по обыкновению, ничуть не остановил Дарью Николаевну, и она продолжала делать свое дело, то есть давать Фимке полновесные пощечины.

— Оставьте, Дарья Николаевна, оставьте, ведь вы ее изуродуете... — решил остановить ее Салтыков.

— Ты чего нос суешь не в свое дело!.. — вдруг, первый раз на "ты" оборвала она непрошенного заступника. — Изуродую, так изуродую, моя девка, а не твоя, купи, хочешь продам, и милуйся с ней, черномазой, любуйся на красоту ее.

Пощечины продолжали сыпаться, но, наконец, Дарья Николаевна, видимо, сама утомилась и, повернув Фимку к себе спиной, дала ей в шею и крикнула хриплым голосом:

— Пошла, мразь!..

Расправа происходила в столовой, где обыкновенно проводила свое время Дарья Николаевна, не любившая парадных комнат, и куда со второго же визита пригласила Глеба Алексеевича. Это была большая комната, выходившая тремя окнами во двор, с большим круглым, раздвижным на шестнадцати ножках столом красного дерева, такого же буфета со стеклами и деревянными крашеными стульями. Глеб Алексеевич сел на один из них, после своего неудачного заступничества. Когда Фимка была вытолкнута, Дарья Николаевна отерла окровавленные руки о платье и обратилась к Салтыкову, все еще вся дрожащая от гнева.

— Ишь, заступник нашелся... И чего ты, сударь, сюда зачастил шляться, сласть какую нашел около меня, што ли, шастаешь чуть не каждый день да еще верховодить у меня вздумал, не в свое дело нос совать...

— Какое же, Дарья Николаевна, верховодить... Я так, пожалел девушку...

— Пожалел девушку, — передразнила его Иванова, — жалей своих девок, а моих не замай, а коли нравится, можете из-за нее и сюда шастаешь, так купи, продам, да и оба убирайтесь с моих глаз долой...

— Что вы это говорите, Бог с вами. Из-за нее сюда езжу. Бог знает, что вы скажете...

— А из-за кого же? Я почем знаю, из-за кого же.

— Да из-за вас, Дарья Николаевна...

— Толкуй, размазывай... Нет, я и впрямь тебя от себя выгоню. Ну те к лешему.

— За что же? — умоляюще взглянул на нее Глеб Алексеевич. Она не обратила внимания на этот взгляд и продолжала:

— Чего, подумаешь, пристал к дому, как муха к меду... Наши горланы итак прокричали: жених, жених... Сегодня жених, а завтра любовник скажут... Не отопрешься, не поверят, хоть решето крестов перецелуй, потому каждый день шастает.

— Оборони Господи и меня, и вас от такого позора...

— Тебя-то чего оборонять... Тебе как с гуся вода... Был молодцу не укор.

— Да неужто я дам на девушку напраслину взводить, позор на ее голову накликать...

— А что же поделаешь? На чужой роток не накинешь платок. ю у нас в околотке у баб-то у всех змеиное жало вместо языка болтается...

— И рот замазать можно.

— Ишь, выискался...

Дарья Николаевна уже несколько успокоилась и тоже присела рядом с Глебом Алексеевичем.

— Все от вас зависит...

— От меня... Вот я, признаться, не думала... Она лукаво улыбнулась.

— Ваша воля, — с печалью в голосе сказал Салтыков.

— А ты что надумал?..

Сказанное уже раз в начале "ты", она, видимо, не хотела изменить.

— Позвольте и мне говорить вам "ты".

— Да говори, пес с тобой... Только что же из этого выйдет?

— Да не так, а коли говорят жених, так пусть я и буду жених...

— Хочешь, значит, меня в жены взять?..

— Конечно же хочу...

— А если я не хочу?..

— Коли не люб, так что же с этим поделаешь... Насильно мил не будешь...

Он сидел бледный, с опущенной долу головой.

— Да ну тебя... Ишь, точно мокрый заяц сидишь... Девка зря болтает, а он слушает.

— То есть как зря? — поднял он голову и в его глазах блеснул луч надежды.

— Так, зря; коли бы не люб был, так пускала бы я тебя к себе... Держи карман шире...

— А если люб, так отчего же...

— Чего, отчего же...

— Не хотите замуж за меня идти.

— Да бери, пес с тобой, — вдруг совершенно неожиданно и своеобразно дала согласие Дарья Николаевна.

Он вскочил, схватил ее еще не совсем обсохшие от крови руки и стал покрывать их страстными, горячими поцелуями.

— Ну, тебя, чего руки лижешь... Целуй прямо... — отняла она руки.

Он сжал ее в своих мощных объятиях и впился в ее полные, красные губы продолжительным поцелуем. Она отвечала ему таким же поцелуем, но вскоре вырвалась от него и оттолкнула от себя со словами:

— Ишь, присосался...

Он скорее упал, нежели сел на стул и откинулся на спинку. Голова его кружилась, в глазах вертелись какие-то красные, то зеленые круги.

Когда он очнулся, Дарья Николаевна сидела около него и смотрела на него полунасмешливым взглядом.

— Ишь тебя, как говорит Фимка, проняло... Ну, целуй еще раз, коли так уж сладко...

— Доня, дорогая Доня, как я счастлив! — воскликнул он, обвив ее стан рукой и привлекая ее к себе.

— Нашел тоже счастье... Злющую девку за себя замуж берет... Может я тебя, неровен час, как Фимку, отколошматю.

— Колошмать, колошмать, Доня, Донечка, прелесть моя ненаглядная!

— Ну, ну, целуй, пока не бью...

Их губы снова слились в долгом поцелуе.

В этот же день вся дворня красненького домика знала, что барышня Дарья Николаевна невеста "красивого барина", как прозвали Салтыкова. Фимка, умывшая свое окровавленное лицо со свежими синяками и кровоподтеками на нем, узнав, что решилась судьба ее любимой барышни, бросилась целовать руки у нее и у Салтыкова. Она, видимо, совершенно забыла только что нанесенные ей побои и на лице ее написано было искреннее счастье.

— Ну, Фимка, так и быть, даю слово, в честь нынешнего дня, больше бить тебя не буду, — с непривычною мягкостью в голосе сказала ей Дарья Николаевна.

— И что вы, матушка-барышня, бейте, только от себя не гоните, — отвечала та.

XVII

ТЕТУШКА ГЛАФИРА ПЕТРОВНА

Тетушка Глеба Алексеевича, Глафира Петровна Салтыкова, жила у Арбатских ворот. В Москве, даже в описываемое нами время, а не только теперь, не было ни Арбатских, ни Покровских, ни Тверских, ни Семеновских, ни Яузских, ни Пречистенских, ни Серпуховских, ни Калужских, ни Таганских ворот, в настоящем значении этого слова. Сохранились только одни названия.

Однако, в описываемый нами 1749 год у Арбатских ворот стояла башня, сломанная в 1792 году. Арбатские ворота богаты многими историческими преданиями.

Когда в 1440 году царь казанский Мегмет явился в Москву и стал жечь и грабить первопрестольную, а князь Василий Темный заперся со страху в Кремле, проживавший тогда в Крестовоздви-женском монастыре (теперь приходская церковь) схимник Владимир, в миру воин и царедворец великого князя Василия Темного, по фамилии Ховрин, вооружив свою монастырскую братию, присоединился с нею к начальнику московским войск, князю Юрию Патрикеевичу Литовскому, кинулся на врагов, которые заняты были грабежем в городе. Не ожидавшие такого отпора, казанцы дрогнули и побежали. Хорвин с монахами и воинами полетел в догонку за неприятелем, отбил у него заполоненных жен, дочерей и детей, а также и бояр и граждан московских и, не вводя их в город, всех окропил святою водою у самых ворот Арбатских. Кости Ховрина покоятся в Крестовоздвиженском монастыре.

Другой, подобный случай у Арбатских ворот был во время междуцарствия, когда польские войска брали приступом Москву. У Арбатских ворот командовал отрядом мальтийский кавалер Новодворский. Отважный воин и его молодцы с топорами в руках вырубали тын палисада. Работа шла быстро. С русской стороны, от Кремля, защищал Арбатские ворота храбрый окольничий Никита Васильевич Годунов. Раздосадованный враг начал действовать отчаянно. Наконец, сделав пролом в предвратном городке, достиг было самых ворот, но здесь Новодворский, прикрепляя петарду был тяжело ранен из мушкета. Русские видели, как его положили на носилки, как его богатая золотая одежда вся обагрилась кровью, как его шишак, со снопом перьев, спал с головы и открыл его мертвое лицо. Вслед за ним Годунов кинулся со своими молодцами на врагов, и поляки, хотя держались в этом пункте до света, но, не получая подмоги, поскакали наутек. На колокольне церкви Бориса и Глеба ударил колокол, и Годунов пел с духовенством благодарственный молебен.

В 1619 году к Арбатским воротам подступил и гетман Сагай-дачный, но был отбит с уроном. В память этой победы сооружен был придел в церкви Николы Явленного, во имя Покрова Пресвятой Богородицы. Основания этой церкви, как полагает Ив. Снегирев, относится к XVI столетию, когда еще эта часть Москвы была мало заселена и называлась "Полем". В описываемое нами время, церковь эта была окружена каменной оградой с башенками и видом своим походила на монастырь.

Против этой-то церкви и стояла обширная усадьба Глафиры Петровны Салтыковой. Мы назвали ее дом усадьбой, ввиду громадности занимаемого им места. Со стороны Арбатской площади, кстати сказать, отличавшейся в то время, весной и осенью, невылазной грязью, усадьба отделялась массивной деревянной решеткой, с решетчатыми же воротами, и через эту решетку виднелся обширный двор, в глубине которого стоял громадный барский, одноэтажный дом, окрашенный в темносерую краску, и по фасаду имевший четырнадцать окон, с темнозелеными ставнями. Крыша была выкрашена в тёмнокрасный цвет, С левой стороны выпячивалось огромное деревянное парадное крыльцо, тоже окрашенное в серую краску, и, кроме того, по стенам его, как снаружи, так и изнутри, были нарисованы, видимо, рукой доморощенного живописца, зеленые деревья, причем и стволы, и листья были одинакового цвета, не говоря уже о том, что в природе такой растительности, по самой форме листвы, встретить было невозможно. За домом далеко тянулся вековой сад, а на обширном дворе, с обеих сторон барского дома, было множество служб, людская, кухня, соединенная с домом крытой галереей, прачечная, сараи, конюшни, ледники и амбары. Парадные комнаты, обширные и многочисленные, были отделаны и меблированы с возможною роскошью того времени; массивная, золоченная мебель, бронза, ковры, все указывало на громадное богатство их владелицы. Они открывались, однако, только в дни приемов, балов и вечеров, которые были довольно часто, так как Глафира Петровна жила открыто и любила общество.

На этих приемах она появлялась в роскошных и богатых шелковых робронах, с модным того времени чепцом на голове, украшенном перьями. Такой важной, нарядной, с подсурмленными бровями, с притертым белилами и румянами лицом Глафира Петровна являлась перед московским "светом", благоговевшим перед нею. Ее высокая фигура, умеренная полнота, привычка держать голову несколько назад, ее правильные черты лица, указывавшие на былую красоту, и пристальный взгляд несколько выцвевших, но когда-то чудных карих глаз, делали ее положительно величественной старухой — типом родовитой московской аристократки. Она с необычайной грацией подносила к глазам большой золотой лорнет, и даже с каким-то величавым достоинством нюхала табак, из золотой и часто украшенной драгоценными каменьями или эмалью табакерки. Таких табакерок было у нее великое множество, и в знак своего особого расположения она дарила их понравившимся ей дамам или девицам; некоторые из последних, совершенно юные, получали их, как грозное напоминание о том, что их не минует старость. Такова была казовая сторона жизни тетушки Глеба Алексеевича.

Интимная, домашняя жизнь была, однако, совершенно иная. Без гостей, в неприемные дни, тетушка проводила все время в своей отдаленной, жарко натопленной комнате, служившей ей спальней, куда допускались только самые близкие родственники, к числу которых принадлежал и Глеб Алексеевич. Обыкновенно она сидела на кровати, занавесы которой были открыты, одетая очень тепло. Сверх сорочки она носила лисью шубу. У самой двери стоял направо большой сундук, окованный железом; налево множество ящиков, ларчиков, коробочек и скамеечек. При конце узкого прохода сидели на полу рядом слепая, между двумя карлицами, и две богадельницы. Перед ними, ближе к кровати, лежал мужик, который рассказывал сказки, далее — странница и две ее внучки, девушки-невесты, да дура. Странница с внучками лежали на перинах. Несколько старух и девок стояло, кроме того, у стен для услуг, подпирая правой рукой левую, а последней — щеку. Они были до невозможности растрепаны и в страшно засаленных платьях. Воздух в спальне тоже не отличался чистотою.

Такова была обстановка, в которой жила Глафира Петровна Салтыкова "для себя".

Множество "барских барынь", то есть обедневших дворянок, воспитанников и воспитанниц и других приживалок наполняло ее дом, но даже они разделялись на "парадных" и "домашних". Первые допускались при гостях в парадные комнаты, ареной же вторых была только "спальня генеральши". В числе парадных приемышей были мальчик лет двенадцати Костя и девочка восьми лет — Маша. И мальчик, и девочка были, впрочем, в отдаленном родстве с Глафирой Петровной, а потому и играли в доме первенствующую роль. Остальные сироты держались для игр с ними.

Костя был сын троюродного племянника генеральши, а Маша — дочь чуть ли не четвероюродной племянницы. И мальчик, и девочка были сироты и взяты Глафирой Петровной в младенчестве. Дети были неразлучны, и вместе, Костя ранее, а Маша только в год нашего рассказа, учились грамоте и Закону Божию у священника церкви Николы Явленного, благодушного старца, прозвавшего своих ученика и ученицу: "женишек и невестушка". Это прозвище так и осталось за детьми.

Остальные приемыши, ввиду их "подлого" происхождения от дворовых людей и крестьян, грамоте не обучались. Глафира Петровна любила и баловала своих внучат, как она называла Костю и Машу, и рядила их как куколок.

Такова была в общих чертах показная и домашняя жизнь вдовы генерал-аншефа Глафиры Петровны Салтыковой.

Вскоре, после того, как на Сивцевом Вражке пронеслась весть, что у "Дашутки-звереныша" объявился жених, ротмистр гвардии Глеб Алексеевич Салтыков, новость эта дошла до одной из приживалок "генеральши", и та, чуть не задохнувшись от быстрого бега, явилась в дом своей благодетельницы — новость была ею получена у одних из знакомых ее на Сивцевом Вражке — бросилась в спальню, где в описанной нами обстановке находилась Глафира Петровна. Вход ее был так порывист, что генеральша нахмурилась и сурово спросила:

— Что это ты, матушка, в комнату благочинно войти не умеешь.

— Матушка-генеральша, матушка-благодетельница, и не вспомнюсь, как до тебя добралась, яхонтовая.

Она не обратила никакого внимания, что наступила на нескольких женщин, сидевших на полу, разбила какую-то посуду и сдвинула с места один из ларчиков. Визг раздавленных, звон посуды и шум упавшего ларчика был покрыт громким окриком "генеральши".

— Тс, оголделые, тише... что случилось? — обратилась она к вбежавшей.

— Ох, матушка-благодетельница, ох, генеральша пресветлая, ох, изумрудная, дайте дух перевести, не могу вспомнить, в голове все возмутилося.

— Да ты пьяна, што ли? — гневно сверкнула глазами Глафира Петровна.

— И что ты, матушка, не то что вина, маковой росинки во рту не было...

— Да что же случилось, спрашиваю?..

— Племянничек-то ваш, Глеб Алексеевич, король-то светлый... Приживалка остановилась.

— Ну?..

— Красное-то наше солнышко, красавчик-то московский, добрый-то барин наш, сердечный...

Приживалка стала всхлипывать.

— Умер, што ли? — крикнула вне себя генеральша.

— И что вы, матушка-генеральша, и что вы, благодетельница, и что вы, бриллиантовая, как так умер, живехонек, здоровехонек...

Так что же ты над ним причитаешь?

— Сватается, женихом объявился...

— Что же, в добрый час... На ком женится?.. И как же мне, старухе не доложился...

— Как ему доложиться, матушка-генеральша, вас-то ему, чай, боязно, да и добрым людям в глаза глядеть, чай, зазорно... Уж такую падаль выбрал, прости Господи, такую, что... тьфу...

Приживалка плюнула, попав прямо в бороду лежавшему около кровати мужику. Тот, однако, не обратил на это внимания и хладнокровно обтерся, весь тоже поглощенный, как и все присутствующие, известием о сватовстве племянника своей благодетельницы-генеральши.

— За кого же он сватается?.. Чей он жених?.. Говори, дура-непочатая... — даже вскочила с постели Глафира Петровна.

— За "Дашутку-звереныша", за "чертово отродье", за "проклятую".

— Да ты в уме ли брехать такое несуразное?.. — разгневалась генеральша.

Ей, конечно, жившей по близости Сивцева Вражка, была известна вся подноготная о Дарье Николаевне Ивановой и все данные ей, по заслугам, прозвища.

— Да разрази меня Господи, да лопни мои глаза, да провались я на этом месте, бриллиантовая, коли соврала на столько! — воскликнула приживалка и показала при этом кончик одного из своих грязных ногтей.

XVIII

ЗАТЯНУЛА!

— Ну, смотри, Фелицата, — так звали приживалку, принесшую весть о сватовстве Глеба Алексеевича Салтыкова за Дашутку-звереныша, — если ты соврала и такой несуразный поклеп взвела на моего Глебушку, не видать тебе моего дома как ушей своих, в три шеи велю гнать тебя не только от ворот моих, но даже с площади. А на глаза мне и не думай после этого показываться, на конюшне запорю, хотя это у меня и не в обычае.

С такою речью обратилась Глафира Петровна к приживалке после произнесенных ею клятв в верности сообщенного известия.

— Да разрази меня Господи, чтобы мне не сойти с этого места... — начала было снова божиться Фелицата, но была остановлена генеральшей.

— Довольно, не божись, а помни, что я тебе сказала... Я сейчас все сама разузнаю... Пошли все вон! — вдруг крикнула она по адресу присутствовавших в спальне. — Одеваться!

Мужик-сказочник первый вскочил с пола и выкатился кубарем из комнаты, за ним выскочили нищенки, богадельницы-приживалки, с быстротою положительно для их лет и немощей изумительною. Фелицата тоже убралась из спальни. Глафира Петровна перешла в соседнюю комнату, служившую для нее уборной и уже резко отличавшуюся от спальни убранством, в котором чувствовался комфорт и чистота.

Две горничных начали совершать туалет своей барыни. Она провела за ним более часу, и когда вышла из внутренних комнат, нельзя было узнать, что это та самая всклоченная, седая старуха, сидевшая на измятой постели в шубе, надетой на рубашку.

Это была действительно "генеральша", действительно "дама", действительно "аристократка". Величественной походкой направилась она в гостиную, дернула вышитую шелками сонетку и опустилась в кресло. Через минуту перед ней, как из-под земли, вырос лакей, неслышными шагами вошедший в гостиную.

— Послать сейчас же Акима за Глебом Алексеевичем Салтыковым... Если его нет дома, то пусть разыщет где он, но чтобы через полчаса, много час он был бы здесь, — отдала она приказание.

— Слушаю-с, — лаконически ответил лакей и удалился такой же неслышной походкой.

Аким был доверенным человеком Глафиры Петровны; он был такой же старик, как и она, служил еще при ее покойном отце, князе Мышкине; на исполнительность и расторопность, несмотря на преклонные лета, а главное сметливость его она могла положиться, а потому ему поручались только важные дела, требующие всецело этих качеств от посланного. Ему даже давался для исполнения поручений экипаж, летом дрожки, а зимой сани.

По выходе лакея, Глафира Петровна встала и начала медленно ходить по мягкому ковру обширной комнаты, то и дело взглядывая на часы, стоявшие на тумбе розового дерева с инкрустациями из черепах, перламутра и отделанной бронзой. Часы были массивные, в футляре из карельской березы, отделанном серебром. Каждый час они играли заунывные песни, а каждые четверть часа пронзительно вызванивали число четвертей.

Глафира Петровна ждала, а между тем, мысли одна другой мрачней и неотвязчивей бродили в ее голове.

"Да неужели это правда? — думала она. — Да неужели же он решится такой позор положить на всю нашу фамилию... Мечтатель он, это верно... Не ладно тут у него, по всем видимостям..."

Глафира Петровна даже сделала при этом выражении жест около лба.

"Но чтобы на такое дело решиться, пугало целого московского околотка за себя замуж взять... Нет, врет Фелицата, брешет, подлая... Сболтнул кто ни на есть ей на смех, а она сдуру и поверила, меня только встревожила, ужо задам я ей, сороке долгохвостой".

Так успокаивала себя генеральша Салтыкова. А, между тем, на смену этому спокойствию и мысли появились другие.

"Откуда же появилась эта связь имени ее племянника Глебушки с именем этого "чертого отродья"?.. Нет дыму без огня! Значит он, все-таки, бывает у этой Дарьи, у проклятой".

Волосы становились дыбом у Глафиры Петровны. Она понимала, что хотя Дарья Николаевна и "Дашутка-звереныш", и "чертово отродье", и даже "проклятая", а все же она дворянка, и связь с ней, даже и непутевой, для ее племянника большое несчастье... Она не может быть мимолетная... Это не забава с крепостной дворовой или крестьянской девкой, это не каприз, не прихоть барская... Такая связь не вызывает никаких обязательств, не оставляет никаких последствий... Прогнал, да и шабаш... Сослал на скотный или в дальную вотчину, вот и конец романа... Здесь не то... Эта и приворожить к себе может. Эта и жаловаться полезет... Ну, да там многого не возьмешь, как раз место укажут.

Генеральша даже выпрямилась, как бы сознавая свою силу в московском административном мире.

"А вдруг она да непутевая? Может, просто дурит девка, а себя блюдет... Он мечтатель, дурак, ротозей, квашня... — думала она по адресу своего племянника, — умная баба его в дугу согнет и узлом завяжет".

Глафира Петровна, между прочим, слышала о Дарье Николаевне толки, рисующие ее именно с этой стороны, со стороны соблюдения себя в аккурате и уме...

"Может, так затянула на его шее петлю, что и не стащишь, — продолжала думать Глафира Петровна. — Что тогда?"

Генеральша даже остановилась среди комнаты и машинально взглянула на часы. Со времени посылки Акима прошло уже три четверти часа.

"Не об двух же он головах, однако, чтобы не понимать, в какую лезет пропасть? Я с ним поговорю... Надеюсь, меня, старуху, он послушает... А может и соврала Фелицата... — вдруг снова появилась у ней мысль. — Нет, тут что-то есть; может и не то, что она рассказывает, а если... Только бы не зашло у них далеко, тогда все можно поправить, все... Женю его на Строговой... К ней, кажется, он не так равнодушен, как к другим. Положим, ее отец мот, пропил и проиграл все состояние... Ну, да что же делать! У него, у Глеба, свои хорошие средства... Я тоже не забуду его в завещании... Женю, непременно женю..."

Эти размышления прервал лакей, почтительно и боязливо заглянувший в дверь гостиной. Глафира Петровна как раз в это время смотрела именно на эти двери в томительном ожидании.

— Что?

— Аким вернулся, ваше превосходительство.

— Один?..

— Один-с...

— Зови сюда.

Лакей исчез. Через минуту в дверях появился высокий, худой старик, с гладко выбритым лицом в длиннополом сюртуке немецкого покроя, чисто белой манишке с огромным черным галстуком. Вся фигура его и выражение лица с правильными, почти красивыми чертами дышали почтительностью, но не переходящей в подобострастие, а скорее смягчаемой сознанием собственного достоинства. Его большие, умные серые глаза были устремлены почти в упор на генеральшу.

— Что это значит, Аким?

— Сию минуту будут-с...

— Он был дома?..

— Никак нет-с.

— Где же?

— Здесь, по близости.

— В доме Ивановой? — сквозь зубы процедила Глафира Петровна.

— Изволите знать?

— Почему же он не приехал с тобой? Аким чуть заметно улыбнулся.

— Заняты-с...

— Чем это?..

Аким уже, видимо, не был в состоянии сдержаться, и улыбка разлилась по всему его лицу.

— Чего ты зубы скалишь?

— Смешно-с, ваше превосходительство-с...

— Что смешно-то? Какие тут смешки? Я спрашиваю, чем занят Глеб Алексеевич?

— Соленья и варенья из банок в банки с барышней перекладывают, попортились, вишь, так раньше, чем кончать, уйти нельзя.

Улыбка продолжала играть на лице Акима. Глафире Петровне, однако, далеко не было смешно.

— Иди себе, — сдавленным голосом сказала она Акиму.

Тот не заставил повторять себе этого приказания. По выходе Акима генеральша, шатаясь, дошла до кресла и скорее упала, нежели села на него.

— Затянула! — вырвалось у нее восклицание.

Несколько минут Глафира Петровна просидела под гнетом этой мысли, с опущенной головой. Наконец, она подняла ее.

— Но нет, может быть, еще не поздно... Несчастье можно отвратить... Я поговорю с ним, я представлю ему весь ужас будущего, которое его ожидает, особенно если он уже теперь до того подчинился этому "исчадью ада", что исполняет у ней должность дворецкого, лакея...

Генеральша презрительно усмехнулась.

— Гвардеец, красавец, богач, один из первых женихов Москвы и вдруг... под башмаком какой-то Дарьи Ивановой... девицы с сомнительной репутацией, с почти страшной славой "дикого звереныша", это невозможно, это не может быть на яву, это я вижу во сне.

Глафира Петровна вскочила с кресла и стала быстро для ее лет ходить по гостиной. Часы пронзительно пробили уже несколько четвертей, а Глеба Алексеевича все еще не было. Генеральша этого, видимо, не замечала, занятая своими думами.

"А если же он не пожелает отказаться от этой невесты? — Глафира

Петровна подчеркнула мысленно последнее слово и горько усмехнулась. — То я приму свои меры".

На этом решении она отчасти успокоилась, хотя мысли ее не переставали быть сосредоточенными на любимом племяннике, каковым был Глеб Алексеевич Салтыков.

На него возлагала старуха все свои надежды, около него сосредоточивалась ее недолговременная — она сознавала это — будущность. Она хотела женить его, не только помятуя слова Создателя мира: "скучно быть человеку одному", но с большою долею чисто эгоистических побуждений. Она думала найти в его новой семье утеху своей старости, так как окружавшие ее чады и домочадцы, за исключением ее внучатых племянников Кости и Маши, не могли составлять истинного объекта ее любви, а сердце Глафиры Петровны было любвеобильно, но любовь, его наполнявшая, не нашла себе исхода в замужестве, в которое она вступила по воле родителей, не справившихся даже о ее желании и нежелании, но руководившихся правилом седой старины: "стерпится-слюбится".

Увы, с брачной жизнью ей действительно пришлось "стерпеться", но не довелось "слюбиться". Господь Бог, видимо, требует иных, взаимных чувств для благословенного брака, а потому близкие только физически супруги остались бездетными. Свою материнскую нежность на склоне лет Глафира Петровна расточала на двух все же, хотя и отдаленных, близких ей существ, Косте и Маше. Она чувствовала, что ей не дождаться их зрелого возраста, а потому их будущность доставляла ей немало горьких минут житейской заботы.

После женитьбы Глебушки — так звала она Глеба Алексеевича — она расчитывала поручить его жене, конечно, избранной ему ею, дальнейшую судьбу обоих детей, отказав им все свое состояние и тогда... умереть спокойно.

И вдруг все эти мечты рушились странным, безобразным выбором себе в невесты Глебом Алексеевичем "Дашутки-звереныша", "чертова отродья", "притчи во языцех" Сивцева Вражка.

Все это тяжелым, раскаленным свинцом давило голову Глафире Петровне. Ее грустные думы были нарушены докладом лакея:

— Глеб Алексеевич Салтыков.

XIX

НАШЛА КОСА НА КАМЕНЬ

При докладе о племяннике Глафира Петровна встрепенулась и с некоторым, видимо, усилием, приняла величественно спокойный вид.

Глеб Алексеевич вошел с деланно-развязанным видом, скрывавшим внутреннее смущение.

— Вы меня желали видеть, тетушка? — произнес он, подходя к ручке генеральши.

— Если я посылала за тобой нарочного — значит желала видеть, — холодно, растягивая слова, отвечала Глафира Петровна.

Он стоял перед ней и глядел на нее вопросительным взглядом. Ее наряд и величественный вид и напускная холодность не предвещали ему ничего хорошего.

— Садись, в ногах правды нет... — прервала она наступившее тягостное молчание, — а между тем, мне от тебя надо сегодня только правду.

— Когда же я лгал вам, тетушка? — отвечал в свою очередь он вопросом.

— Я не обвиняю тебя в этом, но есть, кроме лжи, оскорбляющая близких людей скрытность...

Он молчал, потупив взгляд.

— Ты молчишь, ты знаешь о чем я говорю, ты несомненно догадываешься, зачем я звала тебя...

— Положительно не знаю... Не могу понять, — растерянно произнес он.

— Ты лжешь! — с какою-то кричащею нотой в голосе воскликнула Глафира Петровна.

— Тетушка!

— Ты лжешь, повторяю я... Ты не мог не знать, что я, окруженная моим всеведующим сбродом, конечно, узнаю, одна из первых, твои шашни на Сивцевом Вражке, местности, которая лежит под боком моего дома.

— Шашни, какие шашни? — вспыхнул Глеб Алексеевич.

— Я иначе не могу и не хочу называть твои отношения к Дарье Ивановой, этой., этой...

Генеральша, видимо, искала слов.

— Она дочь дворянина, тетушка... Ее отец был сподвижник Петра Великого.

— Я не касаюсь ее отца и матери, они оба умерли, чуждые своей дочери, последняя даже прокляла ее.

— Она была сумасшедшая...

— Это говорит дочка... Другие говорят иное... Говорят, что она убийца своей матери, утверждают, что она изверг рода человеческого, что она непу...

— Остановитесь, тетушка, я не могу позволить вам говорить этою... она... моя невеста, — с горячностью прервал ее Глеб Алексеевич.

— Невеста... — нервно захохотала Глафира Петровна, — поздравляю... Долго выбирал, хорошо выбрал...

— Тетушка...

— Ну, дорогой племянничек, едва ли я после этого останусь твоей тетушкой... Подумал ли ты об этом, вводя в наш род, честь которого отличалась вековою чистотою, девушку, чуть ли не с младенчества заклейменную позорными прозвищами толпы и заклейменную по заслугам...

— Нельзя так уверенно говорить о личности, которую сами не знаете.

— Глас народа — глас Божий!..

— Не считаете ли вы народом сплетников и сплетниц Сивцева Вражка... Это не голос Бога, это голос людской злобы и ненависти...

Он произнес эту защитительную фразу с такой убедительною горячностью, что генеральша, по натуре добрая и справедливая женщина, смутилась.

— Нет дыму без огня... — уже несколько пониженным голосом сказала генеральша.

— Лучше скажите: нет копоти без нагару и таким нагаром всегда, наверно, является злая, подлая сплетня, способная загрязнить самое чистое, самое прекрасное существо, — горячо возразил Глеб Алексеевич.

— Ты сумасшедший! Она тебя околдовала! — воскликнула генеральша.

— Ничуть, я только ее знаю, а вы нет! — с такой же горячностью отвечал Салтыков.

— Но ее поступки... ее жизнь... ее характер... — перебила его Глафира Петровна.

— Какие поступки? Какая жизнь? Какой характер?

— Но не могут же люди врать с начала до конца?

— Могут, и если врут, то всегда, тетушка, с начала до конца... Ложь, кажется, нечто единственное в мире, что не имеет границ.

— Так, по-твоему, она совершенство? — насмешливо спросила генеральша.

— Совершенство! Зачем? Совершенства нет. Я только утверждаю, что она во всех отношениях достойная девушка.

— Дерется на кулачных боях и переряженная в мужское платье с переряженной же дворовой девкой, как угорелая, катается по Москве... И это, по-твоему, неправда, или, быть может, ты этого не знаешь, или же, от тебя я жду теперь всего, ты это одобряешь? — язвительно проговорила Глафира Петровна.

— Нет, это сущая правда, я даже познакомился с ней в театре, где она была с дворовой девкой, и обе были переряжены мужчинами, она при выходе затеяла драку, и если бы я не спас ее, ей бы сильно досталось... Я знаю это и, хотя не одобряю, но извиняю...

— Вот как... Значит это безграничная, по-твоему, ложь, не совсем ложь?

— Ах, тетушка, вы не понимаете! — воскликнул он.

— Где уж мне, из ума старуха выжила... Не считает переряженных девок, затевающих драки с уличными головорезами, за порядочных девушек, даже чуть ли не за совершенство! — вспыхнула Глафира Петровна.

— Не то, тетушка, не то...

— Как не то... А что же? Впрочем, что это я с тобою и на самом деле, старая дура, разговариваю. Тебя надо связать да в сумасшедший дом везти, а я еще его слушаю.

— Тетушка!.. — укоризненно произнес он.

— Что тетушка, я с твоего рождения тебе тетушка, только не ожидала, что мой племянничек мой дорогой в дуры произведет, — не унималась она.

— Да когда же я...

— Как когда... Видишь, что выдумал. Я не понимаю приличий, я не судья о том, кто как себя ведет! Да меня вся Москва уважает, от старого до малого, все со мной обо всем советуются, как и когда поступить, а он, видите, выискалася, не понимаете. Завел какую-то шл...

— Тетушка, это слишком, я не позволю, она — моя невеста...

Глафира Петровна, впрочем, сама спохватилась и, быть может, и не договорила бы рокового слова, теперь же, при взгляде на Глеба Алексеевича, она окончательно смутилась. Он был бледен, как полотно, и дрожал, как в лихорадке. Она лишь вслух выразила свою мысль словом:

— Затянула!

Наступило довольно продолжительное, неловкое молчание. Его нарушил первый Салтыков.

— Тетушка, дорогая тетушка, — начал он, видимо, успокоившись, — выслушайте меня...

— Зачем?

— Затем, что хотя решение мое жениться на Дарье Николаевне Ивановой бесповоротно, и хотя можно скорее, а пожалуй и лучше, легче для меня, лишить меня жизни, нежели воспрепятствовать этому браку...

Он остановился перевести дух.

— Вот как! — вставила генеральша.

— Да, это так, тетушка; но вы знаете как я люблю вас и уважаю, я вас считаю моей второй матерью, и мне было бы очень тяжело, что именно вы смотрите так на этот брак мой, вообще, на избранную мною девушку в особенности, и даже, пожалуй, не захотите благословить меня к венцу...

— Уж это само собою разумеется, я не возьму на свою душу такого греха...

— Вот видите, а между тем, грех-то будет совсем в противном, то есть в том, если вы откажетесь исполнить мою просьбу.

— Ты окончательно сошел с ума и разговаривать с тобой я больше не желаю... — вдруг встала со своего места Глафира Петровна.

— Тетушка! — вскочил в свою очередь Салтыков.

— Отныне я тебе не тетушка, и ты мне не племянник... Ты решил бесповоротно, что женишься, я также решила бесповоротно, что этой свадьбе не бывать... Я приму для этого все меры... Предупреждаю тебя...

— Но, если бы это вам удалось, это будет моим смертным приговором...

— Пусть, лучше смерть, чем бесчестие... Если ты этого не понимаешь — ты не Салтыков!..

Бросив в лицо Глебу Алексеевичу эти жестокие слова, генеральша величественно удалилась из гостиной.

Он остался один. От природы робкий и нерешительный, он растерялся и смотрел вслед удалявшейся тетки глазами, полными слез. Он знал, что теперь разрыв между ним и ей окончательный; как знал также, что Глафира Петровна не постесняется на самом деле принять всевозможные меры, чтобы расстроить его женитьбу. Она имела влияние и вес не только в Москве, но и в Петербурге, и мало ли препятствий можно создать, имея такие, как она, связи, и такое настойчивое, твердое желание. Надо будет с ней бороться. Но как?

Борьба не была в характере Глеба Алексеевича — это был человек, чувствующий себя спокойно и счастливо лишь тогда, когда кругом его царили мир и тишина. Он ожидал, конечно, что родные его восстанут против этого брака, ввиду исключительной репутации его невесты, тем более, что эта репутация, как только она станет его невестой, из района Сивцева Вражка распространится по всей Москве, он думал, что тетушка Глафира Петровна встанет, что называется, на дыбы, но у него была надежда склонить последнюю на свою сторону, в ярких, привлекательных красках описав ей свою ненаглядную Доню, эту честную, открытую, прямую, непочатую натуру. Глядя на свою невесту глазами влюбленного человека, он был убежден, что и тетушка Глафира Петровна посмотрит на нее также, если ему удастся представить ей Дарью Николаевну.

"Конечно, удастся! — думал он, когда ехал по приглашению тетки и предчувствовал, что речь будет об его женитьбе. — Не может же она отказаться проверить лично мое описание будущей Салтыковой..."

Ему хотелось только иметь на своей стороне Глафиру Петровну — до остальных родственников, и близких, и дальних, ему не было никакого дела. Он не лицемерил, говоря своей тетке, что любит ее, как мать. Он знал также, что и она любит его, и огорчать ее ему не хотелось бы.

И вдруг... Глафира Петровна не пожелала даже его выслушать, а прямо ребром поставила вопрос: или она, или его невеста?

Была минута, когда у Глеба Алексеевича мелькнула мысль пожертвовать тетке невестой, но соблазнительный образ Дарьи Николаевны восстал в его воображении и "ненаглядная Доня" победила. Он тряхнул головой, как бы сбрасывая с себя какую-то тягость, и вышел из гостиной с принятым твердым решением: не уступать.

XX

ОКОЛО НЕВЕСТЫ

Прошло около недели. Несмотря на свое твердое решение: "не уступать", с каким Глеб Алексеевич Салтыков вышел из дома своей тетки, он не успел приехать домой, как наплыв энергии оставил его, и он снова положительно растерялся и, ходя по своей спальне, только повторял:

— Что будет? Что будет?..

Ему представлялся весь ужас его ближайшего будущего: объяснения с родственниками, соболезнования их, внушения и, наконец, возможность, что Дарья Николаевна может быть грубо оскорблена не только заочно, но и лично.

"От них все станется!" — мучительно проносилось в его голове, и эта возможность горьких минут и даже часов для безумно любимой им девушки холодила его мозг.

"Надо переговорить с Доней, надо предупредить ее... Она умна и сильна духом... Она охранит меня от них!" — вдруг промелькнула в его голове мысль, и он остановился на ней.

Она произвела на него даже совсем успокоительное действие, он почувствовал себя не одиноким, в Дарье Николаевне он почему-то видел сильную опору и защиту, и даже удивился, как эта мысль не пришла ему тотчас в голову, как он, любимый такой девушкой, как его ненаглядная Доня, мог чего-либо или кого-либо опасаться, даже тетушки Глафиры Петровны. В его уме возникла уверенность, что даже для последней борьба с Дарьей Николаевной будет не по силам.

Такова была вера Глеба Алексеевича в любимую им девушку, в ее нравственную силу. Со стороны это было странно, конечно, : но это было так. Дарья Николаевна играла с ним как кошка с мышью, известно, что по мышиному мировоззрению "сильнее кошки зверя нет".

Глеб Алексеевич решил ехать к Дарье Николаевне и даже мысленно пожелал, что не проехал к ней прямо от Глафиры Петровны. Ошеломленный разговором с тетушкой, он думал несколько успокоиться и собраться с мыслями, чтобы предстать перед своей невестой не "мокрой, ошпаренной курицей" — прозвище, которое Дарья Николаевна нередко за последнее время давала ему. Приказав снова запрягать лошадей, Глеб Алексеевич через каких-нибудь полчаса уже мчался по направлению Сивцева Вражка.

При приближении к заветному домику, сердце его снова точно упало и гнетущие мысли посетили его голову.

— А вдруг Доня меня прогонит, когда я скажу ей, что все мои родные так сильно и так яро восстают против этого брака, и что тетушка, которая мне заменяла мать, отказалась от меня и заявила, что во что бы то ни стало расстроит эту свадьбу?

Он начал обдумывать, как бы ему осторожнее завести с Дарьей Николаевной этот разговор и ничего не надумал. Мысли его путались, а сани, между тем, уже остановились у подъезда дома Ивановой. Он так задумался, что кучер несколько времени обождав и видя, что барин не выходит из саней, обернулся и счел долгом сказать:

— Приехали!

— А, что! — удивленно посмотрел на него Салтыков.

— Приехали, говорю... — окинул его кучер не менее удивленным взглядом.

Глеб Алексеевич пришел в себя, вышел из саней и позвонил. Ему отворил тот же мальчишка-лакей, который отворял ему дверь и в первое его посещение, но уже выражение недоумения и растерянности теперь заменилось радостной улыбкой, делающей, по меткому народному выражению, "рот до ушей".

— Барышня в амбаре... — заявил он, снимал с Глеба Алексеевича верхнее платье.

Салтыков даже обрадовался этому докладу лакея, так как знал, что Дарья Николаевна, занявшись хозяйством, и особенно при посещении амбара, употребляет на это довольно продолжительное время. Он решил им воспользоваться для того, чтобы окончательно обдумать предстоящий с ней разговор. Уже как совершенно свой человек, твердыми, уверенными шагами он прошел в столовую и стал ходить взад и вперед, занятый одной мыслью: как сказать, с чего начать?

Но надумать и здесь он так-таки ничего и не смог, да ему и не пришлось первому начинать разговор. Начала его сама Дарья Николаевна.

— Ну что, отчехвостили молодчика за то, что задумал жениться на "Дашутке-звереныше", на "чертовом отродье", на "проклятой", — заговорила она, входя в столовую и прерывая безрезультатное умственное напряжение Глеба Алексеевича.

Тот вздрогнул от неожиданности начала такого разговора и смотрел на нее умоляющим, виноватым видом.

— Вижу, уже вижу, что как следует ошпарили... Отказываться приехал?

— Доня... — простонал он.

— Что же, отказывайся, Бог с тобой, и без тебя проживу, не умру... Обалдел парень, предложение сделал не весть кому... Не вязать же его мне, шалого, по рукам и ногам... Женись, дескать, женись... Слово дал... Нет, брат, возьми ты свое слово назад и убирайся к лешему...

Она прошла мимо него и села в кресло, стоявшее у одного из окон за ее рабочим столиком. Сначала он прямо был ошеломлен ее речами, но затем стремительно бросился к ней и упал перед ней на колени. Она смотрела на него сверху вниз в полоборота головы.

— Доня, дорогая Доня, что ты говоришь, возможно ли это? Отказаться от тебя, расстаться с тобою — но для меня это хуже смерти... Я так и сказал тетушке Глафире Петровне... Моя нога не будет у нее, я откажусь от всех моих родных, если только они осмеляться относительно к тебе хотя с малейшим неуважением! Ты мне дороже всех, ты мое сокровище, Доня, ты моя жизнь... Возьми жестокие слова назад, скажи, что любишь меня, скажи, Доня, скажи, или я буду чувствовать себя опять таким же несчастным, каким был до встречи с тобой... Скажи, сжалься надо мной.

Он упал головой на ее колени и громко зарыдал.

— Ну, опять занюнил... Знаешь, я терпеть не могу; ну, какой это мужчина, который плачет... Я баба, да никто еще у меня слез не видал...

— Ты... ты... другое дело... ты сильная... я слаб, я нашел свое счастье... а ты его отнимаешь у меня, — не поднимая головы с ее колен и прерывая рыданиями свою речь, говорил он.

~ Перестань рюмить, вставай лучше, садись да переговорим толком, — заметила она сравнительно мягко, видимо, тронутая, насколько возможно было это для нее, его словами и слезами.

Он не заставил себе повторять этого приглашения и, покорно встав с колен, сел на ближайший от рабочего столика стул.

— Ты мне скажи, по душе, очень тебе надобна эта твоя старая карга — тетушка?

Глеб Алексеевич, уже привыкший к своеобразным выражениям своей будущей супруги, не сделал даже, как это бывало первое время, нервного движения и тихо отвечал:

— Как же, Доня, не надобна, ведь она любила меня как мать, и я привык уважать ее...

— Ну, это все одни сантименты... Ты мне говори дело... Богата она?

— К чему этот вопрос, Доля?

— Я спрашиваю тебя, богата?

— Да.

— Очень? Богаче тебя?

— Но зачем все это? — с мукой в голосе запротестовал было Салтыков.

— Я спрашиваю, — уже снова очень резко крикнула Дарья Николаевна. — Богаче тебя, отвечай?

— Богаче...

— Ты один наследник?

— Что ты, Доня, что ты? Я об этом никогда и не думал.

— И очень глупо делал, — уронила Дарья Николаевна. — но ты же ближе всех.

— Ближе-то ближе, но...

— Детей у ней нет?..

— Нет, но у ней есть два приемыша, мальчик и девочка, дальние родственники...

— Ну, это пустое...

Салтыков глядел на нее с невыразимым ужасом.

— Что ты это говоришь?

— Ничего, я только так спросила... Надо же мне знать как с ней обращаться...

— Обращаться... с кем?

— С кем же, как не с твоей теткой...

— Но ты думаешь с ней... видеться? — с расстановкой произнес он, окидывая ее удивленным взглядом.

— Ведь ты же не хочешь отказываться от меня, значит, я буду твоей женой, а ее племянницей, не можем же мы не видаться...

Эта фраза, сказанная с такой непоколебимой уверенностью, невольно отдалась в сердце Глеба Алексеевича и наполнила это сердце надеждою на действительную возможность примирения с Глафирой Петровной после свадьбы. Эта приятная мысль, соответствовавшая его затаенному желанию, заставила его позабыть напугавший его было допрос со стороны Дарьи Николаевны о богатстве Глафиры Петровны Салтыковой.

— Доня, дорогая моя, если бы это случилось?

— Что это?

— Если бы ты действительно примирила бы меня с ней и с собой...

— Это так и будет... — уверенно сказала Дарья Николаевна.

— Дай-то Бог! — воскликнул он.

— А теперь расскажи мне все, что она тебе говорила, но по

возможности слово в слово, без утайки, я ведь знаю, что она мне достаточно почистила бока и перемыла косточки, так что в этом отношении ты меня не удивишь и не огорчишь...

Глеб Алексеевич, действительно, не упустив ни одной подробности, целиком передал Дарье Николаевне беседу свою с Глафирой Петровной Салтыковой. Иванова слушала внимательно, и лишь в тех местах, которые касались ее, чуть заметная, нервная судорога губ выдавала ее волнение.

— Это ничего, старуха обойдется... — небрежно сказала она после того, как Салтыков кончил.

— Ты думаешь? — бросил он на нее умоляющий взгляд.

— Я уверена, да и что же она может поделать...

— Я не скрою от тебя, что тетушка имеет в Москве большие связи, она даже пользуется некоторым влиянием в Петербурге...

Он остановился. Дарья Николаевна вскинула на него гордый взгляд.

— Что могут поделать ее связи и влияние против брака взрослого человека с независимой девушкой-сиротой...

— Так-то оно так, но люди злы...

— На злых надо быть злыми...

— А все-таки было бы лучше, если бы все обошлось мирком да ладком... — тихо проговорил Салтыков.

— Да оно верно так и будет... Похорохорится твоя генеральша, да и в кусты... Помяни мое слово...

— Хорошо бы это, ах как хорошо...

— Посмотрю я на тебя, Глебушка, какой ты трусишка, а еще мужчина, офицер... Стыдись...

— Это не трусость, Донечка, я просто не люблю свары и неприятностей, я враг всяких непрязненных столкновений с людьми...

— Ну, без этого, парень, на свете не проживешь... Однако, плюнем на это, давай-ка пить сбитень...

Дарья Николаевна захлопала в ладоши и отдала явившейся Фимке соответствующие приказания.

XXI

НЕУДАЧИ ГЕНЕРАЛЬШИ

Не прошло и недели, как случилось обстоятельство, окончательно убедившее Глеба Алексеевича не только в практической сметке, но прямо прозорливости и уме его невесты — Дарьи Николаевны Ивановой. Он постепенно за неделю убедился, что она права в том, что тетушка-генеральша "похорохорится, похорохорится, да и в кусты", по образному выражению Дарьи Николаевны, так как никаких ни с какой стороны не было заметно враждебных действий, и даже при встрече с родственниками, он видел только их соболезнующие лица, насмешливые улыбки, но не слыхал ни одного резкого, неприятного слова по его и его невесты адресу: о его предполагаемом браке точно не знали или не хотели знать — последнее, судя по выражению лиц родственников и даже просто знакомых, было правильнее.

Но того, что случилось в один прекрасный день, когда он сидел в столовой с Дарьей Николаевной и держал на руках моток шерсти, которую последняя усердно сматывала на клубок, Глеб Алексеевич положительно не ожидал. Среди царившей в доме тишины оба они услыхали страшный грохот въехавшего и остановившегося у крыльца экипажа.

Глеб Алексеевич даже вздрогнул, а Дарья Николаевна со свойственной ей резкостью, воскликнула:

— Кого это черти во двор занесли... Верно по ошибке вкатили, ко мне некому...

Вбежавашая почти в ту же минуту Фимка рассеяла их недоумение и, лучше сказать, повергла их в еще большее.

— Матушка-барышня, сама енеральша приехала, сама!..

— Какая генеральша такая? — вопросительно крикнула на нее Дарья Николаевна.

— Сама енеральша... ихняя... баринова тетушка... — путалась от волнения Фимка.

Если бы удар грома разразился из безоблачного неба над головой Глеба Алексеевича, на него бы не произвело это такого ошеломляющего впечатления, как только что услышанное известие. Не поверила ему в первую минуту и Дарья Николавена.

— Что ты брешешь! Путаешь, что-нибудь...

— Зачем путать, матушка-барышня, сама видела, как они из рыдвана вылезали, два гайдука под руки вынимали, Васютка теперь с ними, ее в передней разоблакают... Вас спросила... Чай, знаю я в лицо их тетушку, енеральшу Глафиру Петровну..

Сомнения быть не могло. Фимка и Дарья Николаевна действительно знали в лицо генеральшу Салтыкову. Они нарочно, чтобы поглядеть на нее, ходили в церковь Николая Явленного, где она присутствовала на воскресных и праздничных службах на особо отведенном ей почетном месте.

Предусмотрительная Дарья Николаевна, с помощью своих слуг, с Фимкой во главе, разузнала всю подноготную об избранном ею женихе, знала наперечет всех его московских родственников, хотя их было очень много, как знала и то, что главной и близкой родственницей была генеральша Глафира Петровна. Дарья Николаевна хорошо понимала, что в глазах этих родственников и особенно генеральши она не представляла завидной партии для Глеба Алексеевича Салтыкова, предвидела, что ей придется вести против них борьбу, и для обеспечения себе победы, тем более, по ее мнению легкой, так как на стороне ее была главная сила, в лице самого Салтыкова, все же, хотя и поверхностно, но ознакомилась с неприятелем.

— Доня, что же делать? — оправившись от первого впечатления, почти шепотом произнес Глеб Алексеевич.

— Что делать? — почти презрительно оглянула его Дарья Николаевна. — Что делают, когда гости приезжают? Их принимают.

— Ты выйдешь? — окончательно упавшим шепотом произнес он.

— Нет, Фимку пошлю, — сердито буркнула она.

— А я?

— Сиди уж тут, да шерсть-то, смотри, спустил... Фимка домотает... Авось сюда твоя генеральша не полезет, не отыщет свое сокровище, да, может, и искать-то не захочет, — с явною насмешкой в голосе произнесла она.

Салтыков сидел, что называется, ни жив, ни мертв, и молчал. Спущенную шерсть, однако, он постарался поправить. Дарья Николаевна оглядела себя. Она сегодня, не в пример другим дням, была в чистом, темнокоричневом платье, прекрасно оттенявшем белизну ее кожи, и вообще, не только бывшем ей более к лицу, чем другие, но даже придававшем ей скромную миловидность. Она выглядела девушкой приличного круга, которой не совестно предстать перед такой важной гостьей, как генеральша Глафира Петровна Салтыкова.

Все это промелькнуло в ее голове при беглом самоосмотре, и она легкой, спокойной походкой вышла из столовой, прошла угольную и очутилась в гостиной, где в кресле уже сидела Глафира Петровна. Дарья Николаевна оказалась на самом деле права. Генеральша Салтыкова действительно "похорохорилась, похорохорилась, да и в кусты". Произошло это вследствие того, что особы высшей московской администрации, к которым она обратилась было за содействием и поддержкой, мягко, почтительно, но вместе с тем и довольно решительно уклонились от вмешательства в это "семейное дело". Одна из этих "особ" даже поставила Глафиру Петровну в тупик.

— Да вы видели ее сами, ваше превосходительство? — спросила "особа".

— Кого?

— Да будущую госпожу Салтыкову?

— Нет, не видела, да и видеть не хочу...

— Напрасно, а говорят, она очень красива...

— А мне какое дело...

— Как какое... Да может быть ее за красоту-то и злословят... Это бывает между женщинами.

— Да о ней говорят дурно не одни женщины...

— Э, ваше превосходительство, наш-то брат мужчина часто, ох, как часто, болтает только то, что ему в уши нажжужат бабы... Недаром молвится присловье, что хоть мы и головы, а вы шеи, куда захотите, туда и повернете...

— То-то мой племянник, кажется, заводится такой шеей, что ему с ней и головы не сносить...

— Как знать... Может и счастливы будут... А если нет, не на кого будет пенять, сам выбирал...

— Да вы, ваше превосходительство, и впрямь, кажется, думаете, что эта свадьба состоится?.. — привскочила даже с кресла Глафира Петровна.

Разговор происходил секретно, в кабинете "особы".

— Не только думаю, но уверен... Я несколько понаслышке знаю эту Дарью Николаевну Иванову, и то, что я о ней знаю, говорит мне, что если она засетила племянничка вашего превосходительства, так он не вырвется...

— Ох, засетила... правильно вы выразились, ваше превосходительство, засетила.

— То-то и оно-то.

— Да ведь это ужас!..

— Не так страшен черт, как его малюют, ваше превосходительство... Может все и Сплетки плетут про нее...

— Какие сплетки, ведь мне сам Глебушка рассказывал, что познакомился с ней переодетой в мужское платье... На кулачных боях дерется, в комедию с дворовой девкой переодетая шастает... Да и зла она, говорят, как зверь лютый...

— Ну, это еще не велика беда...

— Как так?

— Чо же, ведь она сирота... Ее некому остановить, будет муж, переделает...

— Где уж моему Глебушке, — почти слезливо произнесла Глафира Петровна, чувствуя, что почва ускользает из-под ее ног.

— Это уж его дело... А если я сказал, что не велика беда, так я это и доказать могу... Сами, чай, знаете, что сплетницами Москва кишмя кишит... Из мухи слона они делают, и если о Дарье Ивановой только и разговору есть, что на кулачках она дерется да по комедиям шатается, значит, уже более не за что сплетни зацепиться, а то бы ведь ее при первом появившемся около нее мужчине десятками любовников бы наградили и уж так бы разнесли, что любо дорого... Подумали ли вы об этом, ваше превосходительство?

— Я и сама слышала, что она соблюдает себя... — задумчиво проговорила Глафира Петровна, — и что умна очень...

— Вот видите.

— Но только вот зла-то, зла...

— Зла, а может и не зла совсем... Может строга с людьми, да с нахалами, а это, ваше превосходительство, извините меня, я даже недостатком не считаю...

— Так-то оно так... — произнесла сбитая совершенно с позиции генеральша.

"Особа", с которой она вела беседу, была, быть может, единственной в Москве, мнением которой Глафира Петровна дорожила.

— Так вы, ваше превосходительство, полагаете, что не надо противостоять его склонности?

— Не только полагаю, но думаю, что и противостоять-то нам никак нельзя...

Генеральша вскинула на него вопросительно-недоумевающий взгляд. Сознание своего бессилия перед каким-нибудь вопросом не входило в характер московской "всесильной особы". Особа поймала этот взгляд, видимо, поняла его и покровительственно, по привычке, улыбнулась.

— Удивлены, ваше превосходительство, слыша от меня такие слова... Но власть человеческая ограничена, и против женской красоты и женского ума она зачастую совершенно бессильна, особенно когда нет "поступков". Ваш племянник, Глеб Алексеевич, человек совершенно самостоятельный, ему нельзя запрещать жениться потому только, что его будущая супруга зла. Он на это весьма разумно ответит: "Вам какое дело! Мне ведь с ней жить, а не вам!" Она тоже девушка, живущая по своей воле и к тому же, что там ни говорите, дворянка... Нет у ней ни родителей, ни родных... Зацепила она парня крепко, приказать ей его выпустить тоже нельзя, просить, пожалуй, можно, но едва ли она эту просьбу исполнит... Женишок-то больно завидный ей на крючочек попал, не выпустит...

— Ох, завидный, уж какой завидный, лучших невест Москвы с руками бы отдали... Не выпустит, ох, не выпустит... — разохалась уже совершенно обескураженная Глафира Петровна.

— Навряд ли, говорю и я, выпустит... — согласилась "особа".

— Так я над вашим советом подумаю... Повидаю ее... — заключила, несколько успокоившаяся, генеральша.

— Повидайте, повидайте... Мне сообщите... Интересно...

Глафира Петровна простилась и поехала домой. Мнение, высказанное "особой", хотя и не в такой ясно определенной форме, слышала она и от других лиц, к которым обращалась за советом, но "настойчивая старушка" оставалась при своем особом мнении и всеми силами старалась найти себе союзников и помощников в деле расстройства не нравящегося, скажем более, ужасающего ее брака племянника ее Глебушки с Дарьей Николаевной Ивановой. Никто, впрочем, не возбудил вопроса, видела ли она сама девушку, против которой так восставала.

"Надо, действительно, ее посмотреть! — решила она. — Вызову ее к себе! Нет, это не следует, надо застать ее врасплох, в домашней обстановке, а то она у меня, бестия, прикинется такой ласковой да почтительной, подготовившись, что и меня, старуху, обморочит", — бросила она мысль о вызове к себе Дарьи Николаевны.

"А может я ее упрошу саму отказаться от Глебушки? — вспомнила она слова "особы": "попросить можно". — Отступного посулю и дам..."

Эта мысль особенно понравилась Глафире Петровне. Когда она вернулась домой, посещение Ивановой на другой день было решено.

Мы видели, что решение это было приведено в исполнение.

XXII

ЛИЦОМ К ЛИЦУ

Обе женщины: генеральша Глафира Петровна Салтыкова и Дарья Николаевна Иванова несколько мгновений молча глядели друг на друга. Первая была, видимо, в хорошем расположении духа. Этому, отчасти, способствовало произведенное на нее впечатления порядка и чистоты, царившие в жилище Дарьи Николаевны, тем более, что это жилище генеральша представляла себе каким-то логовищем зверя. Встреча с лучшим, нежели предполагаешь, всегда доставляет удовольствие. Она глядела теперь во все глаза и на самою хозяйку.

Эта "Дашутка-звереныш", это "чертово отродье", эта "проклятая" стояла перед ней в образе красивой, здоровой, а, главное, более чем приличной, скромной девушки. Несколько резкие черты лица скрадывались прекрасным, чистым, девственным взглядом темносиних глаз, во всей фигуре была разлита та манящая к неге женственность, далеко не говорящая о грубом нраве и сатанинской злобе, которыми прославили Дарью Николаевну Иванову.

"Уж она ли это? — мелькнуло в голове старушки. — Не подослала ли кого-нибудь одурачить ее? Может быть это какая-нибудь подруга или знакомая?"

— Я бы желала видеть Дарью Николаевну Иванову! — под впечатлением этой мысли сказала Глафира Петровна.

— Она перед вами, ваше превосходительство, и приветствуя вас в ее доме, выражает глубокую благодарность за честь и удовольствие, которые вы ей оказали своим посещением.

Дарья Николаевна сделала глубокий, грациозный реверанс.

— Так это вы сами?..

— Я, ваше превосходительство! — тоном, в котором слышалась горькая усмешка, отвечала Дарья Николаевна.

— Я очень рада...

— Вы позволите?.. — приблизившись к одному из кресел Иванова и указала на него глазами.

Глафира Петровна даже вскочила от полного недоумения. Так понравилась ей эта почтительность со стороны девушки, которая не могла не знать, через влюбленного в нее Глебушку, — как мысленно снова в последнее время стала называть она племянника, — какие чувства питает к ней эта непрошенная гостья.

— Сядьте, сядьте, милая, мне о многом надо с вами переговорить...

Генеральша снова уселась в кресло, а в противоположное ему опустилась Дарья Николаевна.

— Вы и есть Дарья Николаевна Иванова? — снова с нескрываемым сомнением спросила ее генеральша.

— А вы не предполагали, ваше превосходительство, встретить меня такою? — уже в свою очередь спросила Иванова.

— Признаюсь откровенно, нет...

— Вы ехали, думая встретить чудовище, которое носит такие страшные прозвища, как "Дашутка-звереныш", "чертово отродье" и "проклятая". — со слезами нескрываемого оскорбления проговорила Дарья Николаевна.

— Простите... — принуждена была, против своей воли, сказать Глафира Петровна.

— Что вы, что вы, ваше превосходительство! Мне ли прощать вас, вы действовали, как большинство, которые понаслышке заклеймило меня, не желая и не давая себе труда познакомиться со мной поближе, встретиться в мою жизнь, понять причину кажущихся дикими моих поступков. Я сирота, ваше превосходительство, меня не воспитывал никто, я сама себя воспитала; родные, отец и мать, благодаря моему раннему физическому развитию, в котором не виновата я, по невежеству, сами отступились от меня и чуть ли не первые назвали меня "исчадием ада" и стали распространять обо мне преувеличенные басни в околотке... С самого раннего детства, как только я себя помню, я встретилась уже с подготовленным против меня людским предубеждением и людскою ненавистью... Меня травили, как собаку, как зверя... Не мудрено, что я сделалась такой собакой, таким зверем и удалилась от окружающих... Последнего снова не простили мне, и все, что я ни делала, от томящей скуки одиночества, все становилось мне на счет, все окрашивалось в темные краски и слава обо мне росла и бежала по Москве... Ваш племянник первый всмотрелся в меня и полюбил меня... Теперь решились тоже сделать вы; я не смею угадывать, как отнесетесь вы ко мне, но из ваших слов я заключаю, что вы думали встретить нечто более ужасное...

— Но почему вы меня знаете? Я не сказала у вас свою фамилию, — с удивлением, смешанным с страданием, вызванным словами молодой девушки, спросила Глафира Петровна.

— Я вас не раз видела в церкви Николая Явленного, мы ведь живем по близости с вашим превосходительством. "Проклятая" бывает в храме Божием...

Она горько усмехнулась.

— Я очень рада, что не встретила то, что предполагала... — как бы про себя в раздумье сказала генеральша.

— Я просила позволенья у Глебушки представиться вам, но он не дал его, заявив, что вы не желаете видеть не только меня, но и его.

— Я, действительно, погорячилась... Но это так понятно, я совершенно не знала вас.

— Я ничего и не говорю, ваше превосходительство, я только объясняю, что тогда вам бы нечего было беспокоиться заезжать сюда...

— Нет, теперь я в этом далеко не раскаиваюсь...

— Благодарю вас...

Глафира Петровна на самом деле окончательно размякла и смотрела на Дарью Николаевну добрыми, ласковыми глазами. Произведенное благоприятное впечатление, как окружающей обстановкой, так и самой хозяйкой, было так неожиданно, что Глафира Петровна не в состоянии была рассуждать и что-либо противопоставить наплыву чувств, с какою-то особою силою повлекших ее к сидевшей против нее девушки.

"Прав, тысячу раз прав генерал! — неслись в голове ее мысли, и прежде, нежели кого-нибудь осуждать, надо узнать... Господи, прости меня грешную... б какая она красавица... Не даром Глебушка так влюбился... Наши-то невесты, пожалуй, за нее действительно не угонятся... Выросла на воле, на свободе, как полевой цветок, во всей красе!.."

Генеральша молча любовалась Дарьей Николаевной, которая чувствовала это и сидела в скромной позе, лишь по временам вскидывая на свою гостью мягкий взгляд своих чудных глаз, взгляд, выражавший благодарность.

— Теперь я понимаю, что Глебушка от меня, старухи, отказаться хотел для вас... У него есть вкус, есть, одобряю...

Дарья Николаевна вся вспыхнула, что как мы знаем, очень шло к ней.

— Не знаю уж, чем я ему полюбилась... — скромно сказала она.

— Да как чем? Да всем, милая... Вы просто загляденье, а не девушка...

— Вы очень милостивы, ваше превосходительство...

— Только любите его...

— Денно и нощно молю Бога, чтобы он вразумил меня, как и чем могу я отплатить ему за любовь и ласку, которые оказал он мне, сироте...

— Он бесхарактерный, слабый, мечтатель... Его нужно держать в руках, но только не очень... Мужчина не должен сознавать, что им ворочают, как кастрюлей. Нам же становится неприятным уж слишком подчиняющийся мужчина... Не правда ли?

— Не могу судить об этом... Глебушка, кажется, не таков...

— Вот как... Неужели и теперь он не вполне подчинен вам?

— Далеко нет... При случае и при надобности его воля для меня закон... — уклончиво ответила Дарья Николаевна.

— Вот как, не ожидала... Это мне приятно, очень приятно, что он такой... Я, грешным делом, всегда считала его тряпкой...

Иванова чуть заметно улыбнулась.

— Я этого не скажу, насколько я знаю Глебушку.

— Вы с ним познакомились давно? — спросила Глафира Петровна.

Дарья Николавена откровенно, не стесняясь, рассказала Глафире Петровне свою встречу с Глебом Алексеевичем Салтыковым при выходе из театра, не скрыв от генеральши, что она со своей дворовой девкой Фимкой были переряжены в мужские платья.

— Ай, ай, ай... разве можно это... Такая молодая, красивая девушка, дворянского рода и пускается на такие авантюры... Не хорошо, не хорошо...

— Теперь сама чувствую, что не хорошо... — виноватым голосом, с опущенными долу глазами, почти прошептала Дарья Николаевна. — Последний раз это было в тот раз и было... Ох, ваше превосходительство, скучно-то мне как было, одной одинешенькой, со скуки и не то сделаешь, ведь я на кулачках дралась... Оттузят меня, чего бы, кажется, хорошего, а мне любо... Все развлечение.

— Слышала я, слышала... — укоризненно закачала головой Глафира Петровна. — Так неужели никого у вас ни знакомых, ни подруг?

— Нет, и не было, — с грустью в голосе отвечала Иванова.

— Это, действительно, со скуки умереть можно... И женихов не было?

— Нет, ваше превосходительство, какие женихи, у меня в доме до вашего племянника ни один мужчина никогда не бывал, кроме моего старого учителя Кудиныча.

— Читать можно.

— Все перечитано, что было... По нескольку раз перечитано... Силы-то Господь мне дал на десятерых, ну, наружу они и просятся... Как тут быть... Иногда, бывало, хоть бы голову разбить и то впору... Такая скука заедала... Только вот и вздохнула за это время, как познакомилась с Глебушкой, душу с ним отводишь... Хороший он такой, добрый, ласковый...

Дарья Николаевна вдруг неожиданно закрыла лицо руками и сделала вид, что плачет.

— О чем это, что с вами, милая? — заговорила испуганная генеральша и чуть не выронила своей табакерки, из которой все время разговора усиленно нюхала табак, что было признаком переживаемого ею волнения.

— Не стою я его, не стою, чувствую это! — слезливым тоном заговорила Дарья Николаевна, не отнимая рук от лица. — Разлучат нас люди, не дадут нам счастья...

Глафира Петровна, от охватившего ее волнения, даже заерзала в кресле.

— Зачем такие мысли, душечка... Перестаньте... Глазки такие прекрасные портить... Плакать... Я вам уже сознаюсь, я сама, ох, как была против этого брака... Знать ничего не хотела, рвала и метала... Да спасибо умному человеку, надоумил меня, глупую старуху. Посмотрите-де, прежде сами ее, а потом уж и примите то или другое решение... Вот я и посмотрела... Возьмите Глебушку, сделайте только его счастливым!.. Он в вас души не чает... Я видела... Я благословляю...

Дарья Николаевна с натертыми до красна рукою глазами, стремительно сорвалась с кресла, упала на колени перед совершенно очарованной ее почтительностью и нравственными качествами генеральшей, схватила ее руки и стала порывисто целовать их...

— Благодарю вас, ваше превосходительство, не знаю, чем я заслужила...

— Зовите меня тетушкой... — окончательно размякла Глафира Петровна.

— Тетушка, дорогая тетушка!

Дарья Николаевна продолжала целовать руку генеральши.

Та не отнимала ее, а другой гладила по волосам молодую девушку.

— Бедная моя, сиротиночка... Полюбила я тебя, сразу полюбила... — вдруг перешла на "ты" Глафира Петровна.

— А уж так я любить буду вас, ваше превосх... тетушка! — поправилась Дарья Николаевна.

— На, возьми на память о нашем сегодняшнем свиданьи, — сказала генеральша и сунула в руки Ивановой табакерку, украшенную драгоценными камнями, которую держала в руках. — Ну, вставай, поцелуемся...

Обе женщины заключили друг друга в объятия.

— Приезжайте завтра с Глебушкой ко мне обедать... Я у тебя на свадьбе посаженной матерью буду... А теперь мне пора... Устала я, расстроилась, стара стала...

Генеральша направилась из гостиной через залу в переднюю, почтительно поддерживаемая под правый локоть Дарьей Николаевной. При расставании они снова несколько раз крепко расцеловались. Глафира Петровна вышла из парадного крыльца, сопровождаемая ожидавшими ее и помогавшими ей одеваться двумя ее собственными лакеями. Дарья Николаевна с совершенно изменившимся выражением лица посмотрела ей вслед долгим взглядом, полным дикой злобы и непримиримой ненависти.

XXIII

ПОСЛЕ СВИДАНИЯ

Глеб Алексеевич с необычайной тревогой во взгляде проводил глазами вышедшую из дверей столовой Дарью Николаевну и долго смотрел на эту дверь почти с выражением нескрываемого ужаса. Правая рука его даже несколько опустилась, и он не заметил этого. Его привел несколько в себя голос Фимки, которая, следуя приказанию своей барышни, усердно начала доматывать шерсть.

— Вот опять, барин, две петли спустили, да и не прямо руки держите, мотать неловко... Барышня заругается...

Салтыков перевел свой взгляд на Фимку, поднял правую руку вровень с левой и поправил спустившиеся петли.

— Вот так ладно... — почти покровительственно заметила Фимка.

Мотанье шерсти продолжалось: Машинально держал руки Глеб Алексеевич совершенно прямо, но мысли его были далеки от находившейся в его руках шерсти и от стоявшей перед ним Фимки, в руках которой наматываемый ею клубок вертелся и прыгал, как шар в руках искусного жонглера. Его взгляд снова устремился на дверь, выходившую в угольную конату, и он, напрягая слух, старался уловить хотя бы малейший звук происходившего в гостиной. Но оттуда не доносилось ни звука. Разговаривали, значит, совершенно тихо, но что говорили, что?

Этот вопрос мучительно царил в его мозгу. Он знал, что его тетка, Глафира Петровна Салтыкова, находится здесь, в этом доме, через комнату от него, в гостиной Дарьи Николаевны, он знал это, а между тем, он не верил в этот несомненный факт.

Он мысленно припомнил свой разговор с ней каких-нибудь три с небольшим недели тому назад, припомнил ее почти доходящее до бешенной злобы отношение к Дарье Николаевне, резкость выражений, которыми она не щадила ее, и появленние "гордой генеральши", "московской аристократки" в доме только что недавно на все лады честимой ею девушки, не укладывалось в его уме.

"Зачем приехала она? Чтобы лично оскорбить Доню, чтобы заставить ее отказаться от него, чтобы нарисовать ей картину ее будущего вступления в родство с людьми, которые ее ненавидят, презирают!" — мысленно отвечал себе на этот вопрос Салтыков, и холодный пот выступал у него на лбу.

"Ему необходимо выйти, не давать в обиду дорогую Доню, помешать незаслуженно оскорблять ее!" — неслись в голове его мысли.

А, между тем, он сидел, не двигаясь с места. Руки его были связаны шерстью. Он делал движения, чтобы освободить эти руки, но его останавливал почти грозный окрик Фимки:

— Барин, Глеб Алексеевич, что вы делаете, так ведь, не ровен час, полмотка спустите, запутаете не приведи Бог как, барышня страсть рассердится... Беда...

Он повинуется, продолжает сидеть и старается держать моток как следует, чтобы не случилось беды, за которую барышня рассердится. Мысли его принимают другое направление. Продолжающая царствовать тишина в гостиной является этому причиной.

"Но ведь Доня себя в обиду не даст, значит, разговор у них там идет по хорошему... — начал думать он. — Иначе бы отсюда был слышен ее голос, так как если дверь в гостиную из угольной и закрыта, то все же громкий разговор был бы слышен, а Доня, если ее обидят, конечно, разгорячится..."

Но о чем же может с ней говорить тетушка Глафира Петровна по хорошему?

Глеб Алексеевич недоумевал, убежденный, что старуха не изменила своих взглядов на его брак. Он знал тетушку, знал ее неуступчивость и упрямство, известные всей Москве. Зачем же она приехала сюда? Сердце Глеба Алексеевича снова сжималось тяжелым предчувствием беды. Время шло. Моток был смотан, и Фимка бережно уложила клубок в стоявшую на рабочем столике рабочую корзинку своей барышни и удалилась. Она, видимо, догадалась, что посещение теткой барышни волновало Глеба Алексеевича, так как через несколько времени снова появилась в дверях столовой и таинственно произнесла:

— Уезжает!

Сказав это слово, она снова скрылась. Салтыков продолжал сидеть в глубокой задумчивости, в прежнем положении, с руками, протянутыми на колени. При сообщении Фимки об отъезде генеральши он встрепенулся и весь отдался томительному ожиданию, вперив свой взгляд на дверь, ведущую из столовой, в которой должна была появиться Дарья Николаевна.

"Сейчас все разъяснится! По лицу Дони я узнаю, что произошло..." — думал Глеб Алексеевич.

Время, казалось ему, тянулось необычайно долго.

Наконец, он услышал шаги, идущей в столовую Дарьи Николаевны. Ему показалось, что его сердце остановилось. Он весь вытянулся и побледнел. В дверях стояла его невеста.

— Что? Как?.. — почти выкрикнул он и положительно впился глазами в Дарью Николаевну.

Ее лицо было совершенно спокойно. На губах играла полупрезрительная, полунасмешливая улыбка.

— Уехала? — подавленным шепотом произнес он.

— Уехала, — ровным, спокойным голосом отвечала она.

— Что же она? Зачем она... приезжала?..

Дарья Николаевна, вместо ответа, вынула из кармана подаренную Глафирой Петровной табакерку и поставила ее на свой рабочий столик, около которого сидел Салтыков.

— Это она подарила?.. — воскликнул Глеб Алексеевич и даже весь затрепетал от радости.

— Не украла же я ее у ней... Еще в этом, кажись, не замечена... — со злобной иронией в голосе произнесла Дарья Николаевна.

— Разве это я мог подумать... — укоризненно проговорил Глеб Алексеевич. — Но я положительно поражен, ведь ты этого не знаешь, тетушка дарит табакерки очень редко и только тем, которые ей уж очень нравятся...

— Значит и я понравилась... Она была со мной очень ласкова.

— Да, неужели, Доня? — воскликнул Салтыков.

— Чего, неужели!.. Я, ты знаешь, никогда не вру...

— Но это меня крайне удивляет, после того, как она последний раз приняла меня... Как она, вообще, смотрит на мой брак и на... тебя.

Он с трудом произнес последнее слово.

— Надоумил ее, видишь, кто-то посмотреть на меня самой, а не судить по слухам...

— Вот как!

— Ну, вот, она и посмотрела.

— И что же?

— Осталась, видимо, довольна. Она баба умная, но я ведь тоже не глупая...

— Ты у меня такая умница, такая умница!.. — восторженно воскликнул Салтыков. — Но что она говорила относительно свадьбы?

— Ничего, она согласна...

— Да что ты!

— Вызвалась сама быть моей посаженной матерью.

— Доня!

— Пригласила завтра нас с тобой к себе обедать...

— А про меня не спрашивала?

— Ни слова.

— Но как же это ты сделала?

— Как, очень просто, я была с ней почтительна и любезна...

— Ты волшебница, Доня... Дай я тебя поцелую... — вскочил со стула Глеб Алексеевич и заключил Дарью Николаевну в свои объятия.

Та не сопротивлялась. Совершенно успокоенный, Салтыков радостно и весело перешел к обсуждению со своей невестой предстоящего завтра первого визита к Глафире Петровне. Он даже пустился было давать советы относительно туалета Дарьи Николаевны, но был тотчас же остановлен последней.

— Это уже, голубчик, не твое дело... Не беспокойся, в грязь лицом не ударю, тебя не осрамлю... Если сумела принять твою превосходительную каргу, так и к ней сумею приехать.

При таком грубом прозвище, данном генеральше Дарьей Николаевной, Глеб Алексеевич вскинул на нее удивленные глаза. В его голове не укладывалось, что обласканная тетушкой Доня, конечно, тоже рассыпавшаяся перед Глафирой Петровной в любезностях, заочно честит ее "превосходительной каргой". Счастливый, впрочем, всем только что совершившимся, так неожиданно уладившимся недорозумением с тетушкой, он не обратил на это должного внимания. До позднего вечера просидел он у невесты и уехал совершенно довольный и спокойный.

"Если Доня сумела понравиться тетушке с первого раза, то, конечно, при желании она обворожит ее окончательно, и старушка, которую, как мы знаем, любил Салтыков, вернет ему свое расположение, еще более, может быть, полюбит его", — думал он, нежась на своей постели.

Вскоре он заснул и спал так, как не спал почти месяц со времени возникновения "недоразумения с тетушкой".

Глафира Петровна Салтыкова возвратилась домой в прекрасном расположении духа. Еще дорогой она обдумала список приглашенных на завтрашний обед, и во главе этого списка стояло лицо власть имущее, "особа", давшая ей, как оказалось теперь, или, как, по крайней мере, она думала, благой совет лично познакомиться с невестой ее племянника. Приехав домой, она тотчас позвала дворецкого отдала соответствующие распоряжения. Затем Глафира Петровна написала список приглашенных и поручила одной из грамотных приживалок написать приглашения, которые и подписала. Они были разосланы с лакеями в тот же день. Весь дом узнал, конечно, тотчас же, что завтра предстоит обед, на котором будет племянник ее превосходительства со своей нареченной невестой — Дарьей Николаевной Ивановой.

Это произвело на всех домашних Глафиры Петровны, парадных и непарадных приживалок, и даже приемышей, не говоря уже о прислуге, ошеломляющее впечатление. Особенно поражена была Фелицата.

— И как же это, бриллиантовая, и как же так, аметистовая, случилось-то? Где она Дашутку-звереныша-то...

— Тс... — цыкнули на нее две другие приживалки, с которыми она вела беседу в отдаленном коридоре генеральского дома, и даже боязливо оглянулись по сторонам.

Фелицата спохватилась.

— И где она, Дарья Николаевна-то, нашу благодетельницу, генеральшу пресветлую, увидела?

— Сама была... — шепотом сообщила одна из приживалок.

— Кто? — воззрилась на нее Фелицата.

— Сама генеральша к ней ездила, с час места как вернулась.

— Ахти! Вот так чудеса...

— Подлинные чудеса... Приехала такая радостная, довольная. Софье Дмитриевне — так звали грамотную, почти образованную дворянку, состоявшую при Глафире Петровне в качестве секретарши — приказала приглашения писать и сказала ей: "Невесту Глебушка выбрал хоть куда... Злые люди только ее обносят... Красивая такая, умная, скромная, почтительная.

— Это Дашутка-то? — не утерпела снова Фелицата.

— Тс...

— Дивны дела твои, Господи.

Глафира Петровна действительно вернулась от Дарьи Николаевны в полном восторге. Хитрая и сметливая Иванова окончательно обворожила ее. Кроме уже переданного нами выражения восторга по адресу невесты своего племянника, сообщенного генеральшей Софье Дмитриевне, она сказала ей:

— Хозяйка, видимо, такая, что лучше и не надо; в доме порядок, чистота; все блестит, точно вылизано... Хорошая жена из нее выйдет... Такую Глебушке и надо... Он слаб, мягок, добр, хозяйство во всех своих имениях и по дому запустил, и людей распустил. Эта все повернет по своему, приберет к рукам, как его, так и всю челядь... Я ей мою табакерку подарила, знаешь, ту, с аметистами.

Софья Дмитриевна только ахнула. Несколько утомленная пережитыми впечатлениями дня, Глафира Петровна ранее обыкновенного отправилась на покой. Перед сном, по обыкновению, явились перед генеральшей Костя и Маша, для благословения на ночь. Дети уже тоже знали и об обеде, назначенном на завтра, и о том, что на нем будет невеста дяди Глеба.

— Она красивая, добрая, ее можно любить? — спросили мальчик и девочка.

— Она вам будущая тетка... Любите ее... — отвечала детям Глафира Петровна.

При уходе их она вскоре заснула. Спала она крепко, так как за последнее время, кате и Глеб Алексеевич, страдала бессонницей от обрушившегося на нее несчастья, как называла она предстоящую женитьбу своего племянника. Теперь это несчастье обратилось в счастье, которому она радовалась, как ребенок. Такие резкие перемены являются всегда уделом впечатлительных характеров, подобных тому, каким обладала Глафира Петровна Салтыкова.

Из всех трех главных действующих лиц нашего правдивого повествования долго не спала эту ночь только Дарья Николаевна Иванова. Нравственная ломка, которую она совершила над собою при приеме тетки своего жениха, вызвала целую бурю злобы в ее сердце. Она понимала, кроме того, что начав эту игру, ей придется продолжать ее в будущем, начиная с завтрашнего дня, когда надо будет явиться к этой "превосходительной карге", как она мысленно продолжала называть Глафиру Петровну, на ее "проклятый обед".

"Ну, да недолго я тебя ублажать буду старую, я-те изведу, как пить дам изведу, а все твои богатые вотчины и с Глебушкиными к своим рукам приберу. Твоим пащенкам, — Дарья Николаевна вспомнила, что Глеб Алексеевич говорил о внучатых племяннике и племяннице своей тетки, — не видать из твоих денег ни медного гроша..."

С такою "доброю" мыслью Дарья Николаевна Иванова заснула.

XXIV

ОБЕД

На другой день, в назначенный час, двор дома Глафиры Петровны стал наполняться всевозможных родов экипажами, из которых выходили важною поступью сановные особы и выпархивали с легкостью иногда лет, иногда желания молодиться, особы прекрасного пола. Московский свет выслал в гостиные генеральши Салтыковой своих немногочисленных, но, если можно так выразиться, самых кровных представителей.

Власть имущая в Москве "особа" прибыла одна из первых и принята была Глафирой Петровной в угловой гостиной.

— Рад, ваше превосходительство, очень рад, — захихикал его превосходительство, подходя к ручке Глафиры Петровны. — Что, прав я, прав?

— Правы, ваше превосходительство, совсем правы... Да знаете, до сих пор не вспомнюсь, какая это прелестная девушка... Но вот вы сами увидите.

— Ведь говорил я вам, посмотрите...

— Верно, ваше превосходительство, верно, уж как я вам благодарна...

— Ха, ха, ха... видите, я каков...

В других кружках велись тоже разговоры по поводу неожиданного согласия генеральши на брак ее племянника с Дарьей Николаевной Ивановой.

— Генеральша-то оказывается от нее в восторге... слышали?

— Слышала, матушка, слышала.

— А ведь "Дашутка-звереныш", "чертово отродье", "проклятая", вот она какая...

— Да, обошла, подлая, ох, обошла ее превосходительство...

В таком смысле большинство гостей относилось к ожидаемой невесте. Отношение это, конечно, высказывалось про себя и между собой, полушепотом. При выражаемых же Глафирой Петровной восторгах по адресу ее будущей племянницы те же лица делали умилительные физиономии, приятно улыбались и энергично поддакивали словам ее превосходительства.

— Вы не поверите, — говорила Глафира Петровна, — как она меня растрогала сознанием в своем, более чем странном, поведении, которое и дало повод злым людям рассказывать о ней всевозможного рода небывальщицы и заклеймить ее прозвищами... Без родных и знакомых ее одолевала такая скука, что она готова была разбить себе голову... Теперь Глебушка положительно возродил ее.

— Ах, бедная, бедная! — восклицали сочувственно слушатели.

— Именно, бедная, — повторяла генеральша, — и какая она хозяйка, какой у нее в доме порядок, а ей всего девятнадцать лет... Что ни говорите, а эта заброшенность в лета раннего детства вырабатывает характер и самостоятельность. Конечно, большинство гибнет, но уж кто выдержит — закаляется как сталь.

— ю разве она была брошена родными?

— Ах, это ужас... Она была очень крупным ребенком... И отец, и мать сами расславили ее по околотку каким-то "исчадием ада". Они, вероятно, просто боялись ее... А она, повторяю, такая милая, обходительная. Я, просто, даже не ожидала встретить такую, после всех толков, которые ходят про нее,

— Вот уж подлинно, ваше превосходительство, не всякому слуху верь, — вставил один из слушателей.

— Именно, именно!

Гости были приглашены, по обычаю того времени, к двум часам, а между тем, ни Салтыкова, ни невесты его еще не было. Все были в нетерпеливом ожидании, но жениху и невесте это не было поставлено в вину, так как заставлять себя ждать было, по тону общества того времени, более чем извинительно.

Наконец, по группам собравшихся приглашенных пронесся тревожным шепот:

— Приехали, приехали...

Глеб Алексеевич, высоко подняв голову, вел свою невесту между наполнявшими зал и гостиные Глафиры Петровны гостями. Дарья Николаевна была одета по последней моде, но в ее костюме не было ничего кричащего, он был скромен, хотя и бросался в глаза своей роскошью. Она давно предвидела этот визит и заранее озаботилась костюмом. Пройдя залу и несколько гостиных, спровождаемые толпой любопытных, они достигли угольной, где находилась генеральша. С грацией, которую от нее не ожидали окружающие, Дарья Николаевна сделала реверанс перед Глафирой Петровной, причем последняя заключила ее в свои объятия.

— Дарья Николаевна, моя милочка! Затем она обратилась к Глебу Алексеевичу:

— Прости, Глебушка, что я погорячилась, я ведь не знала ее.

— Тетушка!

— Лучшей невесты я тебе и желать не могу.

— Я ведь говорил вам, милая тетушка, что она сокровище...

— Прости меня дуру, что не поверила...

— Что вы, тетушка!

Все гости неперерыв стали подходить к Дарье Николаевне и выражать ей свое удовольствие по поводу приятного знакомства.

Глеб Алексеевич положительно недоумевал. Он решительно не узнавал свою ненаглядную Донечку в этой почтительной, тихой, покорной девушке, какою явилась в гостиную его тетушки Дарья Николаевна. Он терялся в догадках. Какое-то странное, тяжелое предчувствие томило его сердце, но он отгонял от себя все эти грустные мысли и старался наслаждаться своим настоящим счастием, сознанием льстящего его самолюбию, всеобщего восторга, возбужденного в присутствующих его невестой. По свойственному человеку слабости, он даже не вдавался в оценку этого восторга. Он сам, искренно восхищенный Дарьей Николаевной, хотел верить и верил, и в искренность других.

Обед прошел весело и оживленно. Сама тетушка объявила своего племянника Глеба Алексеевича и Дарью Николаевну Иванову женихом и невестой. Общее одобрение было на это красноречивым ответом. Глеб Алексеевич Салтыков был положительно на седьмом небе. Все собравшиеся у Глафиры Петровны родственики подходили к нему и с непритворной искренностью поздравляли его с таким прелестным выбором. Глеб Алексеевич улыбался, жал руки и был положительно на верху блаженства.

Дарью Николаевну, между тем, окружили дамы.

— Милочка, голубушка, как вы прелестны, какая вы красавица! — щебетали представительницы московского прекрасного пола.

— Вы меня конфузите! — отвечала, потупив взор, Дарья Николаевна.

— Нет, положительно, мы не ожидали встретить в вас такую прелесть...

— Что вы?

Глафира Петровна увела от них Дарью Николаевну.

— Душечка, когда же свадьба? — спросила генеральша.

— Когда прикажете? — отвечала Дарья Нколаевна.

— Чем скорее, тем лучше, — торопливо заговорила Глафира Петровна.

— Как вам угодно.

— У вас есть приданое?

— Есть, ваше превосходительство.

Генеральша вместе с Дарьей Николаевной вышли в залу. Глафира Петровна подозвала к себе Глеба Алексеевича.

— Ты поторопи свадьбой...

— Что, тетушка, не правда ли, она прелесть?

— Не говори, я сознаюсь в своей вине...

— Видите, тетушка, я ведь вам говорил.

— Знаю знаю, не говори... Мне бы хотелось ее чем-нибудь подарить...

— Милая тетушка...

— У меня есть старинный фермуар.,. Мне кажется, что это будет подходящий подарок...

— Как вы добры, тетушка!

— Для нее мне ничего не жалко...

Она отпустила племянника, который со всех сторон слышал только одни лестные отзывы о своей невесте... Все восхищались ее красотой, выдержанностью, светским обращением, умом. Недоумение Глеба Алексеевича росло с каждым слышанным им отзывом. Наконец, гости стали разъезжаться. К нему подошла, вырвавшаяся из объятий тетушки Глафиры Петровны, Дарья Николаевна.

— Пора домой! — сказала она.

Он подал ей руку, направился к тетушке и, простившись с нею, отвез свою невесту в красненький домик.

XXV

СВАДЬБА

Обед у генеральши Глафиры Петровны Салтыковой, на котором была официально объявлена помолвка ее племянника ротмистра гвардии Глеба Алексеевича Салтыкова с девицею из дворян Дарьей Николаевной Ивановой, конечно, на другой же день стал известен всей Москве, и "светской" и "несветской", вызвав оживленные и разнообразные толки. Московские кумушки заволновались. Особенно негодовали на Глеба Алексеевича, а попутно и на Глафиру Петровну, матери невест, тщетно старавшихся поймать в свои хитро расставленные сети такого завидного жениха, и сами невесты, потратившие все возможные средства для увлечения "истукана", как называли они и ранее, а с особенной злобой теперь, Салтыкова.

— Выбрал, нечего сказать, подарит нас дамой, с которой и встретиться-то зазорно, — говорили мамаши. — и чего эта "старая дура" — так уже заочно стали честить генеральшу Салтыкову — говорят радуется... Как изобьет ее новая племянница своими кулачищами, говорят они у ней, что у любого мужика, так возрадуется... И поделом будет, истинно поделом...

— И что он нашел в ней хорошего; говорят совсем крестьянская девка, белая и красная, нет никакой нежности, груба и зла... — рассуждали между собою московские барышни.

— А говорят влюблен как, страсть... Совсем без ума от нее...

— Удивительно...

— Чем-нибудь, да сумела завлечь... Ведь истукан, бирюк, от нас бегал...

— А к ней забегал...

— Говорят, она очень хороша, папаша мамаше рассказывал, — вставила одна из девиц, — мамаша даже рассердилась.

— А он где ее видел?

— Он на обеде был...

— Ах, был, интересно, расскажите, пожалуйста...

— Да я ничего не знаю... Только, когда входила к маме в будуар, слышала конец разговора. Папа сказал: "Не говори, она просто красавица", а мама на это ему: "Стыдись, у тебя дочь-невеста". При мне разговор не продолжался, но мама с тех пор не в духе.

— Еще бы быть в духе... сорвалось... — заметила одна из беседовавших барышень, по внешности не имевшая возможности надеяться не только выйти замуж за Салтыкова, но и вообще за кого-либо, тем более, что ходили слухи, что и приданое-то за ней не из крупных.

— У мужчин престранный вкус! — вставила другая и даже презрительно сжала губки.

— Да, у Салтыкова оказался уже совсем своеобразный.

— Говорят, она его бьет...

— Если не бьет теперь, то будет.

— И поделом...

Так волновались московские невесты. Мужья и отцы остались, как мы видели, "при особом мнении", особенно те, кто видел Дарью Николаевну на пресловутом обеде у Глафиры Петровны. Красота Дарьи Николаевны, ее полный расцвет молодости и силы, соблазнительная, полная неги фигура и глаза, в которых теплился огонек только что возникающей страсти — все это не могло не произвести впечатления на представителей непрекрасного пола Белокаменной.

— Однако, у Салтыкова губа не дура, подцепил кралю; только ее, даром что тихоней прикидывается, надо, ох, как держать, а то она сядет и поедет... Глеб Алексеевич, кажется, не по себе дерево рубит, с виду-то парень в плечах косая сажень, а духом слаб, так в глаза ей и смотрит, и, видно, хоть он и этого не показывает, что и теперь она его держит в струне.

— Может так в женихах балует... — догадывались некоторые, — а мужем сделается, приберет к рукам...

— Нет, это уже оставьте, — возражали им, — не такая она баба, чтобы даться... На нее спервоначалу надо узду накидывать, а как сразу не взнуздал, так не оседлаешь...

— Любит он, видимо, ее...

— То-то и оно-то... Таких женщин любить нельзя, или лучше сказать, показывать им нельзя, что уж очень их любишь... Они любящим-то человеком и верховодят, а коли видят, что не очень на них внимание обращают, бывают случаи — смиряются...

— Да, незавидна Салтыковская доля...

— Зато девушка-то — картина писанная...

— Приглядится.

— Оно так-то так...

— А характерец-то себя дает знать... Что там ни говори Глафира Петровна, а уж ее не совсем же понапрасну прозвали "Дашут-кой-зверенышем".

— Видно, видно, что с характерцем... Ломает себя перед старухой — прикидывается.

— Выйдет замуж — развернется...

— Что-же, ведь его никто на аркане не тащил... Терпеть надо.

— А все-таки хороша!

— Да!

Так обсуждали предстоящий брак Салтыкова мужчины.

Все сходились, однако, в одном, что в толках, которые теперь, как угадал Глеб Алексеевич, из района Сивцева Вражка перешли почти на всю Москву, о детстве невесты Салтыкова и ее крутом, прямо бешенном нраве, есть доля правды, и что Глафире Петровне, умная как бес Дарья Николаевна, попросту отвела глаза.

Генеральша, действительно, продолжала быть всецело под обаянием своей будущей племянницы. Не проходило дня, чтобы старуха не посылала за ней, не дарила бы ей богатых подарков, не совещалась бы с ней о предстоящей молодой девушке замужней жизни, о том, как и что нужно будет изменить в домашнем хозяйстве Глебушки, в управлении его именьями и т.д.

Дарья Николаевна с покорностью, которую ни на минуту нельзя было заподозрить притворною, слушала россказни Глафиры Петровны, видимо, вдумываясь в ее слова, отвечала толково, не торопясь, что ценила в людях генеральша, предлагала ей со своей стороны вопросы и рисовала планы будущего хозяйства в доме и имениях Глеба Алексеевича. Салтыкова приходила в положительный восторг от хозяйственной сметки, практичности будущей жены ее любимого племянника.

Не видала Глафира Петровна появлявшегося изредка, когда, видимо, терпение Дарьи Николаевны истощалось, выражения глаз Дони, как она, подобно Глебу Алексеевичу, стала звать Дарью Николаевну. Это было выражение такой непримиримой злобы и адской ненависти, что заметь его генеральша, она сильно бы призадумалась о будущем, которое ожидало не только ее милого Глебушку, но и ее самое, когда эта девушка сделается его женой, а ее родственницей. Но Дарья Николаевна умела не дать заметить прорывающегося наружу внутреннего состояния своей души, скромно опуская длинные ресницы, закрывала от людей зеркал этой души — глаза.

Еще сильней привязалась старуха к невесте своего племянника с тех пор, как Костя и Маша, несколько раз обласканные Дарьей Николаевной, стали не чаять души в "новой тете", как они называли Иванову. Последняя не являлась без гостинцев для "сиротиночек", как она называла внучатых племянника и племянницу Глафиры Петровны, и высказывала к ним необыкновенную нежность. Чистые сердца детей отозвались на ласку, считая ее идущею также от сердца.

— Я сама сирота, к сироте-то у меня так сердце и рвется; вы, тетушка, заменили им мать и отца, а мне никто не заменил, да и при жизни отца с матерью я была все равно что сирота... Царство им небесное, место покойное... Не тем будут помянуты, отказались от дочки свой заживо...

— Господь их прости, — остановила ее растроганная генеральша. — Не ропщите на них, грех...

— Я и не ропщу.

— Не ведали бо, что творили...

— Истинно, тетушка, не ведали... Кабы не Глебушка, да и не вы, может я не нынче-завтра бы совсем погибла.

— Все Господь... — крестилась Глафира Петровна.

Дарья Николаевна тоже набожно крестилась, возводя глаза к потолку. Глеб Алексеевич плавал в море блаженства. С необычайною роскошью и с предупредительностью влюбленного, он заново отделывал внутренность своего дома, чтобы создать для своей ненаглядной Дони, достойное ее жилище. С работами очень спешили, так как день свадьбы приближался. По желанию тетушки Глафиры Петровны, он назначен был через месяц после официального объявления Салтыкова и Дарьи Николаевны женихом и невестой.

Это желание, конечно, разделял и страстно влюбленный жених. Дарья Николаевна не противоречила, и несколько присланных Глебом Алексеевичем его дворовых девок, под наблюдением Фимки, с утра до вечера работали в красненьком домике над пополнением приданого своей будущей госпожи. Барышня и с ними была кротка и ласкова, и их рассказы об этом ставили в тупик даже соседей, которые решили бесповоротно, что "чертово отродье" обошла "большую генеральшу", как называли они Глафиру Петровну Салтыкову, как обошел предполагаемый отец "Дашутки-звереныша" — "кровавый старик" — вельмож и знатных господ, которые его, "колдуна", похоронили со всеми христианскими почестями. Некоторые из этих соседей стали колебаться.

— И впрямь, может с летами-то переменилась она... Поутихла нравом-то... Это бывает, в девках злющая-презлющая, а найдет себе суженого-то — переменится...

— Бывает... С кем бывает-то? — стыдили такого колеблющегося непримиримые. — С людьми, а ведь она "чертово отродье".

— Так-то оно так, но...

— Чего нокать-то... Известно, напустила на себя на время, чтобы силу забрать над женишком да над его богатой роденкой, вот тебе и "но..."

— Может и так... — сдавался колеблющийся на эти убедительные доводы.

Сам Глеб Алексеевич от души радовался этой перемене в характере своей невесты, и даже сомнения насчет ее искренности, посещавшие его в первое время, совершенно исчезли. Умная и хитрая Дарья Николаевна поняла, что при женихе нельзя выдавать свои настоящие чувства к его тетке, за которой она так усердно ухаживала и к которой всячески ластилась, а потому прозвище "превосходительной карги", сорвавшееся с языка молодой девушки несколько раз первые дни, не повторялось. Она звала ее заочно не иначе как "тетушка" или даже "милая тетушка".

Наконец, наступило 30 декабря 1749 года — день, назначенный для свадьбы. Церковь Введения во храме Пресвятой Богородицы на Лубянке, где происходило венчанье, горела тысячами огней, отражавшихся в драгоценных камнях — подарках жениха и его тетки, украшавших невесту, которая, по общему отзыву, была прелестна в подвенечном наряде. Венчание началось в шесть часов вечера, а после него назначен был бал, во вновь отделанном доме молодых. Весь "московский свет" присутствовал на свадьбе, были даже и те маменьки дочерей-невест, которые заявляли, что с будущей мадам Салтыковой и "встретиться-то зазорно". Были и их дочери-невесты. Впрочем, "прекрасный пол" вел себя сдержанно, но зато мужчины громко выражали свои восторги по адресу венчающейся пары, а особенно невесты.

Наконец совершилось: Дарья Николаевна Иванова стала Дарьей Николаевной Салтыковой, чтобы под этой фамилией стяжать себе страшную историческую известность. В этот вечер, конечно, этого никто не мог и предположить. Свадебный бал удался на славу. За ужином отовсюду слышались пожелания счастья молодым, которые под крики "горько", "горько" нежно целовались.

— Точно голубки, — слышались замечания.

Гости разъехались, когда над первопрестольной столицей уже брезжило раннее зимнее утро. Для многих из действующих лиц нашего правдивого повествования этот рассвет не был светлым предзнаменованием. С этого времени в их жизни начинались непроглядная ночь, и во главе этих обреченных людей стоял в это мгновенье счастливый молодой муж, им самим избранной, безумно любимой жены — Глеб Алексеевич Салтыков.

ЧАСТЬ ВТОРАЯ

ЖЕНЩИНА-ЗВЕРЬ

I

ЖИВОЙ МЕРТВЕЦ

— Тетушка скончалась!

С такими словами вошла в спальню своего мужа Глеба Алексеевича Дарья Николаевна.

— Что ты еде... — вскочил он с дивана, на котором лежал, и широко открыв глаза, глядел на свою жену с каким-то паническим ужасом, смешанным с отвращением, но не договорил фразы, остановленный грозным окриком молодой женщины:

— Что? Ошалел ты что ли!

— Я, что, я ничего... неужели скончалась бедная, когда?

— Я прямо от нее, только что закрыла глаза покойной.

— Закрыла! — машинально проговорил Салтыков и, видимо, не будучи в состоянии стоять на ногах, опустился на диван.

Разговор этот происходил между супругами Салтыковыми через два года, после описанных нами в первой главе событий. Два года — время небольшое, а между тем, перемена, происшедшая в Глебе Алексеевиче, показывала, что очень долги и тяжелы показались ему эти годы. Из вполне здорового, статного мужчины, он сделался бледным, изможденным скелетом, с поседевшими волосами, с морщинистым лицом и с каким-то помутившимся взглядом когда-то веселых глаз. Вся его фигура имела вид забитости, загона.

— Глебушка болеет уже полтора года, — говорила Дарья Николаевна всем родным и знакомым, которых встречала случайно на улице или в доме Глафиры Петровны, единственный дом, который посещала молодая Салтыкова.

— Что с ним? — спрашивали с соболезнованием люди.

— Что с ним уж не знаю, это дело доктора, он его пользует, знаю только, что хворает... Мало и мне с ним радости...

Глеб Алексеевич был, действительно, болен не только телом, но и душой. Он прозрел. После недолгого увлечения красотой своей жены, когда страсть пресытилась и миновала, нравственный облик женщины, с которой он связал себя на всю жизнь, вдруг восстал перед ним во всей его неприкрытой иллюзиями любви наготе. Искренняя, непочатая натура невесты явилась перед ним испорченностью до мозга костей жены. Весь строй его жизни сразу перевернула эта женщина, и жизнь эта стала для него невыносимой.

Глафира Петровна Салтыкова не ошиблась. Молодая Салтыкова действительно завела в доме порядок. Весь дом, с многочисленной дворней обоего пола, сразу как-то притих и замер. Своеручная расправа молодой барыни с тяжелой рукой, продолжавшаяся беспрерывно целые дни, заставила всех людей прятаться по углам, стараться не показывать признака жизни, а, тем более, без дела появляться на глаза "проклятой", как втихомолку продолжали звать Дарью Николаевну слуги. То, что восхищало Глеба Алексеевича в невесте, стало, повторяем, казаться омерзительным в жене. Рассудок, освобожденный от гнета страсти, прояснился, и кулачная расправа, которой с наслаждением дикого зверя предавалась молодая женщина, пугала бессильного, слабохарактерного Глеба Алексеевича.

— Доня, что ты, за что?.. — пробовал он первое время останавливать жену, но встречал такой отпор, что от греха уходил к себе в спальню, дабы не попасться самому под сердитую руку своей разгневанной супруги.

Весь ужас своего положения, всю безысходность, весь мрак своего будущего увидел Глеб Алексеевич еще до окончания первого года супружеской жизни. Красивое тело этой женщины уже не представляло для него новизны, питающей страсть, духовной же стороны в ней не было — ее заменяли зверские инстинкты. Даже проявление страсти, первое время приводившие его в восторг, стали страшны своею дикостью. Молодая женщина, в припадке этой безумной страсти, кусала и била его.

Пресыщение вскоре сказалось — Салтыков стал хиреть, разбитый и физически, и нравственно, и, наконец, обратился в "живого мертвеца", как прозвали его в доме.

К концу первого года у Дарьи Николаевны родился сын, но, увы, это рождение не порадовало хилого мужа — он со страхом думал об участи его ребенка в руках такой матери. Последняя тоже не встретила появившегося на свет первенца с особенной материнской пылкостью. Когда ей показали его, она равнодушно посмотрела и сказала:

— Экое чучело!

"Чучело" было отдано мамке, а мамка была отдана под надзор Фимке, — продолжавшей быть любимицей Дарьи Николаевны и ее правой рукой.

При святом крещении сына назвали Федором. Все дворовые люди несколько вздохнули за то время, когда Дарья Николаевна лежала в постели.

Она встала и все снова пошло своим чередом, ругательства, пощечины, побои сыпались на правых и виноватых. Заступы не было нигде, так как барин совсем не выходил из спальни. Эту расправу свою с дворовыми Дарья Николаевна называла своей "бабьей" потехой.

Тяжело отзывалась эта потеха на лицах и спинах этих людей. Они глухо роптали, но открыто восставать и боялись, и не могли. Им оставалось вымещать свою злобу на барыню, разнося по Москве, по ее улицам и переулкам, по ее харчевням и гербергам, как назывались пивные в описываемое нами время, вести о ее зверствах, придавая им почти легендарный характер. Ее не называли они даже по имени и отчеству, а просто "Салтычихой" — прозвище так и оставшееся за ней в народе и перешедшее в историю.

Дворня Дарьи Николаевны, особенно женская, была многочисленная, многочисленны были и рассказы, которые ходили о ней по Москве, делая из нее положительного зверя. И рассказы эти были недалеки от истины.

Слухи эти, носясь по Москве, между дворовыми людьми, конечно, достигали и ушей их господ, которые усердно распространяли их в обществе, тем с большим удовольствием, что молодые Салтыковы не держали открытого дома, а напротив, отшатнулись от общества с первых же месяцев их брачной жизни. Дарья Николаевна объяснила своему мужу, что она не намерена кормить "московских дармоедов". Это выражение не приминули тотчас донести до сведения московского общества, которое убедилось в его правдоподобности, так как Глеб Алексеевич и Дарья Николаевна, сделав обычные послесвадебные визиты, никого не принимали к себе, и сами не бывали. Некоторые еще доброжелатели объяснили это первым годом замужества.

— Воркуют они как голубки! Не до людей им.

Так объясняла поведение племянника и новой племянницы и тетушка Глафира Петровна. Затем пронеслась весть, что молодой Салтыков болен. Болезнь мужа, конечно, освобождали жену от условий и требований светской жизни. Но, повторяем, так говорили только не многочисленные добродушные люди, большинство же знало всю подноготную жизни "голубков", а потому сожалели Глеба Алексеевича и глубоко ненавидели Дарью Николаевну.

— Заела, загрызла молодчика...

— В гроб сведет, как пить даст...

— Как-то в церкви был он, то не поверите, краше в гроб кладут...

— Сам виноват, не на кого пенять, надел петлю — давись...

— Затянет...

— Это уже не надо быть пророком.

— А тетушка-то генеральша точно ничего не видет и не слышит, все с ней нянчится... Души не чает...

— Глаза старухе отвела... Околдовала точно.

В таком или приблизительно таком роде шли разговоры в московском обществе о семейной жизни молодых Салтыковых вообще, и о Дарье Николаевне в частности. Тетушка Глафира Петровна, действительно, чуть ли не одна из близких к Глебу Алексеевичу людей, не замечала, что проделывала ее любимица Доня со своим мужем. Раз убедившись в неправильности людских толков и пересудов о Дарье Николаевне, она не только не верила вновь возникшим в Москве слухам о жестокости Салтычихи, но даже очень сердилась, когда намекали о них при ней.

— Нет, уж вы, сударь (или сударыня — смотря по полу особы), не говорите ничего о Доне... — обрывала она сделавших малейший намек на ходящие по Москве слухи. — Я у них бываю, часто бываю, знаю их жизнь лучше вашего... Действительно, Глебушка болен, но если бы вы видели, как его жена нежно за ним ухаживает.

— Но дворовые люди... — замечал было словоохотливый рассказчик.

— Стыдитесь... холопам верить. Кто им не дает потачки, тот и дурень... Кто не дозволяет им лежебочничать, тот и зверь!

— Так-то оно так, но...

— Никакого "но!" Доня, действительно, с ними строга, иной раз и выпороть прикажет, и плюху, другую даст, да без этого, сами знаете, нельзя... Распустить ихнего брата — беда...

— Но позвольте...

— Не позволю, не позволю!.. — уже окончательно выходила из себя старушка.

Желавшие открыть ей глаза умолкали. Происходило это от того, что Дарья Николаевна продолжала играть перед Глафирой Петровной комедию, начатую ею еще в невестах. Она неукоснительно по воскресеньям и праздникам ездила в церковь Николая Явленного, становилась рядом с Глафирой Петровной, а из церкви отправлялась к ней на пирог, рассыпалась перед ней в преданности и любви, ласкала Костю и Машу, словом, приводила старушку в восторг своим обращением и нежностью, особенно к мужу. Первое время она заставляла ездить с собою и Глеба Алексеевича.

— Застегнись, ты простудишься, Глебушка...

— Не садись у окна, тебе надует...

— Посидим немного, нельзя выезжать только что напившись горячего, вредно...

— Ну и жена у тебя, Глебушка, ангел-хранитель, золото...

Первые месяцы после свадьбы Салтыков с благодарностью смотрел на тетушку и жену и радостно улыбался. С течением времени эта улыбка становилась все деланнее и деланнее. Страшное подозрение закралось в его душу, стало расти и, наконец, к ужасу его, выросло в полное убеждение.

"Дарья — он уже стал ее про себя звать таким именем — ломает комедию, — решил он. — Но для чего?"

Долго этот вопрос оставался для него открытым, но, вдруг, в один прекрасный день он вспомнил свой разговор с женой, когда она была еще невестой, холодный пот появился на его лбу, и волосы поднялись дыбом.

"Нет, этого не может быть!" — гнал он от себя роковую мысль, а она тем настойчивее лезла в его голову, подтверждаемая обстоятельствами.

Пришедший ему на память разговор был тот, во время которого, — его, вероятно, не забыл читатель, — Дарья Николаевна допрашивала Глеба Алексеевича о богатстве Глафиры Петровны и о том, единственный ли он ее наследник.

"Это пустое!" — вспомнилось ему, кинутые его женой, тогда невестой, слова, когда он напомнил ей, что у тетушки есть внучатые племянник и племянница.

"Она хочет получить в свои руки богатство тетушки, как уже забрала все, принадлежащее мне!" — должен был придти, хотя и к тяжелому для него заключению, Глеб Алексеевич Салтыков.

Скопидомство, доходящее до жадности, проявившееся в Дарье Николаевне, как только она стала обладательницей состояния своего мужа, красноречиво подтверждало эту мысль, от которой бросало в жар и холод честного до щепетильности Салтыкова.

"Что делать? Что делать?" — восставал в уме его вопрос и оставался без ответа.

Он был бессилен. Изобличить жену, рассказать все тетушке, раскрыть перед ней свое разочарование в той, с которою на всю жизнь связана его судьба, весь ужас его семейной жизни и, наконец, свои страшные подозрения. Это невозможно! Это значит сделаться посмешищем целой Москвы, если тетушка поверит и, конечно, не скроет от других несчастья Глебушки, пожелая вызвать к нему сочувствие и оказать помощь. А это сочувствие для него хуже смерти.

Да и не поверит тетушка. Она так оплетена хитрыми сетями Дарьи, что обвинит во всем меня же.

Это был заколдованный круг.

"Живой мертвец", — как Глеб Алексеевич назвал самого себя, если бы знал данное ему в доме прозвище, — был на самом деле беспомощен, и эта беспомощность тяжким бременем лежала на его душе.

II

У ПОСТЕЛИ БОЛЬНОЙ

Под впечатлением описанных нами тяжелых нравственных мук и вырвалось у Глеба Алексеевича Салтыкова неоконченное им, вследствие грозного окрика супруги, восклицание:

— Доня, что ты сд...

Он имел основание подозревать свою жену в желании смерти тетушки именно в эти дни, хотя старушка, почему-то, стала прихварывать еще за полгода до своей смерти, и эта смерть не составляла неожиданности не только для Глеба Алексеевича и других ее родственников, но и для всей Москвы. Мгновенно в уме его это подозрение выросло в убеждение, что такая, с точки зрения его жены, своевременная смерть Глафиры Петровны не могла не случиться без того, чтобы Дарья Николаевна не приложила в этом деле свою твердую и безжалостную руку.

Окрик жены и злобный блеск ее зеленых глаз заставили его замолчать, но не только не рассеяли сомнения в ее виновности, но еще более укрепили их. Он сказал жене несколько бессвязных слов и впал в какое-то, почти обморочное состояние. Тело его как-то грузно опустилось на диван, голова откинулась на спинку, а взгляд, хотя и устремленный на Дарью Николаевну, глядел куда-то вдаль над нею, казалось, не видя ее. Она несколько времени простояла перед мужем, презрительно усмехнулась и вышла из спальни. Только железные нервы этой женщины могли быть в состоянии спокойно вынести восклицание мужа, в котором звучало тяжелое обвинение, которое, притом, было справедливо.

Чтобы объяснить это читателям, нам придется вернуться с ними несколько назад, ко времени первых приступов нездоровья генеральши Глафиры Петровны Салтыковой, случившихся как раз после того, как старушка пообедала у любимых ею племянника и племянницы. Глафира Петровна серьезно прихворнула, и хотя оправилась, но с этого дня стала заметно ослабевать, и были дни, когда она сплошь проводила в постели.

В дни, когда она чувствовала себя сильнее, по настойчивому желанию Глафиры Петровны, она проводила в доме молодых Салтыковых и после этого чувствовала себя хуже, приписывая эту перемену утомлению. За неделю до дня ее смерти, Глафира Петровна стала поговаривать о завещании, так как ранее, несмотря на то, что уже определила кому и что достанется после ее смерти, боялась совершать этот акт, все же напоминающий о конце. Ей казалось, что написание завещания равносильно приговору в скорой смерти.

— Все, что имею, я завещаю Косте и Маше поровну, а тебя, Доня, попрошу быть им матерью... Опекуном назначаю Глеба... Тебе оставляю все мои драгоценности, их тысяч на сто...

— Зачем это, тетушка... Зачем, лучше пусть их получит Маша, у нас с Глебушкой свое есть состояние, не проживешь его, захотела бы, купила себе всяких балаболок, да не люблю я их...

— Нет, Доня, это уже моя воля, бесповоротно... — говорила старушка, восхищенная бескорыстием своей новой племянницы.

— Ваша воля, но напрасно...

— Голубчик, Доня, я знаю твою чистую душу, твое сердце, ох, я знаю тебя больше, чем другие, которые видят в тебе не то, что ты есть на самом деле...

— Не говорите, Бог их прости...

— Вот видишь ли, какая ты добрая...

— Так учил нас Спаситель...

— Я чувствую, что день ото дня слабею... Дни мои сочтены.

— Тетушка, что за мысли, вы переживете нас...

— Не говори, не утешай, это бесполезно... Я именно хочу воспользоваться твоим присутствием, чтобы переговорить о делах.

— Я вас слушаю...

— Я хочу просить собраться через неделю нескольких близких мне лиц, моего духовника и, наконец, исполнить мое давнишнее желание изложить мою последнюю волю... Как ты думаешь, протяну я еще неделю?

— Ах, тетушка, что вы говорите, вы теперь немного слабы, но завтра, Бог даст, вам будет много лучше...

— Нет, нет, не говори... Если и будет лучше, то не надолго...

— Не хочу я этого и слушать...

Разговор происходил в спальне Глафиры Петровны Салтыковой. Она лежала в постели, так как уже третий день, вернувшись от молодых

Салтыковых, чувствовала себя дурно. В спальне было чисто прибрано и не было ни одной приживалки, не говоря уже о мужике, рассказывавшем сказки, богадельницах и нищих. Дарья Николаевна не любила этот сброд, окружавший тетушку, и сумела деликатно дать ей понять это. Очарованная ею генеральша, не приказала им являться, когда у ней бывала племянница.

— Точно, не всякому вы можете нравиться... Она любит порядок, а вы в грязи да в лохмотьях, ей и противно... Я уж к вам привыкла, а непривычному жить с вами трудно, — говорила генеральша.

Сброд удалялся, проклиная в душе "Дашутку-звереныша", "чертово отродье", "проклятую", как они продолжали заочно честить Дарью Николаевну Салтыкову, околдовавшую, по их искреннему убеждению, "пресветлую генеральшу".

— Ты, Донечка, уж меня теперь навещай почаще... Не оставляй больную... Ох, о многом мне с тобой поговорить надо, особливо о детках... На тебя вся надежда, тебе вручаю я своих внучаток... Ты к ним, сироткам, была всегда так ласкова, замени им меня, — продолжала Глафира Петровна.

— Матерью родною буду, дорогая тетушка; но зачем такие грустные мысли, сами еще выростите, на ноги поставите.

— Нет, нет, не говоря... Сама ведь не веришь в то, что говоришь...

— Что вы, милая тетушка!..

— Конечно же... Видишь, чай, какая я стала, ведь уже теперь на ладан дышу совсем, дотяну ли неделю-то...

Старушка умолкла, видимо, утомившись. Дарья Николаевна молча наклонилась над постелью и поцеловала, лежавшую на одеяле руку Глафиры Петровны.

— Милая, хорошая, — прошептала последняя, и после некоторой паузы, собравшись с силами, заговорила снова:

— И с чего это мне за последнее время так худо, Дашенька, ума не приложу... Жжет все нутро огнем, так и палит... Жажда такая, что не приведи Господи, утолить не могу... А кажись ничего не ем такого вредного, вот и у тебя все легкое...

Глафира Петровна с любовью смотрела на Дарью Николаевну. Та не отвечала и снова наклонилась к руке старушки.

— Я слабею день ото дня. Точно меня бьет кто каждую ночь... Встаю утром — все кости болят, а вот который день и совсем вставать не могу, пласт-пластом лежу...

Глафира Петровна продолжала разлагольствовать на эту тему, как это всегда бывает с больными старухами, для которых болезнь их является всегда неистощимой и главной темой разговора. Она останавливалась, отдыхала и снова начинала жаловаться на свое положение, на то, что дни ее сочтены. Дарья Николаевна сперва старалась ее разубедить в тяжелых предчувствиях, но затем замолчала, видя, что генеральша в этих именно жалобах находит для себя удовольствие.

— Так через неделю, а может раньше надумаю, напишу завещание, соберу всех, чтобы Глебушка с тобой приехал. Он ведь по закону наследник-то мой единственный, ну, да он знает, что я хочу сирот облагодетельствовать, сам даже мне эту мысль подал, мне-де не надо, своего хватит, детям и внукам не прожить.

Чуть заметная презрительно-злобная улыбка скользнула по губам Дарьи Николаевны.

— Конечно, нам не надо, — поспешила заговорить она, — сиротам все, сиротам — благое дело, и мне что хотите отписать, тетушка, тоже пусть Маше...

— Нет, уж того не переменю... Все драгоценности тебе, ты уж сама, как Бог даст будешь замуж ее выдавать, ей что-нибудь их этого пожалуешь... На тебя я надеюсь, в тебя верю...

— Все отдам Машеньке...

— Твое дело... Тебе за это Бог пошлет... Хотя все-то не надо... Может у самой дочери будут...

— Им и отцовского хватит...

— Это как знаешь...

Больная, видимо, совершенно утомились от долгой беседы, заметалась и слабо прошептала:

— Пить...

Дарья Николаевна бросилась к стоявшему на столе фарфоровому кувшину с холодным сбитнем, налила его в находившуюся на том же столе фарфоровую кружку и, быстро вынув из кармана небольшую склянку, капнула в нее какой-то жидкости. Затем осторожно понесла, налитую почти до краев, кружку к постели больной. Глафира Петровна уже несколько оправилась и приподнялась на локте.

— Спасибо, родная...

— Кушайте на здоровье...

Генеральша жадно прильнула к кружке и не отрываясь выпила ее всю.

— Вот как будто и полегчало, — сказала она, передавая кружку Салтыковой.

— Поправитесь, говорю, поправитесь".. — утешила ее Дарья

Николаевна и, поставив кружку на место, снова села на стул у кровати больной, но при этом взглянула на стоявшие у стены в высоком футляре часы.

Глафира Петровна поймала этот взгляд.

— К мужу торопишься... Что, как он, здоровье его...

— Ничего, тетушка, теперь как будто лучше... Да не бережется. Чуть полегчает, сейчас же в конюшню к своим любимым лошадям, а то кататься, а ноне время-то сырое, холодное, ну и простужается.

— Ты бы с ним построже...

— Как построже... Тоже душа об нем болит... Чай, не чужой. Муж и — люблю я его... Просто с ним мука.

— Ох, ты моя бедная, от больной к больному только тебе и дорога... А, чай, повеселиться хочется, ведь молода...

— Нет, тетушка, мне не до веселья, не до гостей, муж больной, сынишка маленький.

— Федя-то здоров?..

— Ничего, Фимка от него не отходит, страсть любит. Она девушка хорошая.

Генеральша стала подремывать. Дарья Николаевна встала, простилась, нежно с ней расцеловавшись, и уехала.

III

СОУЧАСТНИЦА

"Ишь, живуча, бестия! — думала Дарья Николаевна Салтыкова, сидя в санях по дороге домой. — Какую уйму я в нее этого зелья всадила, дохнет, дохнет, а не издохнет! А может Фимка, подлая, мне про это снадобье все наврала, или ее этот аптекарь надул дуру, а она с его слов мне ни весть чего нагородила. Да нет, действует-то оно действует, с чего, как не с него, зачахла старуха. Аптекарь-то, вишь, и говорил, что будет оно действовать исподволь, да только уж что-то долго, больше полугода. Коли еще неделю протянет — пиши пропало. Все этим щенкам достанется. Бриллианты мне, ишь облагодетельствовала, старая карга. Шалишь, все приберу к рукам, околеешь, на днях околеешь".

Лицо ее исказилось адскою злобою, и она гневно крикнула кучеру:

— Пошел, что ползешь, точно с покойником!

Кучер, который даже весь вздрогнул, как бы ощущая на своей спине удары палок, усердно стал погонять лошадей и вскоре сани Салтыковой въехали в ворота ее роскошного дома. По приезде домой, Дарья Николаевна прошла к себе, а затем направилась на половину мужа. Подходя к его кабинету, она замедлила шаги и подошла к двери на цыпочках.

Из кабинета доносился голос Фимки, что-то говорившей Глебу Алексеевичу; ответов его, произносимых тихим голосом, не было слышно. Салтыкова остановилась около двери, простояла несколько минут, также тихо отошла прочь и вернулась в свой будуар. Будуар этот был отделан роскошно, с тем предупредительным вниманием, которое может подсказать лишь искренняя любовь. Каждая, самая мелкая вещь его убранства носила на себе отпечаток думы любящего человека о любимой женщине.

И на самом деле, много хороших часов провел Глеб Алексеевич Салтыков, создавая для своей будущей молодой жены это гнездышко любви, конечно, не без значительной доли эгоистического чувства, сосредоточенного в сладкой мечте осыпать в нем горячими ласками, избранную им подругу жизни. Мечты его были, как мы знаем, разрушены, и он не любил эту комнату и за последнее время избегал входить в нее.

Для Дарьи Николаевны она была комната как комната. С первых же дней брака она заставила ее окна, на которых были дорогие гардины, банками с соленьями и вареньями, для домашнего обихода, так как более крупные запасы хранились в кладовых. Эта профанация "гнездышка любви" до боли сжала еще не разочаровавшегося в жене сердце Глеба Алексеевича, но он не подал виду и не сказал жене ни слова. Да она и не поняла его. Ей не дано было в удел тонкое чувство и уменье понимать в других его проявление. В убранстве комнаты она не прочла думы ее убиравшего.

— Тебе нравится, Доня? — ввел ее в готовый будуар Салтыков, еще будучи женихом.

— Да, ничего, только, кажется, холодна эта комната...

— Почему? — воззрился на нее Глеб Алексеевич.

— Да печи нет...

— Как нет, но она закрыта драпировкой.

— И к чему это, ведь так и спину погреть нельзя.

— Можно снять, — упавшим голосом сказал Салтыков, пораженный такою оценкой убранства комнаты, над которым он думал столько времени в которое вложил, как ему казалось, столько изобретательности и вкуса.

— Нет, зачем же, оставь так, там видно будет.

Вступив в дом хозяйкой, Дарья Николаевна не преминула, однако, снять драпировку, и изразцовая печь белым пятном выпятилась наружу, внося в убранство комнаты бьющую в глаза дисгармонию. Глеб Алексеевич, увидев разрушение дела не только своего ума, но и чувства, даже побледнел, и до крови себе закусил губу, но не сказал ни слова, как не сказал и потом, когда на окнах появились банки и бутылки. Тогда он сделал это из чувства деликатности любящего человека, но потом понял, что все равно его бы не поняли, что его слова были бы "как стене горох", по словам русского присловья.

— Не мечите бисера перед свиньями, да не попрут его ногами! — вспомнилось ему.

В этот-то будуар и прошла Дарья Николаевна. Она стала ходить из угла в угол, но думы ее были все еще всецело сосредоточены на Глафире Петровне.

— Нет, теперь умрет... Может сегодня пришлют сказать, а может завтра, приехав к ней, в живых ее не застану.

Мысль ее перенеслась на мужа и на Фимку, которая, как она знала, находилась в его кабинете.

— Эта доканает! — вслух подумала она с выражением злобного удовольствия на ее красивом лице, становившемся при таком выражении почти страшным, именно благодаря этой красоте линий, с ним далеко не гармонирующей.

"Однако, довольно с них, намиловались, чай", — решила она, и подойдя к сонетке, сильно дернула ее.

— Опять пятно на переднике, — накинулась Дарья Николаевна на вошедшую горничную, и полновесная пощечина свалила с ног миловидную блондинку Катю — так звали служанку.

Последняя не пикнула, быстро поднялась на ноги и стояла в ожидании приказания или еще другой пощечины.

— Позвать сюда Фимку! — крикнула Салтыкова. — Пошла вон, перемени передник.

Катя не заставила себе повторять приказания и быстро выскочила из комнаты. Дарья Николаевна уселась на диван. Не прошло нескольких минут, как в будуар вошла Фимка, которую остальная прислуга величала в глаза Афимьей Тихоновной, а за глаза "Да-шуткиной-приспешницей", а за последнее время "барской барыней".

— Ну, костлявый-то наш, что там делает?

— Читали мне книжку и потом разговаривали...

— Читал. Что он тебе читал?

— Да я, признаться, поняла-то, барыня Дарья Миколаевна, из пятого в десятое, про любовь что-то...

— Про любовь, — усмехнулась Салтыкова. — Ишь ведь, на ладан дышет, а про любовь...

— А разговаривали что?

— Да так, из пустого в порожнее переливали...

— Ой ли, не хитришь ли, девка; смотри, коли я тебя к нему допустила занимать его, так каждоминутно могу и за косу вытащить, да на конюшню, зарок-то не бить тебя и нарушить можно, да и сама бить не стану, прикажу, слово-то свое, пожалуй, и сдержу.

— Ваша барская воля, — произнесла почтительно Фимка, но при этом так сверкнула глазами на Дарью Николаевну, что та сразу понизила тон.

— Что моя воля по всем, это я с измальства знаю, да и тебе это ведомо. Я напредки говорю только. Ты тоже не очень ублажай его да ходи за ним. Нужен он нам до поры до времени, а там — хоть и в могилу самый раз. Я к тому говорю, может мысль в твою башку запала, его вызволить и самой барыней сделаться, так ты этого не дождешься.

— И в мыслях этого нет у меня, Дарья Миколаевна, кажись, не вам бы говорить, душу свою для вас не жалею, а вы ни весть, что думаете...

— Ну, пошла, поехала, душу... В нас, вон мужики гутарят, в бабах, и души нет, так, пар один, как в кошках, — засмеялась Салтыкова.

— Перед богом-то и нам, бабам, отвечать надо будет, — как бы про себя, тихо сказала Фимка.

Дарья Николаевна не слыхала или сделала вид, что не слышит этого замечания.

— А старая-то карга все живет! — переменила она разговор.

— Еще протянет...

— Типун тебе на язык... Я ей сегодня бултыхнула-таки, в склянке-то всего на донышке снадобья осталось...

— Да ведь он так и говорил, что своею, как бы, смертью умрет...

— Говорил, говорил, — передразнила ее Салтыкова, — своею как бы смертью; да скоро ли? Вот уже два года я с нею, подлою, маюсь... Кажется своими бы руками задушила ее, а ластюсь, улыбки строю... Надоело...

— Да ведь и богата же она!

— Завещание писать хочет. -Ну!

— Сегодня говорила, мне бриллианты да камни самоцветные отказывает... Говорит на сто тысяч.

— Расщедрилась...

— Именно... Через неделю назначила... Мне велела беспременно быть при этом... Чай, недели-то не проживет...

— А слаба?

— Хуже не надо... Третий день ног не таскает, лежит...

— А дохтур лечит?

— Лечит-то лечит, только я надысь его спрашиваю: что и как?

— Что же он?

— Да говорит: "В толк я эту болезнь не возьму, вероятно, старческая немочь".

— Угадал в точку! — усмехнулась Фимка.

— А отчего же у нее жажда такая? — это я-то спрашиваю, для отвода глаз.

— Ну?

— А это, говорит, от желудка... Угадал, нечего сказать, мастер своего дела. Я чуть ему в лицо не фыркнула...

Дарья Николаевна замолчала и сидела, задумчиво глядя на стоявшую перед нею Фимку.

— Вот теперь и задача, — произнесла она.

— Протянет ли неделю? — догадалась "Дашуткина-приспешница".

— Коли дотянет, так все пропало... Даром только потратилась.

— Навряд протянет, — утешала ее Фимка.

— На днях я ей последнее волью... Авось скорей подействует.

— Я поспрошаю его...

— Поспрошай... Сегодня же сбегай... Ты ведь рада-радешенька милого дружка повидать... — не удержалась, чтобы ядовито не заметить Салтыкова.

— Я хоть и не пойду, ваша барская воля, — отвечала Фимка.

— Иди, иди, опять ощетинилась... Вот недотрога стала, видать сейчас, что "барская барыня", слова нельзя сказать...

— Я что же, я ничего...

— То-то ничего... Ступай себе... Барина ублажай... Пусть последнее-то время покуражится... Тоже скоро за тетушкой отправится... Веселей вместе-то им будет... Ха-ха-ха! — залилась злобным смехом Салтыкова.

В глазах Фимки блеснул на мгновенье огонек злобы, но она, видимо, сдержала хотевшее сорваться с языка слово.

— Так я пойду туда, — сдавленным шепотом произнесла она.

— Иди, иди... Поспешай... Фимка вышла.

IV

ДУШЕГУБИЦА

Несмотря на то, что вернувшаяся Фимка в тот же вечер обнадежила Дарью Николаевну, что тетушка Глафира Петровна не протянет и недели, даже, если ей не дать остатков зелья, Салтыкова при посещении генеральши на другой день, хотя и нашла ее слабой, но, видимо, сильный организм старухи упорно боролся со смертью, защищая от нее каждое мгновение жизни. Старушка в начале визита бодро вела беседу со своей ненаглядной Донечкой и лишь несколько времени спустя впала в полузабытье. Жажда продолжала одолевать ее, и Дарья Николаевна два раза давала ей пить холодный сбитень, но удержалась вливать в него, находившееся у нее в руках, снадобье.

Прошло пять дней, а Глафира Петровна была все в том же положении; даже были часы, когда она казалась бодрее. В один из этих дней, совершенно смущенная неуспехом своего страшного дела, Дарья Николаевна влила остатки зелья в поданное Глафире Петровне питье, но и это оказалось безрезультатным.

Известие о смерти генеральши не пришло к ней в этот день, а при посещении больной наутро, она не нашла даже изменений в ее положении. Это окончательно взорвало молодую Салтыкову.

"Вот так старуха, железная!" — мысленно рассуждала она, сидя у постели больной.

Последняя была, однако, слабее, чем в прежние дни, хотя говорила и рассуждала здраво. На следующий день должно было состояться написание завещания. Если Глафира Петровна будет в таком состоянии, то это совершится беспрепятственно, и генеральша подпишет бумагу, столь неприятную для Дарьи Николаевны.

"Что делать? Что делать?" — восставал мучительный вопрос в голове молодой Салтыковой.

"Может быть, сегодня кончится!" — мелькнула уже в ее уме сладкая надежда.

С этой надеждой в своем незнающем жалости сердце она уехала из дома больной. Тревожно провела она этот вечер, в нетерпеливом ожидании известия о смерти тетушки Глафиры Петровны.

Но прошел вечер, прошла ночь, проведенная Дарьей Николаевной без сна, а известия не приходило. Тетушка, следовательно, была жива.

Дарья Николаевна встала ранее обыкновенного и ранее, чем в предшествовавшие дни, поехала к генеральше Салтыковой. Лицо молодой женщины было мрачнее тучи, а в зеленых глазах был отблеск стальной решимости.

— Что тетушка? — спросила Дарья Николаевна у попавшейся ей на встречу, вышедшая из спальни, Софьи Дмитриевны, той самой бедной дворянки, которая исполняла при генеральше секретарские обязанности.

— Как-будто бы ей немного лучше, — отвечала та.

— Лучше... — глухим голосом повторила Дарья Николаевна, но тотчас добавила: — Вы не поверите, как я рада, я так измучилась за ее болезнь...

Софья Дмитриевна ничего не ответила, и во взгляде, брошенном ею на молодую Салтыкову, последняя прочла, что та ей не верит.

"Погоди, подлая, пойдешь по миру..." — мысленно отправила Дарья Николаевна пожелание по адресу Софьи Дмитриевны и, смерив ее с головы до ног презрительным взглядом, вошла в спальню больной.

Софья Дмитриевна повернула в коридор и скрылась, проворчав на ходу:

— Душегубица!

Глафира Петровна встретила вошедшую Дарью Николаевну радостной, хотя и слабой улыбкой. Она, действительно, выглядела куда бодрее, чем накануне.

— Как я рада, Донечка, что ты пораньше нынче приехала, люблю тебя послушать, поболтать с тобою... Еще часа два осталось до назначенного часа... Я ведь, кажется, назначила в двенадцать?

— Да, в двенадцать, — ответила Дарья Николаевна, наклоняясь к больной и целуя ее руку, причем последняя, по обыкновению, погладила ее по голове и поцеловала в лоб.

Опустившись на стоящий возле постели стул, молодая Салтыкова взглянула на часы. Они показывали четверть одиннадцатого. До съезда приглашенных быть свидетелями при завещании и прибытии священника церкви Николая Явленного — духовника генеральши, оставалось даже менее двух часов. Кто-нибудь мог приехать и ранее.

— А что же Глебушка? — спросила Глафира Петровна.

— Глебушка лежит, ему нынче что-то неможется сильней обыкновенного... Я и сама не придумаю, что с ним, уж кажется, как с сырым яйцом с ним нянчаюсь...

— Знаю, знаю тебя, сердобольную...

— Просто сердце все изболело на вас да на него глядючи...

— На меня-то что... Я уже не нынче-завтра прощусь с вами, а его ты мне выходи, он мужчина молодой, здоровый, его болезнь не сломит, поломает, поломает, да и оставит... Умирать ему рано.

— Кто говорит, милая тетушка, кому умирать пора, никому, не только ему, и вам-то рано...

— Нет, мне пора... Уж так я за эти полгода измаялась моей болезнью, что и отдохнуть хоть в могилке охота...

— Что вы, дорогая тетушка, не говорите... Поправитесь, еще каким молодцом будете...

— Не утешай, Донечка, сама не веришь в то, что говоришь.

Дарья Николаевна смутилась. Хотя эту фразу уже не раз говорила ей больная, но именно в этот день ее нечистой совести послышался намек в этих словах. Но она быстро овладела собой и сказала:

— Что вы, как не верю?..

— Да так, видишь, чай, меня; ведь ни рукой, ни ногой уже пошевельнуть не могу... Дай только Бог силу завещание написать, умру тогда спокойно... Благодарение Создателю, память у меня не отнял... Нынче даже голова свежее, чем последние дни... Он это, Владыко, послал мне просветление для сирот... Подписать бы бумагу-то, тогда и умереть могу спокойно... Тебе их оставляю, на твое попечение... За них тебя Господь вознаградит и мужу твоему здоровье пошлет... Глебушка их тоже не оставит... Знаю и его — ангельская у него душа.

Старушка говорила вес это слабым, прерывающимся голосом и, наконец, утомившись, замолкла. Молчала и Дарья Николаевна. Густые тени то набегали на ее лицо, то сбегали с него. Она сидела за светом, а потому Глафира Петровна не могла заметить этого, да к тому же, за последнее время она стала плохо видеть.

Часы уже приближались к одиннадцати. Генеральша, отдохнув, снова заговорила:

— Сегодня вот чувствую себя немного лучше, правой рукой двигаю хоть куда, лежу все и упражняюсь.

Она, действительно, время от времени делала правой рукой движение. Молодая Салтыкова с блеснувшим на мгновение гневом в глазах посмотрела на эту руку, от которой через какой-нибудь час, зависело лишение ее громадного состояния. Глафира Петровна продолжала слабым голосом:

— И глупа же я была, боялась написать ранее завещание, думала, как напишу, так и умру, и теперь вот на неделю отсрочила; если бы не святая воля Его, Заступника сирот, может быть, и не довелось бы не обидели, но ведь и вы под Богом ходите, неровен час, остались бы они и без пристанища, без крова...

Дарья Николаевна молчала. Лицо ее передергивала нервная судорога. Часы показывали уже четверть двенадцатого. Вот раздастся звонок и явится кто-нибудь из поспешивших приглашенных. Тогда все кончено!

Генеральша, видимо, утомилась от беседы и лежала молча, время от времени двигая пальцами правой руки. Дарья Николаевна вскочила и стала быстро ходить по комнате. Глафира Петровна широко открыла глаза и смотрела на нее.

— Что с тобой, Доня? — спросила она.

Молодая Салтыкова вздрогнула и подошла к больной.

— Ничего, милая тетушка, сидела дома, сидела в санях, ну просто ноги и отсидела.

— А-а!

Снова наступило молчание. Прошло еще пять минут.

— Пить!.. — тихо произнесла генеральша.

Дарья Николаевна, как и в предыдущие дни, налила в кружку холодный сбитень и подала больной. В напитке не было снадобья. Не было его и у Дарьи Николаевны.

"Вышло все!" — мелькнула в голове молодой Салтыковой мысль сожаления.

Глафира Петровна с прежней жадностью выпила питье.

— Поправь мне подушки... Я лягу повыше... Сейчас, верно, будут все... Который час?

— Половина двенадцатого...

— Через полчаса, значит... Они все будут аккуратны на мою просьбу...

Дарья Николаевна стояла над больной, как бы окаменевшая. Из ее слов она только уловила и поняла роковую для нее фразу: "сейчас будут все". Она позабыла даже о просьбе больной поправить ей подушки.

— Поправь же мне подушки, Доня, или позови, чтобы пришли поправить... Что с тобой?..

Молодая Салтыкова очнулась.

— Ничего, дорогая тетушка, ничего... Мне что-то самой неможется.

— И не мудрено, сиделкой бедную сделали, от больного мужа к больной тетке... Поневоле заболеешь... Ты себя побереги... Посиди дома денек, другой... За ним и Фимка походит, а ты отдохни... Так позови...

— Зачем, я сама вам все устрою... Позвольте.

Она наклонилась над больной и взялась за верхнюю подушку, но вместо того, чтобы только несколько подвинуть ее, она вырвала ее из-под головы Глафиры Петровны.

Голова старушки упала на следующую и закинулась назад.

— Пора! Пора! — прошептала Дарья Николаевна и, положив подушку на лицо больной, навалилась на нее всем своим грузным телом.

Больная не вскрикнула, да и не могла вскрикнуть, раздался лишь через несколько времени чуть явственный хрип. Молодая Салтыкова продолжала лежать грудью на подушке и надавливала ее руками. До чуткого ее слуха долетел звонок, раздавшийся в передней. Она вскочила, сняла подушку.

На постели лежал труп Глафиры Петровны Салтыковой. Лицо ее было совершенно спокойно, точно она спала, и лишь у углов губ виднелась кровавая пена. Дарья Николаевна отерла ее простыней и, приподняв мертвую голову "тетушки-генеральши", быстро подложила под нее подушку, затем бросилась к двери с криком:

— Люди, люди!.. Кто там!

Почти у самого порога двери встретился с нею прибывший первый из приглашенных быть свидетелем при завещании. Это была та самая "власть имущая в Москве особа", которая дала роковой совет покойной Глафире Петровне не противиться браку ее племянника с Дарьей Николаевной и самой посмотреть ее.

— Что, что случилось? — спросила "особа".

— Тетушка скончалась, ваше превосходительство, — с рыданием отвечала молодая Салтыкова.

— Когда?

— Только что сейчас, и как умерла внезапно... За минуту мы с ней говорили... она с нетерпением ждала приглашенных и вдруг захрапела и отошла.

— Без покаяния...

— Увы, священник еще не приходил... Она хотела исповедоваться и приобщиться после подписания завещания.

— Бедная, бедная, не дожила, какого-нибудь часа не дожила. "Особа" вошла в спальню, в сопровождении горько плачущей

Дарьи Николаевны, и троекратно преклонила колена перед телом вдовы генерал-аншефа Глафиры Петровны Салтыковой.

V

СЛАСТОЛЮБЕЦ

В доме генеральши Салтыковой, конечно, поднялся страшный переполох, как это всегда бывает, когда смерть вырвет кого-нибудь из числа живых. Несмотря на тяжелую болезнь человека, несмотря на подготовленность мысли окружающих больного или больную к скорой вечной разлуке, смерть всегда неожиданна. Это ее свойство, связанное с живущей в каждом человеческом сердце надеждой. Несмотря на приговор врачей, несмотря на очевидность разрушения организма больного человека, у окружающих все же нет-нет, да мелькнет мысль, а может быть и выздоровеет. Примеры выздоровления безнадежно больных питают эту надежду, делающею смерть всегда неожиданною.

Весь дом заволновался. Порядок нарушился. В парадных комнатах появились люди, которых туда не допускали никогда. Прибывший вслед за "особой" священник, уныло заметил.

— Отошла без напутствия, без душевного врачевания и сердечного утешения... Жаль, очень жаль боярыню, добрая была, кроткая, сердобольная... Упокой душу ее в селениях праведных... Прости ей, Господи, все ее прегрешения, вольные и невольные.

Священник благословил умершую и сказал, не обращаясь ни к кому из присутствующих:

— А когда же служить первую панихиду?

— Я думаю, батюшка, сегодня, часов в шесть вечера, — выступила вперед Дарья Николаевна.

— Хорошо, в шесть, так в шесть...

— До тех пор уже мы совсем управимся.

Священник удалился. Уехала и "особа" с остальными двумя приглашенными в свидетели при предлагавшемся завещании. Молодая Салтыкова уже окончательно пришла в себя и распоряжалась своим властным, громким голосом. Отдав приказание обмыть покойницу и положить ее на стол в зале, и указав Софье Дмитриевне во что и как одеть умершую, она тоже уехала домой и, как уже мы знаем, тотчас же по приезде прошла в спальню к мужу и объявила ему о смерти его тетки.

Мы знаем также, как Глеб Алексеевич принял это известие. По уходе жены он сидел некоторое время в каком-то положительном столбняке, с откинутою на спинку дивана головою, и лишь через несколько времени очнулся, выпрямился сидя, и помутившимся взглядом окинул комнату. Он искал, видимо, жену, ухода которой не заметил, и не найдя ее, облегченно вздохнул. Ее отсутствие было для него отрадным.

После происшедшей между им и ей сценой, он уже ни на мгновенье не сомневался, что убийца Глафиры Петровны — Дарья, его жена. Холодный пот выступил на его лбу.

— И с ней я должен жить под одной кровлей!.. Я не могу крикнуть ей: "убийца!" Не смею обвинить ее в этом преступлении явно, хотя не сомневаюсь в том, что она совершила его... Я должен даже жить с ней как с женой, так как порабощен ею и не в силах сбросить с себя оковы этого рабства, одна смерть только освободит меня от них. Господи, умери мою жизнь!..

Глеб Алексеевич спустился с дивана, упал на колени перед киотом, откуда на него с небесным состраданием смотрели лики святых, освещенные лампадою. Он вспомнил то утро, после той ночи, когда он приехал домой, в первый раз встретившись с Дарьей Николаевной: он избегал смотреть тогда на укоризненно обращенные к нему лики святых, изображенных на наследственных иконах рода Салтыковых.

Глеб Алексеевич стал горячо молиться. Не избавления от тяжелого ига жены, жены-убийцы, просил он у Бога. Он просил лишь силы перенести это иго, которое он считал в глубине души справедливым возмездием за совершенное преступление. Этим преступлением он считал измену памяти своему кумиру — герцогине Анне Леопольдовне.

С момента разочарования в своей жене образ прежде боготворимой им женщины все чаще и яснее восставал в его воображении и служил тяжелым укором ему — нарушителю клятвы быть верным ей до гроба, чтобы там, в загробной жизни, приблизиться к ней чистым и вполне ее достойным. Возврата не было. Не ему, загрязненному безумной страстью, очиститься и одухотвориться; болото греха, как он называл плотскую любовь к женщине, в которую попал.он, затягивало его все более и более, и он чувствовал, что не имеет силы выкарабкаться из него.

И теперь, когда безумная страсть к жене прошла, он не только не в силах порой устоять перед вспышками остатков этой страсти, которые, подобно вспышке пламени потухающего костра, охватывают минутами весь его организм, оставляя после себя смрадный запах гари: он еще и теперь в эти мгновения с болезненным наслаждением бросается в объятия в общем ненавистной для него женщины. Но не в этом заключается вся глубина его падения. Миловидная фигурка черноокой и чернобровой Фимки стала с некоторых пор дразнить его воображение. С ней, с этой приближенной девушкой Дарьи Николаевны, соединились в его уме воспоминания о днях увлечения когда-то "ненаглядной" для него "Доней", чудные минуты, проведенные им в "красненьком домике" на Сивцевом Вражке.

Без прежних синяков и кровоподтеков на лице — Дарья Николаевна до сих пор исполняла свое слово и не била Фимку — она похорошела и пополнела и, действительно, представляла из себя лакомый кусочек для "сластолюбца", каким несомненно, под влиянием бешенного темперамента своей жены, стал Глеб Алексеевич Салтыков.

Сластолюбие одна из порочных страстей человека, развитие которой идет всегда быстрыми шагами и, соединяясь с ослаблением воли, является неизлечимым недугом. При нем нет даже пресыщения, так как жажда не утоляется, а только надоедает питье, требуя разнообразия. Сластолюбец бросает порой чудный напиток, чистую, как кристалл, ключевую воду, и с наслаждением наклонясь к луже, пьет грязную, мутную, жидкость, кажущуюся ему небесной амброзией.

В таком состоянии был Глеб Алексеевич Салтыков. Ужас его положения усугубляется сознанием своего нравственного падения: он уподоблялся человеку, катящемуся с крутой, совершенно лишенной растительности горы, с головокружительною быстротою и неимеющему за что ухватиться, не для того уже, чтобы воздержаться от падения, а лишь для того, чтобы оно не было таким стремительным. Молитва не помогала, да он и не умел молиться или, как сам ошибочно думал, не смел, так как, повторяем, считал все переносимые им нравственные муки и свое все более и более глубокое падение заслуженным возмездием за клятвопреступление. Он не только не хотел остановиться, но даже не заботился об ограждении своих личных и имущественных интересов.

Передав в руки своей жены, еще с первых дней их брака, бразды управления домом и именьями и распоряжение капиталами, он жил у себя, как бы на хлебах из милости, и не только не тяготился своим положением, но как бы наслаждался этим уничтожением...

Да и что оставалось ему делать? Борьба была невозможна.

— Он до сих пор — он сознавал это, сознавал с краской стыда на лице — боялся своей жены, несравненно боялся более, нежели тогда, когда она жила в "красненьком домике", так как тогда этот страх был задрапирован тогою любви или, лучше сказать, страсти.

Тогда он подчинялся — любя, теперь он подчинялся — ненавидя. Крайний идеалист, брошенный случаем или судьбою в крайность материализма, не ищущий возврата к прошлому и не нашедший успокоения в настоящем, Глеб Алексеевич Салтыков стоял на распутьи, без силы и без воли. Как пьяница, отравляющий себя алкоголем, находит в нем наслаждение и забвение, так и "сластолюбец" ищет в ласках женщины того же опьянения, независимо даже от ее физических и нравственных качеств. Пресыщенный одною, он бросается к другой, меняя привязанности и не будучи в состоянии остановиться, пока, как и пьяница, не сгорает на костре своей собственной страсти.

В то, описываемое нами время, когда крепостное право было в самом зените своего развития в смысле самовластия владельца и отсутствия всяких понятий о личности живого имущества, каковыми были дворовые и крестьяне обоего пола, арена для таких сластолюбцев была безгранична.

Салтыков, впрочем, как мы знаем, не принадлежал к тем самовластным владыкам, тип которых был распространен среди помещиков того времени. Напротив, он был "добрый барин", у которого крепостным жилось, по народному выражению, как "у Христа за пазухой". Он не позволил бы себе над своими людьми ни нравственного, ни физического насилия, а потому привлекшая его внимание Фимка была свободна в своем к нему сочувствии или несочувствии, тем более, что она пользовалась исключительным покровительством Дарьи Николаевны, к которой была привязана, как собака. Это обстоятельство не опечалило Глеба Алексеевича, а, напротив, придавало некоторую пикантность домашнему роману. В любви, как и в игре, равные шансы играющих придают ей больший интерес. Глеб Алексеевич стал заигрывать с Фимкой, которая отвечала ему шутливо и весело, видимо, довольная барскими шуточками. Несколько раз ущипнув ее, он рискнул ее обнять и поцеловать. Фимка не сопротивлялась.

Таким образом началась эта связь Глеба Алексеевича с "Дашуткиной-приспешницей", как называли Фимку дворовые, от внимания которых, конечно, не ускользнули бариновы ласки, оказываемые последней, и они дали ей новое прозвище "барской барышни". Не ускользнула бы измена мужа и от зорких глаз Дарьи Николаевны, если бы она, при первых же заигрываниях барина, не была поставлена о них в известность самой Афимьей. Это произошло вскоре после того, как молодая Салтыкова встала после родов, подарив мужа "первенцем-сыном", встреченным, как уже известно читателем, не с особенною горячностью отцом и матерью. Дарья Николаевна серьезно выслушала доклад своей верной наперсницы, нахмурила сперва лоб, затем, видимо, под впечатлением какой-то блеснувшей у нее мысли, злобно улыбнулась и, наконец, сказала:

— Ничего, пусть побалуется... На последях ведь...

Фимка глядела на нее вопросительно-недоумевающем взглядом и молчала.

— Тебе он не противен? — спросила молодая Салтыкова.

— Что вы, барыня, как можно... — вспыхнула Афимья.

— Может даже люб очень... — гневно сверкнула глазами Дарья Николаевна.

— Смею ли я!

— Знаем мы вас, смею ли...

Фимка стояла в почтительном отдалении и молчала.

— Так ничего, говорю, пусть побалуется... Ты меня не стесняйся... Мне это даже на руку, коли муженек проказит... Надоела молодая жена... Холопка по нраву пришлось... Ну что же, и хорошо... Мне с полгоря...

Последние мысли молодая Салтыкова высказывала, видимо, только вслух, обращаясь не к Афимье, но к самой себе. Так поняла это и Фимка, а потому не сказала ничего даже тогда, когда Дарья Николаевна замолчала. Последняя встала с дивана, на котором сидела при докладе Афимьи — доклад происходил в будуаре — и несколько раз прошлась по комнате. Остановившись затем перед своей верной наперсницей, она резко сказала:

— За угодой барину, не забывай, что я здесь одна барыня. Ступай!

Фимка вышла.

VI

ОБВИНЕНИЕ И ЗАЩИТА

Смерть Глафиры Петровны Салтыковой чуть ли не за полчаса до назначенного ею времени написания духовного завещания, по которому — что знали многие — покойная оставляла все свои капиталы и имения своим внучатым племяннику и племяннице, минуя ближайшего законного наследника Глеба Алексеевича Салтыкова, в связи с присутствием в последние минуты жизни генеральши с глазу на глаз с его женой, Дарьи Николаевны, породила в Москве самые разнообразные толки. Все приживалки покойной генеральши, с Софьей Дмитриевной во главе, решили бесповоротно, что это дело рук "душегубицы Дарьи", и весть эта распространилась в низших и средних слоях Москвы при посредстве усердно работающих бабьих языков. Поразило это обстоятельство и московскую аристократию, но не надолго и не столь решительно.

Быть может сплетня в форме прямого обвинения Дарьи Николаевны в ускорении смерти генеральши Салтыковой и получила бы гораздо большее развитие, если бы не случилось одно обстоятельство, заставившее умолкнуть слишком уж ретивых и громких обвинителей "из общества". Обстоятельство это было "мнение", высказанное "власть имущей особой", особенно со времени удачного, по ее мнению, совета, данного ею покойной генеральше повидать лично Дарью Николаевну, покровительствовавшей последней.

— Какой вздор... Это только может создать московская сплетня; я, я сам видел Дарью Николаевну в самый момент смерти Глафиры Петровны, царство ей небесное! — перекрестилась "особа" и смолкла.

Разговор происходил в одной из великосветских гостиных на другой день смерти генеральши Салтыковой, при большом избранном обществе.

— И что же? — послышался, после некоторой паузы, чей-то робкий, сдержанный вопрос.

— А то же, — заговорила "особа", — что я не видел в моей жизни большего испуга и отчаяния, как именно те, которые были написаны на лице этой несчастной молодой женщины, только что присутствовавшей при внезапной смерти любимой ею тетушки...

"Особа" снова умолкла.

Молчали и присутствовавшие. Несомненно, что она любила покойницу, которая первая из общества протянула ей руку и ввела в достойный ее круг... Покойная сделала это по моему совету, — самодовольно добавила "особа". Послышались сдержанные выражения почтительного согласия.

— Да и судите сами... Вы, вероятно, помните, какою "притчей во языцах" Москвы была несчастная Дарья Николаевна, заклейменная разными нелепыми прозвищами... Как восстала вся родня Салтыкова против этого брака... Как рвала и метала сама покойная Глафира Петровна и бросалась ко всем с просьбою помочь расстроить этот брак... Тогда-то я... — "особа" сделала ударение на этом местоимении и вдруг громко чихнула.

Посыпались со всех сторон пожелания здоровья.

— Благодарю, благодарю...

— Когда она обратилась ко мне, — продолжала "особа" прерванную речь, — я сказал ей: "Прежде чем волноваться и всячески бранить невесту племянника, необходимо самой посмотреть на нее". Генеральша послушалась и вернулась очарованная молодой девушкой... С этого дня началось особенное благоволение к молодой Ивановой, ставшей вскоре Салтыковой... Ведь это время так не далеко, вы должны помнить это.

"Особа" остановилась и вопросительно оглядела присутствующих.

Последние подтвердили, что действительно помнят.

— В течение двух лет, — продолжала "особа", — покойная и Дарья Николаевна были неразлучны... Генеральша же не могла нарадоваться на свою новую племянницу... И вдруг теперь некоторые говорят, что молодая Салтыкова чуть ли не убила свою тетку... Да есть ли в этом какой-нибудь смысл, господа?

Слушатели молчали.

— Я спрашиваю вас? — строго добавила "особа".

Присутствующие почтительно согласились, что, пожалуй, действительно смысла нет. Властная защита "особы" положила известный предел начинавшим разростаться толкам.

Поведение Дарьи Николаевны у гроба покойной Глафиры Петровны, на панихидах и на погребении подтверждали слова ее защитника. Нельзя было представить себе человека, более убитого горем обрушившегося на него несчастия, невосполнимой утраты, какой являлась перед людьми молодая Салтыкова. Глеб Алексеевич, окончательно слегший в постель, под впечатлением пережитого и перечувствованного им в последние дни, не мог присутствовать ни на панихидах, ни на похоронах своей тетки. Это вызвало ядовитые толки между приживалками, озлобленными перспективой лишения теплого угла и куска хлеба.

— Жену подослал покончить с тетушкой, а сам в кусты... Страшно, чай, в лицо посмотреть покойнице...

— А она смотрит...

— Она что... Изверг... Душегубица.

— Разливается, плачет...

— Глаза на мокром месте...

— Убивается, точно по родной...

— Комедь ломает...

— Сиротки-то бедные куда денутся...

— Тоже жисть бедняжкам будет.

— Не сладкая...

Действительно, Дарья Николаевна заявила, что Маша и Костя будут жизнь у нее в доме... Остальных детей дворовых и крестьян она решила возвратить родителям. Всем приживалкам назначила срок неделю после похорон, чтобы их духу в доме не пахло.

— Такова воля Глеба Алексеевича... Он здесь теперь один хозяин... — говорила она.

Решение относительно сирот окончательно примирило с ней многих из поверивших распространившимся было толкам о том, что она "приложила руку" к смерти Глафиры Петровны. Власть имущая в Москве "особа", хотя и защищавшая, как мы видели, горячо Дарью Николаевну, все же внутренно чувствовала во всей этой истории что-то неладное, неразгаданное.

По окончании одной из панихид, "особа" подошла к Дарье Николаевне и между разговором заметила:

— А как же дети?

Молодая Салтыкова вскинула на него, с выражением немого упрека, свои заплаканные глаза.

— Мне и Глебушке, ваше превосходительство, известна воля покойной относительно сирот...

— Да, да, она хотела все оставить им...

— Да....

— Бедные...

— Чем, ваше превосходительство?

— Да ведь как же... Она не успела оформить...

— Ее воля будет исполнена, ваше превосходительство, так же, как бы она была написана на бумаге... Все состояние принадлежит им. Когда вырастут, разделят поровну...

— Ага... — протянула пораженная "особа".

— Мы с Глебушкой только охраним их состояние... Нам его не надо... У нас самих много...

— Вот как...

— А как же вы думали, ваше превосходительство?.. Для меня воля покойной священна... Она была для меня матерью...

Дарья Николаевна заплакала.

— Я так и думал... Я говорил... Вы благородная женщина... Таких теперь мало...

"Особа" взяла руку молодой Салтыковой и почтительно поцеловала.

Содержание этого разговора на другой день было известно во всех московских гостиных. Власть имущая "особа" лично развозила это известие по Белокаменной.

— Что, что, я говорил, всегда говорил и не перестану говорить: у нее благородное сердце... Не прав я, не прав...

"Особа" энергично наступила на слушателей.

— Правы, ваше превосходительство, правы... — соглашались с ним.

— Я всегда прав... Потому я зорок, да и глаз наметан, сейчас отличу хорошего человека от дурного, меня не проведешь, как не прикидывайся. Шалишь...

Похороны вдовы генерал-аншефа Глафиры Петровны Салтыковой отличались богатством и торжественностью. Отпевание происходило в церкви Николая Явленного и было совершенно соборне множеством московского духовенства, после заупокойной литургии. Вся родовитая и сановная Москва присутствовала в церкви, и длинный ряд экипажей тянулся за гробом к Донскому монастырю, где в фамильном склепе Салтыковых, рядом с мужем, нашла себе последнее успокоение Глафира Петровна. Таких пышных похорон давно не видала даже Москва того времени, служившая резиденцией богатейших вельмож.

Эта щедрость Дарьи Николаевны, распоряжавшейся всем, также была поставлена ей в заслугу. Поминальный обед, отличившийся обилием яств и питий, был устроен в доме покойной и отличался многолюдством. В людской был устроен обед для всех приживалок и дворовых людей. Нищим Москвы были розданы богатые милостыни "на помин души боярыни Глафиры". Костя и Маша в траурных платьях не отходили от Дарьи Николаевны, которая, занятая хлопотами, находила время оказывать им чисто материнскую ласку на глазах всех.

— Дети, дети-то как ее любят... — говорила "особа", присутствовавшая на похоронах и на обеде, с торжеством оглядывая собеседников.

Даже те, которые внутренне не соглашались с его превосходительством в восторженном взгляде на молодую Салтыкову, принуждены были пасовать перед очевидностью факта.

— Их ангельские души чуют хороших людей... — продолжала разлагольствовать "особа".

В тот же вечер Костя и Маша перебрались в дом молодых Салтыковых — к тете Доне, как звали дети Дарью Николаевну. Им отвели отдельную комнату, оставив на попечении ранее бывших около них слуг.

В течение девяти дней со дня кончины генеральши Салтыковой, Дарья Николаевна не принималась за установление порядка в доме покойной, ограничившись тем, что заперлась в дом покойной и нашла его уже очищенном от всех приживалок, богадельниц и другого, как она называла, "сброда". "Сброд", видимо, из боязни крутых мер новой хозяйки — слава об этих крутых мерах прочно стояла в Москве — сам добровольно исполнил приказание "Салтычихи" и разбрелся по первопрестольной столице за поисками о пристанище, разнося вместе с собою и толки о "душегубице Дарье", погубившей "пресветлую генеральшу", их благодетельницу. Относительно приемышей, оставившихся в доме по малолетству, Дарья Николаевна отписала по деревням и приказанием прислать за ними подводы.

Затем началась судебная волокита по поводу утверждении в правах наследства Глеба Алексеевича Салтыкова после смерти родной его тетки Глафиры Петровны. Волокита была, впрочем, непродолжительна, благодаря, с одной стороны, довольно щедрым подачкам подьячим, а с другой — покровительству, оказываемому Дарье Николаевне Салтыковой, действовавшей по полной доверенности мужа, со стороны "власть имущей в Москве особы". Вскоре дом, именья и капиталы вдовы генерал-аншефа Глафиры Петровны Салтыковой были закреплены за ротмистром гвардии Глебом Алексеевичем Салтыковым.

— Все детское, ни синь пороха себе не оставим, напротив, с Божьей помощью, припасем... — не переставала говорить при случае Дарья Николаевна, приводя этим в умиление не только "власть имущую особу", но и многих других добродушных людей.

Более дальновидные, однако, сомнительно при этом качали головою и думали про себя:

"Ни синь пороха не получат детки!"

VII

ПЕТР АНАНЬЕВ

На Сивцевом Вражке, невдалеке от знакомого нам "красненького домика", на громадном пустыре стояла покривившаяся от времени и вросшая в землю избушка с двумя окнами и почерневшей дверью. Летом, среди зеленого луга из высокой травы, покрывавшей пустырь, и зимой, когда белая снежная пелена расстилалась вокруг нее, она производила на проходящих, даже на тех, кто не знал ее владельца и обитателя, впечатление чего-то таинственного.

Этим владельцем и обитетелем был седой старик, изможденный, впрочем, скорее страданьями, нежели годами, Петр Ананьев, известный не только в околотке, а даже в прилегающей к Сивцеву Вражку части Москвы под именем "знахаря" или "аптекаря". Он действительно, занимался составлением снадобий от разных болезней, настойкой трав и сушкой кореньев. Кроме этой человеколюбивой, если можно так выразиться, стороны его деятельности, в окружности передавали, что он изготовляет приворотные и отворотные зелья, яды, медленные, но верные по своему страшному действию, дает ладанки от сглазу, да и сам может напустить порчу и доканать непонравившегося или неугодившего ему человека, словом, молва приписывала ему все свойства форменного колдуна. Живший у него в избушке ручной ворон, безотлучно сидевший на плече и около своего хозяина, пугал суеверных людей и придавал окружавшей старика таинственности мрачную окраску. Кроме этих двух существ, старика и ворона, в избушке жил молодой парень лет семнадцати, по имени Кузьма Терентьев, по прозвищу Дятел. Последний называл Петра Ананьева "дяденькой", хотя не состоял с ним ни к какой степени родства.

Лет за двенадцать до времени нашего рассказа, а именно до 1750 года, Петр Ананьев в поздний зимний вечер, в то время, когда на дворе бушевала вьюга, нашел на своем пустыре полузамерзшего мальчонку лет пяти, одетого в рваные лохмотья. Откуда забрел на пустырь юный путешественник — неизвестно, но Петр Ананьев забрал его к себе в избу, отогрел, напоил и накормил, и уложил спать. На утро, когда мальчик проснулся, старик вступил с ним в разговор.

— Ты откуда же попал сюда?

— От матки отбился...

— А мамка твоя где же?

— А я почем знаю.

— Ты может здесь живешь по близости?

— Нет, мы приехали в Москву...

— Как тебя звать?..

— Кузьмой...

— А тятька у тебя есть?

— Тятьку зарыли...

— Давно?

— Недавно.

— А как звали?

— Терентием, а кликали Дятлом...

Бойко ответив на предложенные ему Петром Ананьевым вопросы, шустрый мальчонка не мог дополнить их никакими более полными биографическими о себе сведениями: кто его мать, где он жил до сих пор, куда пристал по приезде в Москву? — на все эти вопросы мальчик отозвался незнанием.

"Живи, пострел, здесь и на тебя кусочка хлеба хватит..." — решил Петр Ананьев.

— Я здесь в углу и спать буду... — спокойно заметил Кузьма, как бы заранее предрешив согласие старика на их совместное житье, и указал на лежавший в углу войлок, на котором провел свою первую ночь в доме Петра Ананьева.

— Тут и спи... Может мамка тебе взыщется... Я соседей поспрошаю...

Мальчик на это не ответил ничего и занялся знакомством с чрезвычайно заинтересовавшим его вороном, который, однако, принял гостя менее любезно, нежели его хозяин, и довольно больно клюнул ему в шею.

Мальчик стал жить и расти у Петра Ананьева, который, несмотря на то, что при встречах с соседями первое время рассказывал, что у него живет заблудившийся мальчонок, не вызвал этим поисков со стороны матери, быть может даже весьма обрадовавшейся избавлению от лишней обузы. Дружба с вороном, несмотря на суровый первый прием, оказанный гордой птицей, была укреплена. Петр Ананьев по-немногу стал пользоваться услугами приемыша, учил его своему ремеслу, то есто сортировки трав, сушке их, изготовлению некоторых снадобий, словом, всему, что знал сам. Мальчик был понятлив и востер, а с течением времени обратился в сметливого парня. Старик на него не нарадовался, с ним коротал он свои досуги, особенно длинных зимних вечеров, и ему со свойственным старикам болтливостью и потребностью покаяния выкладывал он свою душу, припомнил свою, не лишенную интереса по приключениям, молодость. Не знал он, что он дает приемышу в руки орудие, которое тот обратит на него же, прикормившего эту отогретую на своей груди змею в образе человека.

Вот что Петр Ананьев рассказывал Кузьме в долгие зимние вечера при свете лучины. Лет с тридцать тому назад, двадцатилетним парнем привезен он был из деревни в Москву на господский двор помещика Филимонова. С молодых лет обнаружилась в Петьке, — как звали его тогда, — склонность к воровству: что плохо лежало у господина его или соседей, все попадало в руки расторопного и наблюдательного Петьки.

Подвигались лета. С каждым годом совершенствовался Петька в своем прибыточном ремесле. Действительно, воровство разных мелких вещей, одежды, посуды легко доставляло Петьке прибыль и поощряло его к дальнейшему воровству, в особенности потому, что сбыт краденых вещей был легок. Продавая краденые вещи, Петька скоро свел знакомство с кружками людей, отчетливо и серьезно занимавшихся исключительно приобретением чужой собственности. Нашелся и наставник, с которым, как водится, по русскому обычаю, он познакомился в кабаке. Выпили по стакану, по два, разговорились о житье-бытье.

Петька рассказал, как плохо жить ему у господина, который хотя и богат, но очень скуп: кормит скверно, одевает плохо, нередко жалует побоями; воровство же с рук никогда не сходит: все побои да побои. Жаловаться некуда, в суде не послушают да еще выдерут плетьми или кнутом, и опять к господину.

"Что делать? Не лучше ли бежать на вольный воздух?"

Наставник одобрил намерение, а Петька недолго думал. В ту же ночь обокрал он своего господина и с новым другом, который ждал его у ворот господского дома, отправились еще на промысел к соседу попу. Петька перелез через забор, отпер калитку и впустил товарища. Сторож на дворе закричал им.

— Что вы за люди и не воры ли, самовольно на двор взошли?

Товарищ Петьки ударил сторожа "лозой, чем воду носят". Сторож примолк, и они вошли к попу в дом. Пожива была небольшая: попадьи сарафан да поповский кафтан. Петька надел на себя кафтан и друзья пошли далее.

Улицы Москвы тогда были совсем другого вида, нежели теперь. Тротуаров не было, мостовая была деревянная и по улицам с вечера расставляли рогатки, так как ночью никому не дозволено было ходить и ездить, кроме полицейских и духовных. На первой же рогатке сторож хотел было остановить Петьку и его товарища, но поповский кафтан ввел сторожа в заблуждение. Он принял Петьку за попа, а его товарища за дьячка и пропустил. Тоже повторилось и на прочих рогатках. Друг-наставник провел Петьку к Каменному мосту. Под темным сводом этого моста, в чулане из забранных досок к стене, собирались всякую ночь шайки мошенников, не имевших приюта. Здесь они делились имуществом, сговаривались на похождения следующего дня или ночи, угощали друг друга и потом спокойно отдыхали от своих трудов. Полиция не заботилась о прекращении этих сходок — это было не в ее выгодах. Полиция ловила рыбку в мутной воде.

Новый член, Петр Ананьев, был представлен. Прежде всего с него потребовали денег. На отрицательный ответ требование повторилось с примесью угроз — поднялись кулаки.

"Что делать?" Петька засунул руки в карманы: пошарил и отыскал нехотя двадцать копеек. Находка эта вызвала в новых товарищах различные возгласы, и один из них счел необходимым даже сказать новому члену речь, в которой объяснил на мошенническом языке всю суть их общества.

— Пол да серед сами съели, печь да палата в наем отдаем, а идущим по мосту милости подаем (то есть мошенничаем), и ты будешь, брат, нашего сукна епанча (то есть такой же вор). Поживи здесь, в нашем доме, в котором всего довольно: наготы и бедноты изнавешаны месты, а голоду и холоду — анбары стоят. Пыль да копоть, притом нечего и лопать.

Затем все разошлись на работу. Петька остался под мостом, ждал их до рассвета да соскучился, и направился один в Китай-город погулять на свободе.

Вышло, однако, иначе. На встречу ему попался дворовый человек его помещика, узнал беглеца и, схватив его, отвел в дом Филимонова. Помещик, человек строгого и крутого нрава, выбрал для Петьки наказание довольно оригинальное. Как богатый человек, по обычаям того времени, Филимонов держал у себя во дворе на цепи медведя. По приказанию помещика, Петьку приковали к медведю, и не должны были давать есть в течении двух дней. Сотоварищество бедного Петьки с таким сильным зверем, с глазу на глаз, было не только неприятное, но и довольно опасное.

Но судьба послала ему покровительницу в лице дворовой девки, на которой лежала обязанность ежедневно кормить медведя. Она приняла участие в Петьке и потихоньку уделяла ему кое-что из медвежьей пищи. Этого мало: она утешала его рассказами разных домашних сплетней и между прочим сказала, радостно ухмыляясь:

— У нашего изверга у-у какая беда стряслась.

— Ну... Что такое?

— Беда, говорю, неминучая, не вырвется...

— Да какая беда... Говори толком...

— Ишь прыткий?..

— Ну, не хошь, как хошь.

— Ладно уж, скажу... — согласилась словоохотливая девка. — Мертвого солдата у нас в колодце нашли... Вот оно что.

— А-а...

Петька принял это к сведению, и когда через несколько времени Филимонов, видимо, неудовлетворенный вполне беседой Петьки с медведем, приказал его высечь, то Петька, после первых же ударов, крикнул два слова, которые тотчас же заставили исполнителей барской воли прекратить наказание. Слова эти были роковые для того времени:

"Слово и дело!.."

VIII

"СЛОВО И ДЕЛО"

В то время, к которому относится рассказ Петра Ананьева страшно было выговорить эти два слова: "слово и дело". Страшно было и слышать их. Всякий, при ком были сказаны эти слова, где бы то не было — на улице, в доме ли, в церкви ли — всякий обязан тотчас же доносить тайной канцелярии. За недонесение, если это обнаруживалось впоследствии, виновный наказывался кнутом.

Крепостные люди старались подслушивать за своими господами какие-нибудь "противные" речи о государе, о правительстве и, при телесных наказаниях или побоях, спешили избавиться от истязателей криками: "слово и дело!"

Почти все XVIII столетие полно политическими, а часто и просто уголовными делами, начатыми по возгласу "слово и дело!"

Этими ужасными словами нередко злоупотребляли, и часто пускали их в ход из-за таких пустяков, что больно доставалось и тому, кто "говорил за собою" "слово и дело!"

Большею частью злоупотребления со "словом и делом" совершались ради наживы, так как доноситель, говоривший за собою "слово и дело", если донос его подтверждался, получал по тому времени очень большую награду. Обыкновенно, смотря по важности дела, выдавалось от двадцати пяти до ста рублей.

"Слово и дело" было созданием Великого Петра и являлось, при его крутых преобразованиях, крайней для него необходимостью. Почти во все свое царствование он не мог быть спокоен. Тайная крамола не дремала и старалась подточить в зародыше то, что стоило Великому императору много трудов и много денег. Таким образом насилие порождало насилие. Да и в нравах того века это было делом весьма естественным.

Сама Западная Европа представляла в этом отношении нечто еще более жестокое, так что наша Преображенская тайная канцелярия, во главе с знаменитым князем Федором Юрьевичем Ромодановским, могла еще показаться сравнительно с казематами и подпольями инквизиторов чем-то очень человечным и снисходительным. Там, в Западной Европе, пытки инквизиторов были доведены до таких тонкостей, до каких наши Трубецкие, Ушаковы, Писаревы никогда не додумывались, да и не старались додумываться.

Достаточно было "дыбы", "батогов" и кнута. В то суровое время лютые пытки как бы порождали и людей, способных переносить всякого рода мучения: появлялись натуры в буквальном смысле железные, которые сами, очертя голову, как бы напрашивались на ряд всевозможных мучений. Без всякого повода, без особой нередко причины и умысла, люди эти извергали хулу на все святое, буйно порицали и бранили владык и, тем самым, делались преступниками первой важности, для которых, по тогдашним суровым законам, не могло существовать пощады. В этом отношении особенно упорны и дерзки были первые раскольники.

Таков был Ларион Докукин из подьячих. Сделаем о нем интересное отступленние от нити нашего рассказа.

Ларион Докукин, будучи уже лет шестидесяти в самое тяжелое для Петра I время, — время суда над приближенными царевича Алексея, — явился к императору, когда тот 2 марта 1718 года был на "старом дворе", и подал ему какие-то бумаги. Петр принял их и развернул первую. Это был печатный экземпляр присяги царевичу Петру Петровичу и отречение от царевича Алексея Петровича. Под присягою, где следовало быть подписи присягающего, написано было крючковатым, нечетким крупным почерком отречение и в заключение сказано: "Хотя за это и царский гнев на мя проилиется, буди в том воля Господа Бога нашего

Иисуса Христа, и по воли Его святой за истину аз раб Христов Иларион Докукин страдати готов. Аминь, аминь, аминь".

Само собою разумеется, что началось следствие, которое привело Докукина к казни. Во все время суда Докукин оставался при своем убеждении и с ним же умер на плахе. Было немало и других примеров в этом же роде, которые потонули в общем море тогдашней уголовщины.

Небезинтересно объяснять и самое происхождение пресловутого уголовного окрика: "слово и дело!" До Петра и частью при Петре, все уголовные дела "вершались" сначала в стрелецком приказе, а затем на так называемом "Потешном дворе" в Кремле. До 1697 года личная безопасность, охраняемая собственность от воров, порядок, тишина и общественное спокойствие Москвы были вверены попечению и наблюдению стрельцов, а ночью берегли город "решеточные" сторожа и "воротники", которые выбирались из посадских, слободских и дворовых людей. Заговор Циклера и Соковнина, полагавших свои надежды на стрельцов, побудили Петра, в 1697 году, окончательно уничтожить влияние стрельцов. Окончив дело заговорщиков казнями и ссылками, Петр& отъезжая за границу, поручил Москву и наблюдение за тишиной и безопасностью столицы князю Федору Юрьевичу Ромодановскому, главному начальнику отборных солдатских полков Преображенского и семеновского. Таким образом, стрельцов заменили преображенцы и семеновцы, а полицейский суд и расправа от стрелецкого приказа перешли уже преимущественно на "Потешный двор" в Кремле, устроенный царем Алексеем Михайловичем. Здесь-то, на "Потешном дворе", знаменитый князь Ромодановский начал именем великого государя чинить суд и расправу, тут же он привык к будущей деятельности в Преображенском, и тут же им наказано было употреблять в драке и других уголовных событиях, как были и прежде, крик "караул", а в крайних и опасных случаях, вроде, например, бунта или заговора, возглас: "ясаком промышляй".

Долго еще потом бестолковому "ясаку" суждено было быть единственным криком, зовущим на помощь при необыкновенных событиях, а "караул" дожил даже и до наших дней, и едва ли когда русский человек отрешится от своего "караула"; "караул" при безобразиях так же необходим русскому человеку, как щи и каша. Для него это тоже своего рода пища. Усложнившиеся события политических смут и неурядиц вынудили Великого Петра заменить "ясака" "словом и делом".

"Слово и дело" быстро вошло во всеобщее употребление, и им, как мы уже говорили, многие начали злоупотреблять, особенно крепостные против строгостей помещиков. Они, впрочем, попадали из огня да в полымя. Спасаясь от помещиков, они переходили в руки начальников тайной канцелярии. Когда Петр Ананьев крикнул "слово и дело", его тотчас же со двора помещика Филимонова отвели в тайную канцелярию. Дело, однако, получило для него дурной оборот. Помещик оказался правым: труп солдата был ему подкинут по злобе. В этом деянии заподозрили, по наговору помещика, Петьку и нещадно пытали и били кнутом. При рассказе об испытанных им муках, старик до сих пор еще бледнел и трясся. Наконец, истерзанного и искалеченного его возвратили помещику, который велел его бросить в темный сарай на солому и не кормить.

— Пусть издыхает, собаке собачья и смерть... — заметил Филимонов.

Та же дворовая девка, которая кормила его вместе с медведем и натолкнула его на роковую мысль закричать "слово и дело", рассказав о мертвом солдате, вызволила его и здесь от смерти, втихомолку принося ему пищу и питье.

Прошло около месяца. Помещик забыл о Петьке, а тот, почувствовав себя в силах стать на ноги, бежал с помещечьего двора. Двор этот находился близ Арбатских ворот. Долго ли и много ли прошел Петр Ананьев, он не помнил, но наутро он очнулся на скамье, покрытой войлоком, с кожанной подушкой в головах, а над ним стоял наклонившись худой как щепка старик, и держал на его лбу мокрую тряпку. Было это в той самой избе, где теперь жил Петр Ананьев. Старик был немец-знахарь Краузе, в просторечии прозванный Крузовым.

Ломаным русским языком, долго проживавший в Москве — он прибыл в царствование Алексея Михайловича — Краузе объяснил Петру Ананьеву, что нашел его на улице, недалеко от дома, в бесчувственном состоянии и перетащил к себе и стал расспрашивать, кто он и что с ним. Петр Ананьев хотел было пуститься в откровенность, но блеснувшая мысль, что его отправят назад к помещику, оледенила его мозг, и он заявил попросту, что он не помнит, кто он и откуда попал к дому его благодетеля. Немец лукаво улыбнулся и сказал:

— Не надо, служи мне...

— Век буду служить, — обрадовался Петр Ананьев и потянулся поцеловать руку немцу, но тотчас одернул ее.

Таким образом, оправившись окончательно, при тщательном уходе знахаря, который, из личных расчетов, готовил себе из него сильного и здорового слугу, Петр Ананьев стал верой и правдой служить своему новому хозяину. Последний хотя и был требователен и строг, но не дрался и даже не бранился. Петька тоже исправился. Пребывание его в тайной канцелярии отшибло от него охоту не только воровать и гулять по кабакам, но даже выходить без нужды из дому. Первое время он все опасался розысков со стороны его помещика, но розысков не было, несмотря на то, что со дня его бегства прошел уже год. Произошло это потому, что когда во дворе Филимонова узнали о бегстве Петьки, которого помещик считал умершим с голода, то и решили доложить помещику, что Петька давно умер и похоронен, особенно если помещик взыщется не скоро об этой "собаке", как называл Филимонов Петра Ананьева. Действительно, помещик спросил о Петьке в разговоре месяца через два после его бегства, и узнав о том, что он лежит в могиле, только изволил произнести:

— Туда ему и дорога.

Петька, между тем, был живехонек и здоровехонек и усердно изучал хитрую медицинскую науку под руководством немца Кра-узе, конечно, не по книгам, а со слов немецкого доктора. Наглядно изучал он приготовление снадобий из разного рода мушек, трав и кореньев, чем с утра до вечера занимался старик. Скоро Петр Ананьев оказался ему деятельным помощником: тер, толок, варил, сортировал травы и коренья, и удивлял "немца" русской смекалкой.

Так шли годы. Прошло ни много, ни мало — десять лет. Краузе заболел и не мог вставать с постели. Петр Ананьев ухаживал за ним, а, между тем, стоял за него, самостоятельно пользовал приходивших больных, которые, видя пользу, не очень сожалели о старике и потому совершенно забыли о нем. Новый знахарь окончательно заменил старого у пациентов последнего, а новые больные не знали его.

Три года длилась болезнь или, лучше сказать, "старческая немочь" Краузе и, наконец, он умер на руках Петра Ананьева. Дело было ночью. Заявлять о смерти старика Петр Ананьев находил для себя опасным и невыгодным. С одной стороны могут спросить, кто он такой, и не удовольствоваться ответом, что он, Петр — знахарь; могут узнать, что он беглый и возвратить по принадлежности Филомонову, а помещика своего Петр Ананьеев боялся хуже черта, не без участия которого, как он сам искренно полагал, варил старик Краузе, да варит и он, свои снодобья. Подумал, подумал Петр Ананьев, взвалил на плечи тело своего благодетеля и учителя, вынес на пустырь и, вырыв могилу, схоронил его.

Было это поздней осенью. Вскоре повалил снег и закрыл все-таки несколько заметное взрытое место, а на другое лето пустырь покрылся густой травой, и Петр Ананьев сам бы не отыскал могилу старика Краузе. Петр Ананьев стал хозяином, и изредка редким пациентам справлявшимся о старике, говорил: "все болеет". Наконец, о Краузе перестали справляться. Все привыкли встречать в избушке Петра-знахаря, которого еще называли и аптекарем, а вопрос о праве его на избушку на пустыре и о прежнем хозяине не подымался.

В этой-то избушке и жил Петр Ананьев невыходно лет пятнадцать с Кузьмой-найденышем, ставшим уже ко дню нашего рассказа рослым парнем, которому он на беду себе и поведал в зимний вечер всю эту повесть своей жизни.

IX

РОМАН ФИМКИ

Еще с небольшим за год до свадьбы Дарьи Николаевны Ивановой с Глебом Алексеевичем Салтыковым, как только стала зима, по Сивцеву Вражку распространился слух, что на пустыре "аптекаря", какой-то искусник соорудил снежную гору, обледенил ее на славу и из вырубленных на реке-Москве льдин сделал "катанки", на которых очень удобно и весело кататься с горы. Несколько молодежи сначала обступили пустырь, где все же, по их понятиям, жил "колдун", но увидав молодого парня, видимо, того же искусника, который устроил гору, осмелились подойти поближе, познакомились с хозяином и мало-помалу пустырь, особенно по праздникам, представлял оживленное зрелище, где молодежь обоего пола с визгом и криком в запуски каталась с горы.

Искусником, построившим ее, был Кузьма Терентьев-Дятел. Он с удовольствием предоставил свою гору в общее пользование и сам веселился не менее других, при чем собирал и некоторую дань с более состоятельных парней, приходивших покататься со своими "кралями".

Петр Ананьев не выходил из избы, предоставляя молодым веселиться, а Кузьме Терентьеву обделывать свои дела. В число последних входило и ухаживание за соседними молодыми девушками.

Кузьма Терентьев был в тех летах — ему шел восемнадцатый год — когда образ женщины только что начинает волновать кровь, и первая встречная умная девушка может окончательно покорить своей власти нетронутого еще жизнью юношу. Такой девушкой для Кузьмы оказалась знакомая нам Фимка. Она явилась в числе других любительниц катанья с гор, и вскоре в этих катаньях Кузьма Терентьев сделался ее бессменным кавалером. Она была старше его, но вместе со своей разборчивой барышней браковала ухаживавших за ней парней, отталкивавших ее от себя смелостью и нахальством. Она тотчас давала таким надлежащий, иногда довольно чувствительный, отпор и роман, готовый завязаться, оканчивался на первой же главе.

Кузьма Терентьев взял почтительностью и робостью, теми качествами еще не искушенного жизнью юноши, которыми так дорожат зрелые девы, к числу которых принадлежала Фимка. Он при первом знакомстве едва сказал с нею несколько слов, но по восторженному выражению его глаз она поняла, что произвела на него впечатление, и в первый раз она была, казалось, довольна этим. Кузьма ей понравился.

При следующих встречах он едва осмеливался подойти к ней, и она сама стала подзывать его, чтобы он помог ей вкатить катанки на гору, и, наконец, предложила раз прокатиться вместе. Кузьма был счастлив.

Прошла зима, настала весна-чародейка, когда воздух даже на севере наполняется чудной истомой, действующей на нервы и на сердце. Кузьма и Фимка сошлись, но близость друг к другу не изменила их отношений в смысле подчинения первого второй. Кузьма Терентьев, дерзкий и наглый с другими, был рабом своей Фимки, готовый для нее на всякие преступления.

Есть женщины, которые родятся с этой тайной способностью подчинения мужчин. Была ли эта способность у Фимки, или же тайные встречи и опасность, которым они подвергались от злобы людских толков, делали их связь дорогой им обоим, а следовательно и крепкой. Тайна в любви играет роль связующего цемента двух любящих существ.

Так или иначе, но неведомо ни для кого любились крепостная дворовая девушка, собственность "Дашутки-звереныша", и приемыш "аптекаря", считавшегося даже "колдуном".

Когда для Дарьи Николаевны Ивановой наступил день радости, день победы, когда она стала женой одного из богатейших людей Москвы, Глеба Алексеевича Салтыкова, для Фимки этот день был день горя, день разлуки. Она вместе со своей барышней покидала "красненький домик", сданный заботливой хозяйкой в наем, и переезжала в дом Салтыкова, находившийся почти на другом конце Москвы. Частые свидания с "Кузей", как звала Фимка Кузьму Терентьева, должны будут прекратиться, да и когда ей придется урваться от барыни, чтобы навестить своего возлюбленного?

Печально было их последнее свиданье, хотя Фимка не показывала виду, что страдает от предстоящей разлуки.

— Довольно, погуляли... — деланно хладнокровно говорила она Кузьме, притаившемуся вместе с ней у забора пустыря поздним зимним вечером, за несколько дней до свадьбы Ивановой и Салтыкова.

— Это как так, довольно, погуляли... — упавшим шепотом повторил Кузьма.

— Так, говорю, довольно погуляли...

— Значит мне тебя больше не видать?.. — с болью в голосе спросил Кузьма Терентьев.

— Может и не видать... Ведь я подневольная...

— Да ни в жисть!..

— Ишь прыткий... А что сделаешь?

— Как что... Ты не удосужишься... Может и вправду не рука тебе оттуда, тоже не ближний свет сюда шастать...

— Где уж от нее урваться...

— Так я буду кажинный день наведываться... Может удосужишься за ворота выбежать... Хоть весь день простою, да увижу тебя, моя ненаглядная...

— Зачем целый день... Можно так уговориться... Только не знаю там порядки какие в доме...

— Какие порядки... У меня припасено на черный день деньжонок... Человек я вольный... Знакомство сведу с тамошними парнями, угощенье выставлю, свой человек во дворе буду... А там найдем укромное местечко...

— Делай как знаешь и... как хочешь... — с расстановкой сказала Фимка, подчеркнув последние два слова.

— Как хочешь... Грех тебе, Фимушка, такие слова говорить... Как хочешь... А ты что же думаешь, не хочу я не видеть тебя, аль не люба ты мне...

— Мне как ведать...

— Эх, ты... — сквозь слезы произнес Кузьма Терентьев.

— Надоела может...

— Надоела?.. — вскрикнул Кузьма. — Да ты в уме ли...

— Коли нет, так и ладно... Мне-то все равно...

— Все равно... Так-то ты любишь меня?

— Не на шею же вам вешаться... Больно жирно будет...

— Эх, Фима...

— Что, Фима... Знаю я, что я Фима...

— Ужели не видишь, как я люблю тебя. Кажись, жизнь бы свою тебе отдал... Прикажи, что хочешь... Все исполню... Испытай...

— Чего испытывать... Мне от тебя ничего не надо... Хошь люби, а хошь нет... Мне все ладно...

— Нет, ты испытай...

— Отвяжись... Недосуг мне с тобою... Еще барыня взыщется...

— Разве не спит?..

— Легла... да проснуться может...

— Авось не проснется...

— Хорошо тебе "авоськами", спина-то у меня своя...

— Побудь маленько...

Кузьма привлек ее к себе... Раздался шепот и поцелуи...

Наконец, Фимка вырвалась и убежала. Она не думала в это время, что года через полтора она действительно должна будет "испытать" Кузьму, который докажет при этом испытании всю силу своего к ней чувства.

Переезд в дом Салтыкова состоялся, и Кузьма Терентьев, верный своему слову, чуть ли не каждый день приходил из Сивцева Вражка, сумел втереться в приятельские отношения к дворовым Глеба Алексеевича и стал видеться с Фимкой, тайком от них, в глубине лежавшего за домом сада. Так продолжалась эта связь, крепкая, повторяем, своею таинственностью и опасностью быть открытой и разорванной. Не только сама Дарья Николаевна, но никто в доме Салтыковых не подозревал этого более двух лет продолжавшегося романа Фимки с Кузьмой, который приучил дворню видеть себя каждый день, а своим веселым нравом и угодливостью старшим сумел приобрести расположение и любовь даже старых дворовых слуг Глеба Алексеевича, недовольных новыми наступившими в доме порядками.

Однажды Дарья Николаевна приехала от генеральши Глафиры Петровны Салтыковой в особенно раздраженном и озлобленном

состоянии. Фимка, по обыкновению, пришла раздевать ее в ее будуаре.

— Ох, уж надоела мне эта старая карга, мочи моей нет с ней... Извести бы ее хоть как-нибудь...

Фимка молча делала свое дело.

— Чего молчишь, как истукан какой... Чем бы барыню пожалеть... или помочь чем, а она молчит и сопит только...

— Чем же я вам, барыня Дарья Миколаевна, помочь могу...

— Говорят, есть снадобья такие, что изводят человека в месяц, в другой... незаметно.

— Мне почем знать... — отвечала Афимья.

— Мне почем знать, — злобно передразнила ее Дарья Николаевна. — А у нас, на Сивцевом Вражке, помнишь, жил "аптекарь" на пустыре...

— Помню, — отвернулась Фимка, чтобы скрыть свое смущение.

— Разузнай-ко, жив ли он там теперь... Может у него можно купить снадобья-то.

— Можно поспрошать, — ответила Афимья.

— Поспрошай, Фимка, завтра же сбегай...

— Слушаю-с...

— Ты только так стороной, будто для себя... Обо мне ни слова... Понимаешь?..

— Как не понять, понимаю...

— Только бы достать зелья какого ни на есть... Извела бы я ее, проклятую... Ведь здорова, как лошадь, подлая, даром, что лет ей уже может за семьдесят.

— Крепкая старуха.

— Ох, и не говори, какая крепкая.

— Нас переживет.

— Переживет, как пить даст... Так ты, Фимушка, это устрой мне.

— Постараюсь, барыня Дарья Миколаевна...

— Коли старик заартачится, там у него молодой есть... Помнишь, что гору строил? И ты, кажись, на ней кататься была охотница. Эге-ге, да ты молодчика-то, кажись, знаешь?

Фимка действительно сильно покраснела, когда Дарья Николаевна заговорила о приемыше аптекаря.

— Знаю-с... — потупилась Афимья.

— Как зовут его?

— Кузьмой...

— Ну, вот ты и возьмись тогда за Кузьму-то... Если у вас с ним тогда ладов не было, то теперь заведи... Постарайся для барыни, а я не оставлю... Если нужно денег, я дам...

— Постараюсь...

— С молодым ты управишься... Девка красивая, шустрая... Не слиняешь, а дело сделаешь...

— Слушаю-с...

— Так завтра же и начни... В неделю, чай, оборудуешь...

— Может и раньше...

— Значит лады есть, да ты не стыдись, расскажи, ведь не слуга ты мне, подруга...

— Много милости...

— Расскажи говорю, Фимушка, расскажи, как было...

Подкупленная милостивыми речами барыни, Афимья откровенно рассказала свой роман с Кузьмой Терентьевым, не скрыв, что он продолжается и до настоящего времени, и что Кузьма от нее без ума, а она его не очень-то балует...

— И дело, молодец девка, ихнего брата баловать — добра от них не видать... Надо держать в ежовых рукавицах... Чуть что, чтобы знал место... Милуй, ласкай, а госпожа над тобою я... Вот как...

— У меня с ним так и есть, барыня...

— Значит наше дело в шляпе... Он старика придушит, а снадобья достанет, коли старый черт заартачится... Молодец, Фимка, хвалю за обычай... Так завтра же ты его за бока...

— Примусь... Надысь даже просил... Испытай, говорит, ты мою любовь...

— Вот и отлично... А теперь ступай спать... Утро вечера мудренее... Завтра потолкуем.

Фимка вышла. Дарья Николаевна также отправилась в спальню, довольная признанием своей наперсницы, признанием, при котором с одной стороны, она может держать ее в руках, а с другой — исполнение ее желания достать смертельное зелье является легко достижимым.

X

ЗА СНАДОБЬЕМ

На другой день, с самого раннего утра, Дарья Николаевна стала торопить Афимью исполнить ее поручение, и даже вручила ей на подкуп старика-аптекаря десять рублей — сумму, громадную для того времени.

— Ведь тоже Кузьма-то твой в этом деле мало, чай, смыслит, старик ему подсунет что-нибудь негодящее, так лучше уж самого "аптекаря" ты ублаготвори... Эти чародеи, народ на деньги падкий, — говорила Салтыкова.

— Уж вы не беспокойтесь, барыня Дарья Миколаевна, в лучшем виде все оборудую, только...

Фимка остановилась, не докончив фразы.

— Что только?.. Говори...

— Вы уж дозвольте мне с Кузьмой-то и потом видеться...

— Да видайся, сколько хошь... Мне что, лишь бы по дому порядок был...

— Все будет в порядке...

— Иди же, иди...

Фимка вышла из будуара, где происходил этот разговор, и одевшись, ушла из дома.

Для Кузьмы этот день начался незадачей. Петр Ананьев должен был куда-то отлучиться и заставил своего приемыша сидеть дома, так как неровен час, мог кто придти из болящих. Кузьма, между тем, уже два дня не видал Фимки и все его помышления были во дворе и в саду дома Салтыкова. Грустный сидел он на лавке в избе, когда в дверь раздавался легкий стук.

— Кого-то несет нелегкая! — проворчал Кузьма и неторопясь отодвинул засов.

Перед ним стояла Афимья, раскрасневшаяся от скорой ходьбы.

— Фима, Фимушка!.. — воскликнул обрадованный Кузьма. — Вот одолжила, вот обрадовала-то... Старого-то нет и долго не будет... Ходь в избу...

— Нет... А мне до него дело есть...

— До него... Больна разве?.. — испуганно воззрился на нее Кузьма, впуская в горницу и тщательно запирая дверь за дорогой гостьей.

— Здоровехонька... — засмеялась Афимья, обнаружив ряд своих ослепительной белизны зубов. — Дело-то есть особенное... Может ты помочь моей беде можешь? Да навряд ли...

— Скажи, Фимушка, скажи, родная, все сделаю, что могу, может сколько времени жду я часу этого, чтобы просьбу твою исполнить, а ты, на поди, к старику...

— Оно, конечно, тебе бы и следовало помочь мне, так как из-за тебя и я в беду попала, что не расхлебаешь.

— В беду?.. — побледнел Кузьма.

— Да, Кузя, беда неминучая; не исполню воли господской, сошлют меня в дальнюю вотчину, на скотный двор, да еще, пожалуй, и исполосуют как Сидорову козу...

— Чего ты, что ты!.. Да что надо-то? — дрожащим от волнения голосом произнес Кузьма.

— Прознала Дарья Миколаевна, что мы с тобой любимся...

— Ну?..

— Вчера призывает меня да и говорит... Достань ты мне снадобья, от которого человек извелся бы, да так, чтобы никому невдомек было, как и что с ним приключилося... Я так и обомлела... Да где же, матушка Дарья Миколаевна, я такого вам снадобья достану... — говорю я ей. А она пронзительно на меня посмотрела, что мурашки у меня по спине забегали и отвечает: Ты, Фимка, казанской сиротой не прикидывайся... Знаю я давно твои шашни с Кузькой, работником "аптекаря", вот ты через него или прямо от самого старика мне снадобья этого и достань, а не достанешь, говорит, так я тебе покажу себя... Знаешь ты, чай, меня не первый год... Поняла, говорит, сказано и делай... Вот, Кузя, дела-то какие... Всю, как есть, ноченьку не спала я, а сегодня к тебе и прибежала... Ох, беда, ох беда неминучая...

Фимка растерянно разводила руками, сидя на лавке и исподлобья наблюдала впечатление своих речей на стоявшего перед ней Кузьму. Последний был бледен и молчал, видимо, под гнетом тяжелого раздумья.

— Старик-то мой этими делами не орудует...

— Какими делами? — не поняла Фимка.

— Снадобьями-то этими... Ядами они прозываются...

— Ужели?..

— Верно... Он мне тут болтал, что прежде брал и этот грех на душу свою, а теперь, вишь, пошабашил...

— Мне сделает... Не даром она тоже...

— Не даром?..

— Десять рублев барыня Дарья Миколаевна мне отпустила... У меня за пазухой.

— Не пойдет он на деньги... Упорен... О душе стал помышлять уж куда старательно... Мне тоже заказывал, да и что заказывать... Меня он этому и не обучал... Только что от него слышал, что немец-колдун, у которого он в науке был и который ему эту избушку и оставил, здесь на пустыре и похоронен, на этот счет дока был...

— И его, Петра-то, выучил?

— Вестимо...

— Так может, ежели я с ним поговорю да денег посулю — он и сделает...

— Ни за что... Прогонит... Открещиваться станет... А есть у него снадобье одно...

— Есть, говоришь?..

— Есть...

— Так ты мне, Кузя, его спроворь...

— Эх, Фима, Фимушка, кабы я знал где оно, то и разговора бы нам с тобой вести было не надобно...

— А ты не знаешь?

— То-то и оно-то... Схоронил он его, а снадобье-то еще немец-колдун делал... Рассказывал мне старик-то... Такое снадобье, какого лучше не надо... Изводит человека точно от болезни какой, на глазах тает, а от чего — никакие дохтура дознаться не могут... Бес, говорит, меня с ним путает... Сколько разов вылить хотел — не могу, рука не поднимается... Схоронил в потайное место, с глаз долой... Никто не сыщет...

— А ты поищи...

— Поискать, отчего не поискать, только вряд ли найдешь...

— Поищи, Кузя... Ты сядь-ка рядышком.

Кузьма не заставил себе повторить приглашения и присел близко к своей возлюбленной. Фимка обняла его рукой за шею и заглядывая нежно в глаза, повторила:

— Поищи, Кузя...

— Эх, Фима, — вдруг порывисто обнял он ее, — добуду я тебе это снадобье.

— Добудешь?..

Она подставила ему свои пухлые губы, в которые он впился страстным поцелуем.

— Добуду... Не сойти мне с этого места, если не добуду!

— Догадываешься, значит, где оно?

— Где догадаться.

— Так как же?

— Сам старик мне отдаст, руками...

— Ну!..

— Отдаст, есть у меня против него слово... Пригрожу — испугается и отдаст...

— Тогда уж совсем поверю, что любишь меня...

— Ненаглядная!..

Они снова крепко расцеловались.

— Деньги-то возьми... Может, он на них польстится...

— Не... Денег не надо, деньги у себя схорони, тебе на обновки понадобятся...

— Милый!..

— С деньгами с ним ничего не поделаешь, а вот, что я надумал, так подействует...

— Что же ты надумал?

— Тебе что за надобность... Снадобье будет, а обо всем прочем долго рассказывать...

— Когда принесешь?

— Да сегодня по вечеру, а то уж беспременно завтра утречком.

— Добудь, голубчик...

— Сказано, слово свято...

— Верю, верю!..

Фимка уже сама поцеловала окончательно счастливого Кузьму.

— Да зачем твоей-то это снадобье?..

— А шут ее знает, разве говорить она будет...

— Может, муженька спровадить на тот свет хочет?..

— Навряд, он итак на ладан дышет.

— Извела?..

— Уж истинно извела...

— Лиходейка...

— А уж как я боюсь, как тебе не удастся...

— Не бойся, удастся... Будет снадобье...

— Хорошо бы. А я все же до завтра измучусь...

— Сегодня вечером притащу... Постараюсь...

— Постарайся, Кузя.

Еще около часу побеседовали Афимья и Кузьма, хотя час этот показался им за мгновенье, особенно последнему, на самом деле искренно и сердечно привязавшемуся к молодой девушке. Что касается Афимьи, то ей скорее льстила скромная и беззаветная преданность молодого парня, сносившего от нее всевозможные обиды и даже оскорбления — эта бессловесная привязанность собаки, лижущей руки бьющего ее хозяина.

Она выбрала Кузьму, потому что он, по ее мнению, был лучший из тех, в рядах которых ей приходилось выбирать, хотя мечты ее были иные, но благоразумие говорило ей, что они недостижимы. Она привязалась, привыкла к Кузьме, он был для нее необходим, даже дорог, но она не любила его в смысле того чувства, которое охватывает женщину и под чарами которого она считает своего избранника лучше всех людей и в самом подчинении ему находит более наслаждения, нежели во власти над ним.

Любовь и себялюбие — два совершенно противоположные чувства, которые не могут ужиться в сердце человека вообще, а женщины в особенности. Любит — только раб, госпожа — ласкает и позволяет любить себя. Афимья была госпожей над сильным телом и слабым духом Кузьмой. Она сохраняла его для себя, "за неимением лучшего". Этим объясняется ее власть над ним и его к ней беззаветная привязанность.

Мужчина на всех ступенях общественной лестницы, далеко, конечно, не к чести их сильного пола, любит в женщине не преданное и любящее существо, а то, — как ни странно это, — мучительное беспокойство, которое иные из представительниц прекрасного пола, тоже всех ступеней общественной лестницы, умеют возбуждать в них. Страх потерять этот призрак любви, так как самой любви такие женщины не Питают, доводит мужчин до самозабвения, до слепоты относительно предмета его страсти, держащего его в постоянной неизвестности относительно завтрашнего дня. Это отношение к женщине лежит в натуре большинства мужчин, для которых беспрепятственное и прочное обладание женщиной порождает привычку — этого самого злейшего врага чувства, понимая под последним страсть. Непостоянный по натуре, сам мужчина, проповедуя постоянство для женщины, именно его и не ценит в них.

Для жен, любящих, верных и преданных не совершают преступлений и правило французских следователей: "ищите женщину" не относится к женам. Это подтверждается летописями уголовных дел всех веков и народов.

Будь между Кузьмой и Афимьей отношения равного взаимного чувства, первый не был бы в таком состоянии безумной решимости, во что бы то ни стало добыть для "своей лапушки", как он мысленно называл Фимку, нужное ей "снадобье". Она ушла, а Кузьма стал ходить взад и вперед по избе, обдумывая план атаки на Петра Ананьева.

— Душу загублю, а уж достану... Ишь, подлая, расправиться с ней хочет... и расправится... Салтычиха — одно слово... Да нет же, не дам ее в обиду, сами мы Салтычиху эту в бараний рог согнем с Фимушкой... В руках у нас будет... Во... где!..

Кузьма даже протянул руку и сжал ладонь в увесистый кулак. В это время в дверь раздался стук. Это вернулся домой Петр Ананьев.

XI

ПОД УГРОЗОЙ

Несмотря на то, что в голове Кузьмы Терентьева, как мы уже сказали, сложился окончательно план добыть у Петра Ананьева необходимое для Фимки снадобье, появление старика все-таки застало его врасплох. Одно дело обдумывание плана — совершенно другое его осуществление. Человек предполагает и то, и другое, ему кажется все это так легко, так исполнимо, но приближается момент начала действия и перед все как будто решившим, обдумавшим мельчайшие подробности плана человеком план этот лежит снова неразрешимой трудной задачей. Особенно это случается тогда, когда между обдумыванием плана и его осуществлением неожиданно для замышлявшего проходит слишком короткий промежуток времени.

Так было и с Кузьмой Терентьевым. Когда на пороге, отпертой им двери, появился Петр Ананьев, все вылетело из головы парня, кроме гнетущей мысли: "надо заставить его отдать снадобье".

— Это ты, дядя? — растерянно произнес он.

— А кто же как не я, али ослеп, парень? — полушутливо и полусерьезно отвечал Петр Ананьев.

— Скоро обернулся!.. — заметил Кузьма, видимо, лишь для того, чтобы что-нибудь сказать.

— Уж и измаялся я, ходючи, устал!.. — ворчал себе под нос старик, снимая охабень и бережно вешая его на один из гвоздей, вбитых в стене около двери.

— Исколесил много?..

— Не мало, парень, исходил я ноне...

Петр Ананьев подошел к кровати, стоявшей в глубине горницы, за красной полинявшей от времени занавеской, взял с нее подушку и бросив на лавку, улегся на нее, видимо, в полном изнеможении.

— Был кто? — обратился он, после некоторой паузы, к Кузьме, растерянно стоявшему среди горницы.

Тот вздрогнул, но тотчас же ответил:

— Никого...

Наступило молчание. Кузьма Терентьев то топтался на одном месте, то неведомо для чего подходил к окну и смотрел в закопченое и грязное стекло, через которое ничего не было видно, то прохаживался по горнице. Петр Ананьев несколько раз ворочался на лавке, стараясь улечься поудобнее. Его, видимо, клонило ко сну.

"Заснет, вот сейчас заснет, тогда пропало дело..." — мелькало в голове Кузьмы, а между тем язык почему-то, вопреки этой мысли, произносил:

— Ты бы на кровать лег, дедушка, там поудобнее...

— Днем по кроватям валяться не подобает... Кровать на ночь определена али для болезни.

Кузьма ничего не ответил, сам удивившись тому, что боясь смертельно, что старик заснет, пока он соберется с мыслями переговорить с ним о деле, он же предлагает ему улечься поудобнее для сна. Он стал снова слоняться по избе.

— Что ты бродишь, точно душа неотпетая... — обратил, наконец, внимание Петр Ананьев на действительно странное поведение Кузьмы.

— Я, я ничего...

— Какое ничего, шастаешь из угла в угол, неведомо по что... Ищешь что ли что?

— Нет, ничего не ищу.

— Пошел бы дров нарубил или чем около дома занялся, все не в праздности... Коренья-то, что принесли намедня, повесил?..

— Повесил...

— Отобрал крупные к крупным, а мелкие к мелочам?..

— Все как сказал...

— Так вот крупные ты бы и нарезал кружочками, да потоньше, скорее высохнут... Из них тоже порошок тереть надо...

— А от чего он пользу приносит?

— От нутра, если что в нутре оборвется... Кашлять человек начнет, так настой из них грудь мягчит и мокроту гонит...

— А... — произнес Кузьма, не трогаясь с места.

— Так поди себе, нарезай, а я сосну часов, другой... Смерть заморило...

Петр Ананьев, видимо, улегся совершенно покойно и даже закрыл глаза.

"Пора... пора..." — неслось в голове Кузьмы Терентьева. Старик снова заворочался.

— Дядюшка, а дядюшка... — сдавленным голосом окликнул его Кузьма.

— Ась...

— Хотел я тебя поспрошать...

— Чего тебе... — открыл Петр Ананьев глаза. — Ишь неугомонный... Заснуть не дает... Что там еще приспичило?..

— Ты, надысь, мне говорил о зельях... О тех, что извести могут... Еще их старик-аптекарь делал и тебя выучил...

— Говорил, говорил... Ох, грехи мои тяжелые... Много этот немец народа извел в Белокаменной, да и я немало... до тех пор, пока не зарекся раз навсегда бесу-то служить... И тебе закажу, бойся его, проклятого, как раз уготовит геенну огненную.

— Да я что же, я и не умею.

— И благо тебе, для того тебя и не учил я этому, чтобы соблазна не было... За зелье-то это, ох, много денег дают... Ох, много... Прости мое согрешение...

— И тебе давали?..

— Не без греха было... Только Господь меня, грешника нераскаянного, взыскал и послал сонное видение-Старик набожно перекрестился.

— Видение?.. — повторил Кузьма.

— Сонное... Вижу это я, кругом меня люди лежат, умирают, стон стоймя стоит, кругом родные убиваются... А голос мне неведомый шепчет строго на ухо: "Это все от твоих снадобий..." Три ночи мучил меня все тот же сон.

Старик тяжело вздохнул.

— На четвертый день пошел я в Новодевичий монастырь и там предстал перед иконою Владычицы Царицы Небесной клятву дал: больше греховным сим делом не заниматься... Кстати, к этому времени у меня снадобий таких не было, я и прикончил... Денег у меня сотни четыре собралось от этого богопротивного дела, пошел поклонился матушке-игуменье Новодевичьего монастыря... Соблаговолила на вклад принять... На душе-то точно полегчало... С тех пор народ пользую по разумению, а вреда чтобы — никому...

— А ты мне, баял, что есть у тебя снадобье, еще от немца осталось, человека наверно изводит, исподволь...

— Ох, не говори... Схоронил я его, памятуя покойника приказ... На смертном одре приказал мне он его схоронить... Такого, говорит, ты не сделаешь, я тебя этому не доучил... Больших денег оно стоит, не гляди, что пузырек махонький... Золото дадут за него люди, при надобности... Можешь и не пользоваться им, а храни, в память мою храни... Иначе счастья тебе в лечении не будет... С тем и умер... Да, кажись, я тебе это рассказывал...

— Кажись, что нет...

Кузьма Терентьев лгал, но он надеялся протянуть время, чтобы собраться с духом и приступить к требованию снадобья решительно и дерзко.

— Обдумывал я эти последние слова "немца" особенно после сонного видения, когда я с этим богопротивным делом навсегда прикончил... Дума у меня явилась, что говорил он от нечистого... Путы на меня наложил перед смертью, путы бесовские. Много раз решался я этот пузырек выкинуть и снадобье вылить, да бес-то еще, видно, силен надо мной, рука не поднималась... Схоронил я его в укромном месте... Умру — никто не найдет...

— Отдай его мне, дядюшка... — вдруг почти вскрикнул Кузьма Терентьев.

Эта неожиданная просьба положительно ошеломила старика. Он быстро спустил ноги с лавки и сидел на ней некоторое время молча, устремив помутившийся взгляд на Кузьму. Видимо, первую минуту он даже не мог говорить. Кузьма Терентьев, уже решившийся не отступать, нахально и дерзко смотрел на Петра Ананьева.

— Да ты, парень, ошалел, што ли? — наконец произнес он.

— Не ошалел, дяденька... Отдай, говорю...

— Ни в жисть...

— Ну, слушай старик... — вдруг злобным, охрипшим от страшного внутреннего волнения, голосом заговорил Кузьма. — Добром не отдашь, силой вытяну у тебя где схоронил ты это снадобье... Мне его во как нужно, зарез... Кабы не нужда такая, стал бы я из-за такой дряни разговаривать...

— Да тебе зачем?.. — уже более нерешительным тоном, казалось, испуганный видом разъяренного человека, спросил Петр Ананьев.

— Не твое это дело, старик, а коли "е дашь мне добром его, я и себя, и тебя погублю, попробуем мы с тобой полицейских палок... Чай, живы наследники твоего помещика Филимонова...

Старик вздрогнул, точно под ударом бича.

— Сейчас побегу, все как следует донесу. Откуда ты и каким делом занимаешься. Взроют пустырь и немецкие кости найдут, да и не похвалят тебя за это... Слышь, лучше добром отдай!

— Господи Иисусе Христе!.. — не отвечая на слова Кузьмы, сыпавшиеся как горох, перекрестился Петр Ананьев.

— Не крестись, старик, я не черт, теперь хуже черта... Ни крестом, ни пестом от меня не отделаешься...

Старик молчал и крупные слезы струились по его щекам. Самое воспоминание о застенке, в котором он уже побывал в молодые годы, производило на него панический страх, не прошедший в десятки лет. Страх этот снова охватил его внутреннею дрожью и невольно вызвал на глаза слезы, как бы от пережитых вновь мук. А между тем, он понимал, что угроза Кузьмы, которому он сам выложил всю свою жизнь, может быть осуществлена, и "застенок" является уже не далеким прошедшим, а близким будущим.

Вид плачущего, как-то особенно сгорбившегося под гнетом этих мыслей старика, не повлиял на Кузьму, а только как будто еще более остервенил его.

— Отдашь али нет? — крикнул он злобно.

Петр Ананьев сидел, как окаменелый, и молчал. Кузьма Терентьев несколько оторопел.

— А вдруг умрет, неровен час, умрет сейчас и унесет тайну места, где сохраняет снадобье, в могилу... Тогда все пропало.

Ему представилась Фимка, искалеченная Салтычихой за неисполнение барской воли. Кровь бросилась ему в голову.

— Грех, великий грех на свою душу приму... От всех грехов тебя вызволю, пусть на мне все они будут... Отдай.

Старик продолжал бессмысленно смотреть и молчал...

— Не хошь, так пропадем мы с тобой... Кузьма схватил шапку и бросился к двери.

— Стой! — раздался вдруг властный возглас старика, вставшего с лавки и стоявшего вытянувшись во весь рост.

— Отдай! — крикнул Кузьма.

— Бери... и будь... проклят... — прохрипел Петр Ананьев и быстро, мимо ошеломленного этим согласием и проклятием Кузьмы, вышел из избы.

Кузьма Терентьев опустился на лавку и стал ждать. Время шло.

"А как он удерет..." — мелькнуло в его голове.

Но не успел он подумать этого, как Петр вошел в избу и бережно положил пузырек на стол. Кузьма бросился к склянке, схватил ее и быстро опустил за пазуху.

— Спасибо, старина... Век не забуду услуги твоей...

Петр Ананьев ничего не ответил, снял с гвоздя охабень и, нахлобучив шапку, снова вышел из избы, оглядев ее внутренность как бы последним прощальным взглядом. Кузьма Терентьев остался один.

XII

НЕ К ДОБРУ — ДОБРА

Обрадованный получением пузырька со снадобьем, Кузьма Терентьев не обратил внимания на то, что Петр Ананьев, только что вернувшийся, усталый до изнеможения и повалившийся на лавку отдыхать, снова ушел из дому. Он даже забыл об этом неожиданном уходе. В голове молодого парня вертелась одна мысль, как обрадуется его Фимочка, получив снадобье и как крепко она поцелует его за такое быстрое и успешное исполнение ее поручения.

Только через несколько времени он огляделся и, не видя Петра Ананьева в избе, вспомнил, что тот ушел, надев охабень и шапку.

"Пусть проветрится, сердце на вольном воздухе успокоит, но я-то его дожидаться не стану. Може он тут на пустыре, так скажусь, а нет, запру дверь на замок и айда к Фиме", — мысленно сказал себе Кузьма и одевшись, захватив с собой висячий замок и вышел из избы.

На пустыре Ананьева не было. Кузьма пошел до улице, посмотрел по сторонам, но нигде не было видно старика. Парень вернулся к избе, запер дверь в привинченные кольца висячим замком и положил ключ в расщелину одного из бревен — место, уговоренное с Петром Ананьевым, на случай совместного ухода из дому. Почти бегом бросился он затем по улице и, не уменьшая шага, меньше чем через час был уже во дворе дома Салтыкова.

Привратника не было, двор был пуст и Кузьма Терентьев тотчас же направился в дальний угол сада — место обычных его свиданий с Фимкой. Так ее не было, но он не ошибся, предположив, что уже несколько раз в этот день побывала она там и должна скоро прийти туда. Не прошло и четверти часа, как в полуразрушенную беседку, где обыкновенно они с Фимкой крадучи проводили счастливые минуты взаимной любви, и где на скамейке сидел теперь Кузьма, вбежала молодая девушка.

— Кузя... ты... пришел... принес? — торопливо заговорила она.

— Пришел, моя кралечка, пришел и принес, — заключил он ее в свои объятия.

— Спасибо, милый, хороший... Где же оно?

— Вот, на, получай.

Кузьма Терентьев вынул из-за пазухи пузырек со снадобьем и подал его Афимье.

— Не обманул старый.

— Не... Будь покойна, не обманул... С проклятьем отдавал... а отдал...

— Верно подействует?

— Так, что лучше не надо, захиреет человек, зачахнет... и умрет... Как ни лечи, никакие лекарства не помогут.

— А... Я так и доложу... Ты тут побудь... Может Дарья Мико-лаевна повидать тебя захочет.

Обняв и поцеловав Кузьму именно тем крепким, страстным поцелуем, о котором он мечтал еще в своей избушке, после того как всеми правдами и неправдами добыл от старика снадобье, молодая девушка вышла из беседки. Афимья неспроста заставила дожидаться Кузьму Терентьева, выразив предположение, что Салтыкова пожелает его видеть. У ней были на этот счет свои соображения.

Когда она доложила Дарье Николаевне о результате своего посещения "аптекаря" на Сивцевом Вражке, то не скрыла от нее, что дело это взялся устроить Кузьма, и что кроме денег — это уже она приврала, чтобы сохранить у себя соблазнительную десятку — на старика придется действовать и угрозой, так как он хранит зелье пуще глазу и, боясь греха, бросил теперь изготовление снадобей.

— Ишь, старый черт, когда опомнился, за душу принялся, может уже сколько душ загубил, пес эдакий, а тут на-поди, — проворчала Салтыкова.

Фимка молчала.

— Однако, твой-то обещал?..

— Обещал...

— И исполнит?

— Об этом будьте без сумления. Кузьма у меня послушный... Я его в руках держу.

— И дельно...

— Сказал, так сделает... А то ему меня как ушей своих не видать...

— Так и сказала?..

— Точно так.

— А он что же?

— Из горла, говорит, вырву, а добуду нынче до вечера али завтра утром.

Дарья Николаевна сидела несколько минут молча, погруженная в раздумье, изредка взглядывая на стоявшую перед ней Фимку. Складки ее красивого лба указывали ясно, что мысль ее усиленно работала над разрешением какого-то серьезного вопроса. Вдруг она тряхнула головой и обратилась к Афимье.

— Коли принесет сегодня или завтра, проводи его ко мне...

— Я... — замялась Фимка, — ведь, барыня Дарья Миколаевна, для себя просила. Об вас, как вы приказали, слова не было.

— Да я с ним об этом и говорить не буду... Просто хочу его посмотреть. Твой вкус узнать, — деланно улыбнулась Салтыкова.

— Боязно ему будет...

— Чего боязно?.. Может он ко мне в привратники пойдет... Аким-то старенек стал... Вместе-то вам повольготнее будет.

Афимья молчала. Ее природная сметливость подсказывала ей, что Дарья Николаевна что-то задумала иное, нежели просто желание соединить два любящих сердца, ее и Кузьмы. Сердце молодой девушки сжалось каким-то томительным, Тяжелым предчувствием грозящей беды.

"Не к добру это, не к добру, добра-то она", — мелькала у нее мысль.

— Так доложи мне, когда он придет, — продолжала Салтыкова.

— Слушаю-с, — лаконически отвечала Фимка.

Вот почему она и приказала Кузьме ждать зова Дарьи Николаевны в беседке, а сама направилась в будуар Салтыковой. Последняя была весь этот день в каком-то нервном, тревожном состоянии и теперь большими шагами ходила по комнате.

— Ну, что? — обратилась она к Афимье, быстро вошедшей в дверь.

— Извольте, принес! — подала она ей пузырек. Салтыкова дрожащей рукой схватила его и стала рассматривать.

— Настоящее?

— Оно самое и есть, еще старик-немец делал...

Фимка рассказала все, что слышала от Кузьмы Терентьева о свойствах, принесенного снадобья.

— Ладно, коли не врет! — заметила Дарья Николаевна.

— Зачем врать... Кузьма не врет.

— А может старик?

— Он раньше о нем рассказывал Кузьме, а теперь, врать ему тогда зачем было.

— Верно, умная ты у меня Фимка, за то и люблю тебя. Фимка сконфуженно потупилась.

— А он где?

— Кто?

— Кузьма-то твой...

— В беседке, в саду...

— Это в сломанной?

— Так точно...

— Ишь вы где шуры-муры с ним ведете... Давно уже я ее снести хотела, да все не собралась, а вот тебе этим услужила, значит.

Дарья Николаевна улыбнулась. Улыбнулась и Фимка.

— Иди, я приду посмотреть на твоего дружка милого...

— Вы, сами, туда! — воскликнула Афимья.

— Ну, сама, сама. Что же мне, хозяйке, по саду, что ли заказано?

— Да ведь погода.

На дворе действительно стояла глубокая осень, моросил мелкий, холодный дождь, было пронизывающе сыро.

— Небось, не растаю, не сахарная. Ступай. Только ему не говори, что я приду, а так сама задержи его.

Фимка вышла и, снова быстро перебежав двор, очутилась в беседке.

— Отдала? — встал ей на встречу с лавки Кузьма.

— Сама сюда идет.

— Сама?

— Повидать тебя хочет... Может к нам в привратники пойдешь служить.

— Ну, это шалишь.

— Коли тебя любит, то вместе с тобой будет ему, говорит, вольготнее...

— Оно так-то так! — раздумчиво, после некоторой паузы, заметил Кузьма.

— Это еще что будет и когда будет. Только ей о зелье ни слова, будто и не знаешь, потому она мне велела для себя достать, а я уже так сболтнула, любя тебя.

Она подошла к нему совсем близко. Он обнял ее за талию, привлек к себе и поцеловал. В этот самый момент близ беседки раздались твердые шаги, послышался хруст опавших листьев и через несколько минут в дверях беседки появилась Дарья Николаевна.

— Это ты, Фимка? — деланно строгим голосом спросила Салтыкова. — Я гуляла по саду, слышу кто-то в беседке притаился.

— Я-с... — тоже деланно сконфуженным тоном сказала Афимья, поняв, что барыня хочет показать Кузьме, что она открыла их свидание случайно.

— А это кто? — указала она на отскочившего от Фимки и стоявшего в отдалении Кузьму.

— Простите, барыня.

— Как тебя зовут, паренек? — обратилась Дарья Николаевна к Кузьме Терентьеву.

— Кузьма Терентьев.

— Ты откуда же?

Тот удовлетворил любопытство барыни, сообразив сам, что последняя играет "комедь".

— А-а... — протянула Салтыкова. — Что же, парень хоть куда. Тебе совсем под пару, Фима. Любитесь, любитесь. Бог с вами. Непорядков по дому я не люблю, а кто дело свое делает, тому любиться не грех. Тебе, паренек, что надо будет, может служить у меня захочешь, приходи, доложись. Коли ты Фимку крепко любишь и я тебя полюблю, потому я ее люблю с измальства.

— Спасибо на добром слове, барыня, — почтительно поклонился в пояс Салтыковой Кузьма.

"Не к добру, не к добру добра она так", — снова замелькала мысль в голове Афимьи.

Дарья Николаевна, между тем, тихо вышла из беседки и скоро скрылась на повороте садовой дорожки.

— А она добрая, — заметил Кузьма Терентьев.

— Да-а... — протянула Фимка, но та же гнетущая мысль о том, что не к добру эта доброта Салтыковой, не оставляла ее во все остальное время свиданья с глазу на глаз с Кузьмой.

Мы знаем, какое страшное употребление сделано было из добытого Фимкой через Кузьму снадобья, и хотя медленное действие зелья заставило Дарью Николаевну прибегнуть к решительной мере, но болезнь Глафиры Петровны все была последствием отравления ее изделием "немца-аптекаря". Болезнь эта сделала смерть ее в глазах московских властей вполне естественной. Сплетня, как мы видели, работала сильно, но истину знали только три человека: сама Дарья Николаевна Салтыкова, Афимья и Кузьма Терентьев.

XIII

СЛУЖАНКА-СОПЕРНИЦА

Прошло уже два года. В доме Салтыковых они принесли некоторые, хотя несущественные, перемены.

Дарья Николаевна родила своему мужу второго сына, названного при святой молитве Николаем, и встреченного с тем же, если не с большим, равнодушием, как и первенец, и отцом, и матерью. Нежность к детям всегда верное отражение взаимной нежности родителей. В детях любят они свои взаимные чувства, плодом которых и является дитя. Только духовная связь, существующая между родителями при зачатии ребенка, кладет на него для них печать дорогого существа, в прочих случаях он является лишь куском мяса, каковыми кусками мяса были друг для друга и отец, и мать.

Конечно, чувство в браке или в связи мужчины с женщиной может быть односторонним, тогда является и одностороннее чувство к ребенку — его любит тот из родителей, который носил или носит в своем сердце это чувство и любит его воплощение в своем ребенке. Нелюбовь к детям указывает на чисто механическую связь его родителей, при которых холодная природа также делает свое дело, нелюбовь к ребенку со стороны одного из его родителей указывает на отсутствие чувства нелюбящего свое дитя родителя к другому. Такая, как мы видели, чисто механическая связь существовала и между супругами Салтыковыми. Ею-то и объясняется равнодушие их к двум родившимся у них сыновьям.

Скажем более, союз Дарьи Николаевны Ивановой и Глеба Алексеевича Салтыкова, хотя и освященный церковью и по внешности носивший все признаки брака, был, в сущности, уродливым, безнравственным явлением — их близость была основана единственно на чувственности, причем даже эта чувственность за последние годы проявлялась лишь в форме вспышек. Вне этих вспышек низменной страсти, супруги, как мы знаем, прямо-таки ненавидели друг друга.

Глеб Алексеевич, сойдясь с Фймкой, несколько воспрянул и духом, и телом, к великому недоумению и огорчению своей законной супруги. Афимья играла в двойную и опасную для себя игру. Допущенная Дарьей Николаевной к близости с барином, для того, чтобы окончательно доканать его пресыщением ласк, она сумела окружить его тем вниманием любящей женщины, которое неуловимо и которое чувствуется любимым человеком и благотворным бальзамом действует на его телесные и нравственные недуги. Самые ласки ее не были для него тлетворны, а напротив, носили в себе гораздо более духовного элемента, нежели ласки "Дашутки-звереныша", "чертова отродья", "проклятой", как мысленно стал называть Дарью Николаевну ее муж, не могущий, однако, подчас противостоять внешним чарам этой женщины, не брезгавший дележом любви своего мужа между ею и Фимкой.

Глеб Алексеевич более всего ненавидел себя после вспышки страсти к своей жене и не находил укоризненных слов по своему адресу за эту слабость и, быть может, ненавидел своих детей за то, что они являлись живым укором его в ней.

Перо немеет, рука отказывается описывать, а уму тяжело становится воспроизводить картину, этого, к счастью, в русских семьях исключительного домашнего очага Салтыковых, очага, достойного, впрочем, такой женщины, какою была Дарья Николаевна Салтыкова или, попросту, Салтычиха.

Для того, чтобы объяснить благотворное влияние Фимки на физическое и нравственное состояние Глеба Алексеевича, необходимо заметить, что молодая девушка с первой встречи с "красивым барином", при выходе из театра, в тот злополучный для Салтыкова вечер, когда злой рок столкнул его на жизненной дороге с его будущей женой, влюбилась в Глеба Алексеевича. Конечно, эта любовь "крепостной девушки" показалась бы, по понятиям того времени, для всех и даже для самого Глеба Алексеевича Салтыкова — лучшего из окружавших его — дерзостью. Это хорошо понимала умная от природы Фимка, и чувство свое схоронила глубоко на дне своего сердца, сделав для себя из него сладостную тайну. Она радовалась, и радовалась искренне, возникшему чувству между "красивым барином" и ее барышней, так как это чувство доставляло ей возможность чаще видеться или, лучше сказать, чаще издали или хоть мельком видеть своего кумира, а брак Дарьи Николаевны рисовал ей чудную перспективу жизни с "красивым барином" под одной кровлей.

Связь с Кузьмой была скорее результатом, нежели помехой этого чувства, она бросилась в объятия молодого, робкого парня, так как хорошо понимала, что другие вожделенные для нее объятия ей недоступны. Она позволила себя любить Кузьме, не переставая любить Глеба Алексеевича Салтыкова, который и не догадывался о зароненном им чувстве в сердце горничной своей сперва невесты, а потом жены. Этим безучастием сердца в романе Фимки с Кузьмой и объясняется безграничная власть первой над вторым. Страннее всего то, что Афимья не переставала, по-прежнему, первое время любить свою барышню, а затем и барыню, ни на минуту не сомневаясь в ее гораздо большем праве стать близким существом к Глебу Алексеевичу Салтыкову. Это право —

право барышни было священно в глазах крепостной холопки, какою и была, и считала себя Афимья.

Любовь свою к этим обоим дорогим для нее людям она перенесла и на их первенца — Федю. Он был для нее сыном "его" и "ее", и какое из этих местоимений играло большую роль в ее сердце — ответ на этот вопрос даже для нее самой был затруднителен.

Так шла жизнь этих трех лиц до момента наступившего охлаждения между супругами и начавшегося заигрывания Глеба Алексеевича с Фимкой, случившегося, как мы знаем, вскоре после рождения первого сына. Охлаждение, впрочем, произошло ранее, но к этому времени оно отлилось в более определенную форму. Скрытое чувство любви к барину, освященное полученным от барыни разрешением, бросило Фимку в объятия Глеба Алексеевича, но после первых же ласк любимого человека, все до сих спокойное миросозерцание несчастной девушки изменилось. Она, подобно Салтыкову, прозрела, точно он вместе с первым поцелуем сдернул с ее глаз, закрывавшую их пелену.

Совершенно иными глазами она взглянула на своего барина и на свои отношения к Кузьме. Дарья Николаевна потеряла в ней единственного человека, который ее любил. Для Фимы она стала такой же ненавистной, как и для остальной прислуги барыней, ненавистной еще более потому, что она постоянно находилась перед ее глазами, была единственным близким ей человеком, от которого у Салтыкова не было тайны, а между тем, ревность к жене Глеба Алексеевича, вспыхнувшая в сердце молодой девушки, отвращение к ней, как к убийце, и боязнь за жизнь любимого человека, которого, не стесняясь ее, Дарья Николаевна грозилась в скором времени уложить в гроб, наполняли сердце Фимки такой страшной злобой против когда-то любимой барыни, что от размера этой злобы содрогнулась бы сама Салтычиха. Злоба росла, тем быстрее и сильнее, чем была тщательно скрываема.

Что касается отношений к Кузьме Терентьеву, то Фимке было надо много силы и воли, чтобы не порвать их совершенно, так как этот внезапный разрыв мог озлобить Кузьму, и Бог знает на что способны эти тихие, робкие, всецело подчиненные женщине люди, когда предмет их слепого обожания станет потерянным для них навсегда, без возврата к прошлому и без надежды на лучшие дни. Это тем более было опасно, что Кузьма Терентьев жил тут же, в одном доме с Фимкой.

Вернувшись на Сивцев Вражек, после описанного нами свиданья с ней и Дарьей Николаевной Салтыковой, перед которым он вручил Фимке добытое им у Петра Ананьева снадобье, Кузьма Терентьев нашел избу запертою, а ключ в расщелине бревна, нетронутый ничьей рукой.

"Не возвращался... И где его носит?" — мелькнуло в его голове, когда он отпирал висячий замок.

Войдя в избу и заперев дверь на внутренний засов, Кузьма стал ходить назад и вперед по горнице. Теперь, когда цель была достигнута, когда Фимка была спасена от лютости своей барыни, и когда даже сама эта барыня выразила ей и ему свое доброе расположение, в его сердце, далеко незлобивого Кузьмы, зашевелилось чувство жалости к старику.

"Ишь запропостился... Обиделся... — думал он. — Крутенько я с ним поступил, крутенько, да что же поделаешь, коли Фимку надо было вызволить..."

Это объяснение, казалось ему, должно было удовлетворить не только его, но даже и Петра Ананьева; Фиме надо было, — чего же больше — такова логика безумно влюбленных людей. Часы бежали, а Петр Ананьев не возвращался. Наступила ночь, и эта была, кажется, первая ночь для Кузьмы Терентьева, которую он провел без сна.

— Убился, старик, убился... Не жив... — шептали его губы, и он с открытыми глазами лежал на той самой лавке, на которой так спокойно улегся Петр Ананьев перед заставившим вскочить его разговором с Кузьмой.

Панический страх овладевал последним. Ему казалось, что около избы и в самой избе кто-то ходит. При мерцающем свете нагоревшей лучины, оставлявшей углы горницы в полном мраке, ему мерещились в них какие-то уродливые люди, протягивающие к нему свои костлявые, крючковатые руки, между ними мелькало и лицо Петра Ананьева. Разбушевавшаяся к ночи погода, шум от дождя в окна избы и завывание ветра на пустыре, еще более усиливали нервное состояние молодого парня. Кузьма Терентьев то и дело вскакивал, поправлял лучину, снова падал на лавку, стараясь заснуть, но сон не являлся. Лишь под утро он забылся в тревожном забытьи, от которого проснулся весь разбитый, с болью в голове и с ломотой в костях. Петра Ананьева не было.

Кузьма стал ломать себе голову, куда мог деться старик, так как мысль, что он покончил с собою, настолько страшила его, что он старался отогнать ее разного рода доводами.

"Тоже крест на себе имеет, чтобы так и угодить в пасть дьяволу — руки на себя наложить!" — рассуждал он.

Тут он припомнил свой вчерашний разговор с Петром Ананьевым и его рассказы о посещении им Новодевичьего монастыря, где перед иконой Богоматери старик дал клятву не заниматься более греховным делом составления ядовитых снадобий и куда на вклад отдал он нажитые этим богопротивным делом деньги.

"Беспременно туда он ушел..." — подумал Кузьма, и эта мысль вскоре выросла в полное, непоколебимое убеждение.

"Сем-ко я пойду, поразведаю..." — решил он и, одевшись, вышел из избы.

Догадка не обманула его. От первой же встреченной в ограде монастыря монахини он узнал, что схожий, по его описанию, старик вечор пришел в монастырь, доложился матушке-игуменье и после часовой с ней беседы был оставлен при монастыре в качестве сторожа. Пришел он-де, очень кстати, так как с неделю как старый сторож, ветхий старичок, умер, и матушка-игуменья была озабочена приисканием на место его надежного человека.

— И этот, кажись, старик степенный, строгий, — заметила монашенка.

— Где же он теперь? — спросил Кузьма.

— А в своей сторожке, батюшка... — указала ему собеседница дорогу.

Кузьма пошел и приближаясь к сторожке, почти на ее пороге, встретился лицом к лицу с Петром Ананьевым.

— Ты зачем пришел в святое место? Уйди... Проклятый! — грозно сказал старик.

Кузьма Терентьев, как бы пораженный этим властным голосом обиженного им старика, без слов повиновался и ушел быстрыми шагами из монастырского двора. На сердце у него стало легче; он убедился, что Петр Ананьев жив. Прямо от Новодевичьего монастыря он направился в дом Салтыкова. Он хотел поговорить с Фимкой о месте у Дарьи Николаевны.

XIV

ПОКРОВИТЕЛЬНИЦА

Сама судьба благоприятствовала Кузьме Терентьеву. Войдя во двор дома Салтыкова, он увидел поданный к крыльцу экипаж, и в ту же минуту из парадной двери вышла Дарья Николаевна и прямо взглянула на Кузьму. Скрыться было невозможно. Он отвесил ей поясной поклон.

— Это ты, паренек! Часто шастаешь... Али дела никакого у тебя нет?

— К вашей барской милости, — ответил Кузьма.

— Ко мне?

— Так точно... Коли милостивы будете, возьмите к себе во двор, служить буду верой и правдой...

— Со стариком-то разве повздорил?

— Никак нет-с... Он сам ушел...

— Из дому? Куда?

— В Новодевичий монастырь, в привратники.

— А-а! — протянула Салтыкова.— Что же, оставайся, дело найдется, сыт будешь...

Кузьма Терентьев поклонился ей до земли.

— Спасибо, матушка-барыня, спасибо...

—Не за что... Служи только... Баклуши бить будешь, я и на конюшню отправлю, не посмотрю, что с воли... У меня строго...

С этими словами Дарья Николаевна села в экипаж и лошади тронулись. Кузьма остался стоять на дворе с открытой головой, так как шапку держал в руке. Постояв несколько времени, он побрел через двор в сад, куда прибежала вскоре и Фимка, видевшая из окна всю сцену переговоров Кузьмы с Дарьей Николаевной.

"И что он с ней такое гуторил да низко кланялся?" — думалось Фимке, и она, быстро выйдя после отъезда барыни и увидев, что Кузьма побрел в сад, пошла за ним.

Догнала она его у самой беседки.

— Ты что это зачастил? — встретила она его таким же вопросом, как и сама Салтыкова.

Они вошли в беседку. Кузьма Терентьев рассказал Фимке происшествие со стариком, так ее заинтересовавшее, что она, слушала, даже позабыла, что хотела спросить у Кузьмы, о чем он беседовал с барыней. Он, между тем, окончил рассказ и заметил:

— Ни за какие коврижки не пойду я в эту проклятую избу ночевать, калачами меня теперь туда не заманишь...

— Что ты, Кузя! Где же ты жить будешь?

— Здесь по близости.

— Место нашел?

— Нашел.

— Где же?

— Да у вас во дворе... Фимка отскочила от него.

— Что ты!

— Али не рада поближе ко мне жить? — улыбнулся Кузьма, обняв ее за талию.

Они сидели, как обыкновенно, на полусгнившей скамье. — Рада-то рада, да как же все это случилось?..

— А вчерась, разве забыла, барыня Дарья Николаевна меня к себе служить звала... Вот я сегодня пришел, да на мое счастье, на нее и наткнись... Поклонился ей смиренно и попросил...

— А, вот о чем вы с ней гуторили... А я из окна смотрела и невдомек мне... Что же она?

— Остаться дозволила... Дела; говорит, найдется и хлеба тоже.

— А о кнуте не добавила? — ядовито заметила Фимка.

— И об этом сказывала, но это коли заслужу...

— У ней всякая вина виновата...

— Меня-то да тебя, чай, тронуть подумает...

— Это почему?

— А снадобье-то кто ей доставил? Чай, помнить должна...

— Ишь ты какой!

— А что ей в зубы смотреть, што-ли?

— Как бы она тебе их не пересчитала...

— Собьется считать-то...

— Ох, мастерица она на этот счет.

— Ну, там посмотрим ее мастерство-то... Так я сейчас до дома дойду... Пожитки свои захвачу, да и к вам, а ты доложись Дарье Миколаевне, как она приедет, куда она мне прикажет приютиться и к какому делу приспособит, — вдруг заторопился Кузьма.

Фимка его не задерживала и сказала:

— Хорошо, спрошу...

— Так, прощай...

— Прощай.

— Не надолго...

— Уживешься ли?

— Это я-то?

— Ты-то...

— Первым человеком у барыни твоей буду... Вот я каков!

— Хвастай...

— Что-то ты меня и не поцелуешь...

— Нацелуемся.
— Это вестимо... А сегодня на радостях все же надо.

Он заключил Фимку в свои объятия и запечатлел на губах ее крепкий поцелуй.

— Ну те, оглашенный, — отстранила его рукою Афимья, — ступай.
— Гнать стала...
— А хоть бы и так... Не посмотрю, что подлез к барыне...
— Это я-то подлез?
— Вестимо.
— Ведь сама же...
— Что сама?
— Баяла, повидать тебя барыня хочет.
— Так я подневольная... Что прикажут, то и делаю...
— Да мы, кажись, с тобой ссоримся...
— Зачем ссориться, я и так тебя шугану, своих не узнаешь.
— Фима, за что же! — взмолился Кузьма и сделал печальное лицо.
— Щучу, экой дурень.
— Что-то, а мне невдомек, думаю взаправду серчаешь...
— Чего мне серчать-то?..
— А вот, что я у барыни к вам во двор впросился.
— Это барское дело, а мое сторона.
— Одначе.
— Что, одначе...
— Вместе-то лучше будет...
— Это каким ты будешь, такой и я... Коли из моей воли не выйдешь, любить буду, а коли что замечу мне не по нраву, поминай как звали... И близко будешь и далеко, не даром пословица молвится: близок локоток да не укусишь... Так и ты меня...
— Да когда же я из воли твоей выходил... Кажется, все, что твоя душенька прикажет... Что смогу... — снова взмолился Кузьма.
— Я напредки говорю.
— И напредки так же будет.
— Ну и ладно... Теперь ступай... Сама не надолго выехала, к попу... Покойница у нас...
— Покойница?..
— Лизутка белокурая Богу душу отдала...
— С чего это?.. Молодая еще.
— Годов восемнадцать...
— Болела?..
— Зачем болеть... Здесь не болеют... Скалкой ее по голове наша-то хватила...
— Ну!.. — побледнел Кузьма.
— Вот-те и ну... Та и прикончилась... Хоронить надо... Вот к попу на поклон и поехала.
— И похоронят?
— Не впервой... Барыня властная... С ней не заспоришь... Подарит или сама засудит — выбирай...
— Дела!.. И часто это она рукам волю дает?
— Да дня не проходит.

— И все до смерти?

Фимка даже улыбнулась, несмотря на далеко не веселый разговор, наивности Кузьмы.

— Нет, иные через день, через два отдохнут.

— Значит не врут про нее, что зверь?

— Знамо не врут... Одно слово — Салтычиха.

Кузьма почесал в затылке, затем тряхнул головой и заметил:

— Нас с тобой не саданет.

— Это как Бог.

— Потрафлять ей надо...

— Потрафь, а мы посмотрим...

— И увидишь...

— Однако, ступай, еще наболтаемся... Прощай.

Фимка быстро вышла из беседки и бегом пустилась в дом. Кузьма медленно прошел сперва, по саду, а потом по двору. В голове его неслись мрачные думы.

— А как не ровен час и меня саданет чем попало?.. Меня-то что... Фимку... Тогда я ей себя покажу... Своими руками задушу, подлую... Ишь, она какая, зверь-зверем... Ну, да ништо, уживу, а то сбегу и Фимку сманю...

Остановившись на этом успокоительном решении, он, выйдя за ворота, прибавил шагу.

Фимка, между тем, вернувшись в дом, прошла в будуар, под видом уборки, но собственно для того, что это была единственная комната в доме, где она без барыни могла быть совершенно одна. Одиночество было для нее необходимо. Ей надо было собраться с мыслями.

Так быстро решенный переезд Кузьмы в дом Салтыковой застал ее врасплох. Особенно странно ей казалось поведение в этом деле Дарьи Николаевны, так быстро согласившейся принять к себе во двор незнакомого ей парня да притом еще участника в добывании ядовитого снадобья, предназначенного для отравления генеральши Глафиры Петровны.

"Что ни на есть, да она замышляет!" — думала Фимка.

"Не к добру так добра она!" — снова мелькала в.ее уме прежняя гнетущая мысль.

Но как ни ломала молодая девушка голову, но не могла постигнуть замысла Дарьи Николаевны.

"Надо держать ухо востро!" — сделала она только один вывод из накопившихся в ее голове мыслей.

В это самое время послышался шум подъехавшего к крыльцу экипажа. Эта вернулась Салтыкова. Она была в хорошем расположении духа: дело с покойницей, видимо, было улажено.

— А я твоего-то дружка взяла под свое крылышко, — бросила она вошедшей с ней вместе в будуар Фимке.

— Премного вами благодарна...

— А ты знала?..

— Знала.

— Уже повидались, благо барыня со двора выехала. Фимка молчала.

— Ничего, ничего, я пошутила...

— Просил он меня узнать, какой ваш для него приказ выйдет...
— На счет чего?
— Где ему жить и что делать?
— А он здесь?
— Нет, за пожитками пошел, сейчас обернет...
— Так пусть поживет пока с Акимом в сторожке, помогает ему по двору.
— Слушаю-с...
— А там увидим.
— Акиму сами приказ дадите.
— Да, пусть придет.

Фимка вышла исполнить приказание. Вернувшийся часа через два Кузьма Терентьев уже застал очищенным для себя угол в сторожке привратника Акима, и скоро поладил со стариком, который любил его и ранее, за словоохотливость и веселый нрав. Таким образом, два любящих сердца, Кузьмы и Фимки, были соединены, и в роли покровительницы этих сердец явилась Дарья Николаевна Салтыкова. Дворня приняла с удовольствием известие о появлении ее старого знакомого, хотя и не догадывалась об отношении Кузьмы к Фимке. Так тайно и искусно умели они вести свое дело.

XV

ТРОИЦКАЯ ТЮРЬМА

Летом Салтыковы не жили в Москве. Они перебирались в конце апреля, редко в начале мая, в свое подмосковное село Троицкое, которое, по близости его от Москвы, грозная помещица избрала своим дачным местопребыванием. Оно служило летом ареной ее зверских расправ с дворовыми людьми или, как она называла, "бабьих забав". Некоторые из них были своеобразно оригинальны.

Такова, например, была "Троицкая тюрьма" или "волчья погребица", как называли эту тюрьму хорошо знакомые с ней дворовые и крестьяне. Тюрьма эта была длинным, низким зданием, сложенным из громадных булыжных камней, и крытая черепицей тёмнокрасного цвета. Оно находилось в отдалении от других жилых и нежилых построек и производило одним видом своим гнетущее впечатление.

Вместо окон, в нем были какие-то узкие отверстия, вроде отдушин, а вела в него маленькая дубовая дверь, всегда запертая огромным висячим замком на толстом железном засове. Громадные булыжники, серые и темные, скрепленные беловатой известью, казались иногда, при закате солнца, когда красные лучи его ярко ударяли в стену, какими-то гигантскими глазами, выглядывающими из огненного переплета. Во время дождей и хмурой погоды, оно выглядывало много серее и печальнее всего окружающего, и было так уныло и неприветливо, что даже вороны и те почему-то не всегда и неохотно садились на его черепичную, щетинистую крышу, почерневшую от времени и в некоторых местах заросшую темнозеленым мохом. В лунные ночи, когда луна, бледная, стояла высоко на небе или висела красным шаром низко на горизонте, "волчья погребица" представляла из себя нечто чисто фантастическое. Игра лунного света на стенах и на крыше погребицы делала из нее что-то сказочное, хотя, в сущности, это было наипрозаичнейшее строение и назначение его было очень мрачное.

Это была своего рода тюрьма, созданная Дарьей Николаевной Салтыковой для своих провинившихся дворовых и крепостных. Туда запирали несчастных на хлеб и на воду и держали иногда по месяцам в сообществе с волком, который в одном из углов был прикован на цепь. Поэтому-то эта постройка и получила название "волчьей погребицы". Выдумала это сама Салтыкова, и очень этим забавлялась.

— Надо, дружок, к господам применяться... С волками жить, по волчьи выть... Вот и ты посиди с волком, поучись ему угодить, после мне, ведь вы меня волчицей прозываете, угодить тоже сможешь, — говорила она провинившимуся.

Волка достал ей знакомый нам Кузьма Терентьев. Он не даром хвастался Фимке, что будет у барыни первым человеком. Первым не первым, а парень вскоре после своего поступления на службу в Салтыковскую дворню, получил среди нее немаловажное значение. Дарья Николаевна почему-то именно его выбрала исполнителем своих приговоров над дворовыми. Он занял место домашнего палача, не переставая заниматься по двору в качестве помощника привратника Акима. Производство в эту должность произошло по его собственному желанию.

До него к этому делу был приставлен бывший кучер Степан, рослый, здоровый парень, звериного вида, воловьей силы. Он исполнял свои обязанности с каким-то наслаждением, и Дарье Николаевне все чаще и чаще приходилось ездить для переговоров к попу, отцу Варфоломею, так как не проходило недели — двух, чтобы Степан кого-нибудь да не засекал до смерти. Им был нагнан положительно панический страх на дворовых, даже мужчин не говоря уже о женщинах, да и сам "Степка", как звала его Салтычиха, или Степан Ермилыч, как величали его прошлые и будущие жертвы, сильно пользовался создавшимся вокруг него положением, и ходил по двору и даже людской, точно ему "черт не брат", как втихомолку о нем перешептывались дворовые.

Между этим-то Степаном-палачем и вновь поступившим вторым привратником Кузьмой, спустя весьма короткое время по поступлении последнего, произошло крупное столкновение из-за упавшей деревянной ложки, во время обеда, которую Кузьма нечаянно раздавил ногой. Ложка оказалась любимой ложкой Степана. Все сидевшие в застольной притихли, ожидая угрозы и даже с сочувствием поглядывая на Кузьму Терентьева.

— Ты, чертов сын, неумытое рыло, чего чужие ложки ломаешь!—- накинулся на него Степан.

— Ненароком, — отвечал Кузьма.

— Еще бы ты нароком... В рот-те оглобля... Шатун московский... Я-б тебя в бараний рог согнул, узлом бы завязал!

Степан поднялся из-за стола. Он сидел через одного человека от Кузьмы. Этот человек был привратник Аким. Последний быстро скользнул под стол, несмотря на свои старые годы и вынырнул с другой стороны, где его предупредительно пропустили сидевшие. Кузьма и Степан очутились лицом к лицу.

— Ты потише, гужеед, — в свою очередь встал на ноги Кузьма.

Сидевшие затаили дыхание при такой дерзости нового работника. Опешил от нее также привыкший к раболепству и безответности Степан.

— Погоди ты, пес окаянный, попадешься мне на расправу, я тебе бока-то окровяню, кишки выпущу! — пригрозил Степан и, быть может, тем бы и кончил, если бы Кузьма смолчал.

Но тот, видимо, не был к этому расположен.

— Да кому еще кто бока окровянит да кишки выпустит! — крикнул он.

— Пащенок! — загремел Степан и бросился на Кузьму.

Дворовые повскакали с мест и отодвинули стол, чтобы дать место борьбе, которая представлялась всем настолько интересной, что скудная еда салтыковской трапезы была забыта.

— Легче, легче, — невозмутимо, но, видимо, с громадной силой оттолкнул от себя Степана Кузьма.

Последний еще более разъярился, и страшный кулак, как молот, готов был опуститься на голову Кузьмы, но тот, накренившись набок, избег удара, в то же время дал такую затрещину в ухо Степану, что тот пошатнулся. Не давая опомниться врагу, Кузьма бросился на него, ловко обхватил его за пояс, дал подножку и уложил на пол. Дав ему еще раза два в зубы и надавив грудь коленкой, он спросил его:

— Будешь меня задирать, дубина осиновая, гужеед проклятый?

— Пусти, чертов сын...

— То-то пусти... До сих пор потачку давали, так ты думаешь, все так будут... Шалишь... Я тебя отпущу, но ты меня не замай, а то я тебе без барского приказа рыло на сторону сворочу и кишки выпущу.

— Пусти, — простонал Степан.

Все лицо его было в крови... Он тяжело дышал. Все дворовые с каким-то немым благоговением смотрели на Кузьму Терентьева, этого геркулеса салтыковской дворни. Кузьма отпустил Степана, а тот, приподнявшись с полу, шатаясь вышел из застольной избы, не взглянув ни на кого из находившихся в ней.

С этого дня Степан ходил мрачнее тучи и пил мертвую. Об этом не преминули донести Дарье Николаевне, причем и сообщили сцену в застольной. Доложила об этом Фимка, хотя и не бывшая свидетельницей победы Кузьмы над Степаном, но выслушавшая точный рассказ об этом происшествии от очевидцев.

— И хорошо сделал, что проучил чертова сына, зазнался нахал... — изрекла Салтыкова. — И хорошо проучил?..

— Проучил, лучше не надо...

— Степан, говоришь, пьянствует?

— Пьет... без просыпу пьет.

— Так пусть Кузьма его поучит на конюшне...

У Дарьи Николаевны давно чесались руки на Степана, который пользуясь своей ролью палача, действительно зазнался, и даже, раза два в пьяном виде, не ломал шапки перед барыней. Салтыкова сделала вид, что не заметила этого, так как не было у нее на примете никого из дворовых, кто бы мог заменить Степана в его зверском деле. Теперь такой человек нашелся — это был Кузьма. Весть о наказании Степана за пьянство, наказании, которое должен привести в исполнение Кузьма Терентьев, с быстротою молнии облетела весь салтыковский двор. Дарья Николаевна сама объявила позванному в людскую Степану свой приговор.

— Ступай, Кузьма тебя выучит как пьянствовать... Уж раз он тебя проучил, второй-то раз тебе даже лестно будет.

— Что же, пусть учит, ваша барская воля, — проговорил заплетающимся голосом Степан, бессмысленно таращa на Салтыкову свои налитые вином глаза.

Кузьма, озлобленный более на Степана не за ругань в застольной, а за то, что он, в качестве любимца барыни, стал иметь вид на Фимку и даже не раз хвастался, что поклонится барыне о браке с Афимьей — действительно поучил его как следует. Замертво унесли Степана из конюшни на палати в людскую избу, где через пять дней он отдал Богу Душу. Отцу Варфоломею сказали, что он умер от пьянства, и он даже, укоризненно покачав головой, заметил:

— Ишь зелье-то бесовское до чего доводит.

Степана похоронили. Кузьма Терентьев занял его место.

— Ты и впрямь палачем сделался, бесстыжая твоя душа! — сказала ему Фимка в первое же, после смерти Степана, свиданье с Кузьмой наедине. — Разлюблю я тебя, душегуб...

— Глупа ты, Фимка, — отвечал Кузьма таким тоном, каким никогда не говорил со своей возлюбленной.

Та таращила на него глаза.

— Умен ты больно...

— Знамо дело глупа... На Степана я за тебя зуб имел, тот часто на тебя глаза закидывал, а за тебя я кому хошь горло перережу...

Фимка довольно улыбнулась. Какая женщина не довольна, когда мужчина готов перерезать из-за нее горло своему ближнему?

— А другим я мирволить буду... Бить-то можно так, что с виду умрет под прутьями, а на деле щекочет только... Меня еще как полюбят на дворне... Погоди... А барыня довольна будет, пусть наказанный-то три-четыре дня и ночи поваляется — все отдых.

— Ишь, что придумал...

Фимка успокоилась. Кузьма сказал правду. Вскоре дворня вздохнула свободнее, и к отцу Варфоломею Дарья Николаевна ездила лишь тогда, когда сама, не ровен час, хватит по голове провинившегося или провинившуюся из дворни, чем попало: рубелем, скалкой, а то и весовой гирей. От порки, произведенной Кузьмой, не умирал никто, даже никто долго не болел: так "про-клажался", как говорили во дворне.

Конечно, последняя держала этот "секрет" своего нового палача в тайне. Это для нее был шкурный вопрос. Кузьма стал для Салтыковой необходимым человеком в отправлении домашнего правосудия, а потому летом, когда московский дом заколачивали и запирали наглухо и поручали Акиму и нескольким из дворовых, Кузьма Терентьев следовал за Дарьей Николаевной в Троицкое и таким образом не разлучался с Фимкой. Это и была одна из причин, почему он извел Степана, так как мысль, что тот поедет в деревню и будет там с Фимкой, когда он, Кузьма, останется по должности привратника сторожить дом, не давала ему покоя.

В первое же лето в Троицком, Кузьма случайно встретился со старым волком, взнуздал его живьем и привел на барский двор. Им он поклонился барыне. Дарья Николаевна похвалила его за удальство и сперва было приказала убить "серого", а потом раздумала и отдала распоряжение приковать его на цепь в погребице. В тот же день один из дворовых парней, уличенный в воровстве, был брошен туда. Парень был страшный трус и волк пугал его более, чем самое заключение в погребице. Голодный, не привыкший к цепи, волк рвался, лаял, выл, щелкал от злости зубами и грыз цепь. Все это так напугало парня, что он сам взвыл волком. Салтыкову это очень забавляло. Она ходила слушать этот, только для ее железных нервов подходящий концерт, и долго томила парня в погребнице. Бедняжка, когда был выпущен, сделался неузнаваемым: он похудел как щепка и поседел как лунь.

XVI

ХИТРОУМНЫЙ ПЛАН

Лето 1756 года стояло жаркое, было даже несколько знойных дней, почти неизвестных в Московской губернии. Глеб Алексеевич и Дарья Николаевна Салтыковы, со всеми приближенными к себе московскими дворовыми людьми, уже с конца апреля жили в Троицком.

Салтыков за последнее время снова начал сильно прихварывать, к великому огорчению Фимки, ухаживавшей за ним, как за малым ребенком и тем даже возбуждавшей ревнивые подозрения Кузьмы Терентьева, от которого, конечно, не были тайной толки дворни, называвшей заочно Афимью "барской барыней". Невхожий в дом, он не мог лично проверить справедливость этого прозвища, а Фимка умела настолько властвовать над направлением его мыслей, что возникшее по временам подозрение при одном ее властном слове рассеевалось. Фимка говорила, что она ему верна. Он любил ее, он хотел ей верить и... верил. Печаль и опасение, вызванные начавшейся сильно развиваться болезнью барина не ускользнули, однако, от чуткого любящего сердца Кузьмы Терентьева.

— Ты что это о нем так сокрушаешься... Родной он тебе, што ли... — говорил он ей при свиданиях в прилегающей к барскому двору роще, куда в тенистую прохладу приходили они, один со свободными, а другая с подневольными чувствами.

— Дурак ты, дурак... — огорошивала его Фимка.

— Чем это дурак-то, нельзя ли поспрошать?.. — обиженным тоном спрашивал Кузьма.

— Отчего не поспрошать... Не зря говорю, отвечу...

— Скажи на милость...

— А теми дурак, что барин-то у нас какой человек, знаешь?

— Я его редко и видывал...

— То-то и оно-то... А языком лопочешь...

— Какой же он человек?

— Какой, какой... — передразнила его Фимка. — А вот, что другого такого не сыскать... Святой человек...

— Ишь хватила.

— Ничего не хватила... Сам, чай, знаешь, какое золото наша барыня... Он, сердечный, уж шестой год с нею мается, измучила она его, измытарила, в гроб вгоняет... Только одна я отношусь к нему сердобольно...

— Уж не очень ли?.. — вставил Кузьма.

— Опять дурак... Коли так, так вот что... Не видать тебе больше меня, как ушей своих... Поминай меня, как звали...

Фимка повернулась, чтобы уйти.

— Что ты, Фима, что ты... Я пошутил...

— Хороши шутки... Не даром тебя любит наша кровопивица, ты сам такой же кровопивец...

— Это я-то?.,

— Да, ты-то... Коли не понимаешь и не знаешь никакой жалости к человеку... У меня сердце, на барина глядючи, надрывается... Увидала она, что от моего ухода он поправляеться стал, отстранять меня начала... Сама-де за ним похожу... Ты ступай себе. Побудет у него с час места... Приду я — мертвец мертвецом лежит...

— Что ты... — удивился Кузьма, видимо, заинтересованный рассказом.

— Ни кровинки в лице, глаза горят, несуразное несет, бредит...

— Чем же она его изводит?..

— Чем? А я почем знаю.

— Может опять каким снадобьем, зельем?

— Сама она тоже зелье не последнее.

В голосе Фимки слышалось страшное раздражение.

— Да, уродится же такая.,. — согласился Кузьма. — А что, Фимушка, правду намеднясь повар пьяный баял, что она людское мясо ест?..

— Говорил?..

— Клялся, божился, икону снимать хотел, что сам ей его и готовил...

— Брешет...

— Верно?

— А мне почем знать... — уклончиво отвечала Фимка. — Думаю так, что брешет.

— Другие тоже говорили... Если-де об этом по начальству донести, не похвалят-де ее.

— Держи карман шире... Начальство-то за нее... Сунься-ко настрочить челобитную, вспорят самого, как Сидорову козу — вот-те и решение... Было уже дело... Жаловались... Грушку-то она намеднясь костылем до смерти забила при народе... Нашлись радетели, подали на нее в сыскной приказ жалобу и что вышло?

— А что?

— Да то, что жалобщиков-то этих, пять человек их было, наказали кнутом да в Сибирь и сослали, а она сухой из воды вышла.

— Дела!

— А тут за год она за один, собственноручно, живодерка, шесть девок убила: Арину, Аксинью, Анну, Акулину да двух Аграфен... Все были забиты до смерти костылем да рубелем.

— Ох, страсти какие...

— Тоже жаловаться полезли: отец Акулины, пастух Филипп да Николай, брат Аксиньи и Акулины... И что же взяли... Выдали их ей же головой... Она их на цепи в погребице с полгода продержала, а потом засекла до смерти... Это еще до тебя было.

— Степан бил?

— Он...

— А насчет человечьего мяса брешет повар?.. — допытывался Кузьма.

— А я почем знаю... Может и ела, с нее станется.

— Как же тебе не знать...

— Не все же она мне сказывает... Сама иной раз по кухне шатается... С поваром шушукается...

— А это было?

— Бывало...

— Значит не врет... Экие страсти какие... И как это ее земля носит... — ахал и охал Кузьма.

— Так видишь ли, какая она, а у меня тоже сердце есть... Может мне ее ласки да привет поперек горла давно стоят... Кажись бы костылем лучше убила бы меня, чем видеть, как гибнут неповинные души человеческие... Наш-то брат дворовой или крестьянин туда-сюда, нам и дело привычное выносить тяготу гнета барского, а барин, голубчик, из-за чего мается... Взял ведь за себя ее без роду и племени. Насела на него, как коршун лютый на голубка сизого... Тетку извела, знает он это доподлинно... До самого его подбирается... Чувствует и это он, сердечный.

— Зачем бабе поддался так... — заметил Кузьма Терентьев.

— Ишь ты, горе-богатырь выискался, да хочешь ли ты знать, что сильнее умной бабы и зверя нет...

— Ишь, что выдумала.

— Ничего не выдумала... Вправду так... Да зачем далеко ходить. Возьми тебя хошь....

— Что же меня...

— Да разве я из тебя, коли охота бы была, щеп да лучин не наломала бы...

— Выискалась...

— Что выискалась... А зелье кто достал — слово только сказала.

— Ты... другое дело...

— Чего другое... Любишь, значит...

— Люблю, вестимо, а он ее тоже, значит, любит?..

— Любил... Ох, как любил... — со вздохом произнесла Фимка. — Теперь не любит, а как подъедет она к нему — устоять не может. Мне жалуется.

— Тебе...

— Мне, а то кому же ему, сердечному, пожаловаться... Не могу, говорит, Фимушка, отстать от нее, от окаянной... Точно приворот какой у нее есть, так и льнешь к ней, коли захочет... Нет сил устоять-то...

— Да она и впрямь ведьма...

— Не ведьма, а баба красивая, задорная.

— Это что говорить... Баба лучше не надо... Ты вот только краше мне и ее, и всех... Вот мне и боязно, чтобы и барину ты краше барыни не показалась...

— Чудак, ведь он на ладан дышет.

— Да это я так, Фима... Мысли одни...

— А ты эти мысли брось... Не веришь, штоль, мне?

— Верю, верю.

Объятия и крепкие поцелуи обыкновенно увенчивали подобные разговоры и Кузьма Терентьев успокаивался. Глеб Алексеевич действительно за последнее время таял как свеча под жгучим огнем ласк своей супруги, все чаще и чаще сменявшей Фимку около него в его кабинете. Он не был в силах устоять против этих ласк, хотя сознавал, что от них, несмотря на их одуряющую страсть, веет для него могильным холодом.

Смерть, впрочем, казалась ему теперь только сладким освобождением. Мучительно больно было ему расставаться только с одним существом в доме. Этим существом была Фимка. Он привязался к ней всей душой — это была привязанность больного ребенка к заботливой няне. Ее присутствие, ее ласки производили на него, повторяем, оживляющее действие.

Это, конечно, не ускользнуло от зорких глаз Дарьи Николаевны, и она давно уже мысленно решила погубить Фимку и таким образом лишить разрушающийся организм своего мужа последней поддержки. Но Фимка была слишком близкой к ней женщиной, она многое знала, во многом помогала ей; кроме того, она была связана с человеком, который от нее, конечно, знал об отравлении барыней родной тетки мужа. Хотя Фимка уверяла ее, что Кузьма не знает ничего, но умная и осторожная Салтыкова не верила и была в этом случае, как мы знаем, права. Надо было, значит, погубить Фимку при участии и даже непосредственной помощи Кузьмы.

Вот для чего она и приняла его на свою службу, вот для чего она даже приблизила его к себе. Гибель Фимки подготовлялась ею исподволь, в течении нескольких лет, но это, по расчету Дарьи Николаевны, была верная гибель. План был составлен с адским расчетом, и несмотря на то, что имел несколько целей, его не должна была постигнуть участь, предрекаемая пословицей: "за двумя зайцами погонишься — ни одного не поймаешь". Фимка, по этому плану, должна исчезнуть с лица земли. Глеб Алексеевич, лишенный последнего любимого им в доме существа, зачахнет совершенно, а Кузьма должен очутиться в руках Салтыковой в такой степени, что у него не могла бы появиться и мысль обнаружить когда-либо дело с зельем. Впрочем, с ним одним она могла справиться и иначе, — его можно было быстро отправить туда, откуда еще никто не возвращался.

Все эти мысли годами кипели в голове Дарьи Николаевны. Конечно, устранение Фимки и Кузьмы могло быть произведено не так сложно и не с такими продолжительными приготовлениями. Раз судьба их была решена, то к услугам Салтыковой, относительно первой были костыль, рубель, скалка или гиря, а относительно второго — "волчья погребица" и плеть. Вину отыскать за ними обоим не трудно, да Дарья Николаевна, у которой "всякая вина виновата", не особенно церемонилась с обвинением слуг.

Но носимый Салтыковой целые годы хитроумный план имел для нее самой своеобразное наслаждени среди битья своих дворовых и крепостных смертным боем, он был все же разнообразием, умственной, духовной пищей жестокой помещицы, а в этой пище нуждался даже этот лютый зверь в человеческом образе, эта, сделавшая свое имя, именем исторического изверга, — Салтычиха. Развязка плана близилась к концу. Ее ускорила сама Фимка.

XVII

СХВАТКА

Прошло несколько дней со дня описанного нами разговора Фимки с Кузьмой. Первая ходила как тень, мрачная, с распухшими от слез глазами. Мера ее душевного терпения переполнилась. Она не могла выносить вида Глеба Алексеевича, от которого была окончательно отстранена Дарьей Николаевной, и который быстрыми шагами шел к могиле.

Салтыкова смотрела на свою бывшую любимицу, злобно подсмеиваясь над ней, но не говорила ни слова, не спрашивала ее о причине ее печали. Она хорошо знала ее, а вид нравственных страданий ближнего причинял ей такое же, если не большее по своей новизне, наслаждение, как вид страданий физических.

В один из этих дней Глебу Алексеевичу стало особенно худо. Он лежал у себя в спальне, не вставая с утра и был в полузабытьи. Его красивое, исхудалое лицо было положительно цвета наволочки подушки, служившей ему изголовьем, и лишь на скулах выступали красные зловещие пятна: глаза, которые он изредка открывал, сверкали лихорадочным огнем, на высоком, точно выточенном из слоновой кости лбу, блестели крупные капли пота.

Фимка тайком пробралась к барину и неслышными шагами подошла к постели. Но чуткий слух больного, а, быть может, и чуткое сердце подсказало ему приближение единственного любящего его в этом доме, да, кажется, и в этом мире существа. Глеб Алексеевич открыл глаза.

— Это ты, Фимочка? — нежным грудным голосом, в котором слышалась хрипота пораженных легких, заговорил он. — Пустила?

— Нет... Я тайком... — полушепотом ответила Фимка. Больной вздрогнул.

— А как узнает?

— Не узнает, на поле...

— Донесут...

— Ничего... И чего вы барин, мужчина, так ее боитесь.

— Ох, Фимушка... — простонал больной вместо ответа. Наступило молчание. Фимка стояла и глазами полными слез

смотрела на Глеба Алексеевича.

— Ох, смерть моя, ох, умру! — начал причитать он. — Вгонит она меня в гроб... Вчера опять была.

— Да вы бы, барин, ее прогнали... Ну, ее... Господин ведь вы здесь, хозяин! Что на нее смотреть... Показали бы свою власть... Не умирать же в самом деле... Ведь она к тому и ведет.

— Ведет, Фимушка, ведет...

— А вы не дозволяйте... Ведь вы же муж, глава.

— Ох, Фимушка...

— Прогоните ее от себя... Хоть раз соберитесь с силами и прогоните...

— Не могу, Фимушка, не могу...

В этом "не могу" сказалось столько болезненного бессилия воли, что даже Фимка поняла, что этот живой мертвец не в силах бороться с полной жизни и страсти женщиной, какой была Дарья Николаевна.

— Ах, вы, болезный мой, болезный... Сгубит она вас, проклятая, — только и могла сказать Фимка.

— Сгубит, — горько улыбнулся больной, — уж сгубила... Мне бы хоть денек, другой отдохнуть от нее... Я бы поправился... Может Бог милостив.

— Это я устрою, — твердым голосом сказала Фимка.

— Как? — даже приподнялся на локоть лежавший Глеб Алексеевич, но снова упал на постель.

— Мое уж дело, как? Устрою...

— Ох, голубка, как бы тебе не попало, только и живу теперь, что о тебе думаю да в грехах каюсь...

— Милый, милый барин.

Фимка наклонилась к Глебу Алексеевичу и нежно поцеловала его в лоб. По лицу его разлилось какое-то необычайное спокойствие, он нашел в себе силы обхватить голову Фимки руками и, наклонив к себе, поцеловал ее в губы. Это был нежный поцелуй чистой любви, который способен вдохнуть в человека не только нравственные, но и физические силы. В нем не было разрушительно адского огня, в нем был огонь, дающий свет и тепло.

— Однако, мне пора, не ровен час, вернется.

— Иди, иди... — испуганно заговорил Глеб Алексеевич.

Самая любовь его к Фимке не могла победить страха перед женой. Он снова откинулся на подушки. Фимка взглянула на него взглядом, полным любовного сострадания и, махнув рукой, вышла.

Дарья Николаевна действительно уже вернулась. Она была в хорошем расположении духа и сидела у себя в комнате за столом, на котором раскладывала старые засаленные карты. Карты, видимо, предвещали ей что-то хорошее, и Салтыкова улыбалась. Это случалось очень редко.

Фимка, выйдя от барина и узнав от встретившейся ей девушки, что барыня вернулась, прямо направилась к ней. Вошла она нервной походкой, бледная, возбужденная.

— Ай, Фимка! Что с тобою? — встретила ее Салтыкова, медленно повернув в ее сторону и держа в руках десятку червей.

Фимка не сразу ответила.

— Аль язык отнялся, промолви словечко, будь милостива! — пошутила Дарья Николаевна.

— Дарья Миколаевна, барин-то у нас кончается...

— Что ты! — обрадовалась Салтыкова. — Так за попом... А ты почем знаешь? — после некоторой паузы спросила она.

— Была у него сейчас...

— А я тебе что приказала?.. Ты моего приказу не слушаешься!...— вдруг рассвирепела Дарья Николаевна.

— Тоже не может он, как собака, один лежать...

— Сама идти собиралась... Не дозволила тебе, значит, и не ходи... Какая сердобольная явилась... Не может как собака! Я хочу, значит, пусть и околевает, как пес...

— Барыня, плох он... Пожалейте...

Фимка залилась слезами...

— А тебе, что в том, девка! Какая забота?..

Дарья Николаевна бросила десятку червей в груду других карт и встала. Фимка молчала и плакала.

— Не хнычь! Отвечай, что тебе в том, что барин плох!.. Какая забота?

— Забота та, барыня... — глухо произнесла Афимья, — что я... люблю... его.

— Что-о-о!.. — гаркнула Салтыкова. Любишь?.. Это мужа моего любишь и мне, подлая, в лицо, в глаза, это говоришь!..

— Хоть в глаза, хоть за глаза... Всем скажу... Любила, раньше вас любила... Сердце о нем все изныло, видя, как вы его, на моих глазах, изводите...

— А ты должно про кнут позабыла, девка... Так я тебе напомню... Твой же дружок Кузьма тебя на отличку отхлещет. Впрочем, и ему не дам... Сама не поленюсь...

— Всегда ждала и жду этого! — дерзко бросила Фимка.

— Девка, уймись! — заметила Салтыкова, грозно завертев глазами и хватаясь за свой костыль, с которым не расставалась, и который служил главным орудием ее домашних расправ.

Фимка сделала порывистое движение по направлению, где стояла Дарья Николаевна.

— Ну, на, бей, душегубица ненасытная! — визгливо, с безумно горевшими глазами крикнула она и остановилась на шаг перед Салтыковой. — Бей, бей... Глеба Алексеевича, барина моего дорогого, убиваешь, убей и меня... Я вся перед тобой тут!..

Салтыкова побагровела, хотела что-то крикнуть, но от сильного озлобления только издала какие-то хриплые звуки, закашлялась, подняла костыль и ударила им Фимку. Промахнувшись, она не попала ей по голове, а по плечу, а быть может она и не метила. Фимка болезненно вскрикнула, но в тоже время вскрикнула и Дарья Николаевна, а через минуту — и стройная Фимка, и грузная — она неимоверно растолстела за время замужества — Салтыкова лежали уже на полу и барахтались, старались ухватить друг друга за горло. В борьбе, видимо, преобладала Фимка. Салтыкова только громко кряхтела и старалась крикнуть, но Афимья зажала ей рот и, наконец, как-то изловчилась и схватила ее за горло.

Дарья Николаевна захрипела. Фимка опомнилась, вскочила с полу и выбежала стремглав из комнаты. Салтыкова тоже медленно приподнялась с пола, оправила смятое во время борьбы платье и села за стол.

— Ишь, подлая, как рассвирипела... — после некоторого молчания заговорила сама с собой. — Убить ее теперь за это мало. Пора, пора с ней разделаться... Уж и разделаюсь я... Ишь, мерзавка, как любит... За него на меня вскочила, как волчица какая... Убить могла, задушить, опомнилась... А я не опомнюсь... Не опомнюсь я... Доведу тебя, мерзавка, до конца страшного...

Дарья Николаевна злорадно улыбнулась.

— Чай, теперь как осиновый лист дрожит, боится, не сбежала бы только али над собой чего не сделала... Вот беда будет... Все, придуманное мной, прахом пойдет... А ловко придумано... Надо позвать ее.

Салтыкова встала с кресла и дернула за сонетку. На звонок явилась другая горничная.

— Фимушку ко мне... — почти с нежностью с голосе сказала Салтыкова и спокойно принялась опять за карты.

Горничная вышла, произнеся лаконичное:

— Слушаю-с.

Фимка, действительно, прибежав в свою комнату, — она как в Москве, так и в Троицком, имела, в качестве приближенной к барыне горничной, отдельное помещение, и оставшись наедине сама с собой, ясно поняла весь ужас своего положения. Ее смертный приговор, — она была уверена в этом, — был подписан.

"Что делать? Что делать?" — восстал в ее уме вопрос.

"Бежать... — мелькнула в уме ее мысль. — А барин?"

Сердце ее болезненно сжалось. Но чем же она могла помочь ему? Живая и мертвая она одинаково бессильна.

"Пусть же лучше умру я здесь, около него!" — решила она.

Фимка сидела у себя на кровати, беспомощно опустив руки на колени и бессмысленным взглядом глядела в пространство. Она как бы окаменела перед предстоящей ей участью. Ее заставил очнуться оклик горничной, которая приходила на звонок Дарьи Николаевны.

— Афимья Тихоновна, а Афимья Тихоновна!

— Чего тебе...

— Барыня вас к себе требует...

— Барыня? — повторила Фимка.

— Так точно, звонок давала...

— А что с ней? — спросила Фимка.

— Да ничего-с... На картах гадают...

— На картах... Сейчас иду... Девушка ушла.

"Начинается... — мелькнуло в голове Фимки. — Ну, да будь, что будет!"

Поправив на себе тоже помятое от борьбы платье и растрепанные волосы, Фимка твердой походкой, на все окончательно решившегося человека, пошла в комнату барыни. Она застала ее спокойно гадающей в карты.

— А, это ты, Фимушка... Помиримся, у меня сердце уже отошло. Ну, потрепала ты меня, потрепала я тебя и квиты, — ласково заговорила Дарья Николаевна.

Фимка не верила своим ушам, и широко раскрыв глаза, глядела на барыню. Та, между тем, продолжала:

— Чай, выросли мы с тобой вместе, Фимушка... Должна я это чувствовать или нет... Не слуга ты мне, а подруга, да и виновата я перед тобой... Невдомек мне, что ты барина так любишь, а ты, поди какая, меня за него чуть не придушила.

— Барыня... — могла только и произнести ошеломленная Фимка.

— Какая я тебе барыня, коли деремся мы с тобою не хуже подруг-подростков...

— Забылась... простите, — прошептала бессвязно Афимья.

— Чего тут прощать... Ничего... Уму-разуму меня выучила, я перед Глебушкой действительно виновата... Ох, грехи мои тяжкие...

Салтыкова тяжело вздохнула.

— После трепки-то твоей я пораздумала, и вижу, действительно, что в могилу его свожу я... Права ты, Фимушка... Кровь из него я пью... Может и ненароком, а пью... Женщина я молодая, сильная, тоже жить хочу. Ну, да с нынешнего дня шабаш, и не пойду к нему... Выходи его, голубушка, Фимушка, родная моя. Выходи... Сними хоть этот грех с черной души душегубицы ненасытной, как ты меня обозвала, в ножки тебе поклонюсь.

— Барыня, голубушка, да неужели!..

— Иди к нему... Хоть безотлучно будь. Выходи, коли время не ушло еще. Говорю, в ножки поклонюсь.

Фимка бросилась перед Дарьей Николаевной на колени и стала порывисто целовать ее руки...

— Матушка-барыня, голубушка моя... Хорошая моя, добрая...

— Ишь какой теперь я стала, а то душегубица, — заметила Дарья Николаевна.

— Простите, барыня... в сердцах мало ли что скажешь.

— В сердцах-то ты правду сказала, Фимушка, а теперь ложь... Какая я хорошая, добрая... Душегубица я подлинно... Не отрекаюсь, я обиды от тебя в этом не вижу... Ну, вставай, чего в ногах-то у меня ползать... Иди к своему ненаглядному барину... То-то обрадуется.

В голосе Салтыковой снова прорвались злобные нотки. Их не заметила, окончательно растерявшаяся о такого исхода дела Фимка, и еще раз поцеловав руку Дарьи Николаевны, вышла из комитаты и через несколько минут уже была у постели Салтыкова.

XVIII

СМУТЬЯНКА

Дни шли за днями. В Троицком доме Салтыковых царила какая-то непривычная для его обитателей тишина. Дарья Николаевна, казалось, совершенно преобразилась. Ни костыль, ни рубель, ни даже тяжелая рука грозной помещицы не прохаживались по головам и лицам дворовых и крестьян. Кузьма Терентьев слонялся без дела и был в горе, так как Фимка, отговариваясь недосугом — не ходила к нему на свидания. Недосуг этот был вследствие тщательного ее ухода за больным барином. Ревнивые мысли снова зароились в голове Кузьмы, и хотя он, припоминая объяснения Фимки ее отношения к Глебу Алексеевичу, гнал их от себя, но они, как злые мухи в осеннюю пору, настойчиво летели в его голову и отмахиваться от них он положительно не был в силах.

Фимка пришла окончательно в себя только через несколько дней. Первые дни страшное сомнение не оставляло ее сердца. Великодушное прощение со стороны барыни, дозволение ухаживать за барином, прочти раскаяние Дарьи Николаевны, казались ей зловещим предзнаменованием близкой беды. Не к добру это, не к добру, — неслось в ее голове, — не переменилась же она так сразу лишь оттого, что я задала ей взбучку... Затеяла она что-нибудь, замыслила...

Но дни шли, повторяем, шли за днями, а Дарья Николаевна была в совершенно непривычном для окружающих ровном, тихом, прекрасном настроении духа. Несколько провинившихся в неряшливости — что особенно преследовала Салтыкова — слуг отделались выговором, даже без брани. Весь дом был в полнейшем недоумении, для всего дома наставшие мир и благодать казались первые дни зловещими, как тишина, наступающая перед бурей.

Но по истечении первых дней неожиданной перемены с барыней, вся дворня, так же и Фимка, пришла в себя и искренно поверила в благодетельную для них перемену домашнего режима. Человек охотно верит тому, чему ему хочется верить. Радостное, возбужденное состояние охватило всех обитателей дома Салтыковых и, страшное дело, отсутствие зверских расправ повлияло даже благодетельно на порядок в доме, на службу дворовых и на работу крестьян. Все они изо всех сил старались угодить переменившейся барыне, исполнить лучше, рачительнее свое дело, хотя начали уже совершенно серьезно думать, что пора кровавых наказаний за малую вину прошла безвозвратно. Если бы Дарья Николаевна захотела обратить на это внимание, то быть может, установленный ею домашний режим показался ей пригоднее прежнего в деле ведения как домашнего, так и полевого хозяйства. Но не тем были заняты мысли этого притаившегося зверя, этой пантеры, изгибающейся и спрятавшей свои когти, чтобы более легкими ногами сделать роковой для намеченных жертв прыжок.

Только наивные дворовые Салтыковой, с Афимьей во главе, могли серьезно думать, что пора зверств их помещицы прекратилось, что она устала мучить и убивать неповинных людей, что она пресытилась человеческой кровью и мясом. Но не будем предупреждать событий.

Недели через две после описанной нами сцены схватки между барыней и горничной, Дарья Николаевна, по обыкновению, после обеда прогуливалась в ближайшей роще. День был жаркий и она искала холодка под свежей листвой берез и лип. В роще действительно было прохладно; легкий, мягкий ветерок шелестел листвой деревьев, откуда-то с поля доносилась удалая песня. Песня эта была явление необычное в Троицком, где под тяжелым ярмом бесчеловечных наказаний, работа производилась молча, угрюмо, озлобленно. Она от этого-то не особенно спорилась, так как тяжесть души отягчает физический труд. Песня эта была именно доказательством уверенности крепостных Салтыковой, что для них наступили красные дни.

Дарья Николаевна прислушалась к доносившей до нее песне, и губы ее искривились в злобную улыбку.

— Ишь горланит... Пой, пой... Хорошо поешь, где-то сядешь, — проворчала сквозь зубы она.

Песнь, между тем, лилась и переливалась на все лады. Салтыкова шла медленно, куда глаза глядят, видимо, в глубокой задумчивости. Она вышла на полянку и вдруг очутилась лицом к лицу с Кузьмой Терентьевым. Последний стоял прислонившись к одному из деревьев, в позе ожидания. Он давно уже ожидал Фимку, которая, видимо, и на этот раз, как уже неоднократно перед этим, обманула его и не думала являться в условленный час и в условленное место. Условленный час уже прошел, но в сердце Кузьмы все еще таилась надежда, что его "ненаглядная краля" сегодня придет.

Услышав шум шагов, он насторожился, улыбка удовольствия появилась на его лице, он сделал даже несколько шагов по направлению приближающейся и вдруг очутился перед Дарьей Николаевной. Улыбка исчезла с лица парня, он даже побледнел и сделал под первым впечатлением встречи движение, чтобы бежать, но быстро сообразил, что это невозможно, сняв шапку, в пояс поклонился Салтыковой.

— Здорово, Кузьма, — приветливо улыбнулась она ему. — Не ждал меня встретить или, лучше сказать, не меня ждал встретить...

Кровь бросилась в лицо Кузьмы.

— Грибов пособирать хотел на досуге, — смущенно отвечал он.

— Какие теперь, парень, грибы, дождей-то ведь и не бывало, сушь такая, откуда же грибам взяться... Не искал ли ты ягодку...

Дарья Николаевна даже ласково подмигнула ему.

— Ягод ноне тоже нет...

— Чего ты, парень, мне тень-то наводишь, точно не знаешь, что я говорю про двуногую ягодку... Фимку ждешь?

Кузьма стоял потупившись и молчал,

— От меня нечего скрываться, сам, чай, знаешь, что мне о вашей любви ведомо давно уж... Для Фимки я тебя к себе и во двор взяла... Недавно еще подумывала поженить вас и ей дать вольную... Пара вас, не пара, дорогой марьяж... Ты, парень красивый, видный, она тоже краля писанная... Служить бы у меня и вольные может быть стали бы...

Салтыкова остановилась и пристально поглядела на Кузьму, как бы проверяя, по выражению его лица, впечатление своих слов. Кузьма Терентьев уже глядел ей прямо в глаза и на лице его сияло удовольствие.

— Спасибо, барыня-матушка, на добром слове... Не оставьте своими милостями... Дозвольте с Фимкой в закон вступить, а так что, грех один... — поклонился ей Кузьма.

— Вестимо грех... Подумывала я об этом, парень, ох, подумывала...

— Сделайте такую божескую милость, барыня, дозвольте... — поклонился ей почти до земли Кузьма.

— Я-то дозволю, мне что не дозволить... Я рада, Фимку я люблю, тобой довольна... Только вот как она...

— Она-то тоже будет рада-радешенька...

— Ой ли! Я, парень, смекаю совсем не так...

— С чего же ей, матушка-барыня? — побледнел Кузьма. — Неужели так любиться, без благословения-то лучше...

— Постой, я вижу, ты, парень... Любилась она с тобой, пока другой не подвернулся, лучше...

— Другой... лучше... — задыхаясь от волнения, повторил Кузьма и глаза его засверкали злобным огнем.

— Залетела ворона в высокие хоромы, ни мне, ни тебе ее не достать теперь... Не тебе у меня, мне у тебя впору помощи и заступы просить...

Кузьма глядел на Дарью Николаевну во все глаза и, видимо, нисего не понимал.

— Мужа у меня отбила... мужа... — с печалью в голосе продолжала Салтыкова. — Гонит меня от себя он, гонит, с Фимкой спутался...

— Барин... — прохрипел Кузьма.

— А то кто же муж-то мне...

— Да как же она, матушка-барыня, мне сама надысь говорила, что барин-то совсем при смерти... Что вы его и изводите, а она, по сердобольству своему, его жалеючи, за ним ухаживает... На ладан-дё он дышет.

— Ишь, подлая, как повернула... Для меня больной он, это верно... Притворяется... А для нее-то, что твой добрый молодец...

— Ах, подлая... — не утерпел повторить и Кузьма.

— Да ты может не веришь мне, парень, крале-то своей верить охоты больше?..

Дарья Николаевна вопросительно посмотрела на Кузьму.

— Как не верить... верю... — нерешительно, после некоторого паузы, произнес Кузьма.

— Вижу, что верить-то тебе этому не хочется... Да я и не неволю,.. Глазам своим может поверишь больше... Приходи завтра в это же время ко мне... Я проведу тебя в садик в беседку, где голубки-то милуются, сам увидишь... Участь моя горькая, что мне делать и не придумаю... Намеднись стыдить ее начала, так она со мной в драку...

— Это Фимка-то?..

В голосе Кузьмы Терентьева послышалось явное сомнение.

— Да, Фимка-то... Ведь не горничная она мне, подруга, вместе выросли... Чай, и во мне чувство есть, хоть и бают, что я душегубица... Вспылила, действительно, себя не помню, а на нее рука не поднимается... Со свету меня и Глеб Алексеевич сживет, коли узнает, что я его полюбовницу обидела...

— Ишь, подлая, а мне баяла, барин-то святой...

— Тихоня, а в тихом омуте, известно, черти водятся... Сам меня же, негодяй, с первых дней брака на людей науськивал, а сам в стороне... Святой...

Салтыкова дико захохотала.

Кузьма стоял перед ней бледный, с горящими, как у волка глазами и даже трясся весь от внутреннего волнения. Сделанное ему барыней сообщение подтверждало все терзавшие его уже давно подозрения. Он не мог не верить Салтыковой, хотя в первые минуты, зная ее нрав, у него мелькнула мысль, что барыня строит шутки. Когда она сама отказалась, чтобы он ей верил на слово и обещалась воочию доказать неверность и коварство Фимки, Кузьма Терентьев почувствовал, как вся кровь бросилась ему в голову, в глазах стало темно, а затем в них появились какие-то красные круги. Он бессмысленно смотрел на Дарью Николаевну, но, казалось, не видел ее.

— Так приходи, парень, завтра, тоже жаль и тебя, ишь как она к себе приворожила... Сам не свой стал, как узнал о ней всю правду-истину... Приходи же...

Салтыкова кивнула ему головой и пошла дальше. Он глядел вслед за ней, пока она не скрылась в чаще деревьев, тем же бессмысленным взглядом, затем упал на траву и стал биться головой о землю, испуская какие-то дикие вопли, смешанные с рыданьями.

XIX

ЗАПАДНЯ

Глеб Алексеевич был прав. Даже кратковременный отдых от роковых для него ласк его супруги благодетельно отозвался на его разрушающемся организме. Нежный уход Фимки еще более способствовал если не окончательному укреплению его сил, то все же сравнительному их восстановлению.

Через несколько дней он уже встал с постели, и хотя слабою, неровною походкою мог сделать несколько шагов по комнате, а через неделю даже, поддерживаемый Фимкою, уже гулял по маленькому садику. "Маленький садик" был огорожен высокой железной решеткой, и калитка, ведущая из него в поле, была всегда заперта. Купы выхоленных и искусно подстриженных деревьев давали прохладную тень. В садике была одна лишь аллея из акации, разросшейся густыми сводами, оканчивающаяся миниатюрною беседкой, с двумя окнами с разноцветными стеклами и такой же дверью. Убранство беседки было просто, но комфортабельно; в ней стояли диван, несколько стульев, стол, пол же был покрыт мягким ковром. Самая беседка была круглая, с остроконечною крышею, на вершине которой, на железном шпиле вертелся флюгер — золоченый петух.

В первые годы супружества это было любимое место уединения Глеба Алексеевича и Дарьи Николаевны, где они в любовном тете-а-тете проводили послеобеденные часы. Когда же бочка супружеского меда молодого Салтыкова была отравлена ложкой жизненного дегтя, Глеб Алексеевич не взлюбил этой беседки, напоминавшей ему, как и многое другое в его московском доме и в Троицком, о сделанной им роковой ошибке в выборе жены.

Только любовь к Фиме и желание уединения с предметом своей любви натолкнули Глеба Алексеевича на мысль снова проводить несколько часов в этой беседке, в обществе Фимки. Служащая когда-то местом единения супругов, она теперь служила противоположную службу разъединения, так как Дарья Николаевна терпеть не могла "маленького садика", как не любила всего, что было изящно и нежно, и никогда не ходила в него. Глеб Алексеевич и Фима были в нем, таким образом, в безопасности. Прислуга, кроме садовника, проводившего в садике раннее утро, не имела никакого права без зова являться в него. "Маленький садик" таким образом представлял уютно-укромный уголок, который был как бы создан для идиллических свиданий, любящих друг друга людей.

На другой день после встречи Дарьи Николаевны с Кузьмой Терентьевым, Глеб Алексеевич и Фимка после обеда — обедали в Троицком в полдень — отправились на свою обычную прогулку в "маленький садик". Прошло около часу. Дарья Николаевна нервными шагами ходила по своей комнате и тревожно поглядывала в окно. Она ждала Кузьму.

— А как не придет... Может она с ним успела повидаться и разговорить... Влюбленные — дураки, всему поверят... Меня же, может, теперь клянет во всю да разные ковы против меня же строит.

Наконец, взглянув в окно, она увидела бредущего по двору ожидаемого гостя. Салтыкова позвонила.

— Позвать ко мне Кузьму, кажись он здесь, на дворе! — приказала она явившейся горничной.

— Слушаю-с! — отвечала она и вышла.

Через несколько минут перед Дарьей Николаевной уже стоял Кузьма Терентьев. Вглядевшись в него, она, даже при всей крепости своих нерв, вздрогнула. Он был положительно непохож на себя. Бледный, осунувшийся, с впавшими глубоко в орбиты, блестевшими зловещим огнем глазами, с судорожно сжатыми в кулак руками, он стоял перед Дарьей Николаевной каким-то карающим привидением. Салтыкова в первую минуту отступила от него на шаг, но затем быстро пришла в себя и не без злобной иронии спросила:

— Что с тобой, Кузьма, ишь тебя подвело как...

— Ништо, пусть подвело, дуракам поделом...

— И чего ты кручинишься? Парень ты из себя видный, красивый, мало ли девок на дворне, любую выбирай, отдам за тебя.

— Спасибо на добром слове, барыня, не надо мне их, ну их в болото...

— Как знаешь... Женись, пожалуй, на барской полюбовнице.

Кузьма злобно сверкнул глазами, но не отвечал ничего. Страшный остаток дня и ночи провел он после встречи в роще с Дарьей Николаевной. Недоверие к ее словам, появившееся было в его уме первое время, сменилось вскоре полной увереностью в истине всего ею сказанного. Наглый обман со стороны так беззаветно любимого им существа, превратил кровь в его жилах в раскаленный свинец.

Мы оставили его бившимся головой о землю в роще. Пролежав затем некоторое время в полном изнеможении, он очнулся от своего страшного кошмара, когда он очутился в роще, затем постепенно стал припоминать все совершившееся и снова беседа с Дарьей Николаевной как бы тяжелым молотом ударила его по голове. Он вскочил и быстро пошел в сторону, противоположную от дому. Целую ночь пробродил он без сна в роще, обдумывая месть, обманувшей его, девушке. Как безумно еще утром он любил ее —т так безумно теперь он ее ненавидел. Все ее поступки и слова получили теперь в его глазах другую окраску, все они являлись не опровергающими, а напротив, всецело подтверждающими слова Салтыковой.

"А может и брешет Салтычиха..." — лишь на мгновенье появлялась в его голове успокоительная мысль, но тотчас исчезала под напором зловещих доказательств подлой измены.

"Уж натешусь я над ней... Дозволит барыня али не дозволит, все равно... Встречу и... натешусь..." — предвкушая наслаждение мести, думал Кузьма Терентьев.

"Знамо дело дозволит... К тому и речь вела... На даром поведет меня накрывать их на свиданьи... — продолжал размышлять он. — Ну, Фимка, берегись... Просто не убью... Натешусь..."

Короткая летняя ночь миновала. Солнце встало сияющее,

радостное, как бы безучастное к тому, что оно должно было осветить сегодня на земле.

"Скорее бы полдень..." — думал, между тем, Кузьма, поглядывая на небо и все бесцельно ходя по роще взад и вперед.

Он вступил, наконец, на ту полянку, где вчера утром поджидал Фимку и встретил барыню, сел под то же дерево и просидел среди этих мест, навевавших на него тягостные воспоминания, далеко за полдень. Прямо отсюда пошел он на барский двор, откуда и был позван к Дарье Николаевне.

— Так хочешь видеть свою лапушку, как она милуется с голубчиком своим — моим супругом? — спросила Салтыкова.

— Дозволь, матушка-барыня, мне с ней расправиться...

— Расправляйся, твоя воля, ты в своем праве... — заметила Дарья Николаевна.

В глазах Кузьмы засветился луч злобной радости.

— Коли впрямь, накрою... Уж и натешусь я над ней...

— Смилуешься... — подразнила Салтыкова.

— Ни в жисть... Под кнут пойду, на пытку, а уж ей не жить...

— Зачем под кнут, дело домашнее... — вставила Дарья Николаевна.

— Да и умереть скоро не дам... Терзать буду... По капле кровь точить, жилы по одной тянуть.

Дарья Николаевна любовно вскинула на него глаза. Она почувствовала какое-то духовное сродство между ею самой и этим озверевшим парнем. Кузьма, действительно, был зверем, глаза его были налиты кровью, зубы стучали и скрипели, сам он весь дрожал, как в лихорадке.

— Тешься, парень, тешься... Душу-то она из тебя выматывать не жалела, не жалей и ты ее тела...

— Не пожалею...

— Пойдем, а то еще улетят голубки-то наши...

Дарья Николаевна пошла вперед. Кузьма Терентьев шел за ней, неумело ступая по крашенному полу босыми ногами. Они прошли в гостиную. Салтыкова отворила дверь, ведущую на террасу, выходящую в "маленький садик", а с нее они спустились в самый садик и пошли по аллее из акаций и вскоре достигли беседки. Дверь беседки была наглухо затворена. Вся беседка была освещена солнцем и представляла из себя изящное, манящее к покою и неге здание. Ни Дарья Николаевна, ни ее спутник не обратили на это, конечно, ни малейшего внимания. Для них оно было лишь западней, в которой находились намеченные ими жертвы. Тихими шагами подкрались они к ней сбоку, и Салтыкова осторожно заглянула в окно.

Глеб Алексеевич сидел на диване, а рядом с ним сидела Фимка. Он обвил одною рукой ее стан, а другой держал ее за руку. Она склонила на его плечо свою голову и оба они любовно смотрел друг на друга. Вот он наклонился к ней, и губы их слилились в нежном поцелуе.

— Так вот как ты, мерзавка, ходишь за барином... — раскрыла дверь Дарья Николаевна и появилась на ее пороге вместе с Кузьмой Терентьевым.

Глеб Алексеевич и Фимка вскочили и стояли бледные, растерянные.

— Кузьма, тащи-ка ее, подлую, на погребицу! — крикнула Салтыкова.

Как разъяренный зверь бросился Кузьма Терентьев на Фимку. Глеб Алексеевич, напрягая последние силы, хотел отстранить его, но Дарья Николаевна ударила его в грудь кулаком и он покатился на пол, ударившись головой о край стола. Кровь хлынула у него из горла, раздался глухой, хриплый вздох, и Салтыков остался недвижим, распростертый у ног своей жены. Кузьма, между тем, ударом кулака в голову ошеломив Фимку и бесчувственную схватил в охабку, бросился со своей ношей из беседки. Выбежав в сад, он не сразу вернулся в дом, а подскочил к забору, перекинул через него несчастную девушку и сам через балконную дверь вбежал в комнаты и через них выбежал во двор и обогнул сад.

"Не отдохнет, здорово хватил!" — думал он на бегу.

Он и не ошибся. Фимка лежала недвижимо на том же месте, где была им брошена. Он снова схватил ее в охабку и потащил к волчьей погребице, ключ от которой он, по должности домашнего палача и тюремщика, носил на поясе. Отперев им страшную тюрьму, он бросил в нее бесчувственную девушку, затворил дверь, задвинул засов и запер на замок.

— Ужо понаведуюсь! — сказал он сам себе.

Он почувствовал, что силы его, вследствие бессонной ночи и вынесенных потрясений, слабеют. Обогнув погребицу, он лег под ее холодную стену на густую траву и мгновенно заснул, как убитый. Дарья Николавена, оставшись в беседке, несколько времени смотрела на лежавшего мужа.

— Кажись капут, — злобно усмехнулась она и, наклонившись к лежавшему, дотронулась до его груди. Она не ощутила биения сердца.

— Так и есть... Ну, царство ему небесное...

Салтыкова медленно вышла из беседки и направилась в дом. Позванные ею люди, которым она сказала, что барину сделалось дурно в беседке, а Фимка куда-то скрылась, принесли в дом уже холодеющий труп своего барина. Дарья Николаевна удалилась к себе. Без нее совершили последний туалет, отошедшего в вечность Глеба Алексеевича Салтыкова: обмыли тело и положили на стол под образа в зале. У стола зажгли принесенные из церкви свечи.

Священник села Троицкого явился служить первую панихиду, на которой появилась и Салтыкова. Лицо ее изображало неподдельную печаль. Глаза были красны от слез. Она усердно молилась у гроба и имела вид убитой горем безутешной вдовы. Священник даже счел долгом сказать ей в утешение что-то о земной юдоли. Она молча выслушала его и попросила благословения.

За панихидою присутствовали все дворовые. Не было только Кузьмы Терентьева. Он продолжал спать мертвым сном.

XX

УБИЙЦА

Кузьма Терентьев проснулся лишь ранним утром. Солнце только начало бросать свои первые лучи из-за горизонта. Несмотря на то, что голова его была несколько свежее, он все окинул вокруг себя удивленным взглядом. Вдруг все события последних двух дней восстали с роковой ясностью в его памяти. Кровь снова прилила к его голове. Он весь задрожал.

— А... подлая!.. — прохрипел он и, обогнув "волчью погребицу", подошел к запертой двери.

Не отпирая ее, он приложил к ней ухо и слушал. Из глубины тюрьмы доносилось лишь изредка подвывание волка. Человеческого стона или голоса не было слышно.

"Уж не околела ли, неровен час... — мелькнуло в его голове. — Не саданул ли я ее вчера чересчур?.. — Да нет, легка была бы собаке смерть... Посмотрим..."

Он не спеша отпер замок, отодвинул засов и стал спускаться в погребицу, в которую вели пять каменных ступеней, затворив за собой дверь. Потревоженный стуком отпираемой и затворяемой двери и шорохом человеческих шагов, волк заметался на цепи, завыл и залаял, но среди этого гама до слуха Кузьмы Терентьева донесся и человеческий стон и даже голос, произнесший:

— Господи!..

— Жива, тварь... — со злобною радостью прошептал он.

Он стоял уже на земляном полу погребицы. У его ног лежала и стонала Фимка. В погребице царствовал полумрак, но через несколько минут пребывания в ней глаз привыкал и свободно различал предметы. Их было, впрочем, там не много. Куча соломы в том месте, где был прикован четвероногий узник, и другая, такая же куча, в противоположном углу, для двуногих узников. На стене, около дверей, на железных крюках были развешены кнуты разных размеров и толщины. Кнуты были под номерами, и часто сама Дарья Николаевна назначала номер, который должен был быть употреблен для наказания того или другого провинившегося. Фимка лежала прямо на голой земле, на том месте, куда была брошена Кузьмой, так как, видимо, не имела сил, а быть может, и не желала добраться до более удобного ложа на соломе. Кузьма наклонился к лицу девушки. Оно было в крови.

— Узнала... — прохрипел он.

— Изверг, душегубец... — простонала она.

— Дождался я, наконец, с тобой свиданья любовного... Сколько разов занапрасно ждал тебя, непутевую, когда ты со своим полюбовником миловалась-целовалась... — прошипел Кузьма.

— Кабы знала я, что полюбит он меня, разве бы с тобой, подлым, спуталась, разве отдала бы тебе мою первую ласку девичью... — заговорила Фимка.

— Так ты и раньше любила его?.. — спросил, задыхаясь от приступов злобы, Кузьма.

— Вестимо любила, о тебе еще и в мысли не имела, любила...

— С чего же ты со мной связалась?..

— С горя моего холопского... Полюбила барина, а он, вишь, начал к нам шастать из-за барышни.

— И все то время меня обманывала?..

— Надел бес лямку, тянуть надо...

— О, подлая... — прохрипел Кузьма.

— Что же бей, убей, ведь затем и пришел...

— Убить... Нет, убить тебя мало, понатешусся сколько душеньке моей угодно над телом твоим белым, умел целовать-миловать его, сумею и терзать, не торопясь, всласть...

— Тешься, терзай... А все же знай, что никогда не любила тебя, закорузлого...

Кузьма Терентьев бросился на Фимку, приподнял ее одной рукой за шиворот, а другой стал срывать с нее одежду. Обнажив ее совершенно, он снова бросил ее на пол, схватил самый толстый кнут и стал хлестать ее им по чем попало, с каким-то безумным остервенением. Страшные вопли огласили погребицу. Но в этих воплях слышен был лишь бессвязный крик, ни просьбы о пощаде, ни даже о жалости не было в них.

Кузьма продолжал свою страшную работу пока рука его не устала и жертва не замолкла. Тело Фимки представляло из себя кровавую массу; кой-где мясо болталось клочками. Кузьма бросил кнут возле жертвы, нагнулся над ней и стал прислушиваться. Фимка слабо дышала.

— Жива... На сегодня будет... Будет, моя лапушка.

Он вдруг повернул ее голову и приник устами к ее устам. В погребице раздался звук страстного поцелуя. Это любящий палач целовал свою безумно любимую жертву.

Кузьма, после этого неожиданного для него самого поцелуя, быстро отскочил от Фимки и также быстро поднялся по ступеням, отворил дверь и вышел из "волчьей погребице". Тщательно задвинув засов и заперев замок, он пошел в людскую избу. Зверская расправа с изменившей ему девушкой, видимо, успокоила его, он был отомщен, а впереди ему предстояла сладость дальнейшего мщения.

"Пусть отдохнет до завтра... В эту же пору спущусь, еще потешусь..." — рассуждал он сам с собой.

В людской он узнал о смерти барина. Он понял также, что дворовые не очень-то доверяют бегству Фимки от скончавшегося в беседке барина, и знают участь, постигшую "барскую барыню". Знают также они, что молодая девушка, которую, несмотря на близость ее к барыне и барину, все же любили в доме за кроткий нрав и даже порой небезопасное заступничество перед барыней за не особенно провинившихся, находится в погребице, в распоряжении его, Кузьмы. Дворовые молчали, но последний догадался об этом по выражению их лиц и далеко неприветливым взглядам, которые они бросали на него. От глаз некоторых из них, вероятно, не ускользнуло и то, как тащил Кузьма в погребицу бесчувственную Фимку, а от ушей те ужасные стоны, все же слышимые на дворе, раздававшиеся из погребицы во время кровавой расправы его со своей бывшей возлюбленной.

Обо всем этом сметливый парень догадался при первом же взгляде на собравшихся в людской дворовых, и стал с напускной развязанностью и деланным хладнокровием разговаривать с окружающими и даже вместе с ними соболезновать о смерти "бедного барина". Беседа, впрочем, не особенно клеилась, и Кузьма Терентьев, чувствуя, что более не выдержит принятой на себя роли, вовремя удалился в свой угол.

В доме, между тем, ежедневно происходили панихиды. Из Москвы был привезен дорогой дубовый гроб, прибыло даже некоторое духовенство. Положение тела в гроб произошло чрезвычайно торжественно; также торжественно, соборне, совершенно было на третий день и отпевание в сельской церкви, и гроб на дрогах повезен в Москву, для погребения в фамильном склепе Салтыковых, на кладбище Донского монастыря. За гробом следовало несколько экипажей. В переднем из них ехала Дарья Николаевна Салтыкова с новой приближенной горничной, белокурой Глашей. Последняя, попав неожиданно в фавор, сидела ни жива, ни мертва около грозной барыни, старавшейся быть печальной. В следующих экипажах возвращалось в Москву прибывшее духовенство и, наконец, в остальных ехали, пожелавшие проводить барина до места вечного успокоения, приближенные дворовые. Кузьмы, конечно, не было среди них.

После отпевания Дарья Николаевна, садясь в экипаж, подозвала его к себе.

— Что Фимка... жива? — спросила она.

— Живуча, тешусь над ней уж третий день, все дышет.

— Не врешь?..

— Зачем врать... Злобы своей и так еще не утешил над ней...

Салтыкова взглянула пристально на Кузьму и в переполненном злобой лице его увидела красноречивое доказательство правды его слов.

— Ништо ей... Коли поколеет, не хорони до времени... Я скоро обернусь... Посмотреть на нее охота...

— Протянет еще, подлая, живуча, говорю.

— Я на случай...

— Слушаю-с...

В это время дроги с гробом тронулись в путь, тронулся и экипаж Дарьи Николаевны. Она ласково кивнула головой Кузьме. Тот отошел и смешался с толпою.

Кузьма говорил правду. Фимка, действительно, еще жила; израненная, истерзанная, она валялась на полу "волчьей погребицы", без клочка одежды, и представляла из себя безобразную груду окровавленного мяса, и только одно лицо, не тронутое палачем-полюбовником, хотя и запачканное кровью, указывало, что эта сплошная зияющая рана была несколько дней назад красивой, полной жизни женщиной. Кузьма Терентьев каждый раз в определенный час спускался к своей жертве и немилосердно бил ее кнутом уже по сырому, лишенному кожи мясу, заканчивая эти истязания, как и в первый раз, страстным поцелуем. Несчастная только тихо стонала, глядя на своего мучителя широко открытыми, полными непримиримой ненависти глазами. По выражению ее глаз было видно, что особенно страшилась она не ударов кнута, а поцелуев.

— Господи, Господи, барин, голубчик, что с тобой будет, сердешный... — донеслись на другой день расправы еще слова, вырвавшиеся у несчастной Фимки.

— Подох твой барин, еще вчера подох, уже панихиды над ним поют... — злобно крикнул ей Кузьма, и от этого известия сильнее чем от удара кнута содрогнулась молодая женщина.

Она испустила болезненный стон и замолкла. Больше Кузьма Терентьев не слыхал от нее ни слова.

Спустившись после похорон барина к своей жертве, он к ужасу своему, увидел, что предположение его о живучести Фимки не оправдалось. Перед ним лежал похолодевший труп.

— Ишь, бестия, околела; подышала бы хоть денек-другой мне на потеху... И тут, подлая, мне подвела каверзу.

Он отбросил ногою труп к стене погребицы.

— Лежи до барыни, пусть полюбуется на мою работу...

Кузьма Терентьев вышел из погребицы, тщательно задвинув засов и запер на замок дверь.

Через несколько дней вернулась в Троицкое Дарья Николаевна, и после непродолжительного отдыха, приказала позвать Кузьму. Тот явился уже более покойный и уже несколько оправившийся. Она вышла к нему на заднее крыльцо.

— А что твой "серко" Кузьма... Привык к погребице, или все рвется и мечется? — сказала она в присутствии нескольких дворовых.

— Попривык теперь, барыня, маленько... — отвечал сразу понявший, к чему клонила Салтыкова, Кузьма.

— Поглядеть мне на него любопытно...

— Что ж, пожалуй, барыня в погребицу. Там окромя волка никого нет...

— Пойдем, пойдем...

В сопровождении Кузьмы Терентьева спустилась Дарья Николаевна в погребицу и даже сама содрогнулась при виде обезображенного трупа своей бывшей любимицы, подруги своего детства. Особенно был поразителен контраст истерзанного тела со спокойствием мертвого лица несчастной, на котором даже застыла какая-то сладостная улыбка. Быть может, это была улыбка радости при скорой встрече с ее ненаглядным барином, там, в селениях горних, где нет ни печали, ни воздыхания, а, тем более, злодеев, подобных Салтыковой и Кузьме Терентьеву. Даже Дарья Николаевна долго не выдержала.

— Зарой ее здесь же, поглубже... — отдала она Кузьме приказание... — Понатешился ты над ней, парень, уж впрямь понатешился... Даже чересчур, кажись... — раздумчиво добавила она и поднявшись по ступенькам погребицы, вышла на двор.

Кузьма не последовал за нею, а стал сейчас же исполнять ее приказание. Он уже ранее принес в погребицу железную лопату и без приказа барыни думал зарыть Фимку именно там. Вырыв глубокую яму, он бросил в нее труп, набросил на него лохмотья одежды покойной, засыпал землею и сравнял пол этой же лопатой и ногами.

Вскоре от Фимки на погребице не осталось и помину, кроме кровавых, уже почерневших пятен на стенах. В этот же день Дарья Николаевна послала в полицию явочное прошение "о розыске бежавшей от нее дворовой девки Афимьи Тихоновой, с указанием точных ее примет". Никто из дворовых не верил этой сказке о бегстве Фимки — все хорошо знали причину ее исчезновения, но, подавленные страхом начавших новых зверств жестокой помещицы, глухо молчали. Они выражали только свой протест тем, что сторонились при всяком случае "убийцы" — как прозвали Кузьму Терентьева.

ЧАСТЬ ТРЕТЬЯ

В КАМЕННОМ МЕШКЕ

I

ПЕРВЫЕ ГОДЫ ВДОВСТВА

Время шло. Для иных оно летело с быстротой человеческой мысли, для других тянулось шагами черепахи. Последние тяжелые, еле движущиеся шаги времени испытывали на себе все дворовые и отчасти крестьяне Дарьи Николаевны Салтыковой. Но как ни медленно двигался для них год за годом, убегающее в вечность время не потеряло и для этих несчастных своего всеисцеляющего свойства. Прошедшее, полное крови и мук, забывалось перед восстававшим страшилищем такого же будущего.

Забыта была и трагическая смерть Фимки, память о которой почти изгладилась на салтыковском дворе. Каждый из дворовых слишком много имел оснований дрожать за свою жизнь, чтобы вспоминать о смерти других.

Не забыл, как оказывается, свою возлюбленную один Кузьма Теретьев, занявший среди слуг Салтыковой, после исчезновения Афимьи Тихоновой, какое-то чисто исключительное положение. Первое время после возвращения с похорон мужа и посещения с Кузьмой "волчьей погребицы" Дарья Николаевна приблизила его к себе на столько, что дворовые зачастую видали его смело проходившим в комнату барыни и возвращающимся оттуда через довольно продолжительное время. Злые языки разно толковали эти свиданья, но, конечно, втихомолку, оглядываясь.

— С мужиком связалась... Барыня...

— Что ж, он ей как есть под пару... Такой же душегубец...

Кузьма ходил гоголем, в новом платье, с заломленной набекрень шапкой, в смазанных сапогах, выхоленный, причесанный и всегда под хмельком.

Так окончилось лето, и Салтыкова со всеми чадами и домочадцами перебрались в Москву, где, как заметили дворовые, близость барыни с Кузьмой прекратилась: он стал пропадать из дома и пропивать с себя часто всю одежду, возвращаясь в лохмотьях, взятых на толкучке на сменку. Одежду ему давали снова, но барыня уже давно не допускала его к себе, махнув рукой на его поведение. По дому он не делал ничего. Даже обязанности палача перешли к другому, а потому на следующее лето ему назначено было оставаться при московском доме.

— Ништо, пусть вас другой дерет как Сидоровых коз; небось мое сердобольство вспомните... — говаривал всегда полупьяный Кузьма, появляясь изредка в той самой застольной, где было положено начало его карьеры. — Меня не выдерет... я рыбье слово знаю...

Дворовые молчали, они знали какое это было "рыбье слово". Кузьма, действительно, около двух месяцев был капризом Салтыковой. Зверство, высказанное им при расправе с Фимкой, увлекло этого изверга в женском образе. Объятия злодея и убийцы показались ей верхом сладострастного наслаждения. Зазнавшийся парень, однако, сам испортил все дело, начал пьянствовать и, наконец, надоел Дарье Николаевне так, что та прогнала его от себя.

— Живи, пьянствуй, но ко мне на глаза не показывайся... — сказала она ему.

— И впрямь, барыня, зачем тебе меня, мужика... — отвечал Кузьма Терентьев.

В тоне его пьяного голоса послышались такие грустные ноты, что Салтыкова не утерпела спросить его:

— И с чего ты пьешь?

— Тризну правлю...

— Какую такую тризну?.. По ком?

— По той, что зарыта там, в "волчьей погребице".

— Вишь ты какой, так и ступай, поминай ее до смерти твоей.

— И буду...

Так создалось исключительное положение в доме Салтыковой Кузьмы Терентьева. По приезде в город он стал пропадать, повторяем, из дома по неделям, сведя знакомство с лихими людьми и с пьяницами московскими. Дарья же Николаевна приближала к себе тех или других парней из дворовых, пока, наконец, на следующее лето не встретилась в Троицком с человеком, произведшим на нее сильное впечатление, и связь с которым продолжалась для нее сравнительно долго, да и окончилась не по ее воле, как мимолетные капризы с дворовыми. Человек этот был молодой инженер Николай Афанасьевич Тютчев.

Николай Афанасьевич родился под Москвой, недалеко от Сергиево-Троицкой лавры, близ села Радонежа, в маленькой деревеньке тестя его отца, бедного неслужащего дворянина. Первые годы детства он провел среди крестьянских детей, ничем от них не отличаясь, и до десяти лет ничему не учился, так что было полное основание полагать, что он останется "недорослем".

Но судьба судила иначе. В деревеньку как-то заехал дальний родственник отца, пленился сметливостью маленького Коли, увез его в Петербург и сдал в одно из инженерных училищ. Этим, впрочем, заботы благодетеля о Коле и кончились. Он забыл его. Забыли о нем и сами родители.

Когда Тютчев, двадцати лет, окончил курс, вышел из училища, то, наведя справки, о своих отце и матери, узнал, что они давно умерли. Он поступил на службу сперва в Петербург, затем был переведен в Москву, где состоял при московском главнокомандующем, как называли тогда генерал-губернаторов, получал очень маленькое жалованье и жил тихо и скромно, не подозревая, что имя его попадет в историю, рядом с именем "людоедки".

В конце царствования императрицы Елисаветы Петровны предположена была к возведению какая-то казенная постройка близ города Подольска — и инженер Тютчев отправился на житье в этот город, где он долгое время находился без всякого дела, ожидая распоряжений из Петербурга. Распоряжений не приходило, и Николай Афанасьевич занялся от скуки ружейной охотой по соседним полям и лесам. В лесу, близ села Троицкого, он встретился с Дарьей Николаевной Салтыковой, объезжавшей свои владения и пригласившей приглянувшегося ей молодого человека к себе "на миску щей".

Тютчев был действительно красивый мужчина, сильный, статный брюнет, с выразительными огневыми глазами, прямым с маленькой горбинкой носом и толстыми, чувственными губами. Знакомство завязалось, и вскоре молодой инженер стал чуть не ежедневным гостем Троицкого, а спустя немного времени уже хозяйничал в нем, на правах близкого к Дарье Ниеолаевне человека. Близость между Тютчевым и Салтыковой продолжалась более года. Дарья Николаевна любила Тютчева, но любовью страшной, почти дикой. Что-то жестокое и зверское было в ее привязанности к Николаю Афанасьевичу. Бывали минуты, когда она, пылая к нему особенной нежностью, начинала кусать его, терзать, душить, даже резать ножом.

В один из таких своеобразных припадков нежности, со стороны Салтыковой, Тютчев взбесился и в свою очередь здоровым сильным кулаком повалил Дарью Николаевну на пол. Та от души хохотала, катаясь на полу, вся раскрасневшаяся, со сверкающими страстью глазами и задыхающимся, хриплым голосом повторяла:

— Вот так, молодец, Коленька, молодец... Ткни еще раз в морду-то... ткни, милый...

Тютчеву, однако, не было суждено смирить бешеный нрав даже любившей его женщины-зверя. На следующее после знакомства лето, заподозрив его в неверности, Дарья Николаевна приказала запереть его в "волчью погребицу", где несчастный инженер провел страшную ночь и лишь к утру какими-то судьбами успел убежать от рассвирепевшей мегеры — Салтыковой, готовившейся наказать своего "изменщика" розгами.

Бешенство Салтыковой, узнавшей о бегстве своей жертвы, не поддается описанию. Она бросилась в погоню за своим возлюбленным в Подольск, но там не застала его, так как он успел бежать сперва в Москву, а затем в Петербург. Безуспешные поиски привели Дарью Николаевну в еще большую ярость. В кровавых расправах с дворовыми она надеялась утешить ее. По возвращении в Троицкое, она собственноручно задушила дворовую девушку Марью, заподозренную ею в заигрываниях с Тютчевым, засекла до смерти дворовую женку Анну Григорьевну и убила скалкой жену дворового Ермолая Ильина. Последние две были обвинены Салтыковой в содействии любовной интриге Николая Афанасьевича с Марьей.

Обозленный Ермолай Ильин подал жалобу — один, от своего лица, с перечислениями всего того, что творила Салтычиха, но и его жалоба, как и жалобы прежних дворовых, была признана "изветом". Ильин, по наказании кнутом, был возвращен помещице и вскоре умер. Племянник гайдука Хрисанфа, любивший, задушенную барыней Марью, запил с горя и сгрубил Дарье Николаевне. Он был за это утоплен в сажалке для рыбы.

По возвращении в Москву, Салтыкова не переставала наводить справки о Тютчеве и, наконец, получила сведения, что Николай Афанасьевич возвратился в Москву, и даже нашел себе невесту, дворянку Анастасию Панютину, имеющую свой дом на Сомотеке, где Тютчев и поселился. Салтыкова послала ему несколько писем, но они остались без ответа. Тогда, в одну из зимних ночей, Дарья Николаевна собрала десятка два парней из своей дворни, и под ее собственным предводительством, учинила нападение на дом Панютиной, но нападение было отбито слугами последней.

Слух об этом ночном нападении быстро разнесся по Москве. Началось, казалось, энергичное следствие. Инженер Николай Афанасьевич Тютчев поднял тревогу о грабеже и подал челобитную в полицеймейстерскую канцелярию, обвиняя в разбойном нападении вдову ротмистра гвардии Дарью Николаевну Салтыкову с челядинцами. Главной уликой против нее был найденный близ пруда труп убитого "пороховым орудием" дворового человека Салтыковой. Но, несмотря на это, дело затянулось, и, в конце концов, полицеймейстерская канцелярия не нашла данных для следствия, и дело как-то быстро было замято и забыто, тем более, что и Николай Афанасьевич, измученный судебной волокитой, по настояни, своей невесты, отказался от доноса, заявив, что вделал это сгоряча, по недомыслию и готов просить у Дарьи Салтыковой "публичной милости". До "публичной милости" его не довели, но взыскали значительный штраф, заплаченный, конечно, Панютиной. Тютчев вышел по болезни в отставку и уехал в именье Панютиной в Орловскую губернию, где и обвенчался с ней.

Все эти похождения первых годов вдовства Дарьи Николаевны не представляют не только ни малейшего вымысла, но и ни малейших прикрас автора. Все это занесено на страницы подлинных о ней дел, производившихся в тогдашней московской полицеймейстерской канцелярии, и, быть может, до сих пора дела эти хранятся в московских архивах.

II

СИРОТЫ

Быть может, читатель справедливо полюбопытствует о судьбе сыновей Дарьи Николаевны Салтыковой и ее покойного мужа: Федора и Николая.

"Неужели, спросит он, эти несчастные дети в самом нежном возрасте были свидетелями всего происходящего в доме грозной родительницы и бесхарактерного, больного родителя?"

На этот вопрос нельзя ответить совершенно утвердительно, так как дети Салтыковой имели как в Москве, так и в Троицком совершенно отдельное помещение, сданы были нянюшкам и мамушкам и, иногда, по целым неделям не видали родителей, которые оба, кажется, подчас забывали о их существовании. После смерти мужа, Дарья Николаевна отправила обоих своих сыновей в Петербург, к племяннику Глеба Алексеевича, Николаю Ивановичу Салтыкову, где они и воспитывались среди роскошной и аристократической обстановки, забытые матерью и забывшие в свою очередь о ней. У Дарьи Николаевны был, впрочем, при этом и другой расчет: дети стесняли ее и в отношениях с дворовыми, и в отношениях к Тютчеву, за которого до самой последней минуты, когда он оказался потерянным для нее навсегда, она все еще имела намерение выйти замуж.

Но кроме этих удаленных из Салтыковского дома детей, в нем находились еще, если не забыл читатель, двое других, более взрослых, внучатых племянников покойной Глафиры Петровны Салтыковой: Маша и Костя. Ко времени нашего рассказа они давно уже вышли из отрочества. Маше шел семнадцатый, а Косте двадцать первый год. Высокая, стройная шатенка, с нежным цветом лица, Маша или Марья Осиповна Оленина, как значилось в бумагах, производила неотразимое впечатление на всех ее окружавших. Синие, чистые глаза, блеск которых смягчался длинными густыми ресницами, глядели ясно и прямо и выражали, действительно, как зеркало, добрую душу их обладательницы. Весь дом, вся дворня положительно боготворила ее, сама Дарья Николаевна первые годы не могла порой не приласкать эту чудную девочку, но по мере того, как она вырастала, стала избегать Маши. Быть может чистый, лучистый взгляд молодой девушки проникал даже в черную душу этой женщины-зверя, поднимая со дна этой души лежавшие глубоко на дне ее угрызения совести. Помещенная совершенно отдельно, как в Москве, так и в Троицком, она иногда по целым месяцам не видала ни Дарьи Николаевны, ни Глеба Алексеевича, к которому первая ревниво никого не допускала. Любимым препровождением времени Марьи Осиповны было рукоделье, в котором она была чрезвычайной мастерицей, чтение и по праздникам посещение церковных служб.

Костя, ставший уже Константином Николаевичем и носивший фамилию Рачинского, сделался тоже высоким, статным юношей, с черными, как смоль, волосами и большими, жгучими черными же глазами. Легкий пушок на верхней губе и части щек юноши оттенял их белизну и свежесть, указывая на то, что жизнь, в ее низменных, животных проявлениях, еще не успела дотронуться до него своим тлетворным крылом.

Маша окончила воспитание, выучившись грамоте, Костя же, по совету священника церкви Николая Явленного, отдан был приходящим учеником в духовное училище, где окончив прекрасно курс, поступил на службу в канцелярию главнокомандующего. Судьба улыбалась ему более, нежели Маше. Последняя, живя в доме Салтыковых в качестве сироты-приемыша, не имела и не могла иметь никаких надежд на будущее.

Торжественное обещание Дарьи Николаевны, данное во время одной из панихид у гроба Глафиры Петровны, об исполнении воли покойной, то есть о том, что все состояние старушки Салтыковой будет разделено поровному между сиротами, конечно, и было только обещанием, необходимым в то время, чтобы накинуть платок на роток многих лиц из московского общества, заговоривших очень прозрачно о странной смерти генеральши Салтыковой. Прошли года, смерть эта была забыта — забыто было и обещание. Правыми оказались те, которые говорили тогда:

— Ни синь пороха не получат детки.

Таким образом, Маша Оленина была в буквальном смысле бедной сиротой, жившей из милости в доме богатой, очень дальней родственницы, почти чужой женщины, да при том, эта женщина была — Салтыкова.

Бог — заступник сирот, по своей неизреченной милости одарил Марью Осиповну нравственной силой, которая с одной стороны держала, как мы видели, в почтительном отдалении от нее эту "женщину-зверя", а с другой спасла ее от отчаяния и гибели среди адской обстановки жизни дома Салтыковых. Бессильная помочь жертвам зверских расправ, Марья Осиповна горячо молилась за них перед престолом Всевышнего, находя в своем любвеобильном сердце теплые слова молитвы даже за безумную "кровопивицу", как она называла Дарью Николаевну. В своих религиозно-нравственных мыслях она считала Салтыкову больной, одержимой, и хотя тщетно, но молилась об ее исцелении.

В другом положении находился товарищ ее детских игр, ее друг, Константин Николаевич Рачинский. Не прошло и полугода после смерти Глафиры Петровны Салтыковой, как к Дарье Николаевне прибыла "власть имущая в Москве особа". Принята была "особа", конечно, с должною торжественною почтительностью. Ее встретила Дарья Николаевна, извинившись за мужа, лежавшего больным.

— Что он у вас все хворает... Нехорошо, нехорошо, скажите ему, что я сказал: нехорошо... — заметила "особа", усаживаясь, по приглашению хозяйки, в гостиной.

— Я и сама, ваше превосходительство, ему твержу, что нехорошо... Не бережется... Что с ним поделаешь, самовольство такое, что на поди... Мне тоже, что за радость, измучилась я с ним...

— Понимаю, понимаю, вхожу в ваше, сударыня, положение... Молодой жене здоровый муж требуется.

Особа захихикала. Дарья Николаевна почтительно улыбнулась.

— А я к вам с радостью... Счастье Бог послал в вашем доме сиротам, счастье.

Салтыкова вопросительно смотрела на "особу" и молчала.

— Константин-то Рачинский, мальчик-то, внучатый племянник покойной Глафиры Петровны... оказался племянником моего старого, теперь уже тоже покойного, друга Сергея Петровича Рачинского... Вот как-с...

"Особа" остановилась, и вынув из кармана табакерку, украшенную эмалированным портретом императрицы Елисаветы Петровны, с наслаждением стала нюхать табак.

— Племянником... друга... вашего превосходительства... Очень рада... — бессвязно, все еще мало понимая к чему клонит гость, заметила Салтыкова.

— Я знал, я знал, что в вас найду сочувствие... Поэтому сейчас к вам и приехал... Что там не говори все, а я один, один вас понимаю... Ценю вас...

— Как благодарить вас, ваше превосходительство...

— Не за что... Я прежде всего справедлив... Что сам знаю, что сам вижу, тому и верю... Наговорам и сплетням — никогда...

— Еще бы, при вашем уме и проницательности...

— Проницателен я точно, очень проницателен, насквозь людей вижу... Но к делу, сударыня, к делу...

— Я вас слушаю-с...

— Теперь об одном питомце забота с вас свалилась, а Маша невзначай разбогатела...

— Как это так?

— Да так, в наследстве, после Глафиры Петровны, Костя не нуждается... Миллионер он...

— Миллионер... — даже приподнялась с кресла Дарья Николаевна.

— Миллионер... — повторила особа. — Дядя его, Сергей Петрович Рачинский, сибирский золотопромышленник, умер, и по завещанию сделал его своим единственным наследником, а меня просил быть душеприказчиком и опекуном...

— Какой случай! — воскликнула Дарья Николаевна.

— Истино дело Провидения... Письмо мне старик написал перед смертью такое прочувствованное, что я даже плакал, читая... Просил принять на себя, исполнение его последней воли... За долг почту, за долг...

— Но вы его, конечно, не возьмете от меня, ваше превосходительство? — вдруг, с неподдельной печалью в голосе, заговорила Салтыкова. — Я так люблю сироток, так к ним привыкла... К тому же, воля покойной тетушки...

Дарья Николаевна даже прослезилась.

— Если вам не в тягость... Пусть живет у вас... Я покоен, у вас ему будет хорошо... Обучать его надо...

— Отец Николай — так звали священника церкви Николая Явленного — советует отдать его в духовное училище.

— Что ж, это хорошо, коли мы его по статской пустим. Я, признаться, сам за статскую службу...

"Особа" дослужилась до высших чинов, состоя, как выражались в то время, "при статских делах", а потому не одобряла военной службы.

— Так и сделаем...

— Пусть ходит в школу, а у вас живет... И пусть даже не знает, что положение его изменилось... Сознание богатства портит характер... Минет двадцать один год, проснется богачом... неизбалованным, не мотом, а настоящим человеком... — продолжала "особа".

— Поистине сказать, ваше превосходительство, умные ничего и придумать нельзя... — восторгнулась Дарья Николаевна.

— А мне это сразу, сейчас пришло в голову...

— Удивительно...

"Особа" самодовольно улыбнулась.

— Но наследство тетушки все-таки останется его, Маше довольно и половины... Она обещает быть красивой девушкой, за богача выйдет... — заметила Салтыкова. — И при этом воля покойной тетушки — я ее изменить не вправе...

— Золотое у вас сердце, Дарья Николаевна. Делайте как знаете. Она сконфуженно потупилась...

— Со смертью тетушки я потеряла лучшего друга...

— Я готов быть им для вас всегда...

— Ваше превосходительство...

— А может быть мы их еще и поженим... — начала фантазировать "особа". — Родство между ними, как говорит народ, "седьмая вода на киселе", а Привычка детства часто превращается в прочное чувство любви.

"Особа" вздохнула. Вздохнула и Салтыкова.

— Как знать будущее... Все от Бога...

— Это верно, но человек может предполагать.

— Конечно...

Просидев еще несколько времени и условившись о сохранении тайны полученного Костей наследства, "особа" уехала. Дарья Николаевна проводила его до передней.

— Ишь радость какую сообщить пришел, старый хрыч... — ворчала она, идя в свою комнату, — мне-то какое дело до этого пащенка... А хорошо бы, — вдруг даже остановилась она, — прибрать и эти денежки к своим рукам... Да не осилишь его, старого черта... Впрочем, подумаем, может и придумаем...

Жизнь Кости, от полученного наследства, ничуть не изменилась, если не считать, что по праздникам он, в сопровождении слуги, был посылаем на поклон к "власть имущей особы", которая дарила его изредка мелкими суммами "на гостинцы". Купленные на эти деньги гостинцы, он по-братски делил с Машей, к которой был привязан чисто братской привязанностью, и без которой не мог съесть кусочка.

Дети были неразлучны, как при жизни Глафиры Петровны, так и в доме Дарьи Николаевны. Последняя, после полученного известия о свалившемся с неба богатстве Кости, косо поглядывала на эту дружбу, но боясь, как бы мальчик не пожаловался "особе" в одно из своих к ней посещений, да и вообще не рассказал бы многое, чему был свидетелем дома, не решалась принять против него резких мер. Костя, действительно, молчал, но не потому, что домашний ад Салтыковых не производил на него впечатления, а потому, что "власть имущая особа", всегда наставлявшая его любить и уважать "тетю Доню", не внушала доверия мальчику. Костя не пускался с "особой" в откровенности и отделывался вежливыми ответами на вопросы и почтительным выслушиванием нравоучений.

III

ЛЮБОВЬ

"Власть имущая в Москве особа" оказалась права. Привычка детства между Машей и Костей, действительно, с течением времени превратилась в серьезное, прочное чувство. Этому способствовала в данном случае исключительная обстановка их жизни.

Вечная буря царствовала в доме Салтыковых. Все дрожало, все трепетало под гнетом тяжелой руки "властной помещицы". Подобно птичкам во время бури и грозы, забирающимся в самую густую листву дерев и, чутко насторожась, внемлящим разбушевавшейся природе, Костя и Маша по целым часам сидели в укромных уголках своей комнаты, разделенной ширмами, и с нежных дней раннего детства привыкли находить в этой близости спасительное средство к уменьшению порой обуявшего их панического страха.

Приставленные к ним слуги обоего пола, наблюдали за их воспитанием лишь в смысле питания, а потому девочка и мальчик поневоле только друг с другом делились своей начинавшей пробуждаться духовной жизнью. Это не преувеличение, ушиб одного из детей отзывался на другом, как ни странно, чисто физической болью. Такая близость с детского возраста была, конечно, только инстинктивна, и много лет доставляла им лишь нравственное удовлетворение.

Но шли годы. Дети развивались физически и наступил момент, когда они вышли из положения "средних существ" и почувствовали свою разнополость. Первая насторожилась в этом смысле Маша, когда ей пошел четырнадцатый год. Детей, за год перед этим, разместили по разным комнатам, к великому их обоих огорчению, и Маша первая сознала всю целесообразность этой принятой старшими меры.

Шестнадцатилетний Костя, еще совсем ребенок, был неутешен гораздо долее, а заметив к тому же в отношениях к нему своей подруги детства непонятную для него натянутость и сдержанность, долго ломал свою юную головку над разрешением причин этого. Несколько неосторожных слов, сказанных при нем дворовыми, как это бывает всегда, открыли ему глаза, сдернув безжалостно ту розовую сетку наивности, которой так скрашиваются годы ранней юности. Костя понял и стал анализировать свои чувства к Маше. Этот анализ привел его к заключению, что для него она единственное существо, которое он любит, что жизнь, лежащая перед ним "неизвестной землей", без нее, вдали от нее, не укладывалось в его голове, она — для него была все, и первые мечты его уже зрелой юности начались ею и ею оканчивались. Зная понаслышке, из разговоров с товарищами, о чувстве любви между мужчиной и женщиной, Костя понял, что он любит Машу, к тому времени уже ставшей Марьей Осиповной, именно этой любовью.

Инстинктивно почувствовашая неловкость близости к Косте Маша, однако, не могла доискаться более долго ее причин. Она видела в Косте своего друга, своего брата, но не представляла его себе мужчиной. Мужчина, в смысле предмета страсти, еще не вырисовывался на чистой таблице ее девственной души. Вся отдавшаяся чтению и молитве, молодая девушка с удовольствием проводила в беседе с Костей свои досуги, с интересом выслушивала сперва его рассказы о порядках и обычаях школы — для нее совершенно неизвестного мира, а затем о его службе. Разговоры были сдержанны и не вызывали в ней ни малейшего волнения. Даже волнение, которое часто ощущал порой ее собеседник, когда брал ее за руку или сидел слишком близко около нее, не передавалось ей.

Первый толчок, однако, к полному уразумению их взаимных отношений для Марьи Осиповны, дал именно один из таких разговоров. Они сидели перед вечерним сбитнем в комнате Маши. Любительница порядка и чистоты, Дарья Николаевна Салтыкова, надо отдать ей справедливость, устроила помещение для своей питомицы хотя и просто, но удобно. Обитая светленькими обоями, с блестевшей чистотой мебелью и белоснежной кроватью, комната молодой девушки представляла из себя такой девственно-чистый уголок, в котором даже глубоко развращенный человек приходит в молитвенно-созерцательное состояние. На чистую же душу юноши-ребенка Кости комната Маши производила впечатление святыни. Он в ней тише говорил, тише ступал по полу, как бы боясь нарушить каким-нибудь резким диссонансом чудную гармонию чистоты и невинности, царившую, казалось, в этом укромном уголке.

— Товарищи все шутят, пристают ко мне... — говорил Костя. — Ты, говорят, уж мужчина, вон у тебя усы, ты чиновник... Неужели ты ни за кем еще не ухаживал?..

— Не ухаживал... Что это значит?.. — вопросительно посмотрела на него чистым взглядом своих чудных глаз Маша.

— Как разве ты не понимаешь?.. Не ухаживал, конечно, за барышнями...

— За барышнями... — повторила Маша, и голос ее почему-то дрогнул. — Как это, не ухаживал?

— Ну, то есть, как тебе это сказать... Не любезничал, не говорил, что они мне нравятся... Не целовал ручек...

— А зачем это?
— Как зачем? Да ведь я мужчина...
— Мужчина...
— Они говорят, что я жених...
— Жених... Чей? — встрепенулась Маша.
— Ни чей... А так... То есть человек, который может жениться...
— Жениться...

Оба замолчали и погрузились, видимо, каждый в свои собственные думы.

— А ты видел таких барышень, с которыми тебе хотелось бы быть любезным... которые тебе бы нравились?.. — вдруг, вскинув на него свои чудные глаза, спросила с расстановкой, почти задыхаясь, молодая девушка.

— Нет, — отвечал простодушно Костя. — Там, где я бываю, таких я не встречал... Я ни одной еще не видел лучше тебя...

— Меня? — повторила Маша.

Она вся вспыхнула и низко, низко опустила голову.

— А ты все-таки когда-нибудь женишься?.. — прошептала она. В голосе ее послышались слезы.

— Нет, Маша, я об этом еще не думал... Но если бы я хотел на ком жениться, то это на тебе...

— На мне?.. — прошептала молодая девушка.
— Да, на тебе, чтобы мы могли не расставаться с тобой всю жизнь.
— Позволит ли это тетя Доня?..
— Скоро я совершеннолетний и могу делать, что хочу...
— Но ведь я... Я завишу от нее...
— Я тогда поговорю с ней... Она согласится... Я ей скажу, что не могу жить без тебя...
— Милый...

Он в первый раз после того, как они вышли из детства, взял ее за талию и привлек к себе... Она, вся дрожащая от сладостного волнения, со слезами радости на глазах, не сопротивлялась.

— А ты... ты хочешь быть моей женой?..
— Милый...
— Мы тогда будем жить не так, как тетя Доня с покойным дядей Глебом... Мы будем добры друг к другу... Я буду смотреть тебе в глаза и предупреждать всякое твое желание...
— И я... милый...

Она совсем склонила на грудь свое плачущее лицо. Он стал играть рукою в ее чудных волосах. Несколько минут, как загипнотизированные, они оба молчали.

Это были такие мгновения, когда сердца их, переполненные чистою взаимной любовью, не позволяли словам срываться с уст. Для выражения охватившего их обоих чувств и не было слов. Да их и не надо было. Они оба поняли, что они соединены на веки, и никакие житейские бури и грозы, никакие происки "злых людей" не будут в силах разорвать этот истинный союз сердец. Их взаимное признание не окончилось даже банальным поцелуем. Духовно соединенные вместе, они не решились бы профанировать эти мгновения даже чистым поцелуем.

В их умах и сердцах началась та тождественная работа, которая скрепляет узы любви лучше продолжительных бесед и взаимных созерцаний. Каждый из них унес в себе образ другого. Каждый из них, будучи наедине с собой, не почувствовал себя одиноким.

В молодом организме Кости сразу забушевала молодая кровь и пленительный образ Маши воплотил в себе ту искомую в эту пору юности женщину, которой отдаются первые мечты и грезы, сладостные по их неопределенности и чистые по их замыслам. Обоюдное признание без объятий и даже без первых поцелуев явилось настолько, однако, удовлетворяющим его чистые чувства, что сладкая истома и какое-то, полное неизъяснимого наслаждения, спокойствие воцарилось в его душе.

— Она моя, она будет моей, безраздельно, вечно! — восторженно повторял он сам себе.

Он закрывал глаза, и образ смущенной, потупившейся Маши, восставал в его воображении, а в ушах звучала мелодия ее слов: "Милый, милый". Для Кости все происшедшее между ним и Машей было счастьем, но не было неожиданностью. Он уже давно чувствовал, что любит свою подругу детства иною, чем прежде, любовью, и только перемену ее к нему отношений не решался истолковать исключительно в свою пользу.

"Быть может, — думал он, — она просто не чувствует ко мне ничего, кроме братской привязанности, намеренно отдаляется, поняв, что я питаю к ней теперь иное чувство..."

"Она любит тебя, она любит тебя..." — прерывал эти думы какой-то внутренний голос, но он старался не слушать его, боясь разочарования.

Люди, желающие чего-нибудь сильно, суеверно стараются доказывать себе, что этого, конечно, и не случится. Они как бы закаляют себя, чтобы вынести возможные тяжелые разочарования. Им кажется, что если они в чем-нибудь будут сильно уверены, то это именно и обманет их, стараются разубедить себя даже при очевидной исполнимости страстно желаемого. Таково общее свойство людей. То же было и с Костей. Когда же произошло то, чего с таким трепетом ждало его сердце, ему показалось, что он этого давно ожидал, что иначе даже и быть не могло, но это сознание не уменьшило, однако, его счастия.

Маша, еле проглотив свой сбитень, ушла в свою комнату и тут сдержанность покинула ее. Она, не раздеваясь, бросилась на постель, упала головой в подушку и тихо заплакала.

Это были слезы радости, они явились лишь потому, что потрясенные нервы молодой девушки не выдержали. Происшедшая жизненная катастрофа должна была чем-нибудь разразиться. Она разразилась слезами.

Признание Кости в любви и ее собственное признание ему во взаимности являлось для нее потрясающею неожиданностью. Так вот почему его близость смущала ее, вот почему она так сторонилась его и часто взгляд его, останавливавшийся более или менее долго на ней, заставлял ее краснеть и потуплять очи — она любит его.

Любит! Что значит это слово? Она знала, что существует "брак", что в браке с Божьего благословения супруги становятся друг другу самыми близкими существами.

"Оставит человек отца и мать свою и прилепится к жене своей, и будет два — плоть едина", — мелькал в голове ее текст Священного Писания.

Она любит Костю именно так, чтобы оставить всех и прилепиться к нему, она хотела бы, чтобы он чувствовал так же. И он чувствует. Он сказал ей это сам... Какой-нибудь час тому назад. Но почему же она теперь так сразу поняла то, что не постигала последние годы, когда произошел вдруг какой-то странный перелом в их отношениях?

Она начала думать над этим вопросом и вспомнила. Она поняла это тогда, когда она заговорила о других девушках, за которыми он, по мнению его товарищей, мог ухаживать, на которых мог жениться. Она почувствовала и теперь, как тогда, когда он сказал ей это, каким болезненным трепетом забилось ее сердце. Вся кровь бросилась ей в голову при одной мысли, что другая будет сидеть с ним рядом, так же близко, как она, что с другой он будет ласков, быть может, ласковее, чем с ней, — она поняла тогда, что любит его. Теперь все решено: он — ее, она — его...

Маша встала с постели, отерла глаза от слез. Они сияли светом и радостью.

Она опустилась на колени и стала молиться. Она благодарила Бога за дарованное ей счастье. Она просила Его благословения на предстоящий брак. Она не знала, какие испытания еще ждут ее впереди, если даже этому, благословленному Богом счастью, суждено осуществиться.

IV

ГРОЗОВАЯ ТУЧА

Истинные влюбленные похожи на скупщиков. Они ревниво охраняют сокровища своего чувства от посторонних взглядов, им кажется, что всякий, вошедший в "святая святых" их сердец, унесет с собой часть этого сокровища или же, по крайней мере, обесценит его своим прикосновением. То же произошло с Машей и Костей на другой день после вырвавшегося у них признания. Они стали осторожны при людях, и деланная холодность их отношений ввела в заблуждение не только прислугу, но и самую Дарью Николаевну Салтыкову.

"Ишь, наши "женишок с невестушкой" — как звала, с легкой руки отца Николая, Машу и Костю дворня — ходят точно чужие, не взглянут даже лишний разок друг на друга. Врал старый пес про какую-то привязанность с детства... — думала Салтыкова, припоминая слова "власть имущей в Москве особы". — Они, кажись, друг от друга стали воротить рыло..."

Она с удовольствием уверяла себя в этом, как в отсутствии одного из препятствий в осуществлении ее плана. Ни прислуга, ни Дарья Николаевна и не подозревали силы и живучести этой таинственной, незаметной для других, связи, которая крепла день ото дня между любящими сердцами, несмотря на то, что свидания их бывали по нескольку минут, что красноречие мимолетных взглядов заменяло им красноречие слов.

Несколько успокоившись после неблагоприятной для нее развязки романа с инженером Тютчевым, Дарья Николаевна обратила свое внимание на двадцатилетнего Костю. Положение его в доме вдруг странно изменилось. Вернувшись однажды со службы, он не узнал своей комнаты. В нее была поставлена лучшая мебель из кабинета покойного Салтыкова и на всем ее убранстве лежал отпечаток желания угодить его вкусам. Он, кроме того, застал у себя белокурую Дашу, приближенную горничную Дарьи Николаевны, тщательно стелившую на один из поставленных столиков богатую салфетку.

Даша уже окончательно освоилась со своей ролью наперсницы Салтыковой и задавала тон среди дворни. Она действительно умела угодить грозной барыне и была ею бита лишь несколько раз и то не сильно. В средствах для угождения она была, однако, очень неразборчива, и в числе их были подслушивание и наушничество, за что остальная прислуга ее ненавидела и невольно теперь, по происшествии многих лет, вспоминала Фимку.

— Что это значит? — с недоумением оглядывая убранство комнаты, спросил Константин Николаевич.

— А это барыня, Дарья Миколаевна, приказали, чтобы у вас, барин, было все, что ни на есть лучшее, сами сегодня, пока вас не было, приходили сюда и указывали, что где поставить...

И, действительно, по беспорядочной расстановке богатых и дорогих вещей, был заметен грубый вкус Салтыковой.

— Вот как, почему это?

— Почему? Так вы и не догадываетесь? — лукаво улыбнулась Даша.

Костя смотрел на нее вопросительным взглядом.

— Эх, барин, ведь, чай, не маленькие, а не понимаете, для чего наша сестра о мужчине заботится...

— Ваша сестра... о мужчине, — повторил Костя.

— Это я так, к примеру, нашей сестрой назвала — женщину... Холопка или барыня, все единственно, чувство-то одинаковое...

— Чувство...

Даша подошла ближе к Константину Николаевичу и таинственно прошептала:

— А уж как вы, барин, нашей барыне Дарье Миколаевне нравитесь... Просто ужасти...

— Какие ты говоришь глупости, Даша, — заметил он.

— Вот уж совсем напротив... Правду сказала. Так нравитесь, что захотите, не то что над вами, а вы над ней верховодить начнете...

Константин Николаевич понял. Вся кровь бросилась ему в лицо. Он за последнее время много думал о пережитом и перевиденном в доме своей приемной матери "тети Дони", как продолжал называть ее, по привычке детства и составил себе определенное понятие о нравственном ее образе. Она одинаково требовала жертв, как для своей зверской ласки, так и для своего зверского гнева. Неужели рок теперь судил ему сделаться этой жертвой.

"Если она что задумала, то спасенья нет, от нее нельзя ждать ни снисхождения, ни пощады", — неслось в его голове.

При этой мысли кровь прилилась снова к его сердцу. Оно трепетно забилось. Он побледнел. Даша по-своему растолковала его смущение и задумчивость.

— Уж вы, барин, будьте покойны, ни на капельку я не вру, да и сами видите, всю что ни на есть лучшую мебель из баринова кабинета сюда приказала перенести... Это недаром... Даже для Николая Афанасьевича она многое жалела... Деньгами его не очень баловала, а для вас все ей нипочем... По истине для милого дружка и сережка из ушка.

— Перестань болтать, — остановил ее молодой человек, до глубины души возмущенный сравнением его с Тютчевым, которого он глубоко инстинктивно презирал за играемую им около Салтыковой роль.

И эта роль вдруг теперь предназначалась ему!

— Не болтаю я, барин, а дело говорю, — не унималась молодая девушка. — Счастье вам Господь Бог посылает, счастье...

— Счастье, — с иронией повторил он...

— Истинное счастье... Барыня-то до сих пор краля писанная. Из дюжины такую не выкидывают... Толстенька немножко, ну, да это ничего... Мягкая... А уж любит вас, ох, как любит!..

Даша даже захлебнулась и всплеснула руками, желая более образно показать любовь Салтыковой к Косте.

— Я тоже люблю тетю Доню... — серьезно заметил он.

— Не о такой я любви говорю, батюшка барин; какая там она вам тетя... Не тетей она хочет быть вашей... — снова лукаво улыбнулась Даша, — а лебедушкой вашей, лапушкой...

— Я не хочу этого и слушать...

— Как не слушать, — вдруг возвысила голос Даша, — коли барыня приказала вам выслушать...

— Барыня?

— А то кто же? Не от себя же я пойду к вам такие разговоры разговаривать...

— Так это тетя Доня...

— Тетя Доня... — передразнила его молодая девушка. — Задаст она вам ужо тетю... Барыня молодая, красивая, а ее в тетю жалуют... обидно...

Откровенность Даши о том, что она говорит по поручению своей барыни, окончательно ошеломила Костю. Те же мрачные мысли о неизбежности предстоящей судьбы посетили его. Он даже почувствовал какую-то общую слабость, ноги его подкашивались, он подошел к креслу и опустился на него.

— И приказано вам сегодня вечером после сбитню беспременно прийти к Дарье Миколаевне... — продолжала уже строгим тоном Даша, а затем, ударив по бедрам руками, добавила: — И какой же вы мужчина, что бабы испугались... Приласкайте ее — вас, чай, не слиняет... Ей забава, а вам выгода... Эх, барин, молоды вы еще, зелены... Может потому нашей-то и нравитесь...

С этими словами приближенная горничная Салтыкова удалилась из комнаты Кости. Он некоторое время продолжал сидеть неподвижно с глазами, устремленными в одну точку/Перед ним несся восхитительный образ Маши, наряду с расплывшейся, толстой фигурой Салтыковой. Всепоглощающее чувство любви к первой охватило все существо молодого человека и рядом с ним в его душе появилось чувство омерзения к этой толстой, безнравственной бабе, подсылающей к нему свою горничную и старающейся купить его чувство подачками. Он окинул презрительным взглядом окружающую обстановку.

— Нет, надо бежать, бежать сейчас же из этого дома, где несколько часов разделяет его от возможного, быть может, вынужденного, падения.

Он молод, силен и кто знает...

— Барыня-то до сих пор краля писанная, толстенька немножко, ну, да это ничего... — пронеслось в его уме замечание Даши.

— Бежать, бежать...

— Но как бежать, бежать не повидавшись, не переговорив с Машей... Это невозможно... Что передумает она, сколько проскучает она... Да и куда бежать? Это надо обдумать... Не идти сегодня туда... Этого нельзя, она пришлет опять... Да неужели у меня не хватит силы устоять перед ней... Я люблю Машу, и эта любовь спасет меня... Я не оскверню этого чувства...

Константин Николаевич встал и даже весь выпрямился, как бы ощущая в себе прилив силы, силы духа, силы чувства, силы любви, способной одержать победу над силою страсти, силой чувственности, силой тела. Он решил помериться этой силой лицом к лицу со своим врагом. Этим врагом являлась для него "тетя Доня".

Дарья Николаевна, между тем, зная, что Костя вернулся со службы и, что Даша должна ему намекнуть на предстоящее свидание и объяснение с ней вечером, в волнении ходила по своей комнате. Страстная натура этой перезрелой женщины действительно сказалась в ней, когда она пристальнее всмотрелась в своего красавца-приемыша. Сначала она не обращала на него внимания, считая его ребенком. Как всегда бывает, что люди, живущие вместе, сохраняют относительно друг друга первые впечатления. Она, как и другие, не заметила как вырос Костя, и как из двенадцатилетнего тщедушного мальчика он сделался двадцатилетним сильным, красивым юношей. Не нынче-завтра миллионер, на состояние которого разгорались зубы алчной Салтыковой, он невольно обратил на себя ее исключительное внимание, и к своему удивлению, она увидела, что этот, нетронутый жизнью юноша, и без его миллиона представляет интерес в смысле любовного каприза.

В голове Дарьи Николаевны тотчас же сложился в этом смысле гениальный, по ее мнению, план. Как все стареющиеся красавицы, она твердо верила в полную прежнюю силу своих чар и тотчас решила, завладев Костей, вместе с ним завладеть и его состоянием. Она думала, что еще ни одна женщина не была предметом его грез и мечтаний, а потому при мнении о себе, как о женщине, заранее трубила победу над нетронутым тлетворным дыханием жизни юношей. При одном воспоминании об этой победе, глаза ее метали искры, по телу пробегала дрожь.

— Ну, что, что он? — быстро подошла она к вошедшей к комнату Даше.

— Э... да и что говорить-то, барыня, дитя он несмышленое, ребенок, да и только...

— В чем же дело?..

— Да что, молчит, на меня уставился, то краснеет, то бледнеет. Под конец даже ноги у него, сердечного, подкосились.

— С чего же это?..

— С чего, вестимо, с радости... Салтыкова улыбнулась довольною улыбкою.

— Ты думаешь?..

— И думать тут нечего... Видела я что с ним сталось, как намекнула я, что он вам нравится... Весь затрясся от радости... Что ты-де говоришь за глупости... Это он мне-то... Не верит...

— Не верит?..

— Да и как верить, коли счастье ему привалило, безродному... Красавица такая первеющая, как вы, матушка-барыня, Дарья Миколаевна, на него внимание обратили... Известно обалдел...

— Значит придет?..

— Вестимо придет...

— Так и сказал?..

— Ничего он не сказал... Да и что же ему говорить-то... Кто от своего счастья будет отказываться...

— Но что же он сказал?.. — допытывалась Дарья Николаевна.

— Да ничего, барыня, не сказал...

— Так-таки ничего?..

— Ничегошеньки... Обомлел весь, говорю, обомлел... Ушла я, он ровно в каком столбняке остался...

— Может ты ему что лишнее сказала?

— Чего же лишнего, все сказала, что надобно, что вы приказать изволили...

— Хорошо, ступай...

Даша вышла. Дарья Николаевна опустилась в кресло и откинула назад свою, все еще надо сознаться, красивую голову, хотя с несколько обрюзгшими чертами. Полнота ее, развивавшаяся во время замужества, не коснулась лица, или коснулась его в незначительной степени. Теперь на этом лице появилось выражение полного довольства. Она истолковала рассказ Даши именно в том смысле, в каком передала его ее наперсница. Минутное сомнение, что горничная не так поняла состояние духа Кости, выразившееся в вопросе: "может ты ему что лишнее сказала?" — исчезло.

Теперь Салтыкова уже была вполне убеждена, что красивый юноша именно "обалдел" от предвкушения счастья быть обласканным ею, Дарьей Николаевной. На губах ее играла сладострастная улыбка. Она строила планы, один другого соблазнительнее, предстоящего вечернего свидания. Она видела уже смущение Кости при первых намеках на любовь, на близость. Она сумеет рассеять это смущение. Она откроет ему двери рая. Он выйдет от нее обновленный, он выйдет от нее ее рабом.

Дарья Николаевна встала, подошла к висевшему на стене большому зеркалу и стала внимательно осматривать в него свое отражение. Видимо, она осталась довольна произведенным этим осмотром на нее впечатлением. Она отошла от зеркала с тою же самодовольною улыбкой, с какою подошла к нему. Усевшись у стола, она стала раскладывать карты, засаленная колода которых всегда лежала на столе. Карты тоже выходили все хорошие, вышло даже четыре туза, что несомненно означает исполнение желания; Прекрасное расположение духа, таким образом, не покидало Дарью Николаевну.

Костя, между тем, в волнении ходил по своей комнате и со страхом думал о предстоящем ему свидании с Дарьи Николаевной. Хотя он решил противодействовать всеми силами своей души гнусным замыслам на него этой "женщины-зверя" и был уверен, что под щитом чистой любви к Маше выйдет победителем из предстоящего ему искуса, но самая необходимость подобной борьбы горьким осадком ложилась ему на сердце. Как долго казалось время для Дарьи Николаевны, так быстро промелькнуло оно для Кости. Сбитень он пил в столовой, вместе с Машей, светло и любовно смотревшей на него своими лучистыми глазами. Он мог бы ей передать, полученное им "роковое приглашение", но не сделал этого.

В ее чистом взгляде ему казалось почерпнул он еще большую силу для борьбы, а потому нашел ненужным тревожить ее пустыми опасениями, да и как он мог этой чистой девушке рассказать всю ту опасность, которая предстояла ему в будуаре Салтыковой. Она бы и не поняла его. Так думал он и молчал.

V

В ВОЛЧЬЕЙ ПАСТИ

Смущенный и трепещущий вошел Константин Николаевич в кабинет Салтыковой. Он несколько запоздал на приглашение, и Дарья Николаевна вторично прислала за ним Дашу в его комнату.

— Идите же, барин, ведь барыня ждет... — Иду, иду...

— Поскорей, а то неровен час рассердится, беда будет...

— Сейчас, сейчас, вот только поправлюсь... — заторопился Костя, подходя к маленькому зеркальцу, висевшему на стене.

— Чего поправляться... Хороши и так... — заметила Даша. — Просто вы трусу празднуете...

— Я?..

— Да, вы, и чего трусите, бабы... А еще мужчина... Стройный, красивый... Захотите из нее самой щеп наломаете...

— Будет болтать пустяки... Я иду... — остановил он разболтавшуюся девушку и действительно вышел из комнаты.

Даша шла за ним.

— Вы, барин, уж с ней поласковее... Не прогневите грехом." Всем тогда будет беда неминучая... — напутствовала его "приближенная горничная".

Дарья Николаевна сидела на диване, с возможною для ее полноты грацией, откинувшись на спинку.

— Что это, Костинька, за тобой послов за послами посылать надо... Точно тебе сласть какая сидеть одному в комнате... Вырос, так тетю Доню и позабыл, пусть дескать как сыч сидит одна... Что бы прийти поразговорить, утешить...

— Вы до сегодня не приказывали, — смущенно, с опущенными вниз глазами, ответил Костя.

— Приказывать; не все же по приказу делается... Тоже чувство должно быть в человеке, по чувству можно сделать: из-под палки-то заставлять с собой разговаривать тоже не всякому приятно... Надоел уж мне этот страх в людях ко мне... Хочется тоже, чтобы человек сам по себе обо мне вспомнил... Нет, я вижу, ты бесчувственный... Не ожидала я от тебя этого, Костинька, видит Бог, не ожидала... Думаю, за все то, что я для тебя сделала...

Салтыкова остановилась.

— Я, тетя, вас очень люблю и уважаю... — заговорил Костя, — и если бы я знал, что моя беседа вас развлечь может и вы в ней нуждаетесь, я бы не преминул.

Он не окончил фразы, так как Дарья Николаевна перебила его:

— Да ты чего стоишь передо мной на вытяжке, в ногах правды нет... Садись, садись сюда.

Она указала ему место рядом с собою на диване. Костя сел на край, с тем же крайне смущенным видом, не поднимая на нее глаз.

— Садись, садись ближе; эка какой увалень, не знаешь как с дамами рядом сидеть... Али, может, знаешь, да со мной не хочешь... ась?

Костя молчал.

— Садись, садись, вот так...

Дарья Николаевна сама взяла его за плечи и усадила совсем близко около себя. Прикосновение ее к нему заставило его вздрогнуть и отшатнуться. Дарья Николаевна заметила это, но сделала вид, что не обратила на это внимание.

— Ну, как тебе, Костинька, понравилась сегодня твоя комната?

— Очень... Не знаю как благодарить вас, тетя Доня.

— Да брось ты эту "тетю Доню". Какая я тебе "тетя", и не родня мы, ну махонький был, туда-сюда, называл, а теперь, вишь, какой вырос, мужчина, красавец...

Костя весь вспыхнул, но молчал.

— Сама, собственными руками, убирала я сегодня с утра твою

комнату, чтобы только угодить тебе, добру молодцу... А ты за это на меня и не взглянешь... Сидишь рядом со мной бука букой.

Костя поднял на нее свои глаза, но в них она прочла такой испуг, что сама невольно отодвинулась от него.

— Да ты чего меня боишься... Ох, Господи, в кои-то веки сироту приласкать захотела, так на поди... Смотрит на меня как на зверя лютого.

— Что вы, тетя...

— Опять тетя... Далась ему эта тетя... Я и по летам-то тебе в тетки не гожусь... Таких теток зовут и лебедками... Это тебе разве не ведомо...

— Я не понимаю...

— Не понимаю... Несмышленыш какой выискался... — начала уже раздражаться Дарья Николаевна. — А, чай, с другими девками да бабами фигуряешь, любо-дорого глядеть...

— Я... с бабами... — с еще большим испугом посмотрел на нее Костя.

Салтыкова опомнилась. Этот, полный неподдельного испуга невинный взгляд юноши убедил ее, что она хватила через край в своих предположениях.

— Прости, прости, Костинька, я пошутила... Видимо, ты еще дитя малое, несмышленое... Тем слаще полюбишь меня, за мою ласку женскую, коли ты ее еще не испытывал... А как я люблю тебя, ненаглядный мой, не рассказать мне тебе словами... Зацелую тебя я до смерти...

Салтыкова обхватила голову Кости обеими руками, нагнула ее к себе и впилась в его губы страстным, чувственным поцелуем. Костя бился около нее как бы в лихорадке. Она приписала это волнение юноши от близости красивой молодой женщины.

Вдруг он с силой вырвался из ее объятий, поднялся с дивана, и схватившись руками за голову, снова упал на него и истерически зарыдал. Дарья Николаевна растерялась.

— Костя, Костинька, что с тобой, милый мой, желанный...

Он продолжал всхлипывать и дрожать всем телом.

— Экий какой!.. — с укоризной воскликнула она и задумалась.

Вдруг, как бы осененная какой-то новой мыслью, она встала, подошла к окну, взяла с него одну из бутылок с наливками, из шкапа достала два граненых стаканчика и вернулась к дивану, около которого стоял круглый стол. Поставив на стол стаканчики, она наполнила их душистой вишневой наливкой. Мягкий свет зажженных в серебрянных шандалах восковых свечей отразился и заиграл в граненом хрустале и в тёмнокрасной маслянистой влаге.

— Выпей, Костинька, наливочки, выпей дружочек, все пройдет, вкусно.

Костя несколько оправился и сидел с заплаканными глазами, и лицом положительно приговоренного к смерти. Руки его лежали на коленях и он сосредоточенно глядел на блестевшее на указательном пальце правой руки кольцо с великолепным изумрудом. Кольцо это было недавним подарком "власть имущей в Москве особы" и вероятно являлось наследственною вещью покойного дяди Кости.

— Носи это кольцо, скоро ты узнаешь, кому принадлежало оно ранее... — сказала "особа".

Обрадованный драгоценностью, юноша не обратил особенного внимания на эти слова. И теперь он смотрел на кольцо не с мыслью о прежнем его владельце, а с мыслью о Маше, которой особенно из всех подарков "особы" оно понравилось. Она несколько раз примеряла его себе на руку и, хотя оно было ей велико, но все же прелестно оттеняло белоснежный цвет ее ручек. С этого времени это кольцо стало для него еще дороже.

— Выпей, Костинька, выпей... Посмотри, все пройдет, молодцом будешь... — продолжала, между тем, уговаривать его Салтыкова.

— Я боюсь, я никогда не пил...

— Ничего, это сладко, вкусно...

Костя машинально протянул руку, взял стаканчик и поднес его к губам. Мягкий ароматный напиток пришелся ему по вкусу, и он с удовольствием опорожнил стаканчик. Салтыкова тоже отпила свой до половины.

— Экий ты какой, еще кавалер, а не знаешь, что когда пьют — чокаются... Ты со мной и не чокнулся... Ну, на еще, хвати стаканчик.

Она наполнила ему его снова. Костя не отнекивался и, чокнувшись с Дарьи Николаевной, с аппетитом выпил второй стаканчик. Вкусный, сладкий, но крепкий напиток произвел свое действие на молодой организм. Глаза Кости заблестели, заискрились, и он с несвойственной ему развязанностью сидел на диване...

— Вкусно, выпей еще стаканчик... — предложила Салтыкова.

— Дайте, тетя!

— Опять тетя...

— Ну, все равно. Я еще выпью.

Он, видимо, захмелел. Дарья Николаевна налила ему еще стаканчик, не позабыв и себя. Он уже сам чокнулся с нею и выпил с видимым наслаждением. Салтыкова глядела на него плотоядным взглядом и придвинулась к нему совсем близко. Он не отодвинулся. Она положила ему руку на плечо и наклонила его к себе. Красный, с сверкающими глазами, он сам обнял ее за талию. В комнате раздался звук отвратительного пьяного поцелуя.

С тяжелой головой проснулся на другой день в своей комнате Костя. Он лежал одетый на своей постели. Вскочив, он сел на ней и оглядел свою комнату вопросительным взглядом. Казалось, он искал вокруг себя разрешения какой-то тяжелой загадки. Вдруг, вчерашний вечер и часть ночи, проведенные в комнате Дарьи Николаевны, восстали в его уме со всеми мельчайшими подробностями. Он схватился за голову, упал снова на постель, уткнулся лицом в подушку и глухо зарыдал.

Так прошло несколько минут. Костя снова поднялся с кровати, встал и стал ходить по своей комнате нервной походкой.

— Что я сделал, что я сделал? — изредка вырывались у него восклицания. — Как посмотрю я теперь в чистые, светлые глаза моей ненаглядной Маши, на мне клеймо, клеймо позора, клеймо преступления. А та... Та уже считает меня теперь своим...

Он не решился произнести слова, означающие то, чем он стал для Дарьи Николаевны.

— Бежать, бежать... Куда-нибудь... Но совсем... Такую пытку вынести мне не по силам... Я сохраню к Маше в моей душе чистое, светлое чувство... Клянусь, что ни одну женщину я не прижму отныне к моей груди... Не прижму и ее, так как я теперь недостоин ее...

Он говорил сам с собой в каком-то нервном экстазе.

— Я вчера ничего не помнил... Чем она опоила меня. Какими чарами сумела опутать меня так, что я забыл все и всех, даже Машу... Вон, вон из этого дома, где я не могу жить между этими двумя существами, между воплощенною добродетелью и воплощенным пороком. Бессильный, слабый, я чувствую, я снова поддамся соблазну. Не надо, не хочу. Уйду, уйду...

Он стемительно подошел к письменному столу, отпер один из ящиков, вынул хранящиеся там свои документы и бережно положил их в карман. Он взглянул на часы. Они показывали половину десятого. На службу он опоздал. В описываемое нами время, присутственный день начинался с семи часов утра и даже ранее.

Куда же идти?..

Этот вопрос восстал перед ним во всей его грозной неразрешимости. Он стоял, опираясь рукой на стол, в глубокой задумчивости. На память ему пришла "власть имущая в Москве особа".

"К нему, к нему!" — решил он.

За последнее время он много думал и пришел к убеждению, что "власть имущая в Москве особа" играет в его жизни какую-то таинственную, но важную роль, что между ними "особой" существует какая-то связь, хотя ему и неизвестная, но прочная и серьезная. По некоторым отрывочным фразам и полусловам "особы" Костя мог догадаться, что заботы, которые старик проявляет относительно его, для "особы" обязательны. Кому же, как не ему, может он поведать все происшедшее, кому же как не ему должен он выложить свою душу?

В последний год отношения Кости к "власти имущей в Москве особе" круто изменилось. Молодой человек уже не конфузился старика, свободно с ним разговаривал и даже почти полюбил его за привет и ласку; с одной стороны, "особа" перестала делать ему нравоучения в смысле необходимости оказывать уважение Дарьи Николаевне — его благодетельнице, чего не мог ранее простить ему мальчик, хорошо зная, как живущий в доме Салтыкова, достойна ли она уважения. Все это пришло на ум Константину Николаевичу Рачинскому, и при воспоминании о Дарье Николаевне вся кровь бросилась ему в лицо.

Эта душегубица, эта кровопийца, эта людоедка... со вчерашнего дня близкая ему женщина.

Он весь задрожал от охватившего его омерзения. Приведя несколько в порядок свое платье, он вышел из своей комнаты, а затем и из дома с твердым намерением не возвращаться в него никогда.

Дарья Николаевна тоже в этот день заспалась дольше обыкновенного. Даша на цыпочках уже несколько раз входила в ее спальню, но не решилась будить барыню, спавшую сладким сном. Салтыкова проснулась почти одновременно с уходом из дому Кости и еще несколько времени лежала, нежась в постели. Она переживала прелесть вчерашнего вечера.

— Какой он красивый... Как он был смешон вначале со своей детской робостью.

Она чувственно улыбалась. Вдруг лицо ее омрачилось. Он, видимо, по ошибке раза два назвал меня Машей... Что это значит?.. Это надо разузнать.

VI

БАЛОВНИЦА И ЗАСТУПНИЦА

"Власть имущая в Москве особа" жила в казенном доме, занимая громадную в несколько десятков комнат квартиру, несмотря на то, что была совершенно одинока. Многочисленный штат швейцаров, курьеров и лакеев охранял административное величие "особы" и проникнуть в кабинет "его превосходительства" было очень и очень затруднительно даже для представителей родовитых фамилий Москвы, исключая, конечно, приемных дней и часов, в которые, впрочем, редко кого "особа" принимала в кабинете.

Но главной охранительницей "его превосходительства" была высокая худая женщина, сильная брюнетка, с горбатым носом, восточного типа, со следами былой красоты на теперь уже сморщенном лице — Тамара Абрамовна, заведовавшая хозяйством старика и державшая в своих костлявых теперь, но, видимо, когда-то бывших изящной формы руках весь дом и всю прислугу, не исключая из нее и мелких чиновников канцелярии "особы". Злые языки утверждали, что Тамара Абрамовна была для "его превосходительства" в былые, конечно, времена, более чем домоправительница, и даже рассказывали целый роман, послуживший началом их знакомства, а затем многолетней прочной связи. Говорили, что Тамара Абрамовна в первый год своего супружества, уличив мужа в измене, убила его ударом кинжала.

Это было в одном из глухих провинциальных городов. Назначена была следственная комиссия, под председательством теперешней "особы", тогда бывшей молодым человеком, подававшим блестящие надежды. Члены комиссии, ввиду ретивости их председателя, почили на лаврах, — как оказывается русские люди и в то далекое от нас время имели наклонность к такому способу заседать в комиссиях, — а председатель влюбился в обвиняемую мужеубийцу. Всеми правдами и неправдами он вызволил молодую женщину от суда и следствия: ее признали сумасшедшей и поместили в богоугодное заведение, откуда она, впрочем, скоро перебралась в квартиру молодого, подающего надежды чиновника и вступила в роль его домоправительницы.

Было ли в Тамаре Абрамовне развито чрезвычайно сильно чувство благодарности, или же к этому чувству к ее спасителю присоединялось более нежное, но только Тамара Абрамовна относилась к своему господину-другу с чисто собачьей привязанностью и преданностью. Молодой чиновник шел в гору и скоро сделался особой, но, несмотря на представлявшиеся ему блестящие партии, остался холостым и неразлучным с Тамарой Абрамовной, с летами окончательно попав под ее влияние, исключая вопроса о браке, которого, впрочем, она, испытав однажды неудачу, и не поднимала. Таков роман, который сложился среди москвичей, как объяснение отношений "власть имущей особы" к его домоправительнице.

Так ли это было или не так, но рассказ во всяком случае носил характер большей правдоподобности, нежели многие другие измышления фантазии досужих москвичей. Вся Москва знала Тамару Абрамовну и любила ее, любила за отзывчивость к нуждам и за справедливость. К чести ее надо сказать, что она не пользовалась, как другие фаворитки "особ" ее времени, ради корысти, своим влиянием на всесильного в Москве своего господина-друга. Она выслушивала дела просителя или просительницы, и только тогда, когда ей казалось, что дело это правое, бралась устроить его и устраивала уже с необычайною настойчивостью. Конечно, благодарный проситель не оставлял ее без подарка, но это не было вымогательство, царившее в то время в среде русских чиновников, их жен и подруг. При неправоте дела она обыкновенно отвечала:

— Иди, иди дружок, не туда попал, пусть твое дело идет своим порядком, выиграешь — твое счастье, а я на свою душу греха не приму...

— Да какой же тут грех, Тамара Абрамовна...

— Такой грех, что ты, батюшка, своего ближнего обидеть хочешь, а я таким делам не потатчица.

— Да я бы вам, Тамара Абрамовна...

— Молчи, молчи, я и слышать не хочу, меня ничем не подкупишь... Подкупай приказных... — я, по милости своего господина, сыта, одета, обута и всем довольна... Корысти же у меня нет ни на столько...

Тамара Абрамовна показывала при этом кончик своего мизинца.

— Да позвольте...

— И не позволю... Иди, иди... Пора, чай, знать меня... Вся Москва знает...

И действительно, вся Москва знала неподкупность Тамары Абрамовны и то, что в ней "нет корысти ни на столько". В одном только пункте было бессильно влияние "на власть имущую особу" со стороны Тамары Абрамовны — это во взгляде "особы" на Дарью Николаевну Салтыкову, которую "домоправительница" ненавидела от всей души. Ненависть эта была первое время чисто инстинктивная, но потом, собираемые Тамарой Абрамовной сведения о "Салтычихе" придавали этому чувству все более и более серьезные и прочные основания.

Не ведала Дарья Николаевна, всегда с почти униженной любезностью относившаяся к домоправительнице "особы" при своих посещениях, что она в ней имеет злейшего врага, еще гораздо ранее начавшегося против нее формального следствия, собиравшего о ней и о ее преступлениях самые точные сведения. Несколько раз начинала

Тамара Абрамовна докладывать своему господину и другу о неистовствах "лютой помещицы", но "особа" всегда приходила в раздражение и отвечала, совершенно несвойственным ей, при разговорах со своей домоправительницей, твердым голосом:

— Оставь ты меня, Тамара Абрамовна, с этими московскими сплетнями... Довольно я их и не от тебя слышал... Напали на бедную, еще когда она была в девушках, я один за нее тогда доброе слово замолвил...

— И напрасно... — вставила домоправительница.

— Совсем не напрасно и не тебе меня учить! — горячилась "особа". — Покойница Глафира Петровна в ней души не чаяла, а баба была умная...

— За то и отправила ее пригретая змея-то на тот свет... Ужалила... Умная... Я и не говорю, что не была она умная... Но только не даром молвится пословица: "На всякую старуху бывает проруха". Вот и вы тоже...

— Что я?.. Что не поверил в то, что Дарья Николаевна отравила или там задушила свою тетку... Так и теперь скажу: не верю... И никогда не поверю... Видел я ее самою у гроба Глафиры Петровны... Видел и отношение ее к приемышам покойной...

— На всякого мудреца довольно простоты...

— Это ты к чему... К чему это?.. — наскакивала на нее "особа".

— А к тому, что глаза вам отвела Салтычиха и, помяните мое слово, что из-за нее и вам когда-нибудь, ох, какая неприятность будет...

— Какая такая неприятность?..

— А там, наверху, также ведь и над вами верх есть...

— Что же там, наверху?..

— А скажут: что-де смотрели...

— Чего смотреть-то?

— Ведь душегубствует она... Людей-то своих смертным боем бьет... Хоронить устал приходской священник, хотя на доходы и не может пожаловаться — прибыльно. Человеческое мясо ест... Тьфу, прости Господи, даже говорить страшно...

— И не говори... Все вздор болтаешь... С чужого голоса... От людишек дворовых все это идет... Строга она с ними, это точно... Не мироволит... Вот они на нее и клеплят...

— С дворовыми путается... Что ни день, то новый... Мужа-то в шесть лет извела... В могилу уложила... Разбои по Москве чинит...

— Это с Тютчевым-то...

— Да, с Тютчевым...

— Да ведь он сам взял назад свою челобитную...

— Возьмешь, как доймут приказные строки... На себя покажешь, только бы отстали...

— Ну, пошла, поехала... Не хочу я и слушать тебя...

— Да и не слушайте... Вспомните, говорю, вспомните...

Так или почти так оканчивались беседы с глазу на глаз "особы" с домоправительницей о Салтыковой.

Его превосходительство, считая себя, так сказать, с первых шагов вступления Дарьи Николаевны в высшее московское общество ее "ангелом-хранителем", с чисто стариковским упрямством не хотел отказаться от этой роли, и упорно защищал свое "протеже" от все громче и громче раздававшихся по Москве неприязненных по ее адресу толков.

Нельзя, впрочем, сказать, чтобы эти толки, в связи с наговорами на Дарью Николаевну, со стороны Тамары Абрамовны, не производили некоторого впечатления на "особу". Иногда, наедине с собой, он чувствовал, что несомненно в домашней жизни Салтыковой что-то неладно, так как на самом деле, не могут же люди ни с того, ни с сего рассказывать о ней такие невозможные небылицы.

"Конечно, — думал он, — есть преувеличение, но что-то есть".

В этих думах он, однако, не хотел, повторяем, с упрямством, никому сознаться, а потому разговоры о Салтыковой за последнее время стали вызывать в нем еще большее раздражение.

Это изменившееся несколько мнение о Дарье Николаевне в уме его превосходительства доказывалось и тем, что он перестал, как прежде, говорить приходившему к нему Косте о необходимости с его стороны уважения к "тете Доне", а Костя, вследствие этого, перестал считать его чуть ли не сообщником "Салтычихи", и это сблизило старика и юношу. Их отношения друг к другу стали теплее, сердечнее, хотя Костя продолжал молчать о их домашних порядках, а старик не расспрашивал, может быть, боясь убедиться в том, что он начинал подозревать.

"Особа" привыкла к мальчику и полюбила его, но чьим он действительно был кумиром, то это Тамары Абрамовны, которой Костя платил искренней сыновней привязанностью, и ей часто с детской откровенностью повествовал о том, что происходило у них в доме. Та, впрочем, за последнее время только махала рукой и произносила:

— Э, да что с ним говорить, уперся, как бык, и одно заладил: "не верю..."

Эта фраза, конечно, относилась по адресу "особы". К этой-то своей "баловнице и заступнице", как прозвала Тамару Абрамовну, ввиду ее привязанности к Косте, "особа", и отправился прямо из дому Константин Николаевич на другой день утром после рокового свидания с Салтыковой. Он застал ее в ее комнате, находившейся невдалеке от кабинета "его превосходительства", за чаем. Расстроенный, убитый вид вошедшего молодого человека до того поразил старушку, что она выронила из рук маленький кусочек сахару, который несла ко рту, готовясь запить его дымящимся на блюдечке чаем, который держала в левой руке.

— Что с тобой, Костинька? — даже привстала она со стула. — На тебе лица нет...

Костя едва дошел до стула, бессильно опустился на него, облокотился на стол, уронил голову на руки и зарыдал.

— Что с тобой, голубчик, родной, что с тобой? — говорила она, встав со стула и подойдя к молодому человеку. — Перестань, что ты плачешь, что случилось?..

Костя, между тем, успел выплакаться и несколько успокоить свои потрясенные нервы и поднял голову.

— Да говори же, что с тобой? — продолжала настаивать старушка, и в голосе ее звучало необычайное беспокойство. — По службе что...

— Нет...

— Так что же?..

— Я не могу вернуться домой.

Тамара Абрамовна широко раскрыла глаза.

— Не можешь... вернуться... домой... — с расстановкой повторила она.

— Не могу...

— Почему?..

Костя решительно и подробно начал свою исповедь. Он рассказал Тамаре Абрамовне свою любовь к Маше, свое желание на ней жениться, передал изменившиеся за последнее время отношения Дарьи Николаевны и не утаил подробностей гнусного свидания с ней накануне.

Рассказав последнее, он снова зарыдал.

— Ах, она... — воскликнула Тамара Абрамовна, но не окончила восклицания, потому ли, что не могла придумать должного прозвища Салтыковой или же выговорить его.

Костя продолжал лежать с упавшей на стол головой, но уже беззвучно плакал.

— Что же тут плакать... Плакать нечего... Тебя не убудет... — рассердилась старушка. — А в вертеп этот тебе действительно возвращаться не след...

— Я и не пойду, я и не пойду... — сквозь слезы бормотал Костя. — Я не могу взглянуть в глаза Маше.

Тамара Абрамовна, не обратившая на последние слова молодого человека внимания, как вообще не придававшая никакого значения рассказанному им роману с Машей, сидела теперь снова на стуле в глубокой задумчивости.

Вдруг она встала.

— Я доложу ему... Ты все ему расскажи... Все, как мне...

— Тамара Абрамовна... — умоляюще посмотрел на нее Костя.

— Все... — строго сказала она и вышла из комнаты.

VII

ПОД КРЫЛОМ "ОСОБЫ"

Костя не успел еще прийти в себя от решения Тамары Абрамовны все сейчас же доложить его превосходительству, как она уже вернулась в свою комнату и отрывисто произнесла:

— Пойдем...

Юноша послушно встал с места и пошел вслед за старушкой, лицо которой носило на себе серьезное, сосредоточенное выражение. Несмотря на то, что, как мы знаем, он сам решил именно "его превосходительству" рассказать откровенно все, теперь, когда наступил этот момент, Косте показалось, что это совсем не надо, что "особа" ему в этом деле не поможет, а напротив, станет всецело на сторону Дарьи Николаевны — словом, он был смущен и испуган. Тамара Абрамовна точно угадала его мысли и колебания и обернувшись к нему, сказала:

— Наш-то, кажись, тоже насчет твоей-то в разум входит... Сам, видно, пораздумал о ней, какова она, и раскусил.

Эта фраза, так отвечавшая настроению Кости, успокоила его. Тамара Абрамовна отворила дверь кабинета и пропустила молодого человека.

Кабинет "особы" представлял из себя огромную светлую угольную комнату, семь больших окон давали множество света с двух сторон. Массивная мебель, громадных размеров шкафы по стенам, наполненные фолиантами и папками с разного рода деловыми надписями, грандиозный письменный стол, стоявший по середине, и толстый ковер, сплошь покрывший пол комнаты, делали ее, несмотря на ее размеры, деловито-уютным уголком. Мебель вся была красного дерева, с бронзовыми украшениями. В углах кабинета стояли две лампы на высоких, витых красного же дерева подставках, а на письменном столе, заваленном грудою бумаг, стояли два бронзовых канделябра с восковыми свечами.

Сама "особа" в ватном халате, крытом татарской материей "огурцами", и в вышитых туфлях, без парика, с почти совершенно облысевшей седой головой, мелкими шажками ходила по кабинету, видимо, в раздраженном, нервном состоянии. Тамара Абрамовна успела в нескольких словах подготовить "его превосходительство" к выслушанию повествования Кости о "тете Доне", и особа знала, что смысл этого повествования возмутителен. К тому же, за последнее время до "особы" стали действительно со всех сторон доходить странные слухи о происходящем в доме его "протеже", и слухи эти были так настойчивы и упорны, что с ними он находил нужным считаться, если не по должности высшего административного чиновника, по просто как человек, так много лет защищавший эту женщину от нареканий и силою своего служебного авторитета заставлявший умолкать, быть может, как теперь оказывается, справедливые обвинения. Он чувствовал себя не правым, не как чиновник, но как член московского общества.

И вот теперь ему придется выслушать откровенную исповедь юноши, еще совсем мальчика, который не замечен им во лжи, о внутренней стороне жизни Дарьи Николаевны Салтыковой, о гнусностях и злодействах, которые она производит, и потерпевшим лицом этих действий является, наконец, ее приемыш. "Его превосходительство" был убежден, что услышит правдивый, искренний, ничем* не прикрашенный рассказ. Внутренний голос подсказывал уме это. Знание характера Кости это подтверждало.

Как должен он поступить? Вот вопрос, который страшно волновал "особу".

"Конечно, — думал "его превосходительство", — он не явится обличителем и грозным судьей над Дарьей Николаевной, что будет равносильно признанию отсутствия в нем проницательности, качества, которым он так дорожил и которое считал главным основанием сделанной им блестящей карьеры".

Признаться в этом равносильно было, по его мнению, самому сойти с того пьедестала, взобраться на который ему стоило столько сил и трудов.

"Но Костю надо спасти от нее, — решила "особа". — Костя поручен мне моим покойным другом... За него я отвечу перед Богом... А с ней я порву всякое сношение... Я отдалюсь от нее... И если что обнаружится, я буду молчать, но не буду потворствовать... Можно будет даже постепенно подготовлять почву для того, чтобы изменившийся мой взгляд на нее сочли результатом собственных наблюдений".

К этому решению пришел "его превосходительство" в тот момент, когда в кабинет вошел Костя, в сопровождении Тамары Абрамовны.

— Здравсвуй, Костя... что скажешь?.. — встретил его обычной фразой старик и подал руку, которую Костя, по привычке детства, облобызал.

— А вот вы послушайте-ка, ваше превосходительство, что он скажет... — с ударением заговорила старушка.

"Особа" пугливо перенесла свой взгляд с молодого человека на Тамару Абрамовну и обратно.

— Что же, скажи, скажи... Я готов выслушать... — заторопился "его превосходительство".

— Да уж и скажет... Такие порасскажет вещи о вашей добродетельной Дарье Николаевны, что волос дыбом встанет на голове.

Она остановилась и невольно посмотрела на почти лишенную волос голову "особы", вероятно найдя свою фразу несколько неудобной. "Его превосходительсво", между тем, как-то машинально провел рукою по своему оголенному черепу.

— Вы дозвольте ему сесть, ваше превосходительство... Малый на ногах не стоит... Уходила его ваша любимица...

— Конечно, садись, Костя, садись... — еще более заспешила "особа".

— Ничего, я могу и стоять... — начал было молодой человек, но Тамара Абрамовна перебила его:

— Садись, коли говорят, речь твоя долга будет, все, слышишь, все доложи его превосходительству.

Она взяла его за руку, насильно подвела к одному из кресел и усадила в него.

— Говори, говори, не совестись... Сколько лет скрывал и покрывал свою тетю... Эту... прости, Господи...

Старушка снова не выговорила подобающего, по ее мнению, прозвища Дарье Николаевне.

"Особа" тоже села в кресло у письменного стола и видимо приготовилась слушать.

Тамара Абрамовну стояла у кресла, на котором сидел Костя, положив руку на резную высокую спинку.

— Говори же, говори, все говори... обратилась она к Косте.

Тот поднял на нее умоляющий взор, но встретился со строгим, повелительным взглядом старушки, откашлялся и начал. По мере того, как он рассказывал во всех подробностях мельчайшие эпизоды домашней жизни Салтыковой, как в Москве, так и в деревне, он воодушевлялся, и голос его, вначале слабый и робкий, приобрел силу.

Его речь стала последовательнее, он, видимо, припоминал, рассказывая, все им виденное, слышанное и перечувствованное. Это были как бы твердые, непоколебимые выводы добросовестно и всесторонне произведенного следствия.

"Особа" слушала все внимательнее и внимательнее. В уме ее не оставалось сомнения в своей ошибке относительно этой женщины, и совесть громко стала упрекать его за преступное потворство, почти содействие этому извергу в человеческом образе. По мере рассказа, его превосходительство делался все бледнее и бледнее, он нервно подергивал плечами и кусал губы. Когда Костя дошел до последнего эпизода с ним самим, голос его снова задрожал и он на минуту остановился.

— Говори, говори, не стыдись, меня, бабы, не стыдился, так какой же стыд перед его превосходительством... Не тебе стыд, ей, — ободряла его Тамара Абрамовна, торжествующим взглядом окидывая своего совершенно уничтоженного превосходительного господина-друга.

Костя, ободренный старушкой, продолжал свой рассказ, не преминув, конечно, сообщить о своей любви к Маше и о невозможности теперь посмотреть ей прямо в глаза. Этим он и объяснил причину своего бегства из дома Дарьи Николаевныи настойчивое нежелание возвращаться в него.

"Особа" и Тамара Николаевна, однако, и теперь не обратили на эту романтическую часть рассказа юноши внимания, поглощенные остальными ужасающими подробностями его повествования. Когда Костя кончил, в кабинете воцарилось молчание Его превосходительство сидел в глубокой задумчивости, изредка произнося односложное:

— Да, да...

Тамара Абрамовна продолжала смотреть на него с видом победительницы. Костя тихо плакал.

— Ну, что же вы теперь скажете, ваше превосходительство?.. — первая начала старушка. — Не права я?

— Да, да, случай, можно сказать, случай, — не отвечая прямо на вопрос, заметила "особа", разведя руками и вставая с кресла, причем полы халата раскинулись было, но тотчас ею поправлены.

— Случай, — иронически повторила Тамара Абрамовна. — Хорош случай, это черт знает что такое, а не случай...

— Это верно, это ты справедливо, Тамара Абрамовна, это на самом деле черт знает что такое... — согласился его превосходительство, медленно ходя по кабинету.

— Так неужели же, ваше превосходительство, вы и теперь будете заступаться за эту...

Старушка снова не договорила.

— Нет, как тут заступаться, заступаться нельзя, я и сам уже все это взвесил и обдумал. За последнее время я приглядывался к ней и прислушивался к ходившим толкам, для меня все это не новость, я уже сам изменил о ней свое мнение... Моя проницательность меня не обманула.

Тамара Абрамовна чуть заметно улыбнулась. Его

превосходительство не заметил этой улыбки или сделал вид, что не заметил ее и продолжал:

— Я давно это вижу, давно, но молчу до поры, до времени; тут есть одно соображение, соображение... с важностью заметила "особа".

— Соображение соображением, а что же мы будем делать с Костей? — строго спросила старушка.

— С Костей? Ах, да, с Костей... — остановился даже его превосходительство.

— Да, с Костей, ведь не возвращаться же ему в этот вертеп.

— Да, да, конечно, ему не следует возвращаться. Пусть у меня живет, ты его устрой, Тамара Абрамовна; там, около твоей комнаты, есть, кажется, свободная...

— Свободных-то комнат у нас хоть отбавляй, найдутся, а как же ему со службой... Ведь она и туда будет к нему шастать...

— Об этом я сам распоряжусь, а затем переведу его в Петербург на службу, там он будет жить у одного моего друга... Я ему дам письмо...

— Это вот дело, ваше превосходительство, а пока мы его здесь скроем от ее загребистых лап... Уж здесь-то ей его не добыть...

— Еще бы, под моим крылом... — важно заметила "особа".

— А ее-то поступки неужели так и останутся безнаказанными на этом свете? — спросила Тамара Абрамовна.

— Нет, конечно, не останутся... Ничто не остается безнаказанным, — изрек его превосходительство.

— Вы бы, ваше превосходительство, ее пугнули, что на нее глядеть, не весть как и в люди-то вышла... С ней можно за милую душу расправиться.

— Не время, матушка, не время теперь. На все нужно время... Есть у меня соображения...

— А пока вы будете соображать, сколько она еще народу изведет, сколько человеческих душ загубит...

— Это уж не от меня, это от Бога... — меланхолически заметила "особа".

— А начальство зачем, для чего приставлено, как не для того, чтобы всякому злу препятствовать...

— Не твоего это ума дело... — рассердился вдруг его превосходительство. — Препятствовать! Как тут препятствовать, ведь она Салтыкова...

— Что же, что Салтыкова, важное кушанье...

— Ну вот, понесла околесную, и видно сейчас, что ты баба, да еще дура... В Петербурге у нее родственники такие, что и не такому как мне шею сломят...

— Они, чай, все и знать ее не хотят... — отпарировала Тамара Абрамовна, не обратив внимание на пущенную по ее адресу "дуру".

— Может быть, а за честь фамилии, которую она носит, вступятся... Вот что... Говорю тебе, есть у меня соображение... Не суйся не в свое дело... Займись лучше Костей...

Константин Николаевич, не принимавший участия в разговоре, сидел понуря голову на кресло. Он думал о Маше. Что с ней будет без него, в этом логовище женщины-зверя?

— Эх, вы тоже власть имеете, а всего что ни на есть трусите!.. — воскликнула старушка и махнула рукой. — Пойдем, Костя, — обратилась она к молодому человеку. Тот послушно встал и последовал за Тамарой Абрамовной.

VIII

ЕЩЕ ЖЕРТВА

В то время, когда происходила описанная нами сцена в кабинете "власть имущей в Москве особы", Дарья Николаевна Салтыкова уже встала, оделась тщательнее обыкновенного и занялась хозяйственными распоряжениями. На нее снова, как говорили дворовые, нашел "тихий стих". Она была на самом деле в прекрасном расположении духа и даже говорила со всеми ласковым, медоточивым голосом. Происходило это от приятно вчера проведенного вечера и от предвкушения сладости сегодняшнего второго свидания.

Тютчев был забыт, а воспоминание об этом "вероломном мужчине", как мысленно называла его Салтыкова, за последнее время было почти единственною причиною ее дурного расположения духа, так сильно отпечатывавшегося на спинах, лицах и других частях тела ее несчастных дворовых. В сердце стареющей, но еще полной жизни красавицы всецело царил Костя. Она была уверена, что овладела им теперь совершенно, что он ей безраздельно принадлежит и душой, и телом. Даже допущенная им ошибка в имени, обеспокоившая было ее утром и вызвавшая желание расследовать отношения молодого человека к Маше, была если не забыта, то потеряла в ее глазах значение.

— Просто привык он звать ее так с детства, ну и обмолвился... — успокаивала она себя.

С нетерпением ожидала она время возвращения Кости со службы и несколько раз посылала Дашу справляться, не пришел ли он?

Возвращавшаяся горничная по-прежнему отвечала, что "барина" еще нет. Время шло. Салтыкова начала уже беспокоиться.

— Куда он мог запропоститься? Ишь, негодный... Ждут тут его, ведь сам, чай, догадывается, что ждут, а он домой глаз не кажет...

Наступил вечер и беспокойство Дарьи Николаевны дошло до высшего напряжения.

— Что же это с ним случилось? Непременно что-нибудь да случилось... Надо разузнать...

Она послала несколько гонцов в место служения Кости и к некоторым знакомым, а сама поехала к "власть имущей особе".

— Может старый черт разнежился да у себя задержал... Все дело мне может испортить, развалина...

У "особы" ее ожидала совершенная неожиданность.

— Не принимают... — суровым тоном, недопускающим возражения, заявил ей швейцар, еще недавно, зная ее отношения к его превосходительству, со всех ног бросившийся ей навстречу.

— Уехал куда-нибудь? — спроисла Салтыкова.

— Не принимают, — повторил он.

— А Тамара Абрамовна?

— Не принимают...

— То есть как не принимают? Ты ошалел, што ли, меня не принимают?..

— Так точно, вас... Не ошалел, а приказано так.

— Приказано?.. — до крови закусила себе губу Салтыкова.

— Точно так...

— Так скажи, любезный, по крайней мере, не был ли у вас Костя?.. Не здесь ли он?..

— Никак нет-с!..

Дарья Николаевна уехала, совершенно пораженная.

— Что это значит? Этот старый хрыч что-то затеял... "Не принимают..." И старая хрычевка туда же... Ну, да пес с ними... Только бы мне найти Костю...

Мысль об исчезнувшем предмете ее страстного каприза помешала ей даже обратить, как это несомненно сделала бы она в другое время, серьезное внимание на странное приказание, отданное швейцару "особой" и ее "домоправительницей" не принимать ее, Салтыкову. Если бы она была способна рассуждать, то, быть может, сблизила бы эти факты и догадалась бы, что исчезновение Кости находится в связи с таким распоряжением "власть имущей в Москве особы". Но рассуждать Дарья Николаевна не была способна.

— Где он? Куда он мог деться? — гвоздем сидел у нее в мозгу вопрос.

— А может он теперь ждет меня дома... Зашел на радостях к товарищам... и запоздал... — старалась она себя утешить.

— Пошел скорей... Чего точно с кислым молоком тащишься! — крикнула она кучеру, который и без того ехал крупной рысью.

Тот погнал лошадей. Дома Дарью Николаевну ждало разочарование.

— Пришел Костя? — спросила она отворившего ей дверь лакея.

— Никак нет-с... Не изволили приходить.

Салтыкова побледнела. Дело становилось серьезным. Туча-тучей прошла она в свою комнату. Возвратившиеся слуги не разузнали ничего. В доме, оживившемся было утром, ввиду хорошего расположения духа грозной хозяйки, все снова затихло, замерло.

"Куда же он мог запропоститься?.. — думала и передумывала она и, как лютый зверь в клетке, ходила из угла в угол своей комнаты. — Неужели он убежал именно от нее?"

Вся кровь бросилась ей в голову при этой мысли, оскорбляющей ее, как женщину. Как, мальчишка, которого она отличила, которого она приласкала, отплатил ей такой страшной насмешкой!

Она старалась отвязаться от этой тяжелой, назойливо лезшей ей в голову мысли и придумывала всевозможные причины отсутствия Кости, вплоть до гибели его под копытами лошадей. Она лучше желала бы видеть его мертвым, нежели убежавшим от повторения ее объятий. Она была бы гораздо спокойнее, если бы в соседней комнате лежал его обезображенный труп, нежели теперь, при неизвестности, где находится человек, которого она еще сегодня утром считала своей неотъемлемой собственностью. Такова была сила себялюбия в этой женщине.

Наступила ночь, а Костя не возвращался. Дарья Николаевна провела эту ночь без сна. Она разделась, но с открытыми, горящими бессильной злобой глазами, пролежала до раннего утра. Посланная ею Даша возвратилась с докладом, что барина все нет. Салтыкова вскочила с постели, оделась и снова помчалась в дом "власть имущей в Москве особе". Она надеялась, что в приемные часы — это был и приемный день — ее пропустят, но надежды ее рушились в подъезде. Грозный швейцар загородил ей дорогу, произнеся вчерашнее:

— Не принимают...

— Но ведь сегодня приемный день... — начала было Дарья Николаевна, — ведь идут же люди...

Она указывала на поднимавшихся по лестнице просителей.

— Не принимают... — повторил, вместо ответа, швейцар.

— Экий олух!.. — обругалась Салтыкова, неизвестно по адресу ли швейцара или "особы" и вышла из подъезда.

Сев в экипаж, она грозно крикнула:

— Домой!

Дорогой, однако, у нее явилась мысль, что исчезновение Кости и упорное недопущение ее в дом "особы" должно иметь связь.

"Неужели он побежал туда и рассказал все этой старой карге?.. — со злобой думала Дарья Николаевна. — И с чего это?.. Это не спроста... Есть у него, верно, какая ни на есть зазноба... А то чего бы ему, кажется, больше надо..."

Она вернулась домой и все же первый вопрос ее был:

— Костя вернулся?

— Никак нет, не изволили возвращаться, — как и вчера отвечал лакей.

В ее комнате Дарью Николаевну встретила Даша.

— Диво дивное, Дашутка, куда его унесло... — заметила ей Салтыкова.

— Уж и сама ума не приложу, матушка-барыня, куда они могли деваться... Барышня наша тоже разливается плачет, — отвечала Даша.

— Барышня, какая барышня?.. — сверкнула глазами Дарья Николаевна.

— Барышня, Марья Осиповна, страсть как убивается.

— Убивается... А-а... — протянула Салтыкова.

— Страсть!.. С утра сегодня из своей комнаты не выходила. Глаз не осушает...

— Позови-ка ее сюда.

— Слушаю-с. Даша удалилась.

— Я ей покажу плакать да убиваться по нем... Девчонка... Может у него с ней в этом и согласие... Не даром он так нежно звал меня по ошибке Маша, Машенька...

Глаза Дарьи Николаевны горели злобным огнем, она нервными шагами ходила по комнате и с видимым нетерпением глядела на дверь, из которой должна была появиться Маша.

"Посмотрим, посмотрим на красавицу, на тихоню; воды не замутит, а по мальчишке плачет, убивается... Посмотрим, что она скажет, чем объяснит..." — злобно думала Салтыкова.

Дверь отворилась и на ее пороге появилась молодая девушка. Лицо ее было все в красных пятнах, глаза опухли от слез. Маша остановилась недалеко от двери, с полными глазами слез, и сказала:

— Вы меня звали, тетя Доня?

— Звала, голубушка, звала, — злобно прошипела Дарья Николаевна. — Услыхала, что ты о чем-то ревмя ревешь, так узнать захотела, о чем бы это?..

— Да разве вы не знаете?

— Что не знаю-то?

— Да ведь Костя пропал...

— Костя, это кто же тебе Костя приходится?..

Девушка широко открытыми глазами смотрела на Салтычиху.

— Как кто Костя... Костя...

— Ты говоришь о Константине Николаевиче Рачинском?.. — строго заметила Дарья Николаевна.

— Да... — чуть слышно прошептала молодая девушка.

— Так пора бы тебе знать, ишь какая дылда выросла стоеросовая, что полуименем мужчин зовут девушки только невесты и то с согласия старших.

— Я... — начала было Маша, но Салтыкова оборвала ее:

— Твоя речь впереди... А теперь скажи мне на милость, чего ты по нем так убиваешься... Родня он тебе не весть какая, седьмая вода на киселе... Любишь ты, что ли его?..

— Мы любим друг друга, тетя Доня... — с какой-то болезненной решимостью выкрикнула молодая девушка.

— Вот как... Так в разлуке с милым дружком слезами обливаешься... — уже с неимоверною злостью зашипела Салтыкова. — Может у вас это условленно было заранее. Сказал милый дружок Костинька, я-де сбегу из дому, и тебе потом дам весточку, моя лапушка, сбежишь и ты... Что-де смотреть на нее, "Салтычиху", "кровопивицу". И сбежал, а ты и часу без него остаться не можешь... Понимаю, понимаю...

— Что вы, тетя Доня... Я и не знала... — уже с рыданиями начала говорить Маша.

— Не знала... Так я тебе и поверю... Врешь, мерзавка, врешь, корова долгохвостая... Я тебя выучу, как у меня в доме шашни с мальчишками устраивать.

Дарья Николаевна подошла к молодой девушке совсем близко.

— Тетя... — подняла та на нее полные слез глаза.

— Я-те задам тетя, — окончательно остервенилась Салтыкова и, схватив левой рукой молодую девушку за косу, с силой рванула ее.

Маша дико вскрикнула и пошатнулась. Дарья Николаевна повалила ее на пол и стала таскать по ковру, нанося правой рукой, сжатой в кулак, побои куда попало. Не ограничившись этим, она пустила в ход ноги и буквально топтала несчастную жертву своего зверского гнева. Маша перестала кричать и только глухо стонала. Вбежавшая на крик Даша остановилась у порога комнаты и безучастно смотрела на происходившее. Дарья Николаевна не обратила никакого внимания на эту свидетельницу своей зверской расправы и продолжала истязать молодую девушку. Наконец, она, видимо, устала.

— Тащи ее в людскую избу... Чтобы в доме моем ее духу не было... Одеть в паневу... За скотиной пусть ходит... Я с ней еще переведаюсь! — крикнула она Даше и, оттолкнув ногой почти бесчувственную Машу, уселась на диван, тяжело дыша и отдуваясь.

— Уморила, совсем уморила, подлая!

Даша подскочила к лежавшей на полу девушке, сильными руками подхватила ее подмышки и таким образом почти вынесла еле передвигающую ноги, всю избитую Машу из комнаты ее палача.

— В людскую... Сейчас же переодеть в паневу... Я приду поглядеть! — крикнула ей вдогонку Салтыкова.

— Слушаю-с... — на ходу отвечала Даша.

Подтверждение приказания было сделано потому, что Дарья Николаевна знала, с какою любовью все дворовые относятся к Марье Осиповне.

IX

В ПЕТЕРБУРГЕ

В то время, когда последние события частной жизни наших героев происходили в Москве, в Петербурге совершались события государственной важности, которые, впрочем, служили лишь прелюдией к чрезвычайной важности "действу", имевшему влияние на исторические судьбы России вообще и на судьбу действующих лиц нашего правдивого повествования в частности. Незадолго до описываемого нами времени скончалась императрица Елисавета Петровна.

Смерть государыни была совершенно неожиданная и внезапная. Она умерла в Царском Селе, в самый день Рождества Христова, 25 декабря 1761 года. По преданию, смерть императрицы предсказала петербургским жителям известная в то время юродивая Ксения, могила которой на Смоленском кладбище и до сих пор пользуется особенным народным уважением. Накануне кончины государыни Ксения ходила по городу и говорила:

— Пеките блины, вся Россия будет печь блины!..

Мы назвали смерть императрицы внезапною, так как, хотя последние годы своего царствования она была почти всегда больна, но о возможном опасном исходе ее болезни не было ни слухов, ни толков. За эти последние четыре года выдвинулся, так называемый, молодой двор. Он сильно занимал внимание иностранных дипломатов, которые предугадывали, что готовится крупная историческая драма.

"Внук Петра Великого", как сказано было в манифесте Елисаветы Петровны, был совершенно таинственный незнакомец для русских людей. Сын Анны Петровны, Петр Федорович, долгие годы издали пугал, как призрак, русских венценосцев. Анна Иоанновна и Анна Леопольдовна ненавидели "чертушку", что живет в Голштинии, как прозвали Петра Федоровича при дворе. Елизавета Петровна решилась рассеять призрак тем, что вызвала его из далекой тьмы на русский свет.

Петр Федорович, рано осиротелый, получил далеко не блестящее образование и воспитание. Даже Елизавета Петровна была поражена невежеством своего племянника и приставила к нему академика, который обучал его по картинкам. В 1745 году ему минуло семнадцать лет и его женили на Екатерине Алексеевне, которая была годом моложе своего жениха. Она родилась в Шеттине, где ее отец был губернатором. До пятнадцати лет прожила она там, в скромной комнатке, наверху губернаторского дворца, подле колокольни. Ее мать вела рассеянную жизнь, отец был углублен в свои занятия. Поглощенные своими делами, родители сдали девочку на попечение француженки, яркой поклонницы Мольера, и немца-учителя.

Но в девочке вскоре обнаружилось самостоятельное стремление к знанию, к философствованию и независимости. Когда ей исполнилось пятнадцать лет, ее мать, снабженная наставлениями Фридриха II, привезла дочь в Петербург, где через год она была обвенчена с Петром Федоровичем, несмотря на предостережения врачей, по поводу болезненности жениха, и протест духовенства, так как Петр Федорович приходился двоюродным братом, по матери, своей невесте. Почти девчонкой, из крошечного немецкого двора она сразу попала в глубокий омут козней. Ее окружили распри царедворцев, осложненные борьбой с Фридрихом, подозрительность императрицы, разжигаемая фаворитами, и раздоры с мужем. Последний, женившись, высказал свой нрав, как человек вполне самостоятельный. Болезненный, бесчувственный телом и бешенным нравом, с грубыми чертами вытянутого лица и неопределенною улыбкою, с недоумевающими глазами под приподнятыми бровями, лицом, изрытым оспою, Петр Федорович не скрывал своей радости при победах пруссаков над русскими — в то время происходила война, известная в истории под именем "семилетней". Он любил только свою Голштинию, завел родную обстановку, окружил себя голштинскими офицерами, собирался отдать шведам завоевания своего деда, чтобы они помогли ему отнять Шлезвиг у Дании.

Но главной, преобладающей страстью его была страсть к Фридриху II. Он благоговел перед этим "величайшим героем мира", как он называл его и готов был продать ему всю Россию. Ему были известны имена всех прусских полковников за целое столетие. Фридрих основывал все свои расчеты на этом своем слепом орудии в Петербурге. Он надеялся также на жену Петра Федоровича, отец которой состоял у него на службе.

Говорят даже, что когда он пристраивал ее к русскому престолу, она даже ему слово помочь Пруссии.

Но в этой женщине ошиблись все, кто думал сделать ее своим орудием. В течении восемнадцати лет Екатерина одна выдержала борьбу со всеми, начиная с Бестужева, который сильно негодовал на нее и очень скоро выпроводил ее мать домой.

Скажем несколько слов об этом выдающемся политическом деятеле того времени, так как ему суждено было играть в жизни наших московских героев некоторую роль.

Алексей Петрович Бестужев-Рюмин был один из самых усердных и даровитых волонтеров Петра I. Проведя юность в Германии, где ничего не упускал из виду и набрался всевозможных сведений, он изобрел даже одно известное лекарство. Но больше всего постиг он извороты тогдашней дипломатии. Великий преобразователь восхищался его ловкой исполнительностью и держал его резидентом в таких важных для него местах, как Голландия и Дания. Из Бестужева выработался русский Остерман. Державам, особенно его заклятому врагу Фридриху II, приходилось вести немалую борьбу с этим "коварным честолюбцем", который причислял себя к "большим господам России".

Неутомимый в труде и проницательный, Бестужев вмешивался во все и не пренебрегал ничем для своих целей. По словам Фридриха, он продал бы самою императрицу, если бы кто мог ее купить. Мы знаем, что он был одно время клевретом Бирона и помог ему сделаться регентом. Он был арестован в ночь переворота, но Лесток, один из главных участников "елизаветинского действа", вытянул его из тюрьмы и приблизил его к Елизавете Петровне. Это не помешало ему погубить вскоре своего благодетеля. Лесток ему был обязан своим падением.

Елизавета Петровна не любила Бестужева — этого пятидесятилетнего упрямого дипломата, с сухим, надменным выражением во взгляде, с тонкими и сжатыми губами и большим лбом. Вечно с кипами бумаг он докучал ей делами. Но она радовалась, что могла свалить бремя правления на этого незаменимого труженика. Она сделала его графом и канцлером. Бестужеву удалось убедить императрицу в необходимости союза с Австрией, что подорвало влияние Лестока, подкупленного Версалем и Фридрихом. Затем он перехватил депеши приятеля Лестока, маркиза Шетарди, полные дурных отзывов об Елизавете. Шетарди был выпровожден из России. Лестока пытали и сослали. Удален был даже вице-канцлер Воронцов, женатый на родственнице императрицы, обнаруживший сочувствие к Франции.

Новая опасность для канцлера восставала в лице наследницы престола. Из депеши Шатарди оказывалось даже, будто Екатерина дала слово Фридриху II низвергнуть его. Но молоденькая великая княгиня сумела так обойти старого дипломата, что между ними постоянно установилась приязнь.

Цесаревна жила в уединении и в этом уединении много училась, читала и наблюдала. Ей скоро надоели романы; она взялась за историю и географию. Ее увлекали Платон, Цицерон, Плутарх и Монтескье, в особенности же энциклопедисты, а именно Вольтер, которого она и называла своим "учителем". У нее была всегда книжка в кармане, даже когда она каталась верхом — ее любимое развлечение. Сильно подействовал на нее Тацит.

Она стала полагаться на себя, не доверять людям; она во всем и всюду доискивалась корня вещей, так что дипломаты называли ее в своей переписке: "философом". Цесаревна научилась притворяться: то лежала больная, при смерти, то танцевала до упаду, болтала, наряжаясь, разыгрывала смиренницу, угождала императрице и ее фаворитам, подавляя отвращение к мужу. Она готова была обманывать других, считая "самым унизительным быть самой обманутой". Уже тогда она говорила: "Как скоро я давала себе в чем-нибудь обет, то не помню, чтобы когда-либо не исполнила его". Она сама сказала себе: "Умру или буду царствовать здесь".

"Одно честолюбие поддерживало меня", — признавалась Екатерина. И оно "все преодолевало", подтверждают посланники держав. Она высказала любовь ко всему русскому, строго соблюдала посты и посещала церкви. Скоро многое узнала о стране, научилась говорить по-русски в совершенстве, вскакивая по ночам, чтобы долбить свои русские тетрадки.

К концу царствования Елизаветы Петровны уже выяснилось ближайшее будущее. Петр Федорович терял уважение окружающих и возбуждал к себе недоверие русских. Даже враги Екатерины не знали, как отделаться от него. Екатерина была лишена даже материнского утешения. Когда родился у нее сын Павел — это было в 1754 году, Елизавета Петровна тотчас унесла ребенка в свои покои и редко показывала его ей.

Это увеличивало всеобщее сочувствие, которое наследница приобретала с каждым днем. Ее уважали и противники. Подле нее образовался кружок приверженцев из русских. Ей тайком предлагали свои услуги даже Шувалов и Разумовский. К ней повернулся лицом сам Бестужев, ненавидивший Фридрихова друга, Петра Федоровича. В виду болезни императрицы, он составил план возведения на престол трехлетнего Павла, с провозглашением регентшей Екатерины Алексеевны. Сношения с цесаревной привели к "бестужевской истории". Канцлера обвинили в том, что он "в самодержавном государстве вводил соправителей и сам соправителем делался". Так как Бестужев, а равно и Екатерина Алексеевна находились в переписке с Апраксиным, то говорили, будто канцлер, при опасном припадке императрицы, велел фельдмаршалу отступить, чтобы иметь войска под руками для исполнения своего плана. Бестужев был лишен чинов и сослан в подмосковную деревню, где он стонал и читал Библию, продолжая, однако, тайные сношения с великою княгинею. Тогда же арестованы некоторые приближенные Екатерины. Елизавета Петровна допрашивала ее сама и сказала:

— Вы считаете себя умнее всех и вмешиваетесь во все дела.

— Надо раздавить змею, — шептали друзья наследника престола императрице.

Но Екатерине Алексеевне удалось растрогать императрицу ловкими ответами, слезами и просьбой отпустить ее к родителям. Елизавета Петровна сказала своему духовнику, отцу Федору Дубянскому, что великий князь не умен, а жена его очень умна. С тех пор имя Екатерины на время исчезло из политической летописи.

Последние годы императрицы Елизаветы были тяжелы. Она сама, повторяем, болела, даже не могла подписывать бумаги. Болели и просились в отставку и ее сотрудники, а главный из них, Бестужев, сидел в деревне, в опале, изредка наезжая в Москву. Казна до того оскудела от войны, которая не дала России ничего, кроме боевой славы солдат, что ввели лотереи, которыми прежде не решались пользоваться, и не могли достроить Зимнего дворца, работы которого производились под наблюдением знаменитого архитектора Растрелли. К осени 1761 года императорский Зимний дворец был готов вчерне, но на отделку не хватало средств, и напрасно Растрелли просил о правильном отпуске денежных сумм и обещал окончить работы в сентябре 1762 года. Но время шло в переписке и Растрелли денег не получал. Дворец стоял неотделанным. Незадолго до смерти, императрица Елизавета Петровна освободила много ссыльных и подсудимых и издала при этом указ, в котором сознавалось, что внутреннее управление государства расстроено.

X

ВНУК ПЕТРА ВЕЛИКОГО

Воцарение Петра III, приходившего, как мы знаем, родным внуком Петру Великому, то есть, как и его покойная тетка, императрица Елизавета Петровна, окруженного ореолом обаятельного для России имени Великого Преобразователя, не только не вызывало народной радости, но даже огорчило всех. Произошло это вследствие всем известного отчуждения этого государя от России и всего русского. Это было результатом его воспитания. Пока Петр Федорович жил в Голштинии ребенком и была надежда, что он вступил на русский престол, его учили закону Божию у иеромонаха греческой церкви, но по вступлении Анны Иоанновны на престол, надежда эта рушилась и к Петру был приставлен пастор для обучения "лютеранской догме".

После приезда его в Петербург и объявления наследником русского престола, он опять стал исповедовать православную веру и к нему был назначен императрицею Елизаветою законоучитель Симон Тодорский. Императрица сама учила племянника креститься по-русски. Но Петр Федорович не особенно охотно подчинялся учению и догматам православной церкви. Он спорил с Тодорским и часто так горячо, что нередко были призываемы его приближенные, чтобы охладить его горячность и склонить к более мягким возражениям. Петр также никогда не соблюдал постов, ссылаясь по этому поводу на пример своего деда Петра I, который тоже не мог есть ничего рыбного.

При вступлении своем на престол, Петр III послал предложение духовенству ходить в светском платье, брить бороды и обратить внимание на излишек икон в церквах. Он предложил оставить только иконы Спасителя и Богородицы и приказал запечатать домовые церкви. Новгородский архиепископ Димитрий воспротивился этому нововведению и получил приказание тотчас же выехать из Петербурга. Впрочем, через неделю император простил его.

Если верить рассказам современников Петра III, то он довольно регулярно ходил в придворную церковь к концу обедни, но только вот по какому случаю: между новыми придворными обычаями французская мода делать реверанс заменила русский обычай низко кланяться, то есть нагибать голову в пояс. Попытки старых придворных дам пригибать колена, согласно с нововведением, были очень неудачны и смешны. И вот, чтобы дать волю смеху, смотря на гримасы, ужимки и приседания старух, Петр бывал у выхода в церкви. Все это возмущало духовенство и народ. Негодовали и придворные, сгорая от стыда от образа жизни царя. С утра он был навеселе и "говорил вздор и нескладицы" перед посланниками. После обеда все сановники, в орденах, кружились на одной ноге и валили друг друга на землю. Вечером император ехал к своим голштинцам, пил с ними пунш из одной чаши и курил табак кнастер из глиняной трубки. Петр Федорович был большой охотник до куренья и желал, чтобы и другие курили. Он всюду, куда ездил в гости, приказывал возить за собою целую корзину голландских глиняных трубок и множество картузов с кнастером и другими сортами табаку. Куда бы государь ни приезжал, в миг комнаты наполнялись густейшим табачным дымом и только после этого Петр начинал шутить и веселиться.

Он очень любил играть на скрипке. Любимой карточной игрой Петра III была "caMpis". В этой игре каждый имел несколько жизней: кто переживет, тот и выигрывает; на каждое очко ставились червонцы; император же, когда проигрывал, то вместо того, чтобы отдать жизнь, бросал в пульку червонец, и с помощью этой уловки оставался в выигрыше. Постоянными его партнерами были два Нарышкина с их женами, Измайлов, Елизавета Воронцова, Мельгунов, Гудович и Анжерн. У государя был любимец негр-шут "Нарцисс". Про этого негра, отличавшегося необыкновенной злостью, существует несколько анекдотов.

Раз государь увидел своего любимца яростно оборонявшегося и руками и ногами от другого служителя, который бил его немилосердно. Петр Федорович, узнав, что соперником шута был полковой мусорщик, с досадой воскликнул:

— Нарцисс для нас потерян навсегда, или же он должен смыть свое бесчестие кровью.

Для того, чтобы привести эти слова в дело, государь приказал тотчас же из побитого шута выпустить несколько капель крови.

Кроме этого негра, у императора был любимец камердинер Бастидон, родом португалец, на дочери которого был женат Державин.

Петр III плохо говорил по-русски и не любил русского языка, за то, что он души не чаял во всем немецком и до обожания любил Фридриха II, у которого считал за честь быть лейтенантом по службе. Вследствие этого, когда Фридрих II уже собирался уступить нам Восточную Пруссию, о чем мечтала Елизавета, Петр Федорович не только примирился с ним, но присоединил русский отряд к его армии. Он постоянно носил на пальце бриллиантовый перстень с изображением короля. Кто из русских осмеливался сказать слово против Пруссии, тот попадал в "дураки и злонамеренные". Все это за то, что Фридрих обещал помочь Петру сделать его дядю, принца Георга, герцогом курляндским и приобрести Шлезвиг для Голштинии, — цель, для которой русская армия двинулась против Дании.

Это возмущало всех русских. Особенно негодовало войско. Петр Федорович называл гвардейцев "янычарами", а сам завел голш-тинскую гвардию, русских же солдат мучил экзерцициями по русскому образцу, одел их в прусские мундиры и сам хвастался прусскими орденами. Он очень любил эти военные экзерциции, хотя пугался выстрела из ружья, очень боялся грозы и не без страха подойти к ручному медведю на цепи. Императрица Екатерина рассказывала о том, как крыса, раз забравшаяся в его игрушечную крепость, съела картонного солдатика, за что, по воинскому уставу, была им повешена.

Петр III не лишен был и суеверных предрассудков; так он очень любил гадать в карты. Кто-то сказал императору, что есть офицер Веревкин, большой мастер гадать на них. Веревкин стал известен еще при императрице Елизавете по следующему случаю.

Однажды, перед обедом, прочитав какую-то немецкую молитву, которая очень ей понравилась, императрица пожелала перевести ее по-русски. Шувалов сказал Елизавете Петровне:

— Есть у меня, ваше величество, человек, который представит перевод к концу обеда.

Он послал молитву к Веревкину. За обедом еще принесен перевод. Он так понравился императрице, что она наградила переводчика 20000 рублей. Веревкин был другом Сумарокова и Державина, он известен как переводчик "Корана" и автор комедий "Так и должно" и "Точь-в-точь" и многих других сочинений за подписью "Михалево" (название его деревни).

За этим-то Веревкиным и послал Петр Федорович. Веревкин явился, взял колоду карт в руки и ловко выбросил на пол четыре короля.

— Что это значит? — спросил государь.

— Так фальшивые короли падают перед истинным царем.

Фокус оказался удачным и гаданье имело большой успех. Император рассказал про мастерство Веревкина на картах Екатерине. Императрица пожелала его видеть. Веревкин явился тоже с колодой карт.

— Я слышала, что вы человек умный, — сказала государыня, — неужели веруете в подобные нелепости, как гаданье в карты?

— Ни мало, — отвечал Веревкин.

— Я очень рада, — прибавила Екатерина, — и скажу, что вы в карты наговорили мне чудеса.

Князь Вяземский рассказывал, что Веревкин был рассказчик и краснобай, каких было немного; его прихожая с шести часов утра наполнялась посланными с приглашениями на обед или на вечер. Хозяева сзывали гостей на Веревкина. Отправляясь на вечер, он спрашивал своих товарищей:

— Как хотите: заставить ли мне сегодня слушателей плакать или смеяться?

И с общего назначения, то морил со смеху, то приводил в слезы.

Начал, впрочем, Петр III свое царствование рядом милостей. Он возвратил из ссылки множество людей, сосланных Елизаветой. При дворе появились Миних, Бирон, Лесток — все иностранцы. Император даже хотел помирить за попойкой Бирона с Минихом, но они раскланялись и повернулись друг к другу спиной. Петр III уничтожил ненавистное "слово и дело", а вместе с ним и "тайную канцелярию", а дела ее положил "за печатью к вечному забвению в архив". Сказавшего за собой "слово и дело" велено было наказывать как "озорника и бесчинника". Отменена была пытка. Следствие по делам об оскорблении величеств Петр взялся производить сам, "дабы показать пример, как надлежит кротостью, а не кровопролитием узнавать истину".

Важнейшею правительственною мерою было дарование дворянам различных льгот. По изданному манифесту о "вольности дворянства", они освобождены от обязательной службы, могли свободно ездить за границу и даже поступать в иностранную службу. Дворяне хотели в память этого события вылить статую Петра III из золота.

Но все эти меры стушевывались в глазах народа антирусской внутренней и внешней политикой нового государя. Для пополнения казны портили монету и завели банки, бумагами которого платили расходы "как наличными деньгами", что смутило народ по новизне дела. Деньги же требовались особенно на внешнюю политику, противную интересам России.

Петр III первый стал награждать женщин орденами: он дал орден святой Екатерины Елизавете Романовне Воронцовой. Первый же этот женский орден имел мужчина — князь А.Д. Меньшиков.

Но более всего Петр Федорович, который по меткому выражению императрицы Екатерины, "первым врагом своим был сам", вредил себе своим отношением к жене. Став императором, он тотчас же поместил ее с семилетним Павлом на отдаленный конец Зимнего дворца, в полном пренебрежении. Ей даже не давали любимых фруктов. Подле него появилась Елизавета Романовна Воронцова, в блеске придворного почета, и ее высокомерный тон оскорблял даже посланников. Император не скрывал своего к ней расположения и грозил жене монастырем.

Быстро росло всеобщее сочувствие к императрице, как к главной жертве и олицетворению горя всей страны. Екатерина умела поддержать его. Она заперлась у себя, сказавшись больною, как бы находя утешение в материнских заботах да в научных занятиях. Никто не молился публично и не служил панихид по покойной императрице Елизавете так ревностно, как молодая императрица. Никто так строго не соблюдал постов, не исполнял всех русских обычаев и обрядов. Никто так искусно не заискивал у всех — "у больших и малых", поставив себе правилом "заставлять думать, что я нуждаюсь во всех".

"На все оскорбления императрица отвечает только смирением и слезами. Народ разделяет ее горе; императора все ненавидят", — писали посланники иностранных держав ко своим дворам. Но между тем, в том же уединении императрица деятельно готовилась к перевороту, сказав себе про мужа:

— Я должна погибнуть с ним или от него, надо спасти самое себя, моих детей и, может быть, все государство.

Величавый образ Петра I носился в ее воображении. Она с особенным усердием читала и думала о всяких предметах правления. В ее записках того времени есть золотые слова: "Желаю только блага стране, в которую привел меня Господь. Желаю подданным богатства и особенно свободы, это дороже всего на свете; не хочу рабов. Истина и разум все победят. Власть добра без доверия народа ничего не стоит". Тогда же Екатерина работала над своим Наказом, где прямо поставлена ее основная мысль о самодержавии: всякое другое правление не только было бы России вредно, но и в конец разорительно: лучше повиноваться законам под одним господином, нежели повиноваться многим.

XI

НЕОЖИДАННОЕ СПАСЕНИЕ

Дарье Николаевне Салтыковой не довелось поглядеть на свою приемную дочь Машу в людской избе, не удалось полюбоваться на нее, одетую в грубую паневу, а главное, не удалось еще раз разделаться с ней, сорвать на ней клокотавшую в ее душе зверскую злобу за бегство Кости от ее любви, бегство, которое она считала не только насмешкой, но, в ослеплении бешенства, даже устроенный по уговору с этой ненавистной теперь ей Маши. Мы уже имели случай говорить, что чистое, непорочное существо, волею судеб очутившееся в "салтыковском аду", производило на Дарью Николаевну гнетущее впечатление, и взгляд светлых, лучистых глаз молодой девушки, видимо, поднимал со дна черной души "Салтычихи" укоры нет-нет да и просыпавшейся совести.

Дарья Николаевна удалялась от Маши и даже не только не трогала ее пальцем, но почти не говорила с ней, тем более, что бедная сирота и не давала повода хотя к малейшему на нее гневу. Она вела совершенно обособленую отдельную жизнь в доме. Она была одинока среди полного дома людей. За последнее лишь время чувство ее к Косте поставило ее перед жизнью, в смысле будущего, о которой она до этого не имела ни малейшего понятия. Она жила сегодняшним днем, верная словам молитвы, которую читала утром и вечером: "да будет воля Твоя" и "хлеб наш насущный даждь нам днесь".

Это чувствовала Салтыкова и в сердце ее накипала адская злоба против этого "ангела во плоти". Не способная понять настроения чистой души молодой девушки, Дарья Николаевна награждала ее всевозможными пороками, которые та, по ее мнению, скрывала под наружною добородетелью. Ее тихий нрав, безграничную доброту и набожность она называла лицемерием. Ей до боли хотелось затемнить светлый образ ее приемной дочери, который так резко оттенял ее собственный мрачный силуэт, в чем, конечно, не могла внутренне не сознаваться эта ужасная женщина.

У всякого злодея, как у психически больного, бывают, так называемые, светлые промежутки, когда он сознает весь ужас своей преступной жизни, но эти моменты сознания слишком коротки и слабы, чтобы бороться победоносно с привычкой злой воли. Как сильно и как обаятельно наслаждение для человека с нормальным органом зрения любоваться светом солнечного дня, так сильно и мучительно впечатление от малейшего солнечного луча для больного глазами, долгое время сидящего в темноте. Не такую ли же мучительную боль производит луч нравственного света на духовно ослепленного.

Эти-то мучительные мгновения и доставляла Дарье Николаевне Марья Осиповна, и Салтыкова всеми силами своей черной души искала пятен на светлой душе своей приемной дочери и... не находила их. Созданные ею самой участие Маши в бегстве из дома Кости, шашни ее с ним, были откровением для злобной женщины, и она с восторгом ухватилась за сообщение горничной Даши о том, что "барышня убивается" и, как мы видели, вывела из него позорное обвинение, обрызгав чистую девушку своею собственною грязью, и раз ступив на этот путь, повела дело далее и кончила побоями. Затемнив собственной клеветой нравственный ореол, окружавший Машу, ореол, который заставлял Дарью Николаевну удаляться от молодой девушки, она естественно почувствовала возможность отомстить ей за мучительные мгновения и отомстить "по-своему" — зверской расправой. Ко всему этому, конечно, примешалась и ревность стареющей красавицы к распускающемуся роскошному цветку, каким была Маша. Салтыкова инстинктивно поняла, что если Костя любит такую девушку, то любит иной, чистой, недоступной ее пониманию любовью, а следовательно, ее любовь, земная, плотская может внушить ему только отвращение. Не стремиться в ее объятия, а бежать от них должен он. Костя так и сделал, и Дарья Николаевна, нанесенное ей им оскорбление как женщине, выместила на, по ее мнению, ближайшей причине его — Маше.

Салтыкова действительно устала физически, нанося побои Марье Осиповне. Эта физическая усталость произошла, главным образом, от беспокойства в течении суток, вообще, и без сна проведенной Дарьей Николаевной ночи, в частности. Она, однако, не была удовлетворена, и лишь несколько отдохнув в кресле, стала злобно обдумывать дальнейший план действий относительно этой "мерзкой девчонки".

"Еще позабавлюсь я с ней... подлою, — думала она, — а Там перевезу в Троицкое, да в погребицу и посажу, скрою ее там со всею красотою ее...

Ишь, мерзкая, ангелом прикидывается... богомолка... ханжа... Разделаюсь я с тобой... Понатешусь... Не хуже как Кузьма над Фимкой тешился..." — вспомнила Салтыкова, и обезображенный труп ее любимой когда-то горничной, ее друга детства, восстал в ее памяти.

С зверским наслаждением предвкушала она возможность видеть в таком же положении Машу, с ее лучистыми глазами, не дававшими ей столько времени покоя.

— Закроешь глаза, закроешь! — шептала она в каком-то, почти безумном, экстазе.

Дарья Николаевна встала и несколько раз прошлась по комнате.

— Пойду-ка я, посмотрю на красавицу, как она выглядит в обновке... Да и за холопами-то в этом деле нужен глаз да глаз... Там за святую ее считают, чуть не молятся... Не догляди, мирволить начнут... Сбежать помогут...

Она направилась к двери, но на ее пороге столкнулась лицом к лицу с быстро вбежавшей Дашей. На девушке не было, что называется, лица.

— Что случилось? — невольно вырвалось у Салтыковой.

— Матушка-барыня, все Кузьма, все Кузьма... Один он... Уж все мы на него было... Куда тебе, кулачищами отмахивается, — бессвязно, вся трясясь от волнения и страха, лепетала Даша.

— Что такое?.. Говори толком... Что Кузьма? Пьян опять, что ли?

— Пьян-с, матушка-барыня, пьян-с... Не дам, говорит, я ей над голубицей чистой издеваться, довольно с нее, что там зарыта, на погребице... Руки у нее не доросли до Марьи Осиповны...

— Что! Что ты за вздор несешь...

— Так точно, барыня, и сказал...

— Ну и что же?

— Ну и унес...

— Кого унес?

— Да барышню... Марью Осиповну...

— Машку!.. — вскрикнула не своим голосом Салтыкова. — А ты чего смотрела?

Страшный удар костылем по голове свалил с ног несчастную девушку. Она как-то дико вскрикнула только один раз и замерла без чувств на полу будуара. Дарья Николаевна выбежала из комнаты и приказала созвать всех тех из дворни, которые были свидетелями похищения Кузьмой молодой девушки.

Трепещущие дворовые явились перед лицо грозной помещицы. Из их показания Дарья Николаевна узнала не более того, что рассказала ей Даша. В людской, когда последняя туда привела барышню, находился Кузьма Терентьев. Узнав в чем дело, он неожиданно для всех подскочил к Марье Осиповне, схватил ее в охапку и произнеся приведенные Дашей слова, выскочил с ней на двор. Он держал ее в левой руке, а когда некоторые из дворни бросились было отнимать ее у него, то он правой рукой начал тузить наотмашь всех подступавших, троих свалил на землю и, вбежав со двора, скрылся.

— А ты чего глядел, старый хрыч! — обратилась Салтыкова к привратнику.

— Я было, матушка, тоже загородил ему дорогу, да он мне такого тумака дал, что я кубарем покатился... — отвечал старик.

— Так вот тебе и от меня на придачу... — ударила Дарья Николаевна его костылем по голове.

Старик ахнул и свалился, но был подхвачен окружавшими дворовыми и выволочен, за дверь, откуда слышались его стоны.

— Ой, батюшки, убила, ой, убила, батюшки!

Дарья Николаевна, между тем, начала свою обычную расправу с остальными свидетелями освобождения из-под ее власти молодой девушки. И странно, вся эта толпа дворовых без протеста переносила побои этой, хотя сильной и рослой женщины, но все-таки, сравнительно с большинством из них, представляющей слабого противника. Каждый из них — мужчин, в отдельности, мог расправиться с ней как ему было угодно, то есть у него хватило бы на это физической силы, но не доставало нравственной, силы права. На ее же стороне, по их мнению, было это "право" — право барыни, и они терпели. Таково удивительное сознание законности, таящееся в русском народе.

Натешившись вдоволь, Дарья Николаевна возвратилась в свой будуар, но при входе натолкнулась на все еще лежавшую недвижимо на полу Дашу. Она ткнула ее еще раз ногой в лицо. Девушка застонала. Салтыкова подошла к сонетке и сильно дернула ее.

— Убери эту падаль! — сказала она явившейся горничной, черноволосой Татьяне. — Пока она не отдохнет, ты будешь служить мне.

— Слушаю-с! — отвечала Татьяна, выволакивая из будуара бесчувственную Дашу.

Последней, впрочем, не пришлось более служить грозной барыне. К вечеру она умерла. У ней оказался разбитый череп.

"Куда же этот пес мог уволочь ее? — думала, между тем, в этот день и вечер Дарья Николаевна. — Если проводит к старому хрычу, наживешь беды, придется опять откупаться от приказных... Дороже, пожалуй, вскочит тютчевского погрома. К нему, как пить даст, пойдет Машка. Знает, бестия, что там ее любезный Костенька... Ах, мерзавка... Вот негодяй!.."

Мысль, что Костя и Маша теперь может быть уже воркуют как голубки, под охраной "власть имущей особы", доводила Салтыкову до состояния умопомрачения. Она неровными шагами ходила по комнате и в бессильной злобе то сжимала кулаки, то, останавливаясь, стучала костылем в пол.

"Ох, как бы я разделалась с ним, кабы подыскался мне подходящий человек... Уж укокошила бы его, пострела... Сняла бы с шеи своей петлю... Поделом дуре-бабе, сама на себя ее накинула..." — думала она по адресу Кузьмы Терентьева.

Ее отношения к нему, хотя и мимолетные, делали ее бессильной против него. Измученная и обезображенная им Фимка, похороненная в волчьей погребице, казалось, уравнивала их права. Дарья Николаевна понимала, что если бы она вздумала начать с Кузьмой такую же расправу, какую произвела сейчас над несколькими дворовыми, то он не постеснялся бы ей дать сдачи и не только оттузил бы ее по-свойски, но прямо-таки ударом своего пудового кулака отправил бы на свиданье с

Фимкой. Он, конечно, вернется, не нынче-завтра, но она не решится даже спросить его, куда он дел Машу. Свое бессилие перед Кузьмой сознавала Салтыкова и оно приводило ее в бешенство. Среди ее дворовых, между тем, не было людей, которые бы решились расправиться с этим парнем, обладавшим силой медведя и злобой кабана.

Дарья Николаевна знала, что вся дворня трепетала Кузьмы, своевольство которого дошло, наконец, до явного похищения из-под носа ее, Салтыковой, намеченной ею жертвы- Быть может, среди дворовых и нашлись бы парни, готовые померяться силой с Кузьмой Терентьевым, но его грубость по отношению к "Салты-чихе" давала удовлетворение накопившейся на нее злобе и охотников устранить этого, видимо, неприятного для барыни человека не находилось. Они сами наградили его чуть не легендарной силой, сами боялись его или притворялись боящимися, и в этой боязни своей сумели убедить Дарью Николаевну.

Для вящего успокоения Салтыкова разослала, однако, по Москве несколько посланных поискать беглянку, но даже и не ожидала особенно их возвращения, так как хорошо понимала, что они никого не найдут, а если и найдут, то сами дадут возможность "любимой барышне" скрыться подальше. Она и послала их как будущих жертв кипевшего у ней в сердце гнева, жертв, на которых она сорвет этот гнев, придравшись к неисполнению ее приказания. Сами посланные знали это и пошли бродить по Москве. Некоторые даже не возвратились, сбежав совершенно.

Утомленная треволнениями дня, она выслушала поздно вечером, спокойно доклад о смерти Даши и сказала:

— Туда ей и дорога, ледащая была девчонка.

С помощью Татьяны она разделась, легла в постель и вскоре заснула. Ей снилось, что она сидит на диване с Костей, который нежно целует ее, а около дивана валяется обезображенный труп Маши. Проснувшись утром, она с горечью убедилась, что это был лишь "сладкий сон" и встала снова мрачней тучи.

XII

ВЕЛЬМОЖА

Кузьма, между тем, выбежав со своей ношей на улицу и пробежав некоторое расстояние от дома, остановился и поставил молодую девушку на ноги. Маша от побоев, нанесенных ей Салтыковой, и от всего пережитого ею треволнения, не могла стоять на ногах, так что Кузьме Терентьеву пришлось прислонить ее к стене одного из домов и придерживать, чтобы она не упала. Парень задумался. Весь хмель выскочил из его головы.

"Куда же мне ее теперь, сердечную, девать?"

Он огляделся кругом. Переулок, в который он забежал, был совершенно пустынный. Не было в этот момент в нем ни пешеходов, ни проезжающих.

"Жалко ее, бедняжку, но мне с ней валандаться недосуг... Вызволить-то ее от Салтычихи я вызволил, а она, на поди, на ногах не стоит... Что тут поделаешь?"

Он снова несколько времени простоял в раздумьи.

— Барышня, а барышня... — окликнул он Машу. Та не отвечала. Она была без чувств.

— Задача... — протянул Кузьма.

Вдруг до слуха его донесся грохот въехавшего в переулок экипажа, запряженного шестеркой лошадей.

"Ежели в полицию ее доставить... Мало там ей пользы будет... Вернут к Салтычихе, как пить дадут... Да и мне с приказными-то дело иметь не сподручно", — рассудил Кузьма Терентьев.

Экипаж, между тем, приближался. У парня блеснула в голове мысль.

— Стой, стой... — крикнул он не своим голосом кучеру. Тот остановил лошадей. Из окон кареты показалась седая голова, видимо, важной особы.

— Что такое там, что случилось?

Схватить снова в охапку молодую девушку и подскочить к экипажу для Кузьмы было делом одной минуты.

— Да вот человек просит, ваше сиятельство, — доложил один из двух ливрейных лакеев, стоявших на запятках.

— Что ты орешь, что тебе надо? И кто эта женщина? — строго спросил старик.

— Не губите, ваше превосходительное сиятельство, сперва выслушайте, — почтительно отвечал Кузьма. — Вот эту несчастную барышню, Марью Осиповну Оленину, я только что сейчас вызволил из лап людоедки-Салтычихи.

— Салтычихи!.. — широко открыл глаза старик. — Слышал я о ней, слышал.

— Как не слыхать, чай, ваше превосходительство, вся Москва о ней чуть не каждый день слышит, только у начальства-то видно уши заложены...

— В чем же дело? — спросил старик.

Кузьма Терентьев обстоятельно рассказал все, что знал о личности молодой девушки и о том, что Дарья Николаевна Салтыкова избила ее до бесчувствия и велела одеть в паневу и держать в людской избе...

— Извела бы она ее на этих днях до смерти... Уж это как Бог свят, знаю я ее доподлинно... Не таковская, чтобы кого пощадить... Вот я ее от дворни отбил и убежал с ней, а она все еще ровно как мертвая... Что мне с ней делать не придумаю... К начальству вести, так оно сейчас же с рук на руки этой самой Салтычихе ее передаст, а там ей, известно, капут... Барышня-то добрая, ангел барышня, ну мне, вестимо, ее и жалко... Вижу я, барин хороший едет, это, то есть, вы-то, ваше превосходительное сиятельство, остановить и осмелился... Может сжалитесь и ее у себя до времени приютите...

Старик поджал свои тонкие губы и несколько минут молчал, внимательно осматривая молодую девушку, которая стояла с полузакрытыми глазами, поддерживаемая за талию Кузьмой Терентьевым. Видимо, произведенное ею впечатление было в ее пользу. Старик печально покачал головой.

— Это ты хорошо сделал, что спас девушку... Тебя Бог вознаградил за это... И во мне ты тоже не ошибся. Сажай ее в карету и будь покоен... От меня твоей Салтычихе ее не добыть...

— Вестимо не добыть... Я вижу, что вы важный барин... Кажись и не московский...

Один из лакеев отворил дверцу и с помощью Кузьмы подсадил бесчувственную Машу в карету.

— Вот тебе за доброе дело, — сказал старик, бросив в шапку Кузьмы Терентьева, которую тот держал в руках, несколько серебряных монет. — Коли захочешь повидаться, зайди ко мне — я Бестужев, мой дом у Арбатских ворот.

— Трогай... Домой!.. — крикнул он и закрыл окно кареты. Лошади тронули.

— Истинно Господь послал... — проговорил Кузьма, стоя посредине улицы и провожая глазами экипаж.

Затем он опустил полученные деньги в карман, надел шапку и зашагал куда глаза глядят до первой "фортины", как назывались в то время кабаки.

Ехавший в карете старик был действительно бывший канцлер граф Алексей Петрович Бестужев-Рюмин. В то время ему уже были возвращены императором Петром III чины и ордена, но хитрый старик проживал в Москве, издали наблюдая совершающуюся на берегах Невы государственную драму и ожидая ее исхода. В описываемое время Бестужеву принадлежали в Москве два дома. Один был известен под именем Слободского дворца. Название это он получил от Немецкой слободы, в которой он находился.

История этого здания восходит к временам Петра I — несомненно, что вблизи была усадьба сподвижника царя Франца Яковлевича Лефорта. Затем в этой местности были еще небольшие загородные дворцы: Анны Иоанновны, так называемый "Желтый", и императрицы Елизаветы Петровны — "Марлинский". Это-то местность и принадлежала графу Алексею Петровичу Бестужеву-Рюмину. Дом был построен в 1753 году, по самому точному образу существовавшего его дома в Петербурге; все комнаты были здесь расположены точно так, как в петербургском доме. Это было сделано для того, чтобы не отставать от своих привычек.

Другой дом Бестужева находился в приходе Бориса и Глеба, что у Арбатских ворот. Во время своей опалы, наезжая в Москву, и теперь, живя в этом городе уже после дарованных милостей, Алексей Петрович поселился в этом втором доме, так как "слободский" напоминал ему Петербург и навевал неприятные и беспокойные мысли. В этот-то свой дом и привез граф Бестужев-Рюмин свою неожиданную, все еще не приходившую в чувство спутницу.

Надо заметить, что граф будучи искусным дипломатом, ловким царедворцем и вообще умнейшим человеком своего времени, далеко не отличался добротой и другими христианскими добродетелями. Напротив, он был завистлив, себялюбив и корыстолюбив. Карабанов рассказывает, что когда по смерти графа Мусина-Пушкина, жена его просила канцлера Бестужева исходатайствовать возвращение отнятого в казну большого имения, по сиротству детей, на их воспитание, то канцлер сказал, что он сомневается, чтобы императрица Елизавета Петровна на все без изъятия согласилась и прибавил:

— Вы сделайте записку лучшим деревням.

В поданной записке означены были лучшие волости и более трех тысяч душ.

Что же последовало?

Вместо покровительства несчастным, канцлер убедил императрицу все это пожаловать ему в собственность.

Страшно богатый, он, однако, то и дело жаловался императрице на свои недостатки и просил у нее, "дабы ее императорское величество ему, бедному, милостыню подать изволила", или же просил придворного сервиза, заявляя, что у него нет ни ножей, ни вилок, и прибавлял, что он заложил за 10000 рублей табакерку, подаренную ему королем шведским, так как ему не с чем было дотащиться до Петербурга. При таком нравственном облике естественно, что граф Алексей Петрович не по влечению своего "доброго сердца" принял к себе в карету и вез домой бесчувственную, совершенно незнакомую ему девушку. Весь секрет в том, что эта девушка была "жертва Салтычихи", а рассказы о похождениях Салтыковой, ходившие в то время по Москве, конечно, были известны графу Алексею Петровичу.

Дальновидный и проницательный, он хорошо понимал, что при настоящем положении правительства, как и в предшествующее царствование, на внутренние неурядицы в государстве, проявлявшиеся даже в форме диких зверств сумасшедшей помещицы, администрация могла безнаказанно смотреть сквозь пальцы, так как внимание правительства было отвлечено внешними делами. Но он предвидел теперь уже новую эру России, заранее зная, кто останется победителем в дворцовой петербургской борьбе, когда бразды правления перейдут всецело в руки мощной, даровитой и гуманной правительницы, для которой искоренение злоупотреблений в отношениях помещиков к своим крепостным будет важнейшим и многозначущим делом. Если он в самом начале царствования окажет услугу новой правительнице в этом смысле, то карьера его, начавшая уже склоняться к закату, вновь может возродится во всем ее прежнем блеске.

Эта мысль мгновенно появилась в голове графа Алексея Петровича, когда он слушал рассказ Кузьмы Терентьева. Он не только решил тотчас же приютить сироту Оленину, но даже быстро составил план схоронить ее в надежном месте до поры, до времени.

По приезде домой, граф сдал привезенную им девушку на попечение женской прислуги его дома, строго наказав ухаживать за нею, как за его дочерью, вызвать врачей, и когда она оправится, доложить ему. Бесчувственную Машу поместили в удобной комнате, раздели и уложили в покойную постель. В помощи врачей надобности, однако, не оказалось. Домашние средства, принятые старухой Ненилой Власьевной, ровесницей графа, состоявшей у него в ключницах и экономках, привели к быстрым результатам. Несчастная девушка очнулась. Ей рассказали, где она находится; она смутно припомнила последние минуты пребывания ее в доме Салтыковой, вспоминая тот момент, когда Кузьма схватил ее в охабку и вынес из ворот дома "кровопивицы". О многом, впрочем, она думать не могла — она была так утомлена и разбита и нравственно, и физически, что ее только и влекло к покою. Так всегда бывает с утомленными здоровыми организмами. Даже мысль о Косте посещала ее как-то урывками, и она даже почти примирилась с необходимостью вечной разлуки с избранником своего сердца. Ей только хотелось, чтобы он знал тоже, что она в безопасности, а там, где находится он, она догадалась и понимала, что под покровительством "власти имущей в Москве особы" он не только огражден от происков Салтыковой, но и находится в безопасности вообще.

Прошло несколько дней. Марья Осиповна встала с постели и сидела в кресле; она даже сделала несколько шагов по комнате, но была еще очень слаба, а потому об ее выздоровления не докладывали графу.

— Вас там, барышня, какой-то парень спрашивает, — доложила ей Ненила Власьевна, все сердцем полюбившая за эти дни молодую девушку.

— Какой-такой парень, Власьевна? — спросила Марья Осиповна.

— Говорит, что его Кузьмой кликают...

— А, Кузьма! Приведи его сюда, будь добра, Власьевна...

— Да не будет ли от этого вам вреда, барышня, сумлеваюсь я... Обеспокоит вас, вы еще не поправившись...

— Ничего, Власьевна, ничего... Он не обеспокоит... Я не буду волноваться, но мне его нужно видеть, очень нужно... — умоляющим тоном обратилась к старушке молодая девушка.

— Хорошо, хорошо, успокойся, дитятко, приведу его... — покачала головой Ненила Власьевна и вышла из комнаты.

Через несколько минут она вернулась вместе с Кузьмой Терентьевым. Последний был совершенно трезв и одел чисто, даже щеголевато.

— Здравствуйте, барышня, Марья Осиповна! — приветствовал он Оленину.

— Здравствуй, Кузьма, здравствуй!

— Как здоровье ваше драгоценное?

— Ничего, поправляюсь, теперь лучше, ничего не болит, слаба только.

— Ну и слава Богу, я и пришел об этом понаведаться.

— Спасибо... Ну, что там дома?.. — после некоторой паузы спросила она.

— У Салтыковых-то... Не знаю... Я сам с тех пор и не был; кабы знал, что вы спросите, понаведался, так как ее-то я не боюсь, она у меня во где!

Кузьма показал свой увесистый кулак. Марья Осиповна молчала.

— Прощенья просим, извините за беспокойство... — сказал Кузьма, отвешивая поясной поклон.

— Погоди, Кузьма, у меня к тебе просьба есть...

— Приказывайте, барышня...

— Ты знаешь, где Костя?

— Да, должно, у его превосходительства...

— Я сама так думаю...

— Больше ему быть негде...

— Дойди до него, устрой так, чтобы повидаться с ним, и скажи ему, где я...

— Больше ничего?

— Ничего...

— Слушаю-с... Может весточку принести прикажете?

— Если что соизволит сказать или написать, принеси... Так постарайся...

— Постараюсь... Дойду... Кузьма раскланялся и вышел.

— Парень-то какой услужливый, славный... — заметила Ненила Власьевна.

— Да... — задумчиво сказала Марья Осиповна.

Прошло несколько дней. Молодая девушка совершенно оправилась и окрепла.

О ней доложили графу, и Алексей Петрович потребовал ее к себе в кабинет, где усадил в покойное кресло, а сам сел в другое, у письменного стола.

Там с полною откровенностью рассказала она ему всю свою жизнь в доме Дарьи Николаевны Салтыковой, все подробности ее зверств и злодеяний, о которых знала молодая девушка. Не скрыла она и любви своей к Константину Николаевичу Рачинскому, его взаимности и наконец последней сцены с Салтыковой и расправе над ней, Машей.

Граф Алексей Петрович внимательно слушал Марью Осиповну, по временам занося что-то в лежавшую перед ним на письменном столе тетрадь.

— Я отвезу тебя, дитя мое, в Новодевичий монастырь... Там ты будешь в безопасности... — сказал он, по окончании ее рассказа. — Это не значит, что ты должна принять обет монашества, это будет только временным убежищем... Скоро все изменится не только в твоей жизни, но и во всей России и наступят лучшие времена... Ты стоишь быть счастливой.

В последних словах графа звучало что-то пророческое.

На другой день Алексей Петрович отвез Марью Осиповну к игуменье Досифее, которая приходилась ему дальней родственницей. Без утайки самых мельчайших подробностей, он рассказал игуменье все, что слышал от молодой девушки и отдал ее под особое покровительство матери Досифеи.

В этой святой обители застали мы Марью Осиповну в первых главах нашего правдивого повествования.

XIII

ЦАРИЦА

"Власть имущая в Москве особа" тоже далеко неспроста заявляла своей домоправительнице Тамаре Абрамовне, что по поводу деяний Дарьи Николаевны Салтыковой у ней свои "соображения".

"Особа" зорко следила за всем происходившим в Петербурге, имея оттуда сведения от товарища своей юности, лица близкого при дворе, можно сказать, домашнего человека в царском семействе. Этот человек был воспитатель великого князя Павла Петровича — Никита Иванович Панин. От него и через других "лиц" его превосходительство и "был хорошо осведомлен о петербургских делах" и понимал, что при императрице Елизавете Петровне, ни даже при наступившем царствовании Петра Федоровича докучать петербургским высшим сферам московскими дрязгами, даже если эти дрязги, как в деле Салтыковой, носили кровавую окраску, не следует. Он знал, что родственники Дарьи Николаевны Салтыковой люди сильные при дворе и хотя прозывают свою московскую родственницу "несуразной особой", но все же вступятся за честь фамилии и никогда не простят человеку, положившему клеймо позора на их имя, хотя бы это клеймо было стократ заслужено членом их фамилии.

Но знала также "особа", что Россия накануне обновления, и что державная власть перейдет в руки "некоей мудрой персоны", как звали великую княгиню Екатерину Алексеевну в переписке между собой ее сторонники, то "подьяческой кляузной и продажной России" наступит конец, и в судах начнет царствовать "нелицеприятие и справедливость". Близкие к великой княгине Екатерине Алексеевне хорошо знали ее взгляды на все вопросы как внутреннего, так и внешнего управления государства, ее воззрения, проникнутые гуманитарными идеями Запада.

К этой перемене готовились, направляя так дела, что новое царствование было с первого же дня ознаменовано гибелью виновных и сильных и торжеством правых и обездоленных. Дело Салтыковой было именно одним из тех дел, раскрытие которого могло начаться после этого, ожидаемого со дня на день в Петербурге, вожделенного момента государственного переворота. Костя был живой свидетель злобных поступков "Салтычихи" в руках "власть имущей в Москве особы", и раз его превосходительство сам выставит его, то прежние отношения его к Дарье Николаевне, его за нее заступничество, если и будут иметься ввиду, то сочтется ошибкой, которая так свойственна всем людям на всех ступенях иерархической лестницы, да еще и им же исправленной ошибкой. К этому-то Никите Ивановичу Панину и решилась отправить Костю "власть имущая в Москве особа" до времени, для чего и вступила с ним в секретную переписку, изложив все дело и прося дружеского совета и указания.

Ответ был прислан в конце мая месяца в таком смысле, чтобы "протеже его превосходительства немедленно ехал в Петербург", так как о нем уже извещена "некая мудрая персона", изволившая выразить желания выслушать его лично. Константина Николаевича снарядили, дали несколько слуг и отправили.

"Власть имущая в Москве Особа" напутствовала его своими наставлениями и дала письмо к Панину, а Тамара Абрамовна, обливаясь слезами, наполнила экипаж разного рода мешочками и кулечками с съестными припасами и лакомствами.

С трепетно бьющимся сердцем, грустный, расстроенный выехал из Москвы Константин Николаевич. Не то, чтобы он боялся далекого, по тогдашнему времени, путешествия, новых людей и великой княгини, перед которой он должен будет откровенно изложить все то, что уже говорил "особе". Все это стушевывалось перед одним гнетущим его сердце вопросом: "что стало с Машей?"

Он знал, что Кузьма спас ее, избитую Салтыковой, от жестоких рук этого изверга, что она нашла себе приют у графа Бестужева-Рюмина, но дальнейшая ее судьба была ему неизвестна. Кузьма явился к нему с этой властью недели через две после его бегства из дома Дарьи Николаевны. Обрадованный Костя просил его передать Маше кольцо с изумрудом и сказать на словах, что он ее никогда не забудет. Свидание с Кузьмой произошло тайком, через одного из слуг, проводившего "барина" в нижний коридор, и умолявшего не выдавать его ни Тамаре Абрамовне, ни "его превосходительству", так как Костю держали взаперти и к нему не допускали никого.

Не находил он поддержки своим романтическим мечтам о Маше не только у его превосходительства, с которым об этом и не заговаривал, но и у Тамары Абрамовны, которой было второй раз попытался открыть свое сердце.

— Ты, малый, эту дурь из головы выбрось, не до того, во-первых, теперь, а во-вторых, она тебе и не пара, ты скоро узнаешь сам, почему...

— Как не пара, Тамара Абрамовна? — воскликнул Костя. — Но я ее люблю...

— Ты со мной о пустяках не разговаривай, не люблю! — строго оборвала его старуха.

Молодой человек замолчал. Он ушел в себя, как улитка в свою скорлупу. Понятно, что он должен был держать в тайне и посещение Кузьмы Терентьева. Последний взял перстень и ушел, обещая дать еще весточку, но Костя до самого отъезда его не видел: он не приходил, а быть может его к нему не допустили. Все это страшно мучило юношу, но вместе с тем на его душе кипела бешеная злоба на Дарью Николаевну Салтыкову уже не за себя лично, а за Машу.

"Как произвести над ней такую страшную расправу? Рассказывавший о ней Кузьма не пожалел красок. Уж и распишу же я ее в Петербурге", — с необычным для него озлоблением думал Костя.

В таком злобно-печальном настроении он проехал всю дорогу до Петербурга. Он прибыл туда в половине июня месяца 1762 года. Это было почти накануне переворота.

Надо заметить, что многие предлагали Екатерине действовать тотчас по смерти Елизаветы Петровны, но она не решалась. Наконец, Петр III поселился в Ораниенбауме, а Екатерине велел переехать в

Петергоф, который окружил пикетами. Разнесся слух, что 28 июня было назначено отправление императрицы в Шлиссельбург.

Накануне этого дня, ночью, Екатерина была разбужена Алексеем Орловым:

— Один из наших арестован. Пора! Все готово...

Она тотчас же поехала в Петербург. На рассвете здесь встретил ее Григорий Орлов с гвардейцами, которые целовали у нее руки и платье. Екатерина прямо отправилась в Казанский собор, где принял ее Сеченов, во главе духовенства, а оттуда — во дворец, где Панин собрал синод и сенат. Все присягнули "самодержавной императрице и наследнику". Так бескровно произошел великий переворот. Только разгулявшиеся гвардейцы побили своего начальника, принца Георга, и разграбили его дом.

День спустя, Екатерина двинулась в Петергоф, во главе ликующего войска. В поэтическом свете прозрачной петербургской ночи, красовалась на коне, верхом по-мужски, искусная и изящная наездница. На ней был гвардейский мундир времен Петра I, через плечо русская голубая лента, на голове шляпа в ветвях, из-под которой выбивались красивые локоны. Подле ехала молоденькая восемнадцатилетняя графиня Екатерина Романовна Дашкова в таком же наряде.

Петр III совсем растерялся. Напрасно отважный Миних ободрял его, советуя сначала укрепиться, со своими голштинцами, в Кронштадте, а потом броситься к русской армии, которая стояла в Померании, на пути в Данию; император вступил в переговоры с женой, обливался слезами, ловил руку Панина, чтобы поцеловать ее, умолял оставить ему только Воронцову. Наконец, он подписал безусловное отречение от престола, поручив себя великодушию жены. Но здесь же низложенный император назван: "необузданным властителем, который повиновался своим страстям, хотел искоренить православие и отдать отечество в чужие руки, возненавидел гвардию и повеление давал действительно нас убить".

Петр III пострадал таким образом один за то, что сам был первым своим врагом. У него не было партии, потому что не имелось никакой идеи, программы, знамени. Все описанное нами произошло в течении нескольких дней, но подготовлялось месяцами.

Понятно, что Константин Николаевич Рачинский, прибывший в самый разгар подготовительных дней и начинавшегося "великого петербургского действа", находился забытый хозяином в доме Никиты Ивановича. Панин видел его всего раз, и то мельком, при встрече. Только спустя недели две, Никита Иванович удосужился переговорить с Рачинским и обстоятельно расспросить его о деяниях "Салтычихи".

Нельзя сказать, чтобы для Панина это было особенной новостью. Поступки московской помещицы были известны ему давно и он давно уже знал даже не менее подробностей о ее делах. Но он молчал, как молчали и многие по поводу "этого дела". Не хотели беспокоить как самое императрицу Елизавету Петровну, так и сильных при дворе Салтыковых. Но теперь он слушал внимательно, стараясь не проронить ни одного слова. Он как и Бестужев, знал императрицу и понимал, что раскрытие такого дела теперь только возвысит в ее глазах открывателя.

На другой же день своего разговора с Костей, Никита Иванович обстоятельно доложил "казусное московское дело" Екатерине.

— О том же пишет мне из Москвы "батюшка" — так называла императрица Бестужева-Рюмина. — У него свидетельница — девушка.

Никита Иванович закусил губу, недовольный, что Екатерине известно почти все то, что она, однако, выслушала с полным вниманием.

— Я сама его порасспрошу, — заметила она. — Он на службе?

— Так точно, ваше величество.

Панин назвал место московского служения Рачинского.

— Устрой его здесь, при себе, если он способный и работящий.

Императрица не любила откладывать дела в долгий ящик, и прием Константина Николаевича Рачинского состоялся на другой день. С трепещущим сердцем последовал юноша за Никитой Ивановичем Паниным в Зимний дворец.

Императрица сидела в своем будуаре. На ней было синее домашнее платье, прекрасно облегавшее ее невысокую, но изящную фигуру, с красиво сложенными руками И маленькими ножками, обутыми в синие же шелковые туфли. Ей было в то время 33 года — лета лучшего расцвета женщины. Ее светлое, круглое лицо с задорной улыбкой, ласковый, но проницательный взгляд больших глаз, прекрасные зубы и густые волосы, кокетливо откинутые назад — все в ней ласкало взоры и привлекало сердца. При одном взгляде на государыню Константин Николаевич почувствовал, что робость его исчезла.

Он, следуя наставлениям Панина, опустился на одно колено и поцеловал руку Екатерины. По приглашению государыни, Панин сел на стоявший, против кресла государыни, стул. Костя остался стоять.

— Вот, ваше величество, — начал Никита Иванович, — он может повторить все то, что я имел честь докладывать вчера вашему величеству.

Императрица окинула молодого человека с головы до ног проницательным взглядом, и молчала.

— Соблаговолите выслушать его самого, ваше величество...

— Я вся внимание...

— Расскажите ее величеству все, что рассказывали мне, — обратился Панин к Косте.

Тот на минуту смутился, но встретившись с ласковым, ободряющим взглядом прекрасных глаз государыни, пришел в себя и начал свой рассказ. Шаг за шагом описывал он свою жизнь в доме Дарьи Николаевны Салтыковой и все то, чему был свидетелем в эти долгие годы, ничего не преувеличивая, но и ничего не скрывая. Последний эпизод с самим собою, послуживший причиною его бегства, он, следуя советам Панина, рассказал в несколько иной форме. Но государыня поняла его сразу, что видно было потому, что прекрасное лицо ее залилось краскою стыда и негодования. Не утаил Константин Николаевич и свою любовь к Марье Осиповне Олениной.

— Это та, что в монастыре?.. — вставила императрица, обращаясь к Панину. — Я тебе рассказывала...

Тот склонил голову в знак согласия.

— В монастыре!.. — воскликнул Костя, весь задрожав от волнения.

— Не беспокойся, дружочек, она не монашенка, она нашла только себе приют и защиту от вашего общего врага.

Константин Николаевич облегченно вздохнул. Императрица стала задавать ему вопросы, на которые молодой человек давал точные и обстоятельные ответы, видимо, производившие на государыню хорошее впечатление, хотя весь рассказ его тяжело подействовал на ее впечатлительную душу. Несколько времени она молчала, низко опустив голову.

— Так-то, Андрей Иванович: мы в Питере живем, ничего не знаем, а под Москвой и в самой Москве такие дела делаются, что кабы о них попала хоть самая малость в заграничные ведомости, то покойной императрице Елизавете Петровне, ой, как не поздоровилось бы...

Панин молчал, смущенный и бледный. Екатерина снова погрузилась в задумчивость. Костя стоял и смотрел на нее с еще большим благоговением — она была для него не только его царица, она была для него радостною вестницей о судьбе ненаглядной Маши.

XIV

"ПРАВДА БОЖЕСКАЯ"

— И как это вы тут, умники-разумники, ничего про такие дела не слыхивали... — начала снова императрица после довольно продолжительной паузы. — Или вас это не занимало? По стопам Бирона, по стопам Эрнеста Карловича шли... Что-де нам Россия... Провались она хотя в тар-тарары?.. Было бы нам хорошо...

— Ваше величество... — сконфуженно начал Панин.

— Не о тебе речь, Никита Иванович, про других прочих... Ты в иноземных государствах пребывал, в Дании, в Швеции, потом при Павлуше состоять начал, его мне блюдешь... Другие, другие... — как-то даже выкрикнула Екатерина... Или — может сами такими же делами занимались, тоже как с собаками со своими крепостными людьми обращались... и обращаются... Так пусть это позабудут... Жестокость, криводушие и лихоимство надо теперь оставить... Я не потерплю... Без пахатника нет и бархатника... Пусть зарубят это себе на носу.

Голос императрицы все возвышался и возвышался. Обеспокоенные волнением своей хозяйки, две собачки, лежавшие у ее ног на особых тюфячках, подняли головы и стали лаять, Екатерина взяла со стола бисквиты и дала их своим любимцам. Никита Иванович заметил, что на глазах государыни блестели слезы. До того она была взволнована.

— Необходимо этому положить конец... — сказал растроганным голосом Панин.

— Чему это, Никита Иванович?

— Произволу помещиков...

Екатерина задумалась и после некоторого молчания произнесла твердым голосом:

— Так и будет...

Никита Иванович смотрел на государыню с восторженным обожанием. Она, между прочим, продолжала:

— Положу конец тиранству и научу тех, кому это неизвестно, что и крепостные люди — тоже люди... Пусть знают, что кнут не на потеху гнут: бей за дело, да умело, а кто из кнута забаву делает, то он ведь об двух концах... Хорошо и для мужика, пригодится и для барина...

Императрица снова умолкла, поникнув головою. И Никита Иванович Панин, и Костя, казалось, малейшим движением боялись нарушить царившую в комнате тишину.

— Но что же делать, как поступить с этою тиранкой, с Салтычихой?.. — вдруг в упор спросила Панина государыня.

— Судить! — твердо и быстро ответил он.

— Именно, судить, публично, всенародно... — медленно заговорила Екатерина. — Да будет всем знамо и ведомо, что царствование наше мы открываем правдой, и правда будет наша первая мать и первая наша защитница...

— Аминь! — как-то невольно сорвалось с языка Никиты Ивановича.

— Именно, "аминь", — заметила государыня.

Панин, между тем, внутренне обеспокоился: неужели так-таки и решится государыня предать суду всенародно московскую помещицу? Не взволнуется ли дворянство? Для начала оно бы не следовало, соблазн велик...

— Итак, судить, — повторила государыня, милостиво отпуская Панина и Костю.

— Судить! — снова твердо, несмотря на появившиеся в его уме опасения, повторил Никита Иванович.

Вступление на престол императрицы Екатерины застало Дарью Николаевну в Троицком. Она получила об этом обстоятельное известие, так как у нее и в Петербурге были люди, интересовавшиеся ее громадным состоянием. В письме предупреждали об осторожности в поступках, так как окружающие новую императрицу люди на все-де смотрят иначе, и то, что сходило с рук при Елизавете Петровне, теперь не сойдет.

"Жадны уж очень, загребисты сии новые охальники", — говорилось в письме, присланном с нарочным.

"Ишь, стращают, — думала Салтыкова. — Баба — по-бабьему и править будет... Чего бояться..."

Но все же, зная, что против нее есть двое живых и значительных свидетелей, Костя и Маша, Дарья Николаевна приняла меры.

"Волчья погребица" была уничтожена, а скалка, рубель, поленья и костыль заменены розгами, и то пускавшимися в ход изредка.

Крестьяне и дворовые недоумевали и объясняли эту милость Салтычихи ее болезнью.

— Устала барыня хлестать, самой занедужилось...

Но перемена в обращении с крепостными и дворовыми не помогла.

Слишком много было загублено ею душ, слишком много было пролито крови, чтобы последняя не вопияла к небу о правосудии.

Грозным судьей над "великой злодейкой" Господь избрал великую царицу — Екатерину. Императрица, раз на что-нибудь решившаяся, тотчас же приступала к делу.

По случаю предстоящего коронования, она отправила в Москву для приготовления к торжеству недавнего цальмейстера гвардейской артиллерии, а тогда уже графа римской империи — Григория Григорьевича Орлова. Этот "орел Екатерининского века" был человеком чрезвычайно "своеобычным", как тогда называли "оригиналов".

"Своеобычность" Григория Григорьевича проявлялась во всем и всегда. Добиться с ним свидания не могли подчас по целым месяцам высокопоставленные лица, а с каким-нибудь стариком-нищим или старухой-богомолкой он беседовал по целым часам. С простым народом он умел обращаться и часто переряженным ходил по городу, заходя в герберги, австерии и трактиры, затевал драку, любил побить кого-нибудь и даже самому быть побитым. Эту склонность толкаться между простым народом знала Екатерина за своим любимцем и не замедлила ею воспользоваться.

Отпуская его в Москву, она сообщила ему известия, полученные ею от Бестужева и рассказ Рачинского, вручила ему письмо Алексея Петровича, заключавшее в себе показания Марьи Осиповны Олениной, а также скрепленные подписью Константина Николаевича показания Рачинского, записанные со слов последнего Паниным.

— Поразузнай тайно в Москве, в народе, что говорят об этом изверге человеческого рода, и если все, что рассказывают эти двое несчастных подтвердится хоть малость, вели произвести следствие. Я им верю, а тебе я доверяю...

Орлов поклонился.

— Поразузнаю, государыня!..

— Исподволь, потихонько, — не то раскопаешь болото-то, кваканья не оберешься. Царьки тоже...

По прибытии в Москву, граф поместился в новопостроенных палатах своих на Шаболовке, совершенно глухой и пустынной местности, сделавшейся немедленно центром, куда стремилась вся московская знать. В ожидании коронации, граф вел рассеянную, веселую жизнь. Дом его был открыт для званых и незваных, и хлебосольство графа скоро вошло в пословицу.

Не забыт был и любезный сердцу графа Григория Григорьевича простой или, как тогда называли, "подлый" народ. На дворе графа были устроены громадные навесы и под ними столы со скамейками, куда народ пускался поочередно, сохраняя образцовый порядок, что было одним из первых условий дарового, сытного угощения, иначе нарушителя ожидало другого рода угощение — тоже даровое и тоже сытное, но только на графской конюшне и не из рук повара, а от руки кучера.

Веселая и казалось праздная жизнь не мешала графу исполнять повеление своей государыни. Он повидался с Бестужевым и "власть имущей в Москве особой", получил от них обоих подтверждение истины рассказов Кости и Маши о деяниях Дарьи Николаевны Салтыковой, прислушался к народному в Москве о ней говору и обо всем подробно донес императрице. Вскоре был получен ответ: "нарядить тайное следствие".

Дело было поручено обер-полицеймейстерской канцелярии, и Григорий Григорьевич Орлов сам лично сказал московскому обер-полицеймейстеру:

— Смотрите, чтобы следствие велось без проволочек и без отговорок, и чтобы к приезду государыни все было кончено.

— Постараюсь, ваше сиятельство, — отвечал обер-полицеймейстер.

— Старания мало, надо сделать.

Этого было достаточно, чтобы дело повели энергично. О милости и строгости государыни ходили тогда в Москве целые легенды.

Через несколько дней Дарья Николаевна Салтыкова, находившаяся в Троицком, была арестована. Рассказывали, что "грозная помещица" оказала сопротивление. Она билась как тигрица в руках полицейских, кусалась, царапалась и, когда была привезена в Москву, чуть не ударила по лицу обер-полицеймейстера. Последний счел своим долгом сообщить обо всем этом графу Орлову. Тот приказал не церемониться с арестанткой.

— Птица не велика — дочь сержанта! — заметил он.

Тогда Дарью Николаевну связали по рукам и ногам и припрятали так, что ей был виден только клочок неба да четыре стены ее каземата. Она кричала, ругалась, но в конце-концов смирилась. Тайное следствие раскрыло такие ужасающие подробности совершенных этой "женщиной-зверем" злодеяний, что граф Григорий Григорьевич снова счел необходимым донести об этом императрице.

Вместе с разговором о близком приезде императрицы пошли по Москве разговоры и об аресте Салтыковой.

— Попалась-таки... Достукалась, — говорили в народе.

Помещики и помещицы были поражены арестом Дарьи Николаевны за такое, по их мнению, пустое дело, "как отеческая расправа с дворовыми".

— Новая метла метет, — таинственно перешептывались они, и ждали, что будет далее.

Родственники по мужу Салтыковой взволновались. Несмываемое пятно, по их мнению, налагало на их фамилию это следствие. Они собрались на семейный совет и выбрали уполномоченного, который явился к "власти имущей в Москве особе".

— Ваше превосходительство, что же это такое?.. Спасите нашу честь, — вошел он в кабинет "особы" по особому приглашению.

— Что такое?

— Как что такое? Вы, ваше превосходительство, сами наградили нас такой родственницей, и теперь вся Москва, из конца в конец, позорит наше честное имя.

— Я человек, и как человеку, мне свойственно ошибаться, — возразила "особа". Я, действительно, ошибся, но потом я сам же и прозрел... Дело начато по моему донесению ее величеству, — прихвастнула "особа".

— Но разрешите замять, мы готовы на всякие жертвы...

— Не тем пахнет...

— А чем же?..

— Правдой Божеской... Удивлены?

— Поражен!..

— Еще более поразитесь...

— Чем же еще?

— Увидите...

— Скажите, сделайте милость...

— Дарью Николаевну вашу осудят и... казнят... — почти шепотом произнесла последнее слово "особа".

— Да ну ее... Пусть хоть три раза казнят, нам мало горя... Но позор, который ложится на нас всех...

— Но какой же позор? Она не вашего рода... Она Иванова...

— Она вошла в наш род... носит нашу фамилию и эту фамилию теперь треплет своим поганым языком всякий подлый подьячий...

"Особа" сдвинула брови.

— У матушки-царицы все равны... — холодно заметила она, — а тем паче те, кои ей служат... Подлыми она не называет своих верноподданных... Подлые перед ней те, кто подло поступают! Тех постигает кара неумолимого закона.

Тем окончилось это неудачное ходатайство.

На втором семейном совете, состоявшемся после этой беседы с "власть имущей особой", все Салтыковы единогласно решили "дело" не оставлять и, по крайней мере, добиться того, чтобы оно тянулось как можно дольше. Может-де все и позамнется, позабудется и, во всяком случае, с течением времени потеряет свой острый характер. Далее решено было: на дело не жалеть денег и добиваться своего всеми дозволенными и недозволенными путями. Последствия показали, что родственники Салтыковой отчасти своего добились. Не добились лишь полного прекращения дела. Слишком, повторяем, было много пролито человеческой крови, вопиявшей к земному и небесному правосудию.

Дарья Николаевна была, однако, выпущена из-под ареста и жила в своем доме на Лубянке. При ней оставлено было пять человек домашней прислуги — женщин, взятых из дальних ее деревень. Никаких дел по своим имениям она уже не ведала. Все было взято под строгую опеку, и она получала из доходов лишь столько, сколько необходимо было для ее безбедного существования.

Следствие продолжалось вестись тайно, но Салтыкова, конечно, понимала, что дело ведется серьезно, и что пощады ей ожидать нечего, и странное дело, эта грозная будущность, эта предстоящая ей расплата за прошлое, очень мало интересовали ее. Она мучилась и страдала по другой причине. Господствующей в ее голове мыслью, почти пунктом ее помешательства была месть "мерзавке Машке", как называла она Марью Осиповну Оленину.

Дарья Николаевна знала, что несчастная девушка нашла себе приют в Новодевичьем монастыре, где охраняется самой игуменьей матерью Досифеей. Салтычиха не ошиблась, что все ее дело загорелось из-за расправы с Машей, в которой, видимо, приняли участие важные лица и довели об этом до сведения императрицы.

Она несколько раз появлялась в церкви Новодевичьего монастыря, но Маша, стоявшая на клиросе, даже не видела роковую для нее женщину.

После службы, послушница игуменьи провожала ее в келью, причем сама мать Досифея наблюдала за исполнением этого ее приказания.

Дарье Николаевне не удалось таким образом даже окинуть свою бывшую воспитанницу злобным взглядом. Маша ходила всегда низко опустив голову.

О судьбе Кости Салтыкова тоже получила известие из Петербурга. Он жил у Панина и должен был скоро вступить во владение своим громадным состоянием.

Салтыкова сознавала, что и он, вероятно, порассказал многое в Петербурге такого, что поставило на ноги всю московскую администрацию по ее делу, но странная вещь — против него у ней не было такой злобы, как против "разлучницы" ее, Дарьи Николаевны, с ним, которой она считала Машу.

Ненависть и злоба кипели в сердце, теперь уже смирившейся в ожидании решения ее участи, этой "женщины-зверя", и вместо того, чтобы думать о том, как бы выпутаться из производившегося над ней следствия, она обдумывала лишь свой план: план мести Маше...

XV

ПЕРСТЕНЬ

Оставленная всеми, забытая Богом и людьми, "изверг рода человеческого", "Салтычиха", "людоедка" — иных названий для нее не было в народе — проводила тяжелые дни. Враждебность к ней "холопов" чувствовалась ею и даже быть может преувеличивалась ее воображением, сочувствия некоторых помещиков не достигали до нее, так как проявлялись втихомолку — явно же все сторонились подследственной Салтыковой, прогневавшей рядом своих бесчеловечных поступков государыню. Особенно виднелось это отчуждение в описываемое нами время, когда Москва была оживленнее обыкновенного, когда ее население чуть не удвоилось, когда на ее улицах кипела жизнь, делавшая ее действительно похожей на столичный город. Все это происходило по случаю предстоящего приезда в Москву императрицы Екатерины II для коронации.

Наконец императрица прибыла. Все оживилось еще более и окончательно приняло праздничный вид. На Красной площади устраивались столы для народа. В Кремле воздвигали вышки, крыльца, помосты и затейливые траспаранты.

Императрица, однако, показывалась народу редко, но зато с чисто царскою пышностью. Впереди ее кареты ехал обыкновенно взвод лейб-гусар в блестящих мундирах, а сзади отряд гвардии. По вечерам путь ее величества освещался факелами.

Восторг народа при появлении среди него его монархини, его "матушки-царицы", был неописуем. Пышность царских выездов была тогда явлением небывалым.

Наконец, 22 сентября 1762 года священное коронование благополучно и блистательно совершилось и — по совершении его — тотчас же начался ряд празднеств и торжеств.

Осень стояла в этот год великолепная — сухая и теплая. Императрица стала появляться среди ликующего народа ежедневно, в сопровождении своего блестящего двора. Ездила государыня в раззолоченной карете, запряженной восемью красивыми и статными неаполитанскими лошадьми, с цветными кокардами на головах. Одета она была в бархатное, алого цвета платье, унизанное крупным жемчугом, со звездами на груди и в бриллиантовой диадеме на голове. По бокам кареты императрицы ехали, обыкновенно, генерал-поручики, а конвоировали герольды с жезлами в руках, бросавшие народу серебрянные монеты.

Екатерина, кроме того, посещала и окрестности Москвы, села Покровское, Семеновское и Преображенское, где деревенские девушки, в праздничных сарафанах, с открытыми головами, в цветных косынках, а молодицы в шелковых шубках, в киках с дробницами, с веселыми песнями водили хороводы. Любила государыня посещать и Сокольничье поле, где ее увеселяли настоящие цыгане: пели, плясали, показывали ручных медведей.

В заключение коронационных пиров и торжеств, дан был против Кремля, на берегу Москвы-реки, блистательный, по тогдашнему времени, фейерверк, в котором первое место занимала аллегория, изображавшая Россию с ее победами и ее славой. Для народа это было совершенно невиданное зрелище, как и устроенный на улицах Москвы в дни коронации уличный маскарад с грандиозным шествием, к подробному описанию которого мы еще вернемся.

Так веселилась и ликовала Москва, и это веселье и ликованье, казалось, находили свой отзвук и в палатах и хижинах, и лишь, как печальный остров среди моря веселья и радости, Стоял угрюмый дом Салтыковых на Лубянке, с затворившейся в нем его, когда-то грозной, теперь полусумасшедшей хозяйкой. С гнетущей и день и ночь мыслью о мести ее бывшей приемной дочери, ходила она взад и вперед по пустынным комнатам, придумывая планы, один другого неисполнимее, при ее отчужденном настоящем положении.

Проникнуть в келью послушницы Марии и своеручно произвести над ней расправу — это бы сделала, конечно, прежняя Салтыкова, не посмотрев на то, что за этой кельею зорко наблюдают, что наконец, даже в монастыре сестры-монахини страшатся ее, Дарьи Николаевны, как чумы, а потому, конечно, заподозрят, при посещении монастыря не во время службы недоброе намерение. Но начавшееся над ней следствие, отнятие имений, довольно продолжительное заключение при обер-полицеймейстерской канцелярии отняли у ней охоту затевать явное буйство, могущее повредить ее делу, на благополучное окончание которого она еще не теряла надежды. Надо было придумать месть, за которую она не могла быть в ответе, но которая бы верным ударом и в самое сердце поразила ненавистную ей девушку — причину всех обрушившихся на нее несчастий, а главное, разлучницу ее с Костей.

Животная страсть этой "женщины-зверя" не гасла под обрушившимися на нее невзгодами. Около нее снова появился Кузьма Терентьев. В ту самую беседку, где лет десять тому назад она впервые увидела Кузьму, в качестве "зазнобы" своей горничной Фимы, беседку, еще более подгнившую и разрушившуюся, ходила тайком, озираючись, на свиданья с вечно находившимся под хмельком, своим бывшим домашним палачем, властная Салтыкова, когда-то предмет обожания блестящего гвардейского офицера — покойного Глеба Алексеевича Салтыкова. Подозрительно смотря на окружавших ее служанок, Дарья Николаевна старалась скрыть от них эти посещения беседки из боязни, чтобы они не донесли о них ее неутомимым следователям и не лишили бы ее последнего утешения — ее милого Кузи.

Под влиянием одиночества, под влиянием неудовлетворенной страсти, Дарья Николаевна искала забвения в объятиях единственного мужчины, который не брезговал ею и ее грошевыми подачками. Она забыла все прошлое, включительно до похищения им Марьи Осиповны, поступок, который послужил краеугольным камнем ее настоящего положения. Ослепленная страстью, она не хотела думать об этом, во всем виня одну "мерзавку Машу". Кроме того, у нее таилась надежда, что именно Кузьма Терентьев поможет ей отомстить этой ненавистной ей девушке. Быть может это-та надежда и была одним из связующих элементов этих двух снова сблизившихся существ, хотя для Дарьи Николаевны, главным образом, причиною возобновления раз уже порванной связи было отсутствие выбора. Наконец, она боялась Кузьмы, как единственного свидетеля добывания ею зелья для покойной Глафиры Петровны.

Она обрадовалась встрече с Кузьмой, — она столкнулась с ним во дворе вскоре после освобождения ее из-под ареста, — как все же с близким ей когда-то человеком, а хитрый парень понял, что он может поживиться от всеми оставленной женщины и даже не заставил Салтыкову сделать первый шаг к их новому сближению. Тайна, в которую Дарья Николаевна обрекла их свидания, — распаляла еще более ее страсть, доставляя ей сладкие мгновения, которые она ждала, и эти ожидания наполняли ее бессодержательную, за отсутсвием занятий, жизнь.

Она по целым часам задерживала Кузьму в беседке и в разговорах с ним, что называется, "отводила душу"; она жаловалась ему на следователей, на людскую несправедливость, на свою горькую долю "беззащитной вдовы". Полупьяный парень тупо слушал ее, со своей стороны пускался в россказни о своих скитаниях по Москве, о приятелях и собутыльниках.

Однажды разговор коснулся Кости и Маши. Кузьма спокойно рассказал, как он вынес последнюю на руках со двора, как не знал, что с ней делать, и как Господь Бог послал Бестужева, которому он и сдал девушку.

— Барин хороший, мне серебра штофа на три отвалил... — заметил он.

Дарья Николаевна не упрекнула его за его поступок и слушала молча, о чем-то, видимо, думая. Он, между тем, продолжал свой рассказ о посещении Маши, а затем Кости.

— Барин-то мне перстень передать ей дал... Эх, грехи, соблазнился я на него, заложил и пропил, а к ней не пошел... Надоело с ним валандаться... Бросил.

— Какой перстень?.. С изумрудом? — встрепенулась Салтыкова.

— А ляд его знает какой? С зеленым камешком.

— Да, да, это изумруд...

— Быть так... А я его пропил...

— А нельзя его выкупить?.. — поспешно спросила Дарья Николаевна.

— Коли не продал Терентьич — это кабатчик — для чего нельзя. Только заломит он теперь за него цену... Впрочем, и то говорить... Я за него чуть не цельную неделю пьянствовал, вина этого высосал страсть...

— Выкупи и принеси его мне... — заторопилась Салтыкова.

— А тебе он зачем понадобился?

— Надо... Скажу потом... Самого просить буду мне дело одно оборудовать... Денег не жалей... Вот...

Дарья Николаевна полезла за чулок, где с некоторого времени хранила деньги, утаенные ею от следователей, из боязни, что у нее их отнимут... Отсчитав несколько ассигнаций, она подала Кузьме.

— Коли не хватит, еще дам...

— Може и хватит... — заметил тот.

— Ох, достань ты мне этот перстень... Я ей удружу! — воскликнула Салтыкова.

— Кому это?

— Да Машке, лиходейке моей.

— Ну, шалишь, ее не достанешь...

— Ты опять за нее...

— Зачем за нее... Ты, чай, теперь мне дороже... Ласковая такая стала, покладистая, тароватая... А та на кой мне ляд... Да сгинь она, я глазом не моргну...

— А зачем же тогда?

— Тогда я на тебя зол был... Сердце еще не прошло у меня, моя лапушка.

Кузьма обнял Дарью Николаевну за талию. Они сидели на той же полусгнившей скамье, где он когда-то миловался с Фимкой.

— Так значит, поможешь мне одно дело сделать?..

— Отчего не помочь, поможем, коли сможем...

— Сможешь...

— Ладно...

— За перстнем-то поспеши... Коли продан, узнай кому, перекупи...

— Достану, ладно... А дальше что?

— Скажу, скажу... Все скажу... Только перстень надо... Без него ничего не выйдет...

— Чудно...

Дарья Николаевна была в этот день в необыкновенном волнении и даже скорее обыкновенного отпустила от себя Кузьму, несколько раз повторяя просьбу о перстне.

— Да уж ладно, добуду... Ишь пристала!

Кабатчик Терентьич, оказывается, не успел еще перепродать перстня и вручил его Кузьме, конечно, взяв хороший барыш. На другой день перстень был вручен Кузьмой Терентьевым Салтыковой в беседке.

— Вот спасибо, милый, вот спасибо, родной... Теперь еще тебе будет поручение чуднее вчерашнего... — деланно улыбнулась она.

— Какое еще?

— Достань ты мне мертвую мужскую руку... Кузьма Терентьев вытаращил на нее глаза.

— Да ты ошалела, што ли?..

— Ничуть... Трудно, что ли в "скудельне" руку добыть, любую нищие отрубят... Надо только хорошо заплатить.

— Добыть-то не трудно... Да на что тебе рука-то?

— А надену на палец этот перстень, да и пошлю ей, Машке-то, в подарочек... По перстню-то она подумает, что эта рука ее Костиньки, дружка милого, что его на свете в живых нет... От горя и сама окачурится...

— Ну и язва же ты баба!.. — не мог удержаться, чтобы не воскликнуть даже Кузьма.

— Хороший, пригожий мой, сделай мне это... Награжу, во как награжу... А коли из дела вызволюсь, озолочу...

Еще несколько ассигнаций из чулка Салтыковой перешли в руки Кузьмы. Глаза последнего засверкали.

— Ин, будь по-твоему, сделаю... Люблю тебя больно... — разнежился он.

Дарья Николаевна счастливо улыбалась.

— Да руку-то выбери, побелее, понежнее... Чтобы видно было, что барская...

— Разной там падали много... Выберем...

"Скудельни" или "убогие дома" исстари существовали в Москве. Назначение этих домов, заведенных в подражание иерусалимскому скудельничьему селу, состояло в том, что в них хранили тела людей, погибших насильственной смертью, и тела преступников.

В Москве было подобных домов несколько: при Варсонофьевском монастыре, куда первый Лже-Дмитрий велел кинуть тело царя Бориса Годунова, при церкви Николы в Звонарях, при Покровском монастыре, у ворот которого лежало на дороге тело первого Лже-Дмитрия, пока его не свезли за Серпуховскую заставу и не сожгли в деревне Котлах, и на Пречистенке, у церкви Пятницы Божедомской. Но самый древний и самый большой "убогий дом" находился у церкви Иоанна Воина, "на старых убогих домах", именующейся еще Воздвиженьем Животворящего Креста. Там был построен необыкновенно громадный сарай-амбар, с глубоким ям-ником, в котором находилась и часовенька с кружкою, а подле нее лепилось несколько лачужек, в которых постоянно жили юродивые и увечные нищие. Они-то собственно и складывали в амбар трупы и берегли их до востребования родственниками или до истечения назначенного полицией срока.

В этот-то "убогий дом" и отправился Кузьма с оригинальным поручением "Салтычихи". Она была права. Деньги и тогда, как и теперь, везде и всегда сила.

За несколько рублей была добыта рука какого-то удавившегося молодого парня, и Кузьма, бережно завернув ее в тряпицу, принес в тот же день Дарье Николаевне. По ее указанию смастерил он ящик, в который уложил руку, надев на ее палец перстень Константина Рачинского, и сам отнес в Новодевичий монастырь этот гостинец, с надписью на ящике, написанной рукой Салтыковой: "Марье Осиповне Олениной", и передал "матушке казначее".

Это было 30 сентября 1762 года.

Читатель не забыл, надеюсь, переполох, происшедший в монастыре, после обнаружения содержимого в ящике, обмороков и болезнь Маши, чуть не сведшую ее в могилу. Не забыл также, что Кузьма Терентьев подстерег Ананьича с данным ему игуменьей Досифеей ящиком и успел отбить от него мертвую руку. Он зарыл ее близ монастыря, сняв предварительно кольцо, которое спрятал в карман своей поддевки. На этот раз он решил не пропивать его, тем более, что деньги у него на пьянство были.

"Може еще какую службу сослужит!.." — подумал он.

XVI

"ДЕЛО ПРОДОЛЖАТЬ"

Удар, нанесенный Салтыковой несчастной Марье Осиповне Олениной в форме присылки рокового "гостинца", не остался без возмездия даже на земле. По странному, а, может быть, перстом Божиим отмеченному совпадению, 1 октября 1762 года, именно в тот день, когда послушница Мария лежала без чувств, в бреду, а в Новодевичьем монастыре был страшный переполох по поводу присылки мертвой мужской руки, последовал высочайший указ о назначении открытого следствия над вдовой ротмистра гвардии Дарьи Николаевны Салтыковой.

На другой же день, успев, однако, узнать от Кузьиы Терентьева впечатление, произведенное на несчастную молодую девушку ее подарком, Салтыкова была арестована и снова заключена в каземате при обер-полицеймейстерской канцелярии. Она в этот день вышла из своего дома с тем, чтобы никогда в него не возвращаться.

Дело ее приняло официальный характер, начались уже настоящие формальные допросы и обыски. Для производства этого дела назначены были особые чиновники, инспектор — так в описываемое нами время назывались частные пристава — Волков и князь Цицианов. Им было строго внушено вести дело "беспроволочно", так как в нем заинтересована сама государыня. Горячо, вследствие этого, принявшись за дело, следователи в короткое время добыли много данных, говоривших против обвиняемой.

Сама Салтыкова, между тем, не сознавалась ни в чем. Она упорно твердила, что все на нее доносы сделаны по злобе за необходимую в каждом доме и в каждом хозяйстве строгость. Люди ее — по ее словам — умирали естественною смертью, от болезней или даже бежали. Для приведения обвиняемой к сознанию и раскаянию был призван духовник, донесший, что не мог достичь ни того, ни другого.

О таком необычайном упорстве Салтыковой было доложено императрице. Екатерину это смутило.

"А что если, на самом деле, она не так виновата?" — мелькнуло в голове справедливой монархини.

Она сообщила эту мысль находившемуся в ее кабинете Григорию Григорьевичу Орлову.

— Государыня, — ответил он, — глас народа — глас Божий, а этот глас упорно обвиняет ее. Это обвинение подтверждено тщательными розысками... Я сам слышал дышащие правдой рассказы о ее зверствах, наконец, показания Рачинского и Олениной...

— Да, кстати, я бы хотела повидать ее.

— Увы, теперь она не во власти земных владык...

— Она умерла? — воскликнула императрица.

— Нет, ваше величество, но она при смерти... Я слежу за ходом ее болезни, быть может, она и поправится, но в настоящее время всякое волнение может быть для нее смертельно... Посещение вашего величества, для всех приносящее жизнь, тут может принести смерть...

— Отчего же это с ней?

— Я не мог добиться наверное отчего она заболела, но сильно подозреваю, что Салтычиха, бывшая тогда на свободе, сумела нанести, ей какое-то нравственное потрясение.

— Неужели на нее не подействовало даже начатое против нее следствие?

— Я не могу утверждать это доподлинно, ваше величество, в монастыре тщательно скрывают причину болезни Олениной, видно, что бояться, как бы не быть в ответе, что не доглядели...

— Наблюдай за ней, Григорьич, — заметила императрица, — я хочу видеть ее живою, я хочу видеть ее и Рачинского счастливыми супругами... Он так любит ее. Я даже подумывала выписать его сюда из Петербурга.

— Надо повременить, ваше величество... Пылкий юноша добьется того, что увидит предмет своей любви, а это свидание может погубить больную девушку.

— Ты прав, повременим... Бог милостив, Он не допустит, чтобы была еще жертва теперь уже почти уничтоженной Салтычихи... Но что же нам делать с ней? Как заставить ее сознаться... и главное раскаяться?..

— По старому способу, ваше величество...

— По какому?

— Пытать...

— Следователи того же мнения... Но я не хочу этого... Поверь, что на дыбе они сами покажут на себя то, чего не думали делать.

— Это бывало...

— Вот то-то же... Я же хочу видеть в ней хоть искру раскаянья...

— Этого и "дыбой" от нее не добиться, — заметил Орлов.

— Ты прав... Для такой персоны можно сделать исключение и пытать ее, но я не хочу этого, не желаю... Сделай лучше так, чтобы уверили этого изверга в женском обличий, что она непременно подвергнется пытке... Чтобы воочию она убедилась во всей жестокости прежнего розыска, пусть над кем-нибудь из осужденных к смертной казни преступников, взамен ее, произведут пытку в присутствии Салтыковой.

Это было через несколько дней исполнено. Салтыкова, однако, осталась при своих показаниях. Об этом доложили государыне.

"А, я понимаю теперь, она думает затянуть дело... Но она ошибается... Эти времена прошли..." — решила Императрица.

Следствие продолжалось. Некоторые из них докладывались Екатерине, но оставлялись ею без последствий, так как в них закоренелая злодейка старалась всеми силами оправдаться, валя вину на других, и не высказывала ни малейшего раскаяния. Родственники ее, видимо, тоже орудовали во всю. Некоторые свидетели вдруг, ни с того, ни с сего, умерли, другие оказались в безвестной отлучке. Умер и священник отец Варфоломей. Все это случилось в такое короткое время, что было ясно, откуда дует ветер. Дело запуталось и уже подумывали "передать его воле Божией" и в этом смысле составили доклад, но Екатерина твердой рукой написала на нем: "дело продолжать".

Дела не мешали забавам. Императрица решила в Москве остаться всю зиму, и первопрестольная столица в дни ее пребывания, как мы уже говорили, увидела невиданные до этого торжества и маскарады. Роскошь и великолепие последних доходили до сказочного волшебства. Первый необычайно грандиозный маскарад был дан в последние дни масленицы. Устройство его было поручено придворному актеру Федору Григорьевичу Волкову. Всех действующих лиц в нем было более четырех тысяч человек. Двести огромных колесниц были везены запряженными в них волами, от 12 до 24-х в каждой. Маскарад назывался "торжествующей Миневрой". В нем, как гласило печатное объявление, "изъявится гнусность пороков и слава добродетели".

XVII

УЛИЧНЫЙ МАСКАРАД

Маскарад в течение трех дней, начиная с десяти часов утра и до позднего вечера, проходил по улицам: Большой Немецкой, по обеим Басманным, по Мясницкой и Покровской. Маскарадное шествие открывалось предвестниками торжества с большою свитою и затем разделялось на отделы: перед каждым отделом несли особый знак.

Первый знак был посвящен Момусу или "Упражнение малоумных"; за ним следовал хор музыки, кукольщики, по сторонам двенадцати человек на деревянных конях. За ними ехал "Родомант", забияка храбрый дурак; подле него шел паж, поддерживая его косу. После него шли служители Панталоновы, одетые в комическое платье, и Панталон-пустохват в портшезе; потом шли служители глупого педанта, одетые скоромушами, следовала сзади и книгохранительница безумного враля; далее шли дикари, несли место для арлекина, затем вели быка, с приделанными к груди рогами; на нем сидел человек, у которого на груди было окно — он держал модель кругом вертящегося дома.

Эту группу программы маскарада объясняли так: Мом, видя человека, смеялся, для чего боги не сделали ему на груди окно, сквозь которое бы в его сердце можно было смотреть; быку смеялся, для чего боги не поставили на груди рогов и тем лишили его большей силы, а над домом смеялся, отчего его нельзя так сделать, что если худой сосед, то поворотит в другую сторону.

За этой группой следовал Бахус, олицетворяя "смех и бесстыдство". Картина представляла пещеру Пана, в которой плясали нимфы, сатиры, вакханки; сатиры ехали на козлах, на свиньях и обезьянах. Колесница Бахуса заложена была тиграми. Здесь вели осла, на котором сидел пьяный Силен, поддерживаемый сатирами, наконец, пьяницы тащили сидящего на бочке краснолицего откупщика; к его бочке были прикованы корчемники и шесть крючков, следовали целовальники, две стойки с питьями, на которых сидели чумаки с балалайками. Эту группу заключал хор пьяниц.

Третья группа представляла "Действия злых сердец": она изображала ястреба, терзающего голубя, паука, спускающего на муху, кошачью голову, с мышью в зубах, и лисицу, давящую петуха. Эту группу заключал нестройный хор музыки; музыканты были наряжены в виде разных животных.

Четвертое отделение представляло "Обман"; на знаке была изображена маска, окруженная змеями, кроющимися в розах, с надписью: "Пагубная прелесть". За знаком шли цыгане, цыганки, поющие, пьющие и пляшущие, колдуны, ворожеи и несколько дьяволов. В конце следовал "Обман", в лице прожектеров и аферистов.

Пятое отделение было посвящено посрамлению невежества. На знаке были изображены черные сети, нетопырь и ослиная голова. Надпись была: "Вред непотребства". Хор представлял слепых, ведущих друг друга; четверо, держа замерзших змей, грели и отдували их. Невежество ехало на осле. Праздность и злословие сопровождала толпа ленивых.

Шестое отделение было "Мздоимство". На знаке виднелись изображения: гарпия, окруженная крапивой, крючками, денежными мешками и изгнанными бесами. Надпись гласила: "Всеобщая пагуба". Ябедники и крючкотворцы открывали шествие, подьячие шли со знаменами, на которых было написано: "Завтра". Несколько замаскированных тащили за собою заряженных "акциденций", то есть взяточников, обвешанных крючками; поверенные и сочинители ябед шли с сетями, опутывая и стравливая идущих людей; хромая "правда" тащилась на костылях, сутяги л аферисты гнали ее, колотя ее в спину туго набитыми денежными мешками.

Седьмое отделение — "Мир навыворот или превратный свет". На знаке виднелось изображение: летающих четвероногих зверей и человеческое лицо, обращенное вниз. Надпись гласила: "Непросвещенные умы". Хор шел в развратном виде, в одеждах наизнанку, некоторые музыканты шли задом, ехали на быках, верблюдах; слуги в ливреях везли карету, в которой разлеглась лошадь; модники везли другую карету, где сидела обезьяна; несколько карлиц с трудом поспевали за великанами; за ними подвигалась люлька со спеленатым в ней стариком, которого кормил грудной мальчик. В другой люльке лежала старушка, играла в куклы и сосала рожок, а за нею присматривала маленькая девочка с розгой; затем везли свинью, покоющуюся на розах, за нею брел оркестр музыкантов и певцов, где играл козел на скрипке и пел осел. Везли Химеру, которую расписывал маляр и песнословили рифмачи, ехавшие на коровах.

Восьмое отделение глумилось над спесью. Знак был павлиний хвост, окруженный нарциссами, а под ними зеркало, с отразившеюся надутой харей, с надписью: "Самолюбие без достоинств".

Девятая группа изображала "мотовство и бедность". На знаке виден был опрокинутый рог изобилия, из которого сыпалось золото; по сторонам курился фимиам. Надпись гласила: "Беспечность о добре". Хор шел в платьях, обшитых картами, шли карты всех мастей, за ними следовала слепая Фортуна, затем счастливые и несчастные игроки. Брели и нищие с котомками.

Шествие замыкала колесница Венеры с сидящим возле купидоном. К колеснице были прикованы гирляндами цветов несколько особ обоего пола. Затем шла "роскошь" с несчастными мотами.

Наконец, началось самое торжественное и великолепное из всего маскарада. Первою катилась колесница Юпитера, а затем следовали персонажи, изображающие золотой век. Впереди виднелся хор аркадийских пастухов, за ними следовали пастушки и шел хор отроков с оливковыми ветвями, славя дни золотого века и пришествие Астеи на землю. Двадцать четыре часа, в блестящей золотой одежде, окружали колесницу этой богини; последняя призывала радость, вокруг нее теснились толпой стихотворцы, увенчанные лаврами, призывая мир и счастье на землю. Далее являлся уже целый Парнас с музами и колесницей Аполлона; потом шли земледельцы с их мирными орудиями, несли мир и жгли в облаках дыма военные оружия. Затем следовала группа Миневры с добродетелями: здесь были науки, художества, торжественные звуки труб и удары литавр предшествовали колеснице Добродетели; последнюю окружали маститые старцы в белоснежных одеждах, с лаврами на головах. Герои, прославленные историей, ехали на белых конях; за ними шли философы, законодатели; хор отроков в белых одеждах с зеленеющими ветвями в руках, предшествовали колеснице Миневры и пели хвалебные гимны. Хоры и оркестры торжественной музыки гремели победными звуками. Маскарадное шествие заключалось горой Дианы, озаренной лучезарными светилами.

Сотрудниками Ф.Г. Волкова по составлению этой программы были известные в то время драматург А.П. Сумароков и стихотворец М.М. Херасков, но в ней видно и участие самой Екатерины; так в отделениях этого шуточного маскарада сквозила намеченная ею программа ее царствования. Сама государыня смотрела на шествие среди множества народа из раззолоченной кареты, за которою тянулся ряд других карет всевозможной формы, с крыльцами по бокам, похожих на веера, в которых сидели напудренные вельможные царедворцы в бархатных и атласных кафтанах, украшенных золотом.

Так праздновала Москва первопрестольная начало царствования Великой Екатерины.

XVIII

ИЗ КЕЛЬИ ВО ДВОРЕЦ

Прошло недели две после того, как послушница Мария первый раз вышла из своей кельи и присутствовала на церковной службе, еще совершенно слабая, с видимыми следами перенесенных физических и нравственных страданий.

В один из декабрьских дней по Новодевичьему монастырю с быстротою молнии разнесся слух, что у матушки-игуменьи снова был тот важный старик, который более двух лет тому назад привез в монастырь Марью Оленину, и долго с глазу на глаз беседовал с матерью Досифеей, а после его отъезда матушка-игуменья тотчас привела к себе молодую девушку. Слух был совершенно справедлив.

Марья Осиповна сидела после трапезы в своей келье и далеко не заинтересованная мелочами монастырской жизни, быть может, одна из всего монастыря не знала о посещении матушки-игуменьи ее спасителем графом Алексеем Петровичем Бестужевым. Она внимательно читала псалмы Давида и вся была поглощена поэтически пророческим содержанием этой книги.

— Сестра, а сестра... — окликнула ее два раза вошедшая быстро в келью послушница Серафима, келейница матушки-игуменьи.

— А, это ты, Сима, — вздрогнув от неожиданности, отрываясь от книги, Марья Осиповна. — От матушки?..

— К себе просит, чтобы сейчас шла, — ответила Серафима.

Марья Осиповна встала, поправила платье, накинула на плечи теплую ряску, а на голову черный платок и тотчас же последовала за Серафимой. Мать-игуменья была в своей моленной, куда по докладу келейницы и была впущена Оленина.

На дворе стояли уже ранние зимние сумерки, в моленной царил полумрак и свет от лампад перед образами уже побеждал потухающий свет короткого зимнего дня. Мать Досифея сидела на высоком стуле, со строгим выражением своего, точно отлитого из желтого воска лица и подернутыми дымкой грусти прекрасными глазами.

— Звать изволили меня, матушка-игуменья? — ровным, спокойным голосом проговорила Маша, сделав установленный земной поклон.

— Да, звала... Садись, мне с тобой надо поговорить...

Игуменья Досифея никогда не сажала при себе послушниц, а потому это приказание поразило Марью Осиповну, и она, покосившись на стоявший недалеко от стула игуменьи табурет, продолжала стоять.

— Садись, садись, — повторила мать Досифея, — речь моя долга будет...

Марья Осиповна нерешительно села. Игуменья некоторое время молчала, как бы собираясь с мыслями, изредка обращая взоры к освещенным лампадами ликам святых. Молчала и Марья Осиповна, спокойным взглядом своих лучистых глаз глядя на мать До-сифею. Ее монастырская жизнь была так чиста и безупречна, что она не ощущала трепета перед строгой начальницей, как многие из молодых послушниц, грешивших если не делом, то помышлениями, не ускользавшими от "провидицы".

— Уже два года, — начала несколько дрожащим голосом мать Досифея, — как ты в нашей святой обители нашла тихое пристанище от мирских треволнений, хотя злые люди старались нанести тебе и здесь смертельный удар, но Господь не допустил извести тебя, что, конечно, было их целью. Он не призвал тебя к Себе, Он исцелил тебя от болезни и по своему неизречимому милосердию даст тебе силы и здоровья для жизни, на которую обречь тебя была Его святая воля... Ты встала, хотя слабая, но обновленная. Я по греховному моему неведению, обуянная гордостью и самомнением, осмелилась истолковать Его волю в том смысле, что Он, отрешив тебя от всего земного посланным тебе испытанием, хочет от тебя служения Ему Единому, дел любви и милосердия, полного отречения от мира, хочет от тебя подвига, и давно уже собиралась потолковать с тобой о твоем будущем...

Игуменья Досифея остановилась, обратив взор на образ Богоматери, как бы ища там силы для продолжения беседы.

— Я готова... — твердо прошептала Маша.

— К чему ты готова, дочь моя?.. — спросила старуха.

— Незнакомый мне мир, с его прелестями, не пленяет меня, я смирилась перед неисповедимою волею Господа моего, отнявшего у меня первую и последнюю мирскую привязанность, я благословляю за это Святое Имя Его, я сама истолковала это в смысле призыва к служению Ему Единому и с чистым сердцем, со свободною волею отдаю себя этому служению... Матушка-игуменья, — вдруг опустилась она перед матерью Досифеей на колени, — благословите постричься...

— Дорогая дочь моя... — взволнованным голосом прервала ее игуменья, — это было еще недавней моей заветной мечтой и повторяю, я осмеливалась думать, что на то есть воля Божия... Увы, я ошиблась, и Бог наказал меня за горделивую самонадеянность в толковании Его предначертаний...

— Ошиблись, вы... — широко открытыми глазами глядела Марья Осиповна на игуменью Досифею.

— Да, я... Не для тихой монастырской жизни исцелил Он тебя от твоей болезни. Впрочем, дочь моя, и в миру, хотя и труднее, можно служить Ему делами любви и милосердия...

— В миру... — с неподдельным ужасом воскликнула Маша, — в миру, я не хочу в мир...

— Встань, дочь моя, садись и выслушай... Маша повиновалась.

— Государыня императрица желает видеть тебя и берет под свое монаршее покровительство... — с расстановкою произнесла мать Досифея.

— Государыня!.. — воскликнула Маша и побледнела.

— Не бойся, — продолжала игуменья, — Господь ныне взыскал Россию своею неисчерпаемою милостью, даровав ей царицу мудрую, справедливую и добрую, как ангел.

— Но зачем меня может требовать государыня?

— Разве ты не знаешь, что твоя приемная мать и лиходейка Салтыкова уже никому теперь вредить не может, она под арестом и над ней производится строгое следствие. Дело началось по твоему показанию, данному графу Бестужеву... Он был у меня сегодня и передал, что на днях за тобою пришлют от государыни... Ее величество хочет видеть тебя и порасспросить... Граф, кроме того, передал мне, что ты не возвратишься более в монастырь...

— Нет, матушка-игуменья, этого не может быть, я не останусь в мире.

— Такова воля государыни...

— Если вы, матушка-игуменья, говорите, что государыня мудра, справедлива и добра, как ангел, то она поймет, что мое единственное утешение — это молитва и служение Богу, она не станет насиловать мою волю, тем более, что для меня не может быть в жизни радостей... жены и матери...

Марья Осиповна вся вспыхнула при последних словах.

— Как знать! — загадочно сказала мать Досифея.

— Матушка! — воскликнула молодая девушка и в этом восклицании было столько протеста против возможности забыть любимого человека, погибшего такою ужасною смертью и променять его на кого-либо другого.

— Собери свои силы, дочь моя, тебе предстоит узнать радостную весть, а такая радость, радость неожиданная, часто губительнее печали...

Маша молчала, смотря на игуменью Досифею широко открытыми глазами.

— Приготовься к встрече с тем, с кем ты менее всего ожидаешь встретиться...

— С кем? — прошептала молодая девушка.

— С Константином Николаевичем Рачинским.

Маша вздрогнула.

— Он, он... жив... калека... без руки! — воскликнула она.

— Господь милосерден, он не допустил его стать жертвой злодейки, он жив и невредим, с обеими руками... Он в Петербурге и лично известен государыне.

— Как же это так... А рука... Перстень был его...

— Злодейка хитра! Наученная бесом — прости Господи, — мать Досифея истово перекрестилась, — она измыслила этот план мести тебе и привела его в исполнение... Рука была не его, а перстень или подделан, или украден у него...

Сдерживая охватившее ее страшное волнение, молодая девушка дрожащим голосом спросила:

— И я увижу его?

— Он приедет на днях в Москву, так, по крайней мере, сказал мне граф.

— О, тогда я хочу жить! — воскликнула Марья Осиповна, но вдруг остановилась и медленно произнесла:

— Но быть может, он не любит меня?

— Успокойся, дитя мое, он любит тебя... Он говорил о тебе государыне... Так, по крайней мере, тоже передал мне граф.

— Господи, благодарю Тебя за твои неизреченные ко мне милости! — молитвенно воскликнула Марья Осиповна и обратила полные радостными слезами глаза свои к кротко глядевшим при мерцании света лампад ликам святых угодников.

Туда же с сосредоточенным молитвенным взглядом смотрела и игуменья Досифея. Губы ее чуть слышно шептали:

— Да будет воля Твоя!

Эта немая молитва двух женщин продолжалась несколько минут. Первая заговорила мать Досифея.

— Позволь же, дочь моя, теперь же проститься с тобой и благословить тебя на другой искус, неожиданный и для тебя, и для меня — игуменья глубоко вздохнула — на жизнь в миру, среди его соблазнов и прелестей... Унеси из нашей тихой обители в своем сердце семена любви, братства и милосердия, и щедрою рукой рассыпай их в миру... Этим ты сторицей воздашь нам, огражденным от мира не только каменною монастырскою стеною, но стеною духовною, стеною победы над своими чувствами и желаниями, за наше о тебе попечение, за приют и охрану... Дай обнять тебя, дочь моя!

Молодая девушка с рыданиями буквально упала в объятия матери Досифеи, которая с истинно материнскою нежностью целовала ее в лоб и в глаза. Все лицо суровой игуменьи как бы преобразилось, его выражение сделалось необычайно мягко и ласково, из глаз ее также катились крупные слезы, смешиваясь со слезами молодой девушки.

— Благослови тебя, Господь, дочь моя... — вдруг, как бы устыдившись своей минутной слабости, выпрямилась мать Досифея и даже почти грубо отстранила от себя Марью Осиповну. — Иди, дочь моя, каждый день и каждый час мы должны ожидать присылки за тобой придворного экипажа... Надо ехать будет тотчас же... Потому-то я теперь и простилась с тобой... Попрощайся и ты заранее с сестрами. Иди себе, иди...

Маша сделала ей земной поклон и вышла из моленной. Несмотря на то, что глаза ее были красны от слез, лицо ее носило такое радостное выражение, что встретившаяся с ней келейница Серафима спросила:

— Что, сестрица, наконец-таки, кажись, Бог радости послал...

— Послал, сестрица, послал... — остановилась с ней на минуту Марья Осиповна и в коротких словах передала ей объявленную ей матушкой-игуменьей радость.

— Дивны дела Твои, Господи!.. — заахала сестра Серафима. Маша отправилась к себе в келью. Ей необходимо было остаться

наедине с собой, чтобы окончательно прийти в себя и совладать с волнением, охватившим ее от неожиданной радости. Она была еще слишком слаба, ей надо было сил. Эти силы она нашла в горячей благодарственной молитве. При входе в свою келью, она упала на колени перед распятием и распростерлась ниц. Губы ее не шептали слов — это была молитва души, которую, — она твердо верила в это, — слышит Господь, и эта вера живительным бальзамом действовала не только на ее молящуюся душу, но и укрепляла и тело. После получасовой молитвы она встала, совершенно обновленная, даже на бледных щеках ее появился легкий румянец.

Монастырь, между тем, от словоохотливой Серафимы уже знал необычайную новость о том, что сестра Мария покидает обитель и, что сама государыня Екатерина Алексеевна берет ее под свое высокое покровительство и на днях ее увезут из монастыря в придворном экипаже во дворец.

— Из кельи во дворец... — качали головой пораженные монахини и вслед за сестрой Серафимой повторяли: "Дивны дела Твои, Господи!.."

Послушная "благословению" матушки-игуменьи, Марья Осиповна на следующий же день стала прощаться с сестрами, каждой из которых должна была повторять все слышанное от матушки-игуменьи. Охам и ахам не было конца.

— Значит рука-то эта не его была... Ах, она подлая, ах, она душегубица!.. — говорили некоторые из монашенок, и от них впервые узнала Маша, что весь монастырь знал о присылке ей рокового гостинца — знал и глубоко молчал.

Марья Осиповна поняла, конечно, почему и мать Досифея, при разговоре с ней чуть лишь коснулась этого присыла и сообразила, что мать-игуменья, конечно, не сказала об этом даже графу Бестужеву.

Маша тогда же решила тоже молчать об этом, рассказав только Косте... когда он будет ее мужем. При последней мысли, несмотря на то, что она была одна, молодая девушка густо покраснела. Впрочем, в тот же день после трапезы мать Досифея снова позвала ее к себе и уже прямо наказала ей не говорить о происшествии с рукой.

— Только затаскают нас по судам да канцеляриям, и тебе будет лишнее беспокойство... — сказала игуменья.

— Я сама думала об этом и решила никому не говорить, кроме Кости...

— Но и ему накажи, чтобы это было между вами.

Через четыре дня, в которые радость и счастье — эти лучшие врачи всех человеческих недугов — окончательно преобразили болезненную Машу и почти воротили ей тот цветущий вид, который был у нее два года тому назад, в ворота Новодевичьего монастыря въехала придворная карета, и один из камер-лакеев, стоявших на запятках, прошел в помещение игуменьи Досифеи и передал ей пакет с большою печатью. Это был собственноручный приказ императрицы Екатерины об отпуске из монастыря дворянки Марьи Осиповны Олениной.

Быстро снаряжена была молодая девушка, благословлена игуменьей и почтительно усажена камер-лакеями в карету. Сестры при отъезде, по распоряжению матери Досифеи, не присутствовали. Карета выехала из ворот монастыря. Сердце Марьи Осиповны Олениной трепетно билось.

XIX

ЭТО НЕ СОН!

Пышность и великолепие царского жилища, золотом расшитые кафтаны дворцовых служителей, все это, несмотря на то, что она жила в богатом доме Салтыковой, после двух лет привычки к своей скромной келье в Новодевичьем монастыре, поразило воображение Марьи Осиповны Олениной. Трепещущая, еле передвигая нет-нет да подкашивающиеся ноги, прошла она, в сопровождении камер-лакея, до внутренних апартаментов государыни. Через некоторое время, показавшееся Олениной вечностью, она очутилась перед закрытыми дверьми.

— Вы здесь подождите, можете присесть... — сказал камер-лакей и, осторожно отворив дверь, скрылся за нею, также тихо затворив ее.

Марья Осиповна осталась одна. Несмотря на то, что она еле стояла на ногах, красота и изящество окружающей обстановки, блеск раззолоченной мебели совершенно поглотили ее внимание, и она не села или, лучше сказать, не решилась сесть ни на один из этих великолепных стульев, кресел и диванов. Безмолвное созерцание царской роскоши было прервано тем же камер-лакеем, почтительно над самым ухом Олениной произнесшим:

— Пожалуйте... Ее величество вас ожидает.

Марья Осиповна потом не могла припомнить момента, как она очутилась в следующей комнате, лицом к лицу с императрицей, сидевшей на маленьком кресле, имея у своих ног лежавших на тюфячках своих любимых собачек.

— Я рада видеть тебя, дитя мое, здоровою... — раздался в ушах Олениной мелодичный голос государыни. — Садись, садись сюда и не бойся... — добавила императрица, указывая Марье Осиповне на стоявший около кресла стул.

Марья Осиповна несколько мгновений стояла как окаменелая, затем почти машинально сделала несколько шагов к императрице и вдруг неожиданно упала на колени к ее ногам.

— Что ты, что с тобой, дитя мое? — воскликнула императрица. Голова рыдающей молодой девушки уже покоилась, между тем,

на царственных коленях Екатерины.

— Ну, ничего, плачь, плачь:.. — ласково сказала государыня, быстро оправившись от неожиданности. — Платье мне замочишь, да ничего, темненькое...

Императрица была, действительно, в домашнем платье коричневого цвета. Она положила свою изящную руку на не менее изящную головку Марьи Осиповны и нежно проведя по ее волосам, продолжала:

— Выплачься, выплачься... Лучше потом радоваться будешь... Какая прелестная девушка... С виду, действительно, ангел. Надеюсь, что хотя наружность не обманчива... У него есть вкус... Да и у нее тоже...

Все это говорила государыня как бы про себя, продолжая гладить головку Маши. Наконец, последняя успокоилась.

— Ваше величество... — прошептала она дрожащим голосом, — простите...

— Мое величество, — с шутливой суровостью в голосе отвечала государыня, — приказывает тебе встать, вытереть глаза и сесть на этот стул.

Марья Осиповна молча повиновалась. Ласковый голос императрицы, ласковый взгляд, доступность ее и простота положительно очаровали несчастную девушку, она почти совершенно успокоилась и толково стала отвечать на вопросы государыни. Она повторила ей все то, что два года тому назад рассказывала графу Бестужеву-Рюмину, и искренность этого рассказа окончательно убедила императрицу в виновности Салтыковой.

"Эта не солжет..." — мелькало в голове Екатерины под впечатлением честного и прямого взгляда лучистых глаз Олениной.

Она рассказала государыне и о любви своей к Константину Рачинскому, но не сказала только ничего о причине ее последней болезни в монастыре, да государыня и не спросила ее. Она поняла из слов графа Орлова, что монастырь хранит эту тайну, касавшуюся, вероятно, какой-нибудь новой выходки "Салтычихи", а для суда и обвинения последней было уже достаточно данных и без новых розысков. Пускай же тайна монастыря и останется тайной. Игуменья, вероятно, взяла слово хранить ее и с Олениной. Зачем же ставить ее в положение нарушительницы этого слова. Так думала мудрая государыня и не задала уже вертевшийся на ее губах вопрос.

"Я скажу, что связана словом не говорить о причине моей болезни, она поймет меня..." — мелькало в голове Марьи Осиповны мысль по поводу возможности возникновения этого вопроса.

Но вопрос задан не был.

— Успокойся, дитя мое, успокойся совершенно... Твой единственный враг — этот изверг рода человеческого — обезоружен, ты много выстрадала за последние годы, но ты будешь и вознаграждена за это... Отныне я беру тебя под свое покровительство и сделаю тебя счастливою.

— Ваше величество... — снова, быстро соскользнув со стула, опустилась Марья Осиповна к ногам государыни и, схватив ее руку, горячо поцеловала ее.

— Если я не могу одна доставить тебе счастия... Я призову на помощь-Императрица два раза хлопнула в ладони. Портьера, закрывавшая одну из дверей, поднялась и на пороге двери появился Константин Николаевич Рачинский.

— Вот его... — докончила государыня.

Маша так вся и замерла, стоя на коленях у ног государыни. Костя быстро подошел к императрице и также опустился на колени у ее ног. Та протянула ему руку, на которой он запечатлел почтительно горячий поцелуй.

— Вот твой жених!.. — обратилась она к Маше.

— Вот твоя невеста!.. — сказала она, обращаясь к Косте.

Молодые люди, стоя на коленях у ног могущественной государыни, с невыразимым восторгом глядели друг на друга, но несмотря на это высокое для их сердец наслаждение взаимного созерцания, их взгляды то и дело с благодарностью и благоговением обращались на взволнованное этой сценой прекрасное лицо Екатерины.

— Встаньте, дети мои, — после довольно продолжительной паузы сказала государыня, — самый лучший подарок, который я сделаю вам теперь, это тот, если я лишу вас своего общества... Есть другая, кроме меня, властная монархиня в ваших сердцах — это взаимная любовь.

Маша и Костя послушно встали. Императрица поднялась с кресла и, подарив их обворожительной улыбкой, медленно вышла из комнаты. Молодые люди остались одни и молча, как очарованные, глядели друг на друга.

— Это не сон!.. Нет, это не сон!.. — первый нарушил молчание Константин Николаевич. — Ты моя... невеста...

— Милый... милый... Это не сон!.. — повторяла Маша.

Успокоившись после первого волнения, они скоро начали передавать друг другу все пережитое и перечувствованное ими за время долгой разлуки.

Они сидели на одном из стоявших в комнате низеньких диванчиков. Беседа их была отрывочна. Они, как это всегда бывает при встрече после большого промежутка времени, хотели сказать многое, но в сущности говорили очень мало. Оба, впрочем, поймали себя на том, что упорно глядели друг другу на руки.

— Где перстень?

— Где кольцо?

Этот вопрос она задали друг другу одновременно.

— Разве ты не получила от Кузьмы? Я его передал ему, чтобы доставить тебе... Вот я и смотрю все, отчего ты не носишь его...

— А, Кузьме... — сказала Марья Осиповна. — Теперь я понимаю...

— Что ты понимаешь? Значит он тебе не отдавал его?..

— Нет...

— Он его присвоил... Вот негодяй!.. — воскликнул Константин Николаевич.

— Он передал его ей...

Костя понял, о ком говорит Маша.

— Почему ты думаешь?

— Я это знаю... Но это тайна, я расскажу тебе, когда ты будешь моим мужем...

— Почему не теперь?

— Я так обещала матери Досифее.

Костя не настаивал, тем более, что в это время портьера снова откинулась и вошла императрица.

— Довольно, дети, хорошенького понемножку... — с улыбкой заговорила государыня. — Она останется жить пока здесь... Я разрешаю тебе ее навещать ежедневно... В начале января ваша свадьба.

Костя и Маша, вскочившие при входе императрицы, преклонили перед ней колена, поцеловали ее руку и хотели выйти в одну дверь, но Екатерина с веселым смехом остановила их:

— Не всегда вместе... Тебе сюда, моя девочка... — обратилась она к Маше.

Молодые люди бросили друг другу прощальный взгляд. Костя вышел в дверь, откуда вошла Маша, а последняя, по указанию императрицы, скрылась за дверью, в которую вошел Костя. За дверью встретила молодую девушку одна из придворных служанок и провела в приготовленные ей, по приказанию ее величества, комнаты. Там Марья Осиповна нашла все, до полного гардероба включительно. Платья и белье было, видимо, сделано по мерке, заранее взятой в монастыре. Помещение состояло из трех комнат, гостиной, спальной и уборной, и убрано было с царственной роскошью.

На другой день Марья Осиповна, снявшая с себя монашескую одежду, принимала своего жениха "в своей гостиной". Не прошло и несколько дней, как она уже совершенно освоилась со своей новой жизнью. К счастью очень скоро привыкается.

Ряд празднеств по случаю праздника Рождества Христова и наступившего нового года не давали влюбленным видеть как летит время. Марья Осиповна узнала от Кости, что он уже вступил во владение своим громадным состоянием, но это заинтересовало ее лишь в смысле разгадки отношений к ее жениху "власть имущей в Москве особы", которой, кстати сказать, не поставили в вину его прошлое потворство Дарье Николаевне Салтыковой. Константин Николаевич жил в доме "особы", продолжая числиться на службе при Панине.

Молодые люди, отдавшись сладким мечтам и надеждам, конечно и не могли мыслить даже о близком будущем в ином смысле, как в том, что они будут навеки принадлежать друг другу, но как придворных, так и вообще "московский свет" поражало, что молодые оказываются бесприютными, так как было известно, что медовый месяц они проведут в доме "власть имущей в Москве особы", где для них и отделывалось заново несколько комнат. Но это, видимо, временно. Рачинский же, при своем громадном состоянии, мог бы тотчас купить лучший дом в Москве или Петербурге и, таким образом, свить себе прочное гнездо. По этому поводу все перешептывались и недоумевали, и даже затевали разговор с "власть имущей особой", как будущим посаженным отцом жениха, и с приближенными императрицы, но те молчали, отделываясь ответом:

— Такова воля ее величества.

Наконец, наступило 8 января — день, назначенный для свадьбы Рачинского и Олениной. Бракосочетание было совершено в дворцовой церкви, в шесть часов вечера, в присутствии всего двора и московской аристократии. На невесте сияло великолепное жемчужное ожерелье с аграфом из крупных бриллиантов, подарок венценосной посаженной матери. На одном из пальцев левой руки жениха блестел золотой перстень с изумрудом.

Он возвратился к своему владельцу при довольно странных обстоятельствах. Марья Осиповна Оленина, с разрешения государыни, поехала в день Крещения к обедне в Новодевичий монастырь, и после службы посетила игуменью Досифею. Из рук последней она получила перстень. Молодая девушка вопросительно поглядела на нее.

— Мне принес его вчера после трапезы какой-то парень...

— Кузьма?..

— Он назвал себя так... Он повинился мне во всем... Присылка руки было, действительно, дело рук Салтыковой... Прости ей, Господи... Этот Кузьма купил руку в "скудельне" и надел утаенный от тебя перстень, который твой теперешний жених дал ему для передачи... Затем он подстерег Ананьича и отнял у него руку... Старик, царство ему Небесное — Ананьич умер за полгода до момента нашего рассказа — утаил от меня это происшествие, боясь обеспокоить...

Мать Досифея вздохнула.

— Этот Кузьма, — продолжала, после некоторого молчания, игуменья, — узнав, что сама матушка-царица выдает тебя замуж за Константина Николаевича Рачинского, мучаясь угрызениями совести, просил меня передать тебе этот перстень, а для себя молил о совете, куда укрыться ему от греха и соблазна... Я дала ему грамотку к игумену Соловецкой обители и благословила образком Божьей Матери на дальний путь.

— И он пошел туда? — спросила Марья Осиповна.

— Не знаю, дитя мое, чужая душа потемки...

Марья Осиповна в этот же день отдала перстень Константину Николаевичу и рассказала ему, как о полученном ею более трех месяцев тому назад в стенах монастыря роковом подарке, так и о последней беседе с игуменьей Досифеей, возвратившей ей перстень. Маша взяла с него слово, что он будет носить его не снимая как воспоминание о годах разлуки, которые не в силах были погасить их взаимных чувств. Наконец, эти чувства были освещены небом. Из церкви молодые поехали в дом "власть имущей в Москве особы", где состоялся роскошный бал, на котором государыня пленила всех своею милостивою веселостью.

Вскоре узнали, что Константин Николаевич Рачинский уезжает с молодой женой в чужие края, с поручениями самой императрицы к русским посольствам при разных иноземных дворах. Этим объяснялось временное пристанище "молодых" в доме "особы".

По окончании медового месяца, проведенного шумно и весело, Рачинские действительно уехали из России.

XX

ВОЗМЕЗДИЕ

Императрица, удалив молодых Рачинских из Москвы и Петербурга, словом из России, сделала это с целью окончательно обезопасить их от Дарьи Николаевны Салтыковой. Екатерина хорошо понимала, что ей, несмотря на Богом дарованную власть, предстоит нелегкая борьба в деле этого "урода рода человеческого", борьба со старыми порядками, с волокитой суда и следствия. Родственники арестованной "Салтычихи" продолжали действовать при посредстве связей и золота, и вскоре после отъезда из Москвы государыни добились того, что Дарья Николаевна была снова выпущена из-под ареста, но с тем, чтобы она жила безвыездно в Троицком, под наблюдением полицейского офицера и двух полицейских солдат. Это был род домашнего ареста, весьма, впрочем, снисходительный, благодаря подачкам со стороны обвиняемой, которыми не брезговали ее бдительные стражи.

Дело, таким образом, тянулось еще ровно шесть лет, несмотря на то, что на первом же году следствия были обнаружены все преступления этого изверга в женском образе, было доказано, что Салтыкова замучила и убила до смерти сто тридцать девять человек своих крестьян и дворовых, что последних она морила голодом, брила головы и заставляла работать в кандалах, а зимой многих стоять в мороз босых и в одних рубахах. Составлен был даже целый "синодик" жертв этой "людоедки" — так прозвал ее народ, но в этом "синодике" не значилось ни Глафиры Петровны Салтыковой, ни Фимки. Несмотря на продолжительность следствия, преступления эти остались не обнаруженными земным правосудием, тем более, что единственный свидетель, который мог бы пролить на эти дела некоторый свет — Кузьма Терентьев не был допрошен. Вскоре, после вторичного ареста Салтыковой, он исчез из Москвы.

Наконец, 2 октября 1768 года дело вдовы ротмистра гвардии Дарьи Николаевны Салтыковой было производством окончено и представлено императрице, которая, несмотря на множество дел, вследствис готовившейся войны с Турцией, уже объявленной манифестом, тщательно несколько дней подряд рассматривала дело и собственноручно положила следующую резолюцию:

"Виновность доказана".

"Сей урод рода человеческого перед многими другими убийцами в свете имеет душу совершенно богоотступную и крайне мучительскую".

Тогда же сенату было высочайшее повеление составить и отпечатать указ по делу Дарьи Салтыковой, "чтобы оный был многим в назидание".

10 октября этот указ был уже в Москве. Приводим содержание этого любопытного исторического документа.

"Указ ее императорского величества самодержицы всероссийской. Из правительствующего сената объявляется во всенародное известие".

"Вдова Дарья Николаевна, которая, по следствию в юстиц-коллегии, оказалась, что немалое число людей своих, мужского и женского полу, бесчеловечно мучительски убивала до смерти, за что по силе всех законов приговорено казнить ее смертью, о чем от сената ее императорскому величеству поднесен был доклад. Но ее императорское величество, взирая с крайним прискорбием на учиненные ею бесчеловечные смертные убийства, и что она, по законам, смертной казни подлежала, от этой приговоренной смерти ее, Дарью, освободить, а вместо смерти повелеть соизволила:

"1-е. Лишить ее дворянского названия, и запретить во всей Российской Империи, чтобы она ни от кого, никогда, ни в каких судебных местах, и ни по каким делам впредь именована не была названием рода ни отца своего, ни мужа".

"2-е. Приказать в Москве, в нарочно к тому назначенный и во всем городе обнародованный день, вывезти ее на первую площадь, и поставя на эшафот, прочесть перед всем народом заключенную над нею в юстиц-коллегии сентецию, с исключением из оной, как выше сказано, названия родов ее мужа и отца, с привосокуплением к тому того ее императорского величества указа, а потом приковать ее, стоящую на том же эшафоте, к столбу, и прицепить на шею лист с надписью большими словами: "мучительница и душегубица".

"3-е. Когда она выстоит целый час на том поносительном зрелище, то, чтобы лишить злую ее душу в сей жизни всякого человеческого сообщества, а от крови человеческой смердящее ее тело предать собственному промыслу Творца всех тварей, приказать, заключить в железы, отвезти оттуда ее в один их женских монастырей, находящийся в Белом или Земляном городе, и там, подле которой есть церкви, посадить в нарочно сделанную подземельную тюрьму, в которой по смерть ее содержать таким образом, чтобы она ни откуда в ней свету не имела. Пищу ей обыкновенную, старческую, подавать туда со свечою, которую опять у нее гасить, как скоро она наестся. А из того заключения выводить ее во время каждого церковного служения в такое место, откуда бы она могла оное слышать, не входя в церковь".

Нельзя не отметить, что на полях подлинного указа рукой императрицы против слова "она" везде написано "он". Видимо, государыня хотела этим показать, что считает Салтыкову недостойной называться женщиной.

Как изобличенная преступница, Салтыкова была, конечно, арестована еще ранее состоявшегося указа сената. В начале октября, в Троицкое прибыли полицейские драгуны. Дарья Николаевна при аресте не оказала никакого сопротивления. Она только обводила прибывших злыми, помутившимися глазами, и лишь тогда, когда кузнец начал набивать ей на ноги, обитые железом колодки, она обвела вдруг вокруг себя диким, полным бессильной ярости взглядом и так взвизгнула, что державшие ее драгуны чуть не выпустили ее из рук, а кузнец уронил молоток.

— У... ехидна... — глухо прорычала она.

Это были ее последние слова.

Она замолчала, как-то вся съежилась, косясь по сторонам и по временам рыча, как собака.

18 октября указ сената был приведен в исполнение. День был морозный и ветреный, по временам поднималась даже вьюга, но несмотря на это, на Красную площадь, где должно было произойти невиданное позорище, собрались десятки тысяч народу. Не только площадь, но и крыши соседних домов были буквально усеяны человеческими головами. Целое море этих голов волновалось кругом высившегося по середине площади эшафота со столбом, в который были вбиты три цепи. Было множество карет, повозок и других экипажей, с сидевшими в них знатными барами. Народ толпился на площади с самого раннего утра.

Наконец, в двенадцатом часу показался поезд. Впереди ехал отряд гусар, а за ним на простых роспусках везли Дарью Николаевну Салтыкову, по сторонам которой сидели гренадеры с саблями наголо. Когда поезд приблизился к эшафоту, Салтыкову взвели на него и привязали цепями к позорному столбу. По прочтении сентенции юстиц-коллегии и указа сената, обвиняемая более часа стояла у столба с надетым на шею листом с надписью: "мучительница и душегубица", а потом, посаженная снова на роспуски, отвезена в Ивановский девичий монастырь, где уже ранее была устроена для нее "покаянная", глубоко в земле более трех аршин, вроде склепа, с единственным окошечком, задернутым зеленой занавеской, куда ей подавалась, приставленным к узнице солдатом, пища.

Во время экзекуции над Салтыковой, от тесноты, на Красной площади переломано было множество экипажей и погибло много народу: более ста человек были искалечены, а после окончания "позорища" поднято было около тридцати трупов. Казалось, самое присутствие "людоедки-Салтычихи" приносило несчастье и требовало человеческих жертв.

XXI

ЭПИЛОГ

Двенадцать лет просидела "Салтычиха" в подземельи, а затем была переведена в "застенок", пристроенный нарочно к горней стене храма Ивановского монастыря. В застенке было "окошечко" на улицу и внутренняя дверь, куда входил солдат-тюремщик, от которого, по сказанию старожилов, Салтыкова родила ребенка, вскоре умершего.

К старости Дарья Николаевна страшно потолстела, и когда народ собирался у ее окошечка, самовольно отдергивая зеленую занавеску, чтобы посмотреть на злодейку, употреблявшую по общей молве, в пищу женские груди и младенцев, то Салтычиха ругалась, плевала и совала суковатую палку сквозь открытое в летнее время окошечко.

Время летело. Быть может, оно шло быстро и для окончательно сошедшей с ума Салтыковой.

В Москву назначен был главнокомандующим родной племянник мужа Дарьи Николаевны, светлейший князь Николай Иванович Салтыков, над Москвой пронеслась чума, сопровождавшаяся народным бунтом, жертвою которого пал архиепископ Амвросий, был привезен и казнен на Болоте Емельян Пугачев. Умерла Екатерина. Промелькнуло короткое царствование Павла Петровича и, наконец, вступил на престол Александр I.

Ничего об этом не ведала Салтычиха в своей тюрьме-могиле. Не знала она и о судьбе своих сыновей, от которых и не могла требовать не только любви, но и памяти, не доставив им ничего, кроме позора.

Младший, Николай, женился на графине Анастасии Федоровне Головиной и умер в 1775 году, оставив сына и дочь. Старший, Федор, умер несколько позднее, одиноким холостяком. Оба они ни разу не видели свою замурованную мать.

Не знала Салтычиха и о том, что Константин Николаевич Рачинский с своей женой Марьей Осиповной, по возвращении из-за границы, поселился в Петербурге и быстро подвигаясь по службе, занимал высокий административный пост. Бог благословил их брак. Шестеро детей, четыре сына и две дочери, росли на радость их родителям.

Верная заветам игуменьи Досифеи, Марья Осиповна Рачинская вся отдала себя семье и благотворительности: ни один бедняк не уходил от нее без доброго слова и помощи. Имя ее благословлялось всем неимущим людом из конца в конец Петербурга.

Так пронеслись года. После тридцатитрехлетнего заключения, 27 ноября 1801 года, Дарья Николаевна Салтыкова умерла и была похоронена на кладбище Донского монастыря, близ родового склепа Салтыковых.

На могиле не было поставлено креста и вскоре она была затоптана прохожими и сравнена с землею. Казалось, все забыли об этом "исчадие ада".

Лишь в Новодевичьем монастыре в сороковым день смерти Дарьи Николаевны Салтыковой был получен новой игуменьей, лет за пятнадцать перед тем сменившей отошедшую в вечность игуменью Досифею, богатый вклад, с просьбой вечного поминовения: "за упокой души боярыни Глафиры". Этот вклад был прислан Марьей Осиповной Рачинской. Не одна она сообразовала свою жизнь с советами покойной игуменьи Досифеи. В Соловецком монастыре в двадцатых годах нынешнего столетия умер, в глубокой старости, схимник Варнава, проживший в монастыре более шестидесяти лет и удивлявший братию и богомольцев своею подвижническою жизнью. Это был Кузьма Терентьев.

Дом Салтыковой на Лубянке существует и до настоящего времени, но принадлежит другому владельцу. Существует и село Троицое, сменившее уже многих собственников.

Застенок Ивановского монастыря, служивший тюрьмой Салтыковой, разобран вместе с церковью только в 1860 году. Провидение, видимо, не хотело, чтобы к великому в истории России и незабвенному для русского народа 1861 году оставался этот исторический памятник злоупотреблений помещичьей власти в эпоху высшего развития крепостничества.

"Осени себя крестным знамением, русский народ!" — эти слова манифеста Царя-Освободителя невольно просятся под перо, как заключение нашего печального повествования.

www.ingramcontent.com/pod-product-compliance
Lightning Source LLC
Chambersburg PA
CBHW020534310726
48979CB00014B/2327/J

9781636376905